复旦宋代文学研究书系　第二辑

王水照　主编

南宋理宗朝诗坛研究

戴路　著

复旦大学出版社

四川大学中国俗文化研究所资助项目
四川大学文学与新闻学院双一流学术出版工程资助项目
教育部人文社会科学研究青年基金项目"南宋荐举官制与四六启文研究"
（17YJC751005）阶段性成果

复旦宋代文学研究书系第二辑序

王水照

2013年,我们推出了"复旦宋代文学研究书系"第一辑,这套"书系"承袭我所编"日本宋学六人集"而来,可谓"六人集"的国内版。其中选入六部中青年学者的著作,作者都是我的学生。"书系"出版后,引起学术界的关注。同年12月,我们在复旦大学召开了新书座谈会,邀请中国社会科学院、北京师范大学、南京大学、华东师范大学、华中师范大学、上海外国语大学等高校的同行,就这套书做了一次集中评议,讨论评述了"书系"的学术价值和相关问题,评议成果陆续在各类期刊发表。同时,在这次座谈会参与人员的基础上,这批中青年学者又联络同道,互相砥砺,相约成立了宋代文学同人读书会,编辑《宋代文学评论》专刊。"书系"的积极效应显现,影响力也明显扩大,获得了第十二届上海市哲学社会科学优秀成果一等奖(集体),其中两部著作又获得了教育部第七届高校人文社会科学优秀成果二等奖、三等奖。这些都说明,我在第一辑序言中许下的"精选几部著作,形成一个品牌"的愿望,得以部分实现。

当然,要真正"形成一个品牌"并不是一件容易的事情,只有坚持标准,持续发力,才可能得到大家广泛认可。我们秉持"文化—文学"的学术思路,在强调文学本位的同时,注重交叉型课题的研究,以拓宽研究视野和研究路径,期能在得出具体论断之外,也为学界提供一些研究方法和研究角度上的启示。职是之故,我们又精心遴选,推出了第二辑。本辑在学术理念上,与第一辑一脉相承。比如本辑陈元锋《北宋翰林学士与文学研究》一书,是其博士学位论文《北宋馆阁翰苑与诗坛研究》的姊妹篇,两书研究角度都聚焦于"制度与文学"这一交叉型课题。书中全面讨论了北宋翰林学士的政治文化职能,以及他们主持文坛所形成的文学图景,突出了翰林学士在文学集团中的领袖作用,拓展了我们对北宋文学的认识。他提到交叉型课题要避免使文学沦为历史文化研究的附庸,这是我在第一辑序言中也着重强调过的。又如朱刚的《苏轼苏辙研究》,是作者长期钻研唐宋八大家的重要成果,与第一辑的《唐宋"古文运动"与士大夫文学》形成互补,加深了我们对苏氏兄弟文学、文献和行迹的认识,丰富了北宋士大夫文学的面相。再如侯体健的《士人身份与南宋诗文研究》,标题拈出"士人身份"一词,这在第一辑《刘克庄的文学世界——晚宋文学生态的一种考察》中,就已是全书的关键词之一;而戴路《南宋理宗朝诗坛研究》也主要从不同的诗人身份入手,架构全文。这都充分显示出本辑和第一辑内在的延续性。

但更值得注意的是,本辑较第一辑又有一些新的变化,某种程度上反映出近年来宋代文学研究整体格局的调整,主要表现在以下三个方面:

一是研究时段后移,南宋文学逐渐被大家所重视。第一辑的研究重心在北宋,除了侯体健一书是论南宋刘克庄,其他几部都是讨论北宋的文学现象,像朱刚《唐宋"古文运动"与士大夫文学》、李贵《中唐至北宋的典范选择与诗歌因革》两部还是从中唐谈起的。本辑论题在时段上则以南宋为主,侯体健《士人身份与南宋诗文研究》、戴路《南宋理宗朝诗坛研究》、王汝娟《南宋"五山文学"研究》书名都明确标示出南宋,赵惠俊《朝野与雅俗:宋真宗至高宗朝词坛生态与词体雅化研究》也有半部涉及南宋。侯体健在引言中还提出了"作为独立研究单元的南宋文学"的理念,更是显示出作者对南宋文学的特别关注。十多年前,我曾指出宋代文学研究存在"三重三轻"(重北宋轻南宋、重词轻诗文、重大作家轻中小作家)的偏颇。经过学界同仁的共同努力,这些偏颇现在都得到不同程度的纠正,宋代文学研究格局日益合理。我认为南宋文学是我国文学史上一个独立的发展阶段,呈现出诸多重大特点:文学重心在空间上的南移,作家层级下移,文体文风由"雅"趋"俗",文学商品化的演进与文学传播广度、密度的加大等,都具有里程碑式的转折意义。我们应该在文学领域积极推动"重新认识南宋"这一课题的深入。侯体健、戴路、王汝娟的著作,可以说是对这个课题的初步探索与回应。

二是论题的综合性趋强,所涉文体论域更广。宋代是我国文学样式、文人身份、文体种类最为丰富的历史时期之一,要全面展现这个时代的文学图景,就必须多层次、多视角、多维度地观照。第一辑主要集中于以欧、苏为代表的士大夫文学,即使是刘克庄这样的文人,也多具士大夫色彩;文体上则偏重诗歌,如李贵论典范选择、金甫暻论苏轼"和陶"、成玮论宋初诗坛都是讨论宋诗之作。第二辑论题就明显广泛一些:从身份来看,除了依然关注翰林学士、苏轼兄弟之外,江湖诗人、地方文人、禅僧诗人被着重提出来讨论,在好几部书中都有不同程度的反映;从文体来看,诗文虽然仍是重点,但又添入赵惠俊关于词体雅化一书,可谓弥补了第一辑宋词缺席的遗憾,而且讨论宋代骈文的篇幅明显增加,侯体健、王汝娟的著作都有专章专节研讨"宋四六";从研究模式来看,个案研究明显减少,时段研究、专题研究增多,出现了"翰林学士与文学""理宗诗坛""五山文学""词的雅化"等具有学术个性的专题,等等。这从侧面反映出当前宋代文学研究已经进入新的阶段。突破个案局限,走向更具挑战性的综合研究,成为大家共同的选择。这自然也对作者的知识结构、学术视野和资料搜集解读能力,提出了更高的要求。

三是尝试提出新视角与新概念,显示出学理性建构的努力。本辑的一些研究视角，都是以前研究比较少见或多有忽视的，比如陈元锋从翰林学士角度切入讨论北宋文坛，戴路以诗人身份属性分疏理宗诗坛，赵惠俊重构词体雅化脉络等，前人都未特别措意，他们却能独出机杼，另辟蹊径，提供了有意义的研究视角。另外还有一些新概念被提出来，如王汝娟使用南宋"五山文学"，这是受到日本五山文学的影响而自创的概念。我们知道，日本之所以有"五山十刹"之称，本就是受到南宋寺庙规制影响，然而南宋禅宗文学并无专门指称，现在再"由日推中"，借用为南宋"五山文学"以代指南宋禅僧文学，是具有学理意义的。侯体健则提出"祠官文学"，以统称那些领任祠禄官的宋代士人表达祠官身份和志趣的文学作品，并认为是一窥南宋文人心灵世界的重要视角，也颇有启发意义。这些新的概念能否为大家所接受并获得进一步的讨论，自然有待时间的检验，但它们确实有助于我们思考当前宋代文学研究如何拓展视野，更新路径，以获得长足发展。

其他像陈元锋对翰林学士制诰典册的解读、朱刚对审刑院本《乌台诗案》的分析、侯体健对南宋骈文程式的讨论、王汝娟对日本所存禅宗文献的利用、戴路对晚宋士大夫诗人群体的挖掘、赵惠俊对词作的细读及"雅词"的辨析等具体的创获还很多，这里就不一一介绍了。宋代大儒朱熹有云"旧学商量加邃密，新知培养转深沉"，本辑所收著作既有对旧题的再讨论、再补充、再纠正，也有自创新题的开拓与建构，邃密深沉，两兼其美，展现出宋代文学研究领域的求新面貌和广阔前景。

本辑呈现的变化，既是大家不甘守旧、努力创新的结果，也是学界新生力量不断成长的必然。第一辑的作者以出生于60、70年代为主，这一辑则已然是80、90后占绝对优势；而且他们中间有几位是我学生的学生，戴路是吕肖奂的博士，赵惠俊是朱刚的博士，王汝娟也曾随朱刚读研。学术事业，薪火相传，这是作为老师的我非常乐意也非常期盼见到的,希望他们能够戒骄戒躁,再接再厉,百尺竿头更进一步。

最后,我还想借此机会诚邀全国优秀的中青年学者加入我们,只要认同我们的学术理念,符合我们所追求的学术品格,就欢迎加盟,以推出第三辑、第四辑、第五辑……真正让"复旦宋代文学研究书系"成为学术共同体广泛认同的品牌。

目 次

绪言 ·· 1
 第一节　理学正统与晚宋的士大夫诗歌 ······························ 1
 第二节　"江湖"之外：理宗朝诗坛研究的新维度 ················ 11
  一、江湖诗人与晚宋诗坛分层 ·· 11
  二、地方文人的历史定位 ··· 16
  三、禅林文学研究的文献基础 ·· 23

第一章　贬谪与更化：官僚士大夫的诗歌创作（上） ············ 28
 第一节　济王事件与宝绍时期的贬谪诗歌 ·························· 29
  一、敬畏与超悟：魏了翁与洪咨夔的去国心态与情感表达 ····· 35
  二、春秋诗法：岁时吟咏中的政治隐喻 ···························· 39
  三、渊深宏奥："渠阳诗"的语言风格 ······························ 42
 第二节　"端平更化"与端嘉诗风的演变 ···························· 47
  一、闲雅雍容与警醒隐忧：更化初期的朝士心态和诗歌
    风貌 ··· 48
  二、"何减庆历"：端平年间的尚气士风与雄豪诗风 ·········· 52
  三、激扬与酸凄：端平雄豪诗风的深层透视 ···················· 63

四、轩爽磊落：《玉楮集》的气格与诗艺 …………………… 71

第二章　馆阁与科举：官僚士大夫的诗歌创作（下） ………… 78
　第一节　淳祐时期的馆阁翰苑文化与诗歌风貌 ………………… 79
　　一、性理与本心：淳祐馆阁翰苑的学术风尚与文学创作 …… 82
　　二、淳祐修史与"诗史"风貌的形成 …………………………… 90
　　三、沉吟与合声：淳祐文人的馆阁翰苑创作 ………………… 97
　第二节　宝祐四年科举事件与文学创作 ………………………… 105
　　一、科举之学的普及：进士群体的文化基础 ………………… 106
　　二、应举与观试：科举题材的文学书写 ……………………… 111
　　三、同年关系的深化：易代之际的精神砥砺 ………………… 117

第三章　空间与景观：地方文人的诗歌创作 …………………… 125
　第一节　晚宋永嘉诗人对"四灵"诗风的传承 ………………… 127
　　一、薛师石"文会"与永嘉诗人的风格异同 ………………… 127
　　二、永嘉山水与诗人的地方书写 ……………………………… 131
　第二节　闲暇与徽州诗人唱和 …………………………………… 136
　　一、栖身与处顺：闲居者的时空环境 ………………………… 136
　　二、方岳与吴锡畴的《山居十首》唱和 ……………………… 141
　第三节　地域视野下的宋末元初江西盱江诗人群体 …………… 145
　　一、"吾盱有此前辈"：刘壎的历史记忆与地域认同 ……… 145
　　二、结社与参诗：盱江诗人群体的构成 ……………………… 149
　　三、地域风气与盱江诗人的古体诗创作 ……………………… 154

四、地域文化的集体呈现：仙道景观的文学书写 ……… 159

第四章　豪侠与漫游：江湖游士的诗歌创作 ……………… 163
　第一节　侠气与诗风——游士阶层文化性格和创作特征的
　　　　　再认识 …………………………………………… 167
　　一、尚武与建功：豪侠兴起的时代氛围 ……………… 168
　　二、游士横议：侠气在政治空间中的显现 …………… 172
　　三、"友道"与"心朋"：游士交往中的江湖意气 …… 177
　　四、以侠为诗：江湖游士的创作风貌 ………………… 180
　第二节　游吟：江湖诗的生产状态与精神内涵 …………… 184
　　一、吟诗与得句：江湖诗的创作状态 ………………… 185
　　二、移动空间：江湖诗人的纪行之作 ………………… 190
　　三、漫游与归家：江湖诗人的内在超越 ……………… 194
　第三节　风格的选择与形塑：戴复古诗集编选的考察 …… 198
　　一、石屏诗集的编选与序跋 …………………………… 198
　　二、《石屏续集》与《中兴群公吟稿戊集·石屏戴式之》的
　　　　对比 ……………………………………………… 208
　第四节　江湖诗人的形象建构 ……………………………… 213

第五章　唱道与颂禅：五山丛林的诗歌创作 ……………… 224
　第一节　游方与赠别：禅机启悟与言语表达 ……………… 227
　　一、"与世同波，与世无涉"：禅门的纪游诗创作 …… 228
　　二、归家与开悟：禅门送别诗的书写主题 …………… 231

三、"峰顶月"与"海东日":《一帆风》的表达策略 …………… 234

第二节 文字禅与五山僧众的禅意吟颂 …………………… 238

一、"假文明宗":文字禅在五山丛林的兴盛 …………… 238

二、禅慧与诗语:《花光十梅》题咏与道号颂 …………… 242

三、"提撕无间断":作为文字禅范本的《天台石桥颂轴》…… 250

结束语 …………………………………………………… 259

附录一 "宿命通"与北宋中后期文人的转世书写 …………… 262

附录二 日常经验与内在超越:南宋诗人的老年书写 ………… 282

参考文献 ………………………………………………… 296

后记 ……………………………………………………… 311

绪　言

南宋理宗朝诗坛研究,并非以王朝史来规约诗歌史,所谓"理宗朝"是以宋理宗在位的四十年(1225—1264)为主要时间段,同时又会根据不同诗人的生活年代和作品留存情况向前后作必要延伸。所谓"诗坛",本包含竞技的意味,登坛拜将、相互比试,"文会忝予盟,诗坛推子将"(欧阳修《答梅圣俞寺丞见寄》)、"最晚李杜出,遂将风雅坛"(黄庶《谢崔象之示诗稿》),乃至清末出现了"诗坛点将录"这类书籍。现代意义上的诗坛是一个通过结社、集会、出版等覆盖创作者的公共网络,既拥有物质性的公共设施,又是诗人情感聚合的"想象共同体"。我们借用其现代意义,以理宗在位时间和统治疆域为时空边界,尝试去描述和探究这个诗人共同体。根据诗人的阶层属性和分布情况,我们将其分为官僚士大夫、地方文人、江湖游士、五山禅僧四个部分。

第一节　理学正统与晚宋的
　　　　士大夫诗歌

宋理宗的庙号源于其生平对理学的推崇。《宋史·理宗本纪》云:"宋嘉定以来,正邪贸乱,国是靡定,自帝继统,首黜王安石孔庙从祀,升濂、洛九儒,表章朱熹四书,丕变士习,视前朝奸党之碑、伪学之禁,岂不大有径庭也哉! 身当季运,弗获大效,后世有以理学复古帝王之治者,考论匡直辅翼之功,实自帝始焉。庙号曰'理',其殆庶乎!"①这里涉及从宁宗嘉定到理宗淳祐年间理学正统化的历史过程。对此,胡昭曦、蔡东洲《宋理宗宋度宗》其四《崇尚理学》梳理了清晰线索,包括执政者在名誉上消除"伪学"地位,追封"北宋五子"和南宋"东南三贤",在思想观念上确认"道统",在经典读本上表彰《四书集注》,在人事上提拔理学士人等②。值得注意的是在此过程中士大夫的政治参与。

从宋理宗和史弥远的施政立场看,崇尚理学本来就充满策略性考量。理宗依靠史弥远矫诏废立而上台,刚继位就逼死济王,朝野反对意见较大,加之北方蒙古势力日渐强盛,威胁南宋王朝的生存空间。这些都需要借助理学来凝聚人心,增强执政的合法性。关于蒙古政权的影响,刘子健(James T. C. Liu)、田浩(Hoyt Cleveland Tillman)都提到宋蒙之间在崇儒方面的竞争性③。而更重要的是宋廷内部君臣关系的变化,这就需要我们结合具体事件与人物进行考察。例如,真德秀将《大学》与帝王治道的连接促进了理宗对朱熹《四书章句》的重视。端平元年(1234),真德秀进呈《大学衍义》时,先突出朱熹《章句》"为治之序,为学之本",进而强调《衍义》"羽翼是书"。据《宋季三朝

---

① 脱脱等《宋史》卷四五,中华书局,1985年,第889页。
② 胡昭曦、蔡东洲《宋理宗宋度宗》,吉林文史出版社,1996年,第107—149页。另外可参看张金岭《宋理宗研究》第五章第二节,人民出版社,2008年,第230—238页。张著将宋理宗对理学的尊崇分为三个阶段:宝庆、绍定间励志讲学,端平到淳祐间趋于高潮,淳祐以后加强对皇子的理学教育。
③ 刘子健认为崇扬儒学是史弥远在济王事件后采取的补救措施,同时蒙古兴建孔庙、实行中原考试制度给南宋王朝带来压力,后者将尊崇理学作为文化宣传的手段。参见氏著《宋末所谓道统的成立》,《文史》1979年第2辑,第129页。另见氏著《中国转向内在:两宋之际的文化转向》第三部分七"从危机到国家正统",赵冬梅译,江苏人民出版社,2019年,第145—146页。田浩亦秉持相同观念,并补充了蒙古建立太极书院、祭祀周敦颐、二程等人的材料。参见氏著《朱熹的思维世界》第四部,陕西师范大学出版社,2002年,第278—280页。关于宋蒙之间儒学关系,可以参看胡昭曦主编《宋蒙(元)关系史》第二章第二节五"儒士被俘与理学北传",四川大学出版社,1992年,第121—126页。而根据方震华的研究,理宗尊崇理学受蒙古的影响较小,主要还是内部因素,"显示在当时的环境中,君主除了理学之外,已无其他方式来吸引多数士大夫的向心"。参见氏著《转机的错失——南宋理宗即位与政局的纷扰》,《台大历史学报》第53期。

政要》记载:"德秀进《大学衍义》……次日,后殿聚讲,上曰:'卿所进《大学衍义》一书,有补治道,朕朝夕观览。'后德秀轮当,进读《大学章句》毕,上谕:'卿所进《大学衍义》,便合就今日进读。'"①可见理宗对《大学衍义》"有补治道"的肯定与他对朱熹《大学章句》的兴趣是一个相互促进的过程②。又如,受业于朱熹、端平元年担任太常少卿兼侍讲的徐侨提出将《论语》升为"早讲",同时建议将周敦颐、程颢、程颐、张载、朱熹纳入从祀序列,这些都得到理宗的认可③。再如,作为推崇理学的标志性事件,理宗在淳祐元年(1241)将《道统十三赞》宣示国子监诸生,如研究者萧宇恒所言,具有安抚太学生、缓解舆论压力的意图,因为太学持续发挥着对朝政的干预效应④。这些都提示我们关注当事人的身份、立场、心态、策略等,从理学所处的历史世界中去勾勒线索。

在理学正统化的过程中,理宗除了对已故理学大家进行追封褒赠,也注重提拔他们在世的弟子门人担任朝廷要职。胡昭曦、蔡东洲在《宋理宗宋度宗》一书中罗列了一份朝廷提拔理学士人的名单,为我们把握理宗朝的政坛走向指明了路径⑤。关于理学士大夫在朝廷中发挥的具体作用,关长龙《两宋道学命运的历史考察》第四章考察了吴昌裔、袁甫、杜范等人的角色⑥。此外,一些没有学术渊源,但活跃在理学士大夫周边的官员也值得关注。如关于宝庆年间济王事件引起的朝廷政争,关长龙就认为"一些不能遽定其为道学人士与否

---

① 王瑞来笺证《宋季三朝政要笺证》卷一,中华书局,第 83 页。
② 参见何俊《南宋儒学建构》第五章第三节,上海人民出版社,2013 年,第 365—389 页。
③ 分别见汪圣铎点校《宋史全文》卷三二,中华书局,2016 年,第 2693 页;《宋史》卷四二二,中华书局,1985 年,第 12614 页。刘子健和田浩均认为徐侨取得了婺州同乡、时任知枢密院事的乔行简的支持。参见《中国转向内在:两宋之际的文化转向》,第 146 页;《朱熹的思维世界》,第 279、300 页。
④ 参见萧宇恒《从〈道统十三赞〉到〈静听松风〉政治宣传:南宋理宗的以画传意》,《艺术论坛》2015 年第 9 期。
⑤ 胡昭曦、蔡东洲《宋理宗宋度宗》,吉林文史出版社,1996 年,第 130—133 页。
⑥ 关长龙《两宋道学命运的历史考察》,学林出版社,2001 年,第 441—456 页。

的人如邓若水、陈德刚、胡梦昱、潘牥等益奋起而不遗余力地攻击史弥远"①。方震华也指出,在济王事件中被贬死象州的胡梦昱与徐瑄就不属于理学团体,却站在真德秀、魏了翁的一边②。因此,围绕而不囿于理学,以理宗朝各阶段的重大事件为中心,考察士大夫发挥的实际作用,是这一时期政治与文化研究的有效手段。

在理学正统化的同时,理学家的"新文统"亦得以建立。真德秀《文章正宗》提出"明义理、切世用"的作文标准、"悠然得性情之正"的诗歌标准,体现出正统学术对文学创作的规约。在真德秀之后,王柏编《诗可言》二十卷,其后集选取了二十三位理学家的诗作,从周敦颐、张载,到晚宋的黄伯固、徐侨、刘子寰、刘宰等,建构了"理学诗"的谱系。而金履祥《濂洛风雅》的编撰,更是强化了理学诗人的宗派意识③。值得注意的是基于"伊洛渊源"的正统和宗派意识具有较强的排他性。回顾理学正统化的过程,端平二年(1235)礼部尚书兼侍讲李埴开列的从祀名单,范围还比较宽泛:"胡瑗、孙明复、邵雍、欧阳修、周敦颐、司马光、苏轼、张载、程颢、程颐十人,卓然为学者所宗,宜在从祀之列。乞令经筵秘书省国子监参酌熟议。"④这份名单既有"宋初三先生"中的胡瑗、孙复,又有注重文辞的欧阳修、苏轼,加上此时还未被逐出孔庙的王安石,正好能反映宋代新儒学发展的基本面貌。只是淳祐年间的从祀序列完全尊崇朱熹的设计,采用《近思录》和《伊洛渊源录》的道统谱系,将欧阳修、苏轼等人排除在外⑤。与理学道统相似,"新文统"也严格按照师友渊源来构建,《濂洛风雅》卷首所列

---

① 关长龙《两宋道学命运的历史考察》,学林出版社,2001年,第439页。
② 方震华《破冤气与回天意——济王争议与南宋后期政治(1225—1275)》,《新史学》第27卷2期。
③ 祝尚书《论宋代理学家的"新文统"》,《文学遗产》2006年第4期。
④ 汪圣铎点校《宋史全文》卷三二,中华书局,2016年,第2696页。
⑤ 参见黄进兴《优入圣域:权力、信仰与正当性》,陕西师范大学出版社,1998年,第294—298页。

《濂洛诗派图》可见一斑。因此四库馆臣评《濂洛风雅》曰:"自履祥是编出,而道学之诗与诗人之诗千秋楚越矣。夫德行、文章,孔门即分为二科。儒林、道学、文苑,宋史且别为三传。言岂一端,各有当也。以濂洛之理责李杜,李杜不能争,天下亦不敢代为李杜争。然而天下学为诗者,终宗李杜,不宗濂洛也。此其故可深长思矣。"①正如宋代思想史上的"周程、欧苏之裂",理学文统观统摄的诗学谱系具有鲜明的排他性,所谓"道学之诗"与"诗人之诗"的分途,"濂洛"与"李杜"的差异,让理学诗人特别是晚宋理学诸家长期在文学研究中不受重视。

民国时期的文学史和诗歌史尚关注宋代理学家的作品。吕思勉《宋代文学》和柯敦伯《宋文学史》论理学诗时截至朱熹的时代,胡云翼《宋诗研究》"反江西派诗人"中包含了"理学家的诗"与"江湖派",梁昆《宋诗派别论》第十、十一章分别为"江湖派"与"理学派",陈子展《宋代文学史》第四章在介绍江湖诗派后也说"到了刘克庄的时候,道学派才算成立"②。1949年后的文学史将理学诗派淡化,或略去不述,或以江湖诗派指称整个南宋后期诗坛。如北大中文系1955级编《中国文学史》第五编《宋代文学》未涉及南宋后期诗人。1962年中国社会科学院研究所编《中国文学史》"宋代文学"第九章《南宋后期文学》主要论述四灵、江湖派和宋末爱国诗。此后游国恩《中国文学史》第八章《南宋后期文学》在四灵之后、宋末爱国诗人之前,也是着重介绍江湖诗人。吴组缃、沈天佑《宋元文学史稿》第八章《南宋后期文学》在格律派词人、四灵、《沧浪诗话》、宋末爱国诗人之外,亦主要讨论江湖派诗人。程千帆、吴新雷《两宋文学史》第十章谈到南宋后期诗歌时,除永嘉四灵外,也是以江湖诗派为主要探讨对象。此外,如袁行霈《中国文学史》,章培恒、骆玉明《中国文学史新著》,孙望、常国

---

① 永瑢等《四库全书总目》卷一九一,中华书局,1965年,第1737页。
② 陈子展《宋代文学史》,作家书屋,1945年,第103页。

武《宋代文学史》,许总《宋诗史》,木斋《宋诗流变》等,无不以江湖诗派作为南宋后期诗坛的代表。值得注意的是吕肖奂《宋诗体派论》在江湖诗派之后,"理学诗派"再次被单独提及,著者比较了真德秀和魏了翁的诗学追求,前者以"严刻"的理论限定了自身创作,后者并不排斥文辞和"诗人之诗",取径更为宽泛①。之后王水照、熊海英《南宋文学史》第三章《国运衰颓与文运潜转》也将江湖诗人与道学诗人同时论述。可见,南宋后期理学诗人长期淡出研究者视野,跟"道学之诗"与"诗人之诗"的分途不无关系。"濂洛风雅"自身的排他性,容易遮蔽其所处时代的整体创作面貌。因此我们研究理宗朝诗坛的出发点,就像研究理学正统化与政坛走向一样,围绕而不囿于理学,考察更多士大夫的创作面貌。

在这方面,常德荣《南宋中后期诗坛研究》做出了努力,按照《宋元学案》的谱系,勾勒出更大范围的理学诗人群体,指出其诗风的"朴质"特征②。我们在此基础上关注这一时期更多士大夫的别集和诗作,列表如下:

理宗朝士大夫别集及诗作简表

诗人名	生卒年	及第时间	别 集 名	现存诗歌数量
真德秀	1178—1235	庆元五年(1199)	《西山文集》	165
魏了翁	1178—1237	庆元五年(1199)	《鹤山集》	891
洪咨夔	1176—1236	嘉泰二年(1202)	《平斋文集》	1 003
方大琮	1183—1247	开禧元年(1205)	《铁庵集》	13
杜 范	1182—1245	嘉定元年(1208)	《清献集》	281
吴 泳	不详	嘉定二年(1209)	《鹤林集》	289

① 吕肖奂《宋诗体派论》第九章第三节,四川民族出版社,2002年,第309页。
② 常德荣《南宋中后期诗坛研究》,上海大学2011年博士学位论文。

(续表)

诗人名	生卒年	及第时间	别集名	现存诗歌数量
许应龙	1169—1249	嘉定元年(1208)	《东涧集》	68
陈元晋	1186—？	嘉定四年(1211)	《渔墅类稿》	177
程公许	1181—1251	嘉定四年(1211)	《沧洲尘缶编》	114
吴潜	1195—1262	嘉定十年(1217)	《履斋遗集》	809
王迈	1184—1248	嘉定十年(1217)	《臞轩集》	268
包恢	1182—1268	嘉定十三年(1220)	《敝帚稿略》	475
徐鹿卿	1189—1251	嘉定十六年(1223)	《清正存稿》	91
李曾伯	1198—1268	宝祐二年(1254)赐同进士出身	《可斋杂稿》《续稿》	215
徐经孙	1192—1273	宝庆二年(1226)	《矩山存稿》	590
李昴英	1201—1257	宝庆二年(1226)	《文溪集》	88
赵汝腾	？—1261	宝庆二年(1226)	《庸斋集》	170
岳珂	1182—？	嘉泰二年(1202)	《玉楮集》	147
徐元杰	1194—1245	绍定五年(1232)	《楳埜集》	764
高斯得	不详	绍定二年(1229)	《耻堂存稿》	122
林希逸	1193—？	端平二年(1235)	《竹溪十一稿诗选》《续集》	177
刘克庄	1187—1269	淳祐六年(1246)赐同进士出身	《后村居士集》	813
姚勉	1216—1262	宝祐元年(1253)	《雪坡文集》	4557
陈著	1214—1297	宝祐四年(1256)	《本堂集》	977
舒岳祥	1219—1298	宝祐四年(1256)	《阆风集》	1248
谢枋得	1226—1289	宝祐四年(1256)	《叠山集》	103
文天祥	1236—1283	宝祐四年(1256)	《文山先生文集》	510

从生活年代看,理宗朝诗人群体大致可分为三代人。一是12世纪70年代出生,及第时间在宁宗庆元、嘉泰之间,在理宗继位后已颇有声望,但不久便去世,如真德秀、魏了翁、洪咨夔等。二是12世纪八九十年代出生,及第时间在宁宗嘉定到理宗端平之间,创作活动主要在理宗朝,如程公许、杜范、王迈、赵汝腾、林希逸、高斯得、李昂英,以及后来赐同进士出身的李曾伯、刘克庄等。三是13世纪20年代左右出生,在理宗朝后期登第,经历宋元易代的一批人,如文天祥、谢枋得、舒岳祥、方逢辰等。他们并非都是理学家,但却伴随理宗朝各阶段的政坛大事,是士大夫诗歌创作的主要力量。

除了将考察范围从"濂洛风雅"的谱系扩大到理宗朝更大范围的士大夫创作,我们还应细致梳理理学对诗歌的渗透过程。理学"新文统"对晚宋诗歌的影响,祝尚书归纳为四个方面:依经说理、议论化加重、韵味尽失、粗制滥造[1]。张健的梳理则更为细致,在《晚宋理学、诗学关系的紧张与融合》一文中论述了真德秀、魏了翁等理学家贵理学而贱诗、明义理与尊古体的观念,同时谈到刘克庄对理学与诗学的调和、戴复古对理学的部分认同、严羽对理学的批评等[2]。如果结合具体创作情况看,这种影响还可以从多个角度来探讨。首先,理学家诗歌受到学术影响的程度是不同的。例如根据张文利、陶文鹏的分析,真德秀和魏了翁虽然都喜欢用诗歌阐发义理,但真氏的说理较为直白,缺乏形象感,而魏氏能够借助文学艺术手段,具有诗的韵味[3]。其次,理学对诗歌创作的影响又不仅限于理学家的范围,而是渗透到整个士人阶层。钱锺书《容安馆札记》谈到晚宋诗人沾染"道学语"的情况:

---

[1] 祝尚书《论宋代理学家的"新文统"》,《文学遗产》2006年第4期。
[2] 周宪、徐兴无《中国文学与文化的传统及变革》,南京大学出版社,2008年,第15—29页。
[3] 张文利、陶文鹏《真德秀与魏了翁文学之比较》,《苏州大学学报》(哲学社会科学版)2008年第4期。

卷二十四陈起宗之《夜听诵太极西铭》:"六经宇宙包无际,消得斯文一贯穿。万水混茫潮约海,三辰焕烂斗分天。鸢鱼察理河洛后,金玉追章秦汉前。遥夜并听仍暗昧,奎明谁敢第三篇?"按纪文达《瀛奎律髓刊误序》斥方虚谷论诗三弊,其二曰:"攀附洛、闽道学",诚中其病。然此乃南宋末年风气,不独虚谷为然,江湖派中人亦复如是。芸居此诗,其一例也。他如卷十四章粲《学易斋》云"图(《太极图》)书(《通书》)诣其微,精实超惚恍。启蒙析其义,端倪见俯仰",又《絜矩书院示学子》一首发挥"天人特异名,性情即理气"之旨,娓娓平言,有曰"至哉子朱子",又曰"吾因伊川程",真所谓"押韵讲义"也。吴锡畴《兰皋集》卷下《江氏静山堂》(第三百二十七则)、吴龙翰《古梅吟稿》卷一《持敬堂》、卷二《读先大父遗文》(第三百四十六则)、卫宗武《秋声集》卷一《理学》(第四百六十四则)、毛珝《吾竹小稿》(第二十二则)、罗与之《雪坡小稿》(第四百三十八则)、陈杰《自堂集》(第三百二则)、《西山先生真文忠公文集》卷三十六《跋宋正甫诗集》(即《宋诗纪事》卷七十一宋自适,摘句皆道学语,似亦江湖派)……余如洪平斋、林竹溪、刘后村辈,莫不作近体诗借道学语以自重。(《后村大全集》卷二《先儒》、卷四《书感》《圣贤》、卷九《遗编》《一念》《进德》、卷二十六《忍欲》之类,不胜一一举。《隐居通议》卷十所谓"后村序竹溪诗'经义策论之有韵者'一句,最道着宋诗之病,然其自作,则亦有时而不免。"刘须溪则云:"后村所短,适在此。"可发一笑。)至理学家所作篇什,更不必论矣。一时风气,于虚谷乎何尤?[1]

钱锺书谈到南宋末年诗人好用"道学语"的风气。"理学家所作篇什"

---

[1] 钱锺书《容安馆札记》第四百五十二则,商务印书馆,2003年,第712—713页。

自然难免,批评"经义策论之有韵者"的刘克庄亦篇幅不小,洪咨夔、林希逸等也"借道学语以自重",甚至连陈起等江湖诗人也对濂洛诸儒津津乐道。可见理学观念、著作、术语等传播范围的广泛。

除了语言层面的直接渗透,理学还内在改变着诗人的精神气质。笔者曾探讨过理学对南宋诗人老年书写的影响,认为理学的内在超越精神改变了通常叹老伤逝的心态,使人老而愈勤、奋砺精进。这在朱熹、陆游、袁燮、程公许、刘克庄等人身上有充分体现[①]。此处再补充一则材料,魏了翁为真德秀所作《浦城梦笔山房记》云:

> 夫才命于气,气禀于志,志立于学者也,此岂一梦之间,他人所得而予乎?穷当益坚,老当益壮,而它人亦可以夺之乎?为此言者,不惟昧先王梦祲之义,亦未知先民志气之学。由是梦笔之事,如王元琳、纪少瑜、李巨山、李太白诸人,史不绝书,而杜子美、欧阳永叔、陈履常庶几知道者,亦曰"老去才尽",曰"诗随年老",曰"才随年尽",虽深自抑损,亦习焉言之,不知二汉时犹未有是说也。希元用力于圣贤之学,今既月异岁殊,志随年长,其自今所资益深,所居益广,则息游藏修于是山也,其必谓吾言然矣。叡圣武公年九十五作《抑》之诗:曰"相在尔室,尚不愧于屋漏。"呜呼,为学不倦如此,才可尽而文可蹶乎!既以复于希元,又以自儆云。[②]

所谓"老当益壮""志随年长""为学不倦"等,均因真德秀致力于"圣贤之学"。它带来的是个体才性的改变,超越江郎才尽的困境,因为不舍昼夜的为学功夫提供源源不断的知识供给和气质涵养。它重塑的

[①] 参见拙文《日常经验与内在超越:南宋诗人的老年书写》,《海南师范大学学报》(社会科学版)2016年第9期,见本书附录二。
[②] 《鹤山先生大全文集》卷四九,《四部丛刊初编》本。

是老年心态,超越自然时间的流逝,唤起生命活力。这些是我们在考察理学对诗歌的影响时应该深入挖掘的。

第二节 "江湖"之外:理宗朝诗坛研究的新维度

论及理宗朝诗坛,人们最熟悉的莫过于江湖诗人,因为它不仅显现出文学风格和题材的新变,也代表了南宋后期文学下移的趋势。诗歌风格的更迭是南宋后期诗坛呈现的基本面貌,这从稍早时候提倡晚唐风调、反拨江西诗风的永嘉四灵身上就得以显现。严羽"山谷用工尤为深刻,其后法席盛行,海内称为江西宗派。近世赵紫芝、翁灵舒辈,独喜贾岛、姚合之诗,稍稍复就清苦之风。江湖诗人多效其体,一时自谓之唐宗"①的评价为人所熟知。近现代研究者也基本沿袭这种思路,如胡云翼《宋诗研究》第十七章用"反江西派的诗人"来概括南宋后期的诗坛状况②,陈植锷《宋诗的分期及其标准》也指出这一时期诗人"直承唐人"以对抗江西诗风与中兴诸名家的诗风③,许总《宋诗史》亦谈到宋末诗人"蜕尽宋调、复倡唐音"以对抗江西末流与中兴大家④。此类论述颇多,成为研究者认识江湖诗风的基本视角。

一、江湖诗人与晚宋诗坛分层

与诗风演化相伴随的是创作题材、主题、内容的改变。1949年以后中国大陆地区的文学史在叙述话语上留下鲜明的时代印迹,但它

---

① 严羽《沧浪诗话·诗辨》,郭绍虞校释,人民文学出版社,1961年,第27页。
② 胡云翼《宋诗研究》,商务印书馆,1933年,第177页。
③ 陈植锷《宋诗的分期及其标准》,《文学遗产》1986年第4期。
④ 许总《宋诗史》第六编《余波绮丽——南宋末期》,重庆出版社,1992年,第859页。

却提示我们对南宋后期诗人的创作内容进行细致辨析。如游国恩《中国文学史》指出南宋后期文学"对现实的消极态度",吴组缃、沈天佑《宋元文学史稿》强调此时作者"爱国主义呼声日渐减弱"、转向抒发内心伤感与空虚,孙望、常国武《宋代文学史》在比较南宋前后期诗人时以"忧国爱民、抨击时政"为参照标准。此后,从作品内容出发关注创作心态和生存环境的论述逐渐增多。如程千帆、吴新雷《两宋文学史》所言:"从十三世纪初到南宋覆亡这一时期的文学,和以前陆游、辛弃疾的时期,显然地有所不同。"① 著者将这种转变分为两个方面,一是从"豪迈悲壮"向"吟咏风月、啸傲湖山"的内容改变,一是蒙元入侵、宋室衰落为作家带来的心理阴影,出现"抑郁隐晦"的调子。袁行霈编《中国文学史》也描述了诗坛从激昂悲壮向吟风弄月的转变过程,同时强调了"投谒应酬"内容的增加。许总《宋诗史》也比较了南宋前后期诗歌内容的差异,"前期大诗人陆、范、杨以及朱熹、周必大、楼钥等人都在其时相继辞世,自然显示了以激昂、丰富、多样为特点的宋诗第二艺术高峰的结束"②。木斋《宋诗流变》亦云:"中兴诗人的那种大家风范,在江湖时期也就荡然无存了。"③ 这些论述使我们能够从南宋后期诗歌特别是江湖诗具体内容题材的变化中透视时代风会的迁转。此后的研究者在这方面的把握更加深入,如王水照、熊海英《南宋文学史》强调此时诗人更加注重个体精神世界的经营、追求情感交流的自由等。从书写内容来审视诗坛新动向,在"江西""晚唐"的风格辨析之外,更能凸显创作者的角色。内山精也《宋代士大夫的诗歌观》对比了江湖诗人和士大夫的诗歌观,指出"他们的诗风之所以得到当时的广泛支持,是由于他们在诗中真实地表达了自我,巧妙地表现了日常生活的亲切光景。他们的存在意义在于:把诗歌

---

① 程千帆、吴新雷《两宋文学史》,上海古籍出版社,1991年,第446页。
② 许总《宋诗史》,重庆出版社,1992年,第786页。
③ 木斋《宋诗流变》,京华出版社,1999年,第433页。

当作一种手段,专门表现自己非社会的私人一面"①。这又从诗歌题材内容上提炼出江湖诗人的特有属性。

如果说内容题材的转变已涉及诗人的处境与心态,那么从创作者群体属性出发挖掘诗坛转型的实质内涵则更具纵深感。吉川幸次郎指出平民的教育背景决定了江湖诗人很难保持高深的知识水平和思想内容,只能恢复平易的抒情倾向;平民诗人的大量涌现"代表着一些极为重要的、不可忽略的新发展",文学活动的下移意味着"民主化"的开始,"从此以后,通过元、明、清各代,文学艺术的欣赏、创作、整理或保护等活动,便由少数的书生官僚阶级,转入所谓布衣阶级的手里,逐渐在民间普遍起来"②。吉川氏在阶层属性上挖掘诗风演变的深层动因、从结构分布的调整来透视诗坛的整体走势,其思路是值得借鉴的。此后内山精也《宋诗能否表现近世?》也指出"近世"意味着宋诗的世俗化过程,布衣、闺阁、僧人等"非士大夫"阶层的兴起加速了这一过程,江湖诗人的出现,是宋诗近世性的显著标志③。关于江湖诗人代表的诗坛走向,许总《宋诗史》亦指出:"大量平民诗人创作中表露出的平民意识,则已与宋代政治文学的一体化进程相背离,而更多地显示了与元明诗风及其特质的接近。"④政治、文学一体化主要是官僚与文人的一体化,这种格局随着江湖阶层的兴起逐渐瓦解,创作队伍的分化、文坛结构的改变最终影响到诗歌风貌的演化。可见,关注江湖诗人的群体属性、教育背景、文化性格等,可为其风格演化提供更深层次的解释。

关于江湖诗人研究,一个关键问题是"江湖诗派"的界定。"江湖"本是一个宽泛的空间概念,在指称诗歌创作时,首先转化为一种

---

① 内山精也《庙堂与江湖——宋代诗学的空间》,朱刚等译,复旦大学出版社,2017年,第34页。
② 吉川幸次郎《宋诗概说》,郑清茂译,联经出版事业公司,2012年,第211页,第239页。
③ 内山精也《宋诗能否表现近世?》,朱刚译,《国学学刊》2010年第3期。
④ 许总《宋诗史》,重庆出版社,1992年,第860页。

风格概念。如四库馆臣提及"江湖诗派"时,多有"纤佻""寒俭""酸馅""粗犷""油腔滑调""叫嚣狂诞"等负面评价。后来"江湖"又与晚宋时期众多中下层诗人相对应,尤其是与《江湖》诸集收录的诗人结合起来,坐实为一种流派概念。对此,侯体健《"江湖诗派"概念的梳理与南宋中后期诗坛图景》一文有清晰的梳理,指出从四库馆臣的卑下"风格论"至民国学者《江湖集》"书籍论"的转向①。以风格而论,"江湖"本与"晚唐"直接对应,但从江湖诗派的取法对象与创作实绩看,其习尚是驳杂不均的。据王水照、熊海英《南宋文学史》总结,从中唐后期到唐末,韩愈、孟郊、张籍、王建、杜荀鹤、许浑、刘长卿、贾岛、姚合、陆龟蒙等都是江湖诗人的学习对象,而另一些诗人则参习江西诗法,他们很难显现出一种统一鲜明的风格元素。"属差"的不明确势必会影响概念的严谨性。另一方面,从成员组成情况看,江湖诗人群体以谒客游士为主,彼此之间的联系较为松散。如刘毅强所言,江湖诗人"以许多个亚群体的形式、在各自有限的时空中进行交往,而不可能形成一种贯穿整个时期的、较为集中与稳定的交往方式"②。可见,江湖诗人是一个分布广泛的社会群体,而非一个组织严密的诗歌流派。史伟也谈到:"首先和主要的不是一个诗歌创作的现象,而是一定历史背景下的社会现象。"③作为一种社会身份,江湖游士在某个诗人身上又不是固定不变的,出仕、游谒或隐居,可以相互转换。如侯体健所言:"'江湖诗人'是一个动态的名词,应随主体的社会身份变化而变化。当某位诗人不再是游士时,其'江湖诗人'的身份,就应该淡出对其社会属性的定位。"④总之,通过对江湖诗风的

---

① 侯体健《"江湖诗派"概念的梳理与南宋中后期诗坛图景》,《文学遗产》2017年第3期。
② 刘毅强《南宋"江湖诗派"名辩——简论江湖诗派不足成派》,《华东师范大学学报》(哲社版)1993年第3期。
③ 史伟、宋文涛《"江湖"非诗派考论》,《社会科学家》2008年第8期。
④ 侯体健《刘克庄的乡绅身份与其文学总体风貌的形成》,《中山大学学报》(社会科学版)2011年第3期。

深入辨析,对士人身份的细致梳理,我们可以发现传统的江湖诗派概念因为过于宽泛而难以有效解释晚宋诗坛的复杂现象。它提醒研究者要划定江湖诗人的边界,以游离无根、依附干谒为其根本属性,将不具有这些特征的官僚士大夫、地方士绅从这一群体中剥离出去。只有缩小成员范围才能解决风格混杂而不鲜明、组织松散而不清晰的问题。同时,又要结合江湖诗人的教育背景与文化性格分析其创作习尚的深层动因,从阶层交流、身份转换等角度动态观察江湖诗人与江湖诗风。

为解决"江湖诗派"宽泛和模糊的界定,按照阶层属性重新划分南宋后期诗坛就显得十分必要。据史伟概括,除科举出仕外,这一时期士人还有乡先生、吏、商、医、游士、巫、僧、道、书会才人等多种选择①。因此在文学研究中,创作阶层的划定须适应这一分化趋势。在这方面,勾承益90年代的博士学位论文《晚宋诗歌与社会》的思路颇具启发性。他将当时的创作群体归为三类:"江湖群体""官僚群体"和"学校群体"。其中"学校群体"是指"当时一群活动在三学斋舍中的知识分子","他们的诗歌不论在艺术方面或是在思想内容方面,都具有与其它朝野文人不同的特点"。②勾承益对"学校群体"的标示,超越了传统的研究视角。关于这一群体,史伟进行了深入论述:"从太学到地方官学以及包括书院在内的各类私人授徒,都是呈现同样的特点和风貌。"③他指出研究者多关注江湖草野的干谒之士,却很少涉及学校和书院的游学之士。除了学校群体,还有地方士绅、乡间隐士引起了学者关注。侯体健《刘克庄的文学世界》将晚宋诗坛的创作群体划分为官僚诗人、乡绅诗人和游士诗人三类,尤其强调了"乡绅诗人"的概念。在他看来,"乡绅诗人不是谒客,也鲜有干谒经历,多

---

① 史伟《宋元之际士人阶层分化与诗学思想研究》,人民文学出版社,2013年,第23—38页。
② 参见勾承益《晚宋诗歌与社会》,四川大学1997年博士学位论文。
③ 史伟《宋元之际士人阶层分化与诗学思想研究》,人民文学出版社,2013年,第88页。

数人曾努力场屋或得门荫而为地方小吏,依靠俸禄或者其他方式,稳定地居住在一方"。这又在江湖游士之外,划定了一个新的创作群体。① 但常德荣却认为"乡绅诗人"在概念的周延性上有所欠缺,代之以"隐士诗人"。他认为:"首先,乡绅实为闲居乡间之士,也即隐士;其次,那些穷困潦倒的中下层士人,即便是长期闲居家乡,也很难称得上乡绅,他们既没有成为江湖游士,也不可能获得地方上的权力和荣誉,从而晋身为乡绅,而只能称之为隐士。"② 综合来看,"隐士诗人"与"乡绅诗人"的概念并不矛盾,反而可以相互补充。"隐士"与"乡绅"都稳居一方,他们既与庙堂政事保持距离,又不游走江湖,倒是时常共同参与地方的文化事务,这就涉及我们接下来将要探讨的"地方文人"。

二、地方文人的历史定位

在宋史研究中,近世社会地方精英的命题向来受人关注。宫崎市定论及近世政治特征时,谈到读书人、官僚、富农豪商三位一体的"新贵族阶级",以及地方政治中胥吏的兴起③。20世纪70到90年代,日本史学家从社会阶层的发展上细化了"近世"的演变轨迹。如赤城隆治《近世地方政治的诸多现象》分析了在地方社会的经济生产、诉讼、县政等环节中乡绅、讼师、胥吏等发挥的作用④,在宫崎市定的基础上有所推进。又如斯波义信《南宋时期"社会中间层"的出现》提到由州学贡士组成的地方水利管理团体⑤,分析这些"公心好义"之士对社会自律性的推动,期望据此补充和修正过于笼统的"唐宋变革

---

① 侯体健《刘克庄的文学世界——晚宋文学生态的一种考察》,复旦大学出版社,2013年,第91页。
② 常德荣《南宋中后期诗坛研究》,上海大学2011年博士学位论文。
③ 宫崎市定、砺波护《东洋的近世:中国的文艺复兴》,中信出版社,2018年,第65—73页。
④ 赤城隆治《近世地方政治的诸多现象》,近藤一成主编《宋元史学的基本问题》,中华书局,2010年,第193—209。
⑤ 斯波义信《南宋时期"社会中间层"的出现》,近藤一成主编《宋元史学的基本问题》,中华书局,2010年,第106—108页。

论",探究其具体演进过程。同时,斯波义信的研究又是对美国学界的一种回应,谈及南宋社会发展趋势时,他提到刘子健的研究成果;论及国家对社会支配方式在两宋的变化时,又回应了韩明士(Robert P. Hymes)的观点。

事实上,美国学者对"宋代近世说"和"唐宋变革论"的修正主要围绕士人与精英群体展开,也更加重视南宋的转折性。刘子健1974年出版的《中国转向内在》对"知识分子"的定义是:"具有精英地位的杰出学者,有着公认的学术成就,通常拥有官职或曾经在政府中供职;他关怀国家和社会的广泛利益,并能与他人分享其关怀,通过分享影响或试图影响思想和公共事务的发展趋势。"①刘子健将民间学者、布衣文人等排除在外,其考察对象更接近传统士大夫,但这个群体恰好在两宋之际发生了深刻转变,更加注重巩固自身地位,在道德上趋向保守,在学术上注重整合,追求内向的自我完善和自我强化。在《刘宰和赈饥——申论南宋儒家的阶级性限制社团发展》一文中,刘子健通过对刘宰生平事迹的梳理,关注其学术信仰与文章著述,尤其介绍了刘宰在赈饥善举中的作为,突出其作为"南宋式乡绅的新类型"②。20世纪80年代,郝若贝(Robert M. Hartwell)《750—1550年中国的人口、政治与社会转变》开创的"Hartwell模式"更加关注南宋精英地方化的演化路径,其"中唐—北宋—南宋"的阶段划分,伴随着世袭精英、职业精英到地方士绅的转变过程③。此后,韩明士(Robert P. Hymes)《官宦与绅士:两宋江西抚州的精英》关注精英在两宋的起源的转变,从科举考试、社会福利、宗教生活等方面进行考察,以实证

---

① 刘子健《中国转向内在:两宋之际的文化转向》,赵冬梅译,江苏人民出版社,2012年,第14页。
② 参见刘子健《刘宰和赈饥——申论南宋儒家的阶级性限制社团发展》及其续篇,分别见《北京大学学报》(哲学社会科学版)1979年第3、4期。
③ 参见郝若贝《750—1550年中国的人口、政治与社会转变》,林岩译,《新宋学》第三辑,上海人民出版社,2014年,第333—360页。另有易素梅、林小异等译文,收入伊沛霞、姚平主编《当代西方汉学研究集萃·中古史卷》,上海古籍出版社,2012年,第175—246页。

方式对"Hartwell 模式"进行了深化①。而他在《陆九渊,书院与乡村社会问题》中分析了先贤祠、乡约、社仓、书院这些"中间层次"在地方社会的影响,当然陆九渊似乎对这些兴趣不大②。此外,如包弼德(Peter K. Bol)《斯文:唐宋思想的转型》亦是沿着"唐代世家大族—北宋文官家族—南宋地方精英"演变方式进行探讨③。柏文莉(Beverly Bossler)以婺州为中心,探讨了地方精英的家族、婚姻、身份地位等④。无论郝若贝的"地方士绅"(Local Gentry),韩明士的"绅士"(Gentleman),还是包弼德的"作为地方精英的文人"(Local elites of literati),都提示我们关注文学史上地方文人的角色。

关于地方文人与文学创作的关系,黄宽重的研究颇具启发意义。他提到"乡里成为他们(乡居官员)生活的中心,以彼此认同的身份、共同的文化为基础,不叙年齿、穷达,结成一个群体,以诗文结社,相互游赏酬唱",⑤这为我们认识地方文人的影响与地域文学群体的形成提供了有效思路。在对南宋道学门徒孙应时的考察中,黄宽重从书信写作的角度关注了这位"远离权力核心的中层士人对南宋中期重大政治事件的观察和关注"⑥。此外,他又结合刘宰的人际关系和社会关怀,考察了地方精英在庙堂之外追求的生命意义⑦。这些都有助于我们深入挖掘地方精英在文学史研究中的价值。

精英地方化是南宋疆域面积缩小,官员任职的流动性降低、区

---

① Robert P. Hymes, *Statesmen and Gentlemen: The Elite of Fu-chou, Chiang-hsi, in Northern and Southern Sung*, Cambridge University Press, 1986.
② 参见田浩(Hoyt Cleveland Tillman)编,杨立华、吴艳红等译《宋代思想史论》,社会科学文献出版社,2003 年,第 445—474 页。
③ 参见包弼德《斯文:唐宋思想的转型》第二章"士之转型",刘宁译,江苏人民出版社,2017 年,第 47 页。
④ 柏文莉《权力关系:宋代中国的家族、地位与国家》,刘云军译,江苏人民出版社,2015 年。
⑤ 黄宽重《从中央与地方关系互动看宋代基层社会演变》,《历史研究》2005 年 4 期。
⑥ 黄宽重《论学与议政——从书信看孙应时与其师长的时代关怀》,《北大史学》2016 年。
⑦ 参见黄宽重《艺文中的政治:南宋士大夫的文化活动与人际关系》,台湾商务印书馆,2019 年。

域交流减少等多种原因促成的社会现象,如何借用而不套用史学研究中的这种视角,归纳地方文人的独特意义显得必要。首先,我们认为地方文人推动了文学创作经验的总结与技能的普及。稳居一方的地方文人有足够的闲暇对前人的创作技巧与风格进行总结,点评同辈的作品,并将这些经验用来指导后学。它推动了晚宋诗学的发达,催生了一批总结性的诗学著作,也促进了"唐音"与元祐—江西诗风的经典化。研究者在把握由宋至明的文化走向时,曾提出这一长时段是由"创造性思想"向"妥协性思想"的过渡,原创的动力逐渐减弱,经典思想实现了"制度化、世俗化和常识化"①。这一特点在南宋中后期尤其鲜明,诗选、注本、诗格、诗话类著作大量涌现,前人的规律和方法也得到系统的总结,在这一潮流中地方文人扮演了重要角色。

以赵蕃(1143—1229)为例,他在信州奉祠里居三十多年,如刘宰墓志所言:"天下学者凡有一介之善、片文只字之长,皆裹粮负笈,就正函丈。其限以地、屈于力而不能至者,诗筒书函,左右旁午,往往以一酬酢为荣。"②与赵蕃有交流的既有周必大、辛弃疾这样的官僚士大夫,又有刘宰这样的地方精英,亦有戴复古、阮秀实这样的江湖游士。例如,戴复古曾前去拜访赵蕃,"客从远方来,亦是六十叟。手把一枝梅,奉劝两翁酒"(《章泉二老歌》),赵蕃为其删汰《石屏集》,并为集作跋。又如,游士阮秀实拜谒赵蕃,赵赠诗云:"青云道远龙媒老,白雪词高鬼胆寒。"③《诗人玉屑》卷一"赵章泉诗法""赵章泉谓规模既大波澜自阔""赵章泉论诗贵乎似""赵章泉题品三联"等均为赵蕃论诗之语,"或问诗法于晏叟""苦人来问诗,答之费辞""誊以示之"等都显示

---

① 葛兆光《"唐宋"抑或"宋明"——文化史和思想史研究视域变化的意义》,《历史研究》2004年第1期。
② 刘宰《章泉赵先生墓表》,《漫塘集》卷三二,《景印文渊阁四库全书》第1170册,台湾商务印书馆,1986年,第729页。
③ 方回《跋阮梅峰诗》,《桐江集》卷四,《宛委别藏》本。

出谈诗论艺的场景①。又如奉祠闲居的巩丰(1148—1217)有睡翁的称号,江湖诗人戴复古持作品前往拜谒,巩丰与他终日论诗,为之废睡。再如长期居家金坛的刘宰,也常常在书信往来中与人论诗,宝庆绍定间贬谪靖州的魏了翁,就将其诗作寄给刘宰,为刘氏所称赏。《诗人玉屑》卷一一"漫塘评刘启之诗病"亦记录了刘宰评诗之语。此外,如刘克庄里居莆田期间,亦接待了众多前来拜谒的地方诗人与江湖游士,并为他们的诗集撰写题跋。方岳闲居家乡祁门期间,与吴龙翰、吴锡畴等徽州士人相互论诗;祖籍歙县的方回在宝祐三年(1255)也曾上门拜见方岳,"夜置酒,诵诗彻晓"②。总之,地方文人依托以乡土为中心的交往圈,与各阶层人士展开广泛的诗学交流,有利于诗学理论的系统化。

以此视角来审视晚宋著名诗学著作,我们可以发现编著者大多具有"地方文人"的特点。如《诗人玉屑》著者魏庆之长期居乡,遇到饥荒时"捐粟以赈贫者,所全活者甚众。遇断桥圮路,必倾囊修之。会大疫,施药无算。有司欲闻旌之,庆之力辞乃已"③,体现出地方精英赈灾济贫的社会作用;而"有才而不屑科第,惟种菊千丛,日与骚人佚士觞咏其间"④,又保证其有充分闲暇钻研诗艺,追求技巧的精深。同样,《三体唐诗》编者周弼在嘉定年间中进士,后来退居故里,与"同庚生同寓里"的李龏"相与往来论诗三十余年"⑤。因《沧浪诗话》而闻名的严羽,一生有大量时间隐居在家乡邵武,绍定年间与地方官王埜、李贾及游士戴复古论诗之事为人熟知,每天"共观前辈一两家诗及晚唐诗"⑥。

---

① 魏庆之《诗人玉屑》卷一,王仲闻点校,中华书局,2007年,第9—11页。
② 方回《怀秋崖并序》,《桐江续集》卷三,《景印文渊阁四库全书》第1193册,第248页。
③ 魏时应修、张榜纂《万历建阳县志》卷六,明万历二十九年刻本。
④ 黄升《诗人玉屑序》,见魏庆之《诗人玉屑》卷首,王仲闻点校,中华书局,2007年,第1页。
⑤ 李龏《端平汶阳诗卷序》,《江湖后集》卷一,《景印文渊阁四库全书》第1357册,第723页。
⑥ 戴复古《昭武太守王子文日与李贾严羽共观前辈一两家诗及晚唐诗因有论诗十绝子文见之谓无甚高论亦可作诗家小学须知》,《石屏诗集》卷七,明弘治马金刻本。

地方文人潜心治诗的习惯与谈诗论艺的风气推动了诗学著作的编纂与流行。

其次,从地方文人的诗学立场看,他们具有广泛的师法对象,试图通过博览遍参的方式建构出一套规范诗学,矫治诗坛弊病。陈广宏在研究严羽诗学时指出:"他如此斩截地要求诗歌创作回到汉魏盛唐为标志的传统,至少体现出要为自己同样处身其间、并已开出新的面向的时代订立诗学规范的意图。"①在陈广宏看来,严羽对江西末流、理学诗和晚唐体的批评,使其在复古旗号下体现出一种调和姿态,因为他本人"仍向士大夫精英看齐,秉持某种改造社会文学风尚的崇高理想,并且希望自己的主张能够完全为同道理解、认同"②。正如社会史视野下"中间层"与"乡绅"阶层的过渡缓冲作用,在雅俗消长的时代环境下,地方文人的精英意识有助于诗学传统的系统总结和完整传承。因此从博览遍参的角度看,我们可以在晚宋地方文人那里找到这样一些例子。如薛师石"某自爱此,何论姚贾?后十年复过之,则手翻口讽,一以杜老为师矣","四灵君为姚贾,吾于陶谢韦杜何如也"③,其师法对象自晚唐以上直至晋宋。又如"鄙夷场屋之事技,独力于诗"的刘翼,"自晋唐而下至我朝诸公遗集掇撷数百家"④。魏庆之也是"取《三百篇》《骚》《选》而下及宋朝诸公之诗,名胜之所品题,有补于诗道者,尽择其精而录之"⑤。他们都追求在熟参遍览的基础上实现融会贯通,所谓"自立一门户""不主一体"等,最终对汉魏至本朝的诗学演变拥有宏观的把握。

再次,地方文人阶层的壮大推动了晚宋诗坛的地域化进程。南

---

① 陈广宏《闽诗传统的生成:明代福建地域文学的一种历史省察》,上海古籍出版社,2018年,第42页。
② 陈广宏《闽诗传统的生成:明代福建地域文学的一种历史省察》,上海古籍出版社,2018年,第51页。
③ 《瓜庐诗》附王汶、赵汝回序跋,《南宋群贤小集》本。
④ 林希逸《心游摘稿序》,《江湖小集》卷三〇,《景印文渊阁四库全书》第1357册,第244页。
⑤ 黄升《诗人玉屑序》,见《诗人玉屑》卷首,中华书局,2007年,第1页。

宋时期一种诗风的兴起和流行,往往和某一特定地域相对应,这依赖地方文人的自我认同与群体推动。例如,"江西宗派"之"江西"本特指黄庭坚,但到南宋以后,"江西"的概念更多指向整个诗人群体的地域属性。作为江西人的杨万里,在《江西宗派诗序》中强调的"兴发西山章江之秀,激扬江西人物之美"①,包含一种传承乡邦文献的优越感。而刘克庄《江西诗派总序》对陈师道、韩驹、潘大临等人籍贯的辨析,对曾几不入《宗派图》的质疑,都是基于地域标准。因此在《茶山诚斋诗选序》中,刘克庄将曾几与杨万里作为"派诗"的续补,强调了"赣人"与"吉人"的地域因素。地域认同的增强离不开地方文人的推动。赵蕃亦在信州奉祠里居三十多年,在诗中多次提到"曾吕兼晁郑,吾州夙所尊"(《挽南涧先生三首》其二)、"吾州忆当南渡初,居有曾吕守则徐"(《怀赵蕲州文鼎》)、"吾州畴昔聚文星,我已后之君有声"(《李商叟举似用南涧山字韵茶山星字韵数诗辄借韵呈商叟二首》其二),这增加了他传承乡邦文脉的责任感。同样,晚唐诗风流行也与永嘉地域密切相关。晚宋永嘉人王绰曾梳理过本地诗人自"四灵"以后步趋晚唐的情况,最后强调"永嘉视昔之江西几似矣,岂不盛哉"②。永嘉与江西的对举,也显现出鲜明的地域意识,这背后有"四灵"、薛师石等地方文人的推动。

以上从诗法总结、精英立场、地域认同三个方面探讨了地方文人在文学史上的价值,以期对宋史研究中"精英地方化"的命题做出一些回应。在南宋后期文学下移的趋势下,地方文人作为官僚士大夫与布衣阶层之间的"中间层",具有向上承接和汇集精英文化传统,向下规范和推广诗歌创作技法的双重作用。通常的研究者比较看重后一种作用,诸如《诗人玉屑》《诗林广记》《沧浪诗话》等书籍的流传被

---

① 杨万里撰、辛更儒笺校《杨万里集笺校》卷七九,中华书局,2007年,第3232页。
② 薛师石《瓜庐诗》附录,《南宋群贤小集》本。

视作通俗诗学兴盛的标志,以至于严羽等人也被拉入包罗广泛的"江湖诗人"群体。但我们更需注意前一种影响,即地方文人自身的精英意识,他们对传承诗学传统的自我期许,这种传统超越了本朝人的元祐—江西诗风或理学诗风,追溯到更远的盛唐或汉魏典范。同时,由于地方文人大多不具备官僚、学者、诗人三位一体的身份,他们的诗学活动往往不具备全国性影响,其诗学主张的传播常常是小圈子、区域性的,这又使晚宋诗坛呈现出多中心、地域性的分布状态。精英立场、复古传统、地域分布,这正是南宋以后诗学发展的重要路径,其近世性在理宗朝得到充分发育[①]。这正是我们在"江湖"之外拓展"地方"维度的研究价值。

三、禅林文学研究的文献基础

除了"地方",佛教丛林亦是我们在"江湖"之外另需关注的维度。宽泛的"江湖派"诗人群体本就包含亚愚绍嵩、云泉永颐、芳庭斯植等僧人,除此之外,晚宋还活跃着一批文学水平较高、作品留存丰富的僧人。如前所述,在内山精也对宋诗"近世"的考察中,布衣、闺阁、僧人等"非士大夫"阶层的兴起是重要标志。朱刚在介绍"士大夫周边"文人时,也分析了乡绅胥吏、馆客门生、专业文人、江湖诗人、闺阁、僧道的群体[②]。我们对"江湖"研究领域的拓展,就是要考察跟江湖游士同属"非士大夫"或"士大夫周边"的僧人群体。

谈到"周边",应该注意到这一时期僧人跟士大夫保持着密切交往。宋廷在嘉定末年确立了禅宗寺院的"五山十刹"制度,五山禅林

[①] 参见陈广宏《闽诗传统的生成:明代福建地域文学的一种历史省察》第一章《严羽诗学如何成为宗本》的相关论述,上海古籍出版社,2018年,第27—101页。另外郑妙苗在其博士学位论文《明代诗论专书研究》(复旦大学2018年)第五章《明代诗论作者的文人身份想象》中也谈到明代"不同于南宋'庙堂—江湖'的对举,在这些没有显赫政治身份的文人身上,更多的不是对精英文人传统的突破、改造和颠覆,反而显露出相当维护的立场,从这一角度上,又不能单纯地将其称之为'下层文人'"。

[②] 朱刚《唐宋"古文运动"与士大夫文学》,复旦大学出版社,2013年,第249页。

在理宗时期达到鼎盛。这是在官方主导和支持下的禅林体系,寺院的住持由政府任命,住持的迁转参照官制,实质上是禅院的官署化。它使两浙地区成为禅林活动的中心,不仅推动了丛林法事的兴盛,也使方外与世俗的交往更为频繁。史弥远家族与禅僧有长期交往,五山十刹制度的建立,离不开史弥远的大力推动。在禅院僧寺的修复过程中,制阃要员贾似道、孟珙亦给予众多物质支持。此外,士大夫阶层中郑清之、洪咨夔、程公许、李曾伯等都与禅僧有密切交往。这种交往一方面使士大夫的价值观念与文化传统影响到僧人的写作。笔者曾考察过南宋五山禅林的公共交往与四六书写,认为五山禅林的住持选任制度推动了世俗政权与寺院的互动,在此过程中僧人的疏文写作移植了士大夫阶层的身份观念,在典故使用上体现出亦僧亦俗、随机设教的特点①。同样,在诗歌写作中僧人也常常具有士大夫的关怀。如觉庵梦真《籁鸣集》中就有不少描写时事的诗篇,反映宋蒙战争背景下的社会百态。另一方面,士僧交往又使士大夫诗歌濡染禅风。物初大观在《送李制相》中写道:"问公何事回头早,家园别有春光好。《圆觉》《楞严》觑得亲,此心日月不能老。"这是对李曾伯阅读佛教经典的期待。郑清之作诗好用禅语,也离不开他与禅僧的密切交往。这些都体现出作为"士大夫周边"的晚宋禅林的活动状态。

谈到"非士大夫",我们又需要认识到僧人群体与江湖诗人的关系。如收入江湖诸集的《采芝集》《采芝续稿》作者芳庭斯植为天台宗僧人,与江湖诗人陈起有交往,陈起去世后斯植作挽诗以祭奠。而主要选录晚宋禅僧诗的集子命名为《江湖风月集》,禅林疏文中有专门的"江湖疏",这又体现出禅林中的"江湖"之义。黄启江《一味禅与江

---

① 参见拙文《南宋五山禅林的公共交往与四六书写:以疏文为中心的考察》,《中南大学学报》(社会科学版)2017年第3期。

湖诗:南宋文学僧与禅文化的蜕变》一书细致考察了晚宋禅僧与江湖士人的交往情况,如北磵居简与刘过、高翥、赵庚夫、吴惟信、张端义等①。从风格上看,佛教丛林与江湖诗人在"晚唐体"诗风上具有交集。宋初"晚唐体"本来就流行于僧人和在野士人两个群体,而其诗歌史地位的确立,又离不开晚宋丛林和江湖诗人创作的高度繁荣。正如朱刚所说,"南宋末的诗坛有所谓'江湖体',实际上就是'晚唐体'。禅僧诗有联结这些文学史现象的意义"②。总之,我们在讨论宋诗的近世性时,应该把丛林跟江湖结合起来考察。

五山禅林在晚宋时期接待了众多日本入宋僧,宋元之际也有一批僧人东渡日本,他们将大量宋代文化典籍带到东洋,开启了日本文化史上的五山时代,也成为宋代佛教与文学的海外保存者与传播者。近年来,随着一批日藏宋僧诗文集的影印与整理,在东亚书籍环流和文化交往的背景下,晚宋禅林文学日益受到学界的重视。这些书籍包括临济宗大慧派禅僧北磵居简(1164—1246)《北磵集》《北磵和尚外集》《续集》、淮海元肇(1189—1265)《淮海挐音》《淮海外集》、藏叟善珍(1194—1277)《藏叟摘稿》、物初大观(1201—1268)《物初剩语》、无文道璨(1213—1271)《无文印》,虎丘派禅僧觉庵梦真《籁鸣集》《续集》,孔汝霖编集、萧㵑校正《中兴禅林风月集》,松坡宗憩编《江湖风月集》,中日禅僧唱和诗轴《无象照公梦游天台石桥颂轴》《一帆风》等。这些僧人基本上活跃于"五山十刹"的禅林体系,标志着南宋"五山文学"的兴盛③。

在文献考辨和整理上,黄启江的系列研究著作为人们认识这一时期的禅林活动与文学创作提供了丰富的线索,如上面提到的《一味

---

① 黄启江《一味禅与江湖诗:南宋文学僧与禅文化的蜕变》,台湾商务印书馆,2010年,第222—236页。
② 朱刚、陈珏《宋代禅僧诗辑考》,复旦大学出版社,2012年,第8页。
③ 关于南宋"五山文学"的概念,参见朱刚、陈珏《宋代禅僧诗辑考》前言第4页,复旦大学出版社,2012年;王汝娟《南宋"五山文学"研究》,复旦大学2015年博士学位论文。

禅与江湖诗》外,还有《南宋六文学僧纪年录》《文学僧藏叟善珍与南宋末世的禅文化:〈藏叟摘稿〉之析论与点校》《无文印的迷思与解读》《静倚晴窗笑此生:南宋僧淮海元肇的诗禅世界》等①。除此之外,关于文献版本和成书情况的考察,《淮海挐音》有辛德勇、陈斐等人的研究②,《籁鸣集》有金程宇、李贵等人的研究③,《中兴禅林风月集》有张如安、傅璇琮、卞东波、朱刚等人的研究④,《一帆风》有陈捷、侯体健、许红霞、衣川贤次、金程宇等人的研究⑤,《江湖风月集》有王汝娟、张聪等人的研究⑥。在僧人诗文集的影印和整理方面,《域外汉籍珍本文库》《和刻本中国古逸书丛刊》《日本国会图书馆藏宋元本汉籍选刊》对《北磵集》《无文印》《藏叟摘稿》等均有影印。朱刚、陈珏《宋代禅僧诗辑考》系统梳理和辑录了南宋临济宗大慧派和虎丘派僧人的诗歌,并附录《中兴禅林风月集》《江湖风月集》《无象照公梦游天台石桥颂轴》的整理本⑦。许红霞《珍本宋集五种:日藏宋僧诗文集整理研究》整理了《北磵和尚外集》《籁鸣集》《续集》及《无象照公梦游

---

① 参见《南宋六文学僧纪年录》,台湾学生书局,2014 年;《文学僧藏叟善珍与南宋末世的禅文化:〈藏叟摘稿〉之析论与点校》,新文丰出版公司,2010 年;《无文印的迷思与解读》,台湾商务印书馆,2010 年;《静倚晴窗笑此生:南宋僧淮海元肇的诗禅世界》,台湾商务印书馆,2013 年。
② 参见辛德勇《淮海挐音》,《中国典籍与文化》1998 年第 1 期;陈斐《和刻本〈淮海挐音〉所收宋文辑考》,《南都学坛》2012 年第 6 期。
③ 参见金程宇《尊经阁文库所藏〈籁鸣集〉及其价值》,见氏著《稀见唐宋文献丛考》,中华书局,2009 年,第 52—92 页;李贵《宋末诗僧觉庵梦真及其〈籁鸣集〉小考》,《第三届中国俗文化国际学术研讨会暨项楚教授七十华诞学术讨论会论文集》,2009 年。
④ 参见张如安、傅璇琮《日藏稀见汉籍〈中兴禅林风月集〉及其文献价值》,《文献》2004 年第 4 期;卞东波《日藏宋僧诗选〈中兴禅林风月集〉考论》,见氏著《南宋诗选与宋代诗学考论》,中华书局,2009 年,第 78—98 页;朱刚《〈中兴禅林风月集〉续考》,《国际汉学研究通讯》第四期,北京大学出版社,2011 年。
⑤ 参见陈捷《日本入宋僧南浦绍明与宋僧诗集〈一帆风〉》,《中国典籍与文化论丛》2006 年;侯体健《南宋禅僧诗集〈一帆风〉版本关系蠡测——兼向陈捷女史请教》,《中国典籍与文化》2009 年第 4 期;许红霞《日藏宋僧诗集〈一帆风〉相关问题之我见》,《中国典籍与文化论丛》2011 年;衣川贤次、金程宇《南宋送别诗集〈一帆风〉成书考》,《域外汉籍研究集刊》2015 年第 1 期。
⑥ 参见王汝娟《松坡宗憩〈江湖风月集〉成书与解题》,《新宋学》第五辑,复旦大学出版社,2016 年;张聪《〈江湖风月集〉研究》,南京大学 2012 年硕士学位论文。
⑦ 朱刚、陈珏《宋代禅僧诗辑考》,复旦大学出版社,2012 年。

天台偈》《中兴禅林风月集》《物初剩语》五种诗文集①。黄锦君《道璨全集校注》整理了《无文印》与《无文和尚语录》②。这些为我们研究晚宋禅林诗歌提供了扎实的文献支撑。

　　本书按照创作者的阶层属性将理宗朝诗坛划分为官僚士大夫、地方文人、江湖游士、禅僧等几大群体,在具体论述中,我们针对各阶层特点运用不同的研究方法。例如,官僚士大夫阶层的诗歌风貌以历时性的方式呈现,按照宝绍、端嘉、淳祐、宝祐的时代顺序依次排列,但又不停留于平面罗列,而是分别为四个时代设置一个切入点,即宝绍——贬谪;端嘉——更化;淳祐——馆阁;宝祐——科举。我们通过历史事件的勾连,力图切中不同时期的诗歌特性。又如在地方文人的探讨中,我们从空间建构的角度出发,强调了地域景观的文学书写。再如江湖诗的研究成果丰富,我们从传播与接受的角度切入,考察了士大夫阶层对江湖诗人作品的删汰与形象的建构。此外在禅林文学的探讨中,我们注重诗歌文本与禅学话语的相互阐释。总之,将政争、馆阁、科举、地域、传播、禅宗等宋代文学研究中的常用视角融入各阶层诗歌的具体分析之中。

---

① 许红霞辑著《珍本宋集五种:日藏宋僧诗文集整理研究》,北京大学出版社,2013年。
② 黄锦君校注《道璨全集校注》,巴蜀书社,2014年。

第一章
贬谪与更化：官僚士大夫的诗歌创作（上）

官僚士大夫是理宗朝诗坛的创作主力，但由于他们作品的大量散佚，传记资料不够翔实，其整体创作成就往往被低估。在通常的文学史叙述中，晚宋诗坛的主角是江湖诗人，他们的表现对应了文学下移或雅消俗长的大趋势。这种判断并未充分顾及理宗朝士大夫的文学活动，也是对他们创作风貌的遮蔽。同时，晚宋文学史还有"理学诗人"或"理学诗派"的概念，它们用以对应士大夫的诗歌创作，所获的评价不高，往往和志道忘艺、重道抑情联系起来。这种论述将理学与诗歌的关系单纯化，陷入机械的决定论，并未详细考察理学对诗人气质、心态、表达策略等的渗透过程，也未对不同士大夫的具体风格进行辨析。因此，理宗朝诗坛研究的首要问题就是梳理和还原士大夫阶层的创作原貌。在这方面，《宋才子传笺证·南宋后期卷》为我们提供了丰富的事实背景与编年线索。在此基础上，理宗朝士大夫诗歌风貌的研究，首先是一种历时性的呈现，为四十年的诗坛活动梳理出基本线索。因此本章及下章依次按照宝庆、端平、淳祐、宝祐的时代顺序介绍士大夫的文学活动与诗风演变情况。但是，这种历时性的描述绝不是各个诗人年谱的罗列和汇编、诗人创作成果的聚合，而是既依据自然时间，又在社会文化基础上的有机组合。因此，这两章在按照时代排列的同时，又选取各时期最鲜明的文化议题作为讨论中心，以立体呈现其文学生态。具体而言，宝庆时期是贬谪与文学,端平时期是政局与文学,淳祐时期是馆阁与文学,宝祐时期是科举与文学。当然这种分类与对应并非整齐划一,诗人的创作成果或前或后,或跨越不同时段,因此在实际论述中我们会以这些论题为切入点进行前后延伸。

第一节　济王事件与宝绍时期的贬谪诗歌

宝庆元年(1225)年初济王赵竑的"湖州之变"是理宗继位伊始影响广泛的政坛大事。济王在兵变中的两难境地,史弥远的矫诏杀王,使朝野舆论对济王充满同情。围绕济王善后问题的争论,导致了此后一系列朝廷大臣的贬窜,也触发了著名的"江湖诗祸"。此事的影响由朝及野,使士人心态在抗争、避祸、疏离之间游移,在理宗朝初期的诗歌创作中留下了深刻印迹。因此,以济王事件为切入点,宝庆、绍定间士大夫的创作风貌就更容易呈现。绍定四年(1231),受济王事件影响贬迁靖州的魏了翁得以还乡,他在诗中感叹道:"笑看海上两蜗角,闲秃山中千兔毫。"(《次韵知常德袁尊固监丞送别四诗》其三)"蜗角"是宋代诗文中形容政争的常用比喻,"闲秃"与"笑看",既是抽身而出的超脱,又是置身其间的反抗。超脱和反抗,都体现在他用"千兔毫"著书作文的过程中。魏了翁的这种复杂微妙的心态,可看作这一时期士大夫精神的缩影,亦是透视此时诗坛的有效视角。

关于济王事件始末,《齐东野语》卷一四"巴陵本末"、《钱塘遗事》卷二"济王"和《宋季三朝政要》卷一"乙酉"均有记载,而以《齐东野语》最为详尽①。此次事件的严重性,一是济王赵竑黄袍加身、物资犒

---

① 《齐东野语》卷一四云:"宝庆元年乙酉正月八日,含山狂士潘甫与弟壬、丙率太湖亡命数十人,各以红半袖为号,乘夜逾城而入,至邸索王,声言义举推戴。王闻变,易敝衣,匿水窦中,久而得之。拥至州治,旋往东岳行祠,取龙椅置设厅,以黄袍加之。王号泣(转下页)

劳叛军、接受州官进贺的既成事实,二是湖州渔民内乱假借山东李全的名义,所谓"山东狡谋"①。但是济王赵竑被潘氏兄弟裹挟,"匿水窦""号泣不从",有其不得已之处,况且他及时倒戈,与州军一起制止了叛乱。关于济王赵竑在事变中的表现,时任大理寺评事的胡梦昱参与断案时接触到诏狱的审案记录:"又尝阅诏狱所勘谢周卿等案,窃见逆贼深夜突发,济王脱身窜匿,既而寻获,迫以僭伪,济王发声痛哭,首以不得干犯陛下与皇太后为戒,则其本心可见矣。议者乃谓其与贼同情商议,入据郡治;又谓其欲遁往平江,据城为固,幸府僚有留其行者。是殆风闻之过也,否则为府僚者驾其说以为免罪计也。"②这是关于济王被胁迫过程的较早记录,《齐东野语》《钱塘遗事》等在此基础上补充了一些细节。胡梦昱批阅案牍时对济王颇具同情,对那些欲加之罪的"风闻"则保持审慎态度。事实上,此次审案过程存在

(接上页)不从,胁之以兵,不获已,与之约曰:'汝能勿伤太后、官家否?'众诺,遂发军资库出金帛楮券犒军。命守臣谢周卿率见任及寄居官立班,且揭李全榜于州门,声言史丞相私意援立等罪。且称见率精兵二十万,水陆并进。时皆耸动,以为山东狡谋。比晓,则执兵者大半皆太湖渔人,巡尉司蛮卒辈多识之,始疑其伪。王乃与郡将谋,帅州兵剿之,其数元不满百也,潘壬竟逸去。后明亮获之楚州河岸。寓公王元春遂以轻舟告变于朝,急调殿司将彭忄炎赴之,兵至,贼已就诛矣。主兵官荷统领者,坚欲入城,意在乘时劫掠。舟抵南关张王祠下,忽若有方巾白袍人挤之入水,于是亟闻之,朝廷亦以事平,俾班师焉。使非有此,一城必大扰矣。越一日,史相遣其客余天锡来,且颁宣医视疾之旨。时王本无疾,实使之自为之计,遂缢于州治之便室,畀归故第治丧。本州有老徐驻泊云:尝往视疾,至则已死矣。见其已用锦被覆于地,口鼻皆流血,沾渍衣裳,审尔,则非缢死矣。始欲治葬于西山寺,其后遂槁葬西溪焉。初,朝廷得报,谓出山谋,史撄惧甚,既而事败,李全亦自通于朝,以为初不与闻,疑虑始释。遂下诏贬王为巴陵县公,夫人吴氏赐度牒为女冠,移居绍兴,改湖州为安吉州。"张茂鹏点校《齐东野语》卷一四,中华书局,1983年,第252—253页。另见刘一清撰、王瑞来校笺考原《钱塘遗事校笺考原》卷二,中华书局,2016年,第60—61页;王瑞来笺证《宋季三朝政要笺证》卷一,中华书局,2010年,第2—3页。三者记载略有不同,如《齐东野语》《钱塘遗事》所述"彭忄炎",《宋季三朝政要》作"彭任";《齐东野语》《钱塘遗事》所述"余天锡",《宋季三朝政要》作"秦天锡"等。

① 湖州事变和稍后李全忠义军发动的楚州兵变是两个先后发生、相对独立的事件,但内忧外患恰好成为理宗继位初期最大的威胁,参看方震华《转机的错失——南宋理宗即位与政局的纷扰》,《台大历史学报》第53期。
② 胡梦昱《宝庆乙酉八月二十二日应诏上封事》,胡知柔《象台首末》卷一,《景印文渊阁四库全书》第447册,第4页。

众多执法过严、牵连过泛的情况①,涉案官僚将责任推给济王以免罪的行为不可避免。而济王赵竑被逼死是事变发生后最大的悲剧。前引《齐东野语》在记述济王"遂缢于州治之便室"后,特地以小字注出当时流传的说法:"尝往视疾,至则已死矣。见其已用锦被覆于地,口鼻皆流血,沾渍衣裳,审尔,则非缢死矣。"其细节的真实性虽无从考证,但却反映了时人对济王不幸结局的同情。《宋史·史弥远传》不提赵竑致死的过程,仅云"济王不得其死,识者群起而论之"②,"不得其死"的措辞颇值玩味。

济王去世后的褒崇追赠或削夺追贬成为议论的焦点,它引发的朝廷风波不断升级。张忠恕应诏上陈八事,第五条为济王而发,请求理宗"谓当此时,亟下哀诏,痛自引咎,优崇恤典,选立嗣子",而不应"自始至今,率误于含糊,而犹不此之思"③。魏了翁称赞张忠恕"孜孜体国似忠献(张浚),拨烦剸剧似端明(张枃)"④。八月二十日,张忠恕离京出知赣州,魏了翁"深嗟屡叹,为诗以送之","时诸贤如真希元、丁文伯、洪舜俞皆有诗"⑤。魏了翁"寄声为贺赣州民,朝廷为汝辍争臣"(《送张匠监以秘阁知赣州》)、曹彦约"虎头虽好郡,朝路忆峥嵘"(《张行父大监出镇章贡舣舟来索诗》)、洪咨夔"觉是圣贤脉,复为天地根"(《送张行父守赣》)等,都旨在彰显张忠恕犯颜敢谏、据理力争的气节。魏诗"大河滔滔恣群饮,逡巡独惜障泥锦。晓庭戒仗暗无声,掣缨振鬣时时鸣",以特立独行的骏马来比喻仗义执言、毫不趋炎附势的张忠恕。而洪诗在慷慨之中更添萧索悲哀之意。"露下鹤先警,风高鸿独骞",以鹤、鸿相比,突出张氏傲然独立之品性,又暗含几

---

① 参见魏了翁《大理少卿赠集英殿修撰徐公墓志铭》,《鹤山先生大全文集》卷八六,《四部丛刊初编》本。
② 脱脱等《宋史》卷四一四,中华书局,1985年,第12418页。
③ 脱脱等《宋史》卷四〇九,中华书局,1985年,第12330页。
④ 魏了翁《直宝章阁提举冲佑观张公墓志铭》,《鹤山全集》卷七七,《四部丛刊初编》本。
⑤ 魏了翁《直宝章阁提举冲佑观张公墓志铭》,《鹤山全集》卷七七,《四部丛刊初编》本。

分落寞的忧叹。"南斗一帆外,西风千骑头""贾谊词林晓,陈蕃墓草秋。经行拼斗酒,为浣古今愁",强化了英雄末路的慷慨悲凉。

从济王事件引发的朝廷争斗看,宝庆元年(1225)八月二十二日胡梦昱的上书成为事态升级的关键点。在此之前,尽管洪咨夔、真德秀、魏了翁、张忠恕等人都曾言及济王之冤,但并未因此触怒理宗和史弥远。据《钱塘遗事》记载:"大理评事胡梦昱应诏上书,言济王之不当废,引用晋太子申生、汉戾太子及秦王廷美之事凡数百言,讦直无忌。弥远怒,窜梦昱于象州。"①从八月下旬到年底,胡梦昱被流窜象州,洪咨夔、真德秀、魏了翁等人先后遭遇贬官落职,史弥远的权相政治臻于顶峰。如果说史弥远先前推翻对道学不利的韩侂胄之后尚能维持与道学士大夫的表面和谐,那么此次济王事件则加深了双方的裂痕。加剧朝廷风波的胡梦昱,在上书规诫理宗、诉诸天理人伦的同时,又致信丞相史弥远,晓之以"格非补过"之义。正如他对史弥远所说:"梦昱因断周卿等案,颇知底蕴,若更缄默,不敢舌吐一言,非惟上负君相,抑亦下负所学。"②作为大理寺评事的胡梦昱亲自接触了审案材料,比其他朝臣更了解霅川事变的前因后果,由他出面为济王鸣冤显得有理有据。"讦直无忌"的言辞加上"颇知底蕴"的真相,必然会激起轩然大波。一方面真德秀、魏了翁赞叹"下僚乃有斯人,吾当端拜"③,另一方面与史弥远关系密切的台谏官加速了对济王同情者的弹劾。

胡梦昱的贬窜引发了更大范围的不平之鸣,朝野各界人士纷纷赠诗送别,表彰气节。《鹤林玉露》甲编卷六"象郡送行诗"云:

吾郡胡季昭,宝庆初元为大理评事,应诏上书言济邸事,窜

---

① 刘一清撰、王瑞来校笺原《钱塘遗事校笺考原》卷二,中华书局,2016 年,第 61 页。
② 胡梦昱《上丞相史弥远书》,胡知柔《象台首末》卷一,《景印文渊阁四库全书》第 447 册,第 8 页。
③ 胡知柔《象台首末》卷五,《景印文渊阁四库全书》第 447 册,第 40 页。

象郡。建人翁定送行诗云:"应诏书闻便远行,庐陵不独诧邦衡。寸心只恐孤天地,百口何期累弟兄。世态浮云多变换,公朝初日盍清明。危言在国为元气,君子从来岂愿名!"盱江杜来诗云:"庐陵一小郡,百岁两胡公。论事虽小异,处心应略同。有书莫焚稿,无恨岂伤弓。病愧不远别,写诗霜月中。"太学生胡炎诗云:"一封朝奏大明宫,嘘起庐陵古直风。言路从来天样阔,蛮荒谁使径旁通。朝中竞送长沙傅,岭表争迎小澹翁。学馆诸生空饱饭,临分忧国意何穷。"先君竹谷老人诗云:"好读床头易一编,盈虚消息总天然。峥嵘齿颊皆冰雪,肯怕炎方有瘴烟。""频寄书回洗我愁,莫言无雁到南州。长相思外加餐饭,计取承君旧话头。"①

在胡梦昱之子胡知柔编纂的《象台首末》中,除上述四人外,还保留了杨长孺、谢郓、戴柄、李元实、李伯圭、宋自适、曾梦选、罗耕、刘梦才、丁黼等人的赠别诗②。胡梦昱与南宋前期的胡铨同姓同乡,都有触怒权臣的经历,在众人诗中常常被相提并论。如翁定"庐陵不独诧邦衡"、胡炎"岭表争迎小澹翁"、杜来"百岁两胡公"、李元实"鲠言要与澹庵班"、宋自适"凛凛庐陵一澹翁,飞扬复起振高风"、罗耕"更问澹庵老居士,儋州还似象州无"、刘梦才"绍兴宝庆百年余,古往今来说二胡"等。李元实直接次韵当年王庭珪送别胡铨的诗歌以赠胡梦昱。所谓"危言""古直""元气""林甫毒"等凝聚起众人反抗权相政治的气势。胡梦昱自己也有两首次韵王庭珪的诗,算是对众人勉励的回答。"非求美誉传千古,不欲浮生愧两间""元来忧国不怕死,非为捐身要出奇",强调直言行事、忠义立朝的操守。正如时人陈模所论:"忠义

---

① 罗大经撰、王瑞来点校《鹤林玉露》甲编卷六,中华书局,1983年,第100—101页。
② 参见胡知柔《象台首末》卷三,《景印文渊阁四库全书》第447册,第27—30页。本段所引诗均出此卷,兹不赘注。

之气溢于笔墨间。其视夫'去国一身轻似叶,高名千古重于山'者,尚有间。盖彼犹有求名之意。"①众多赠别诗正好与胡梦昱的立朝大节同声相应。

除了气节的表彰和砥砺,江西籍诗人突出胡梦昱作为乡贤的价值。杨长孺"便是吾乡小澹庵"、刘梦才"两贤幸属吾州有"均是如此。李元实诗"东西两浙及闽川,皆见鹗行有直言。若我江西独钳口,澹翁九地也埋冤",考虑到洪咨夔、真德秀、魏了翁、张忠恕、邓若水等直言之士的籍贯,更能凸显江西人胡梦昱的代表性。与此同时,赠别诗又具有一种壮士远行的悲凉。如罗茂良"长相思外加餐饭,计取承君旧话头"、戴栩"此愁欲别柳边雨,明日初程桂外人""春风未必天涯尽,木槲花开瘴水深",在叮嘱对方努力加餐饭的同时,又饱含对蛮烟瘴雨的隐忧。

除张忠恕和胡梦昱之外,魏了翁和真德秀的离朝亦引发了时人饯别和赠诗的热潮。据魏了翁自述,"去国之日,自迩臣百执事,下至博士弟子员、都人士,祖帐余杭门外,连日不绝"②。真德秀落职时亦然,现存洪咨夔、曹彦约的送行诗。洪诗延续了赠别张忠恕时的风格,充满凄厉悲壮的情调:"风雨寂历芦荻秋,梧桐落尽斜阳收。孤鸿影断苍莽外,愁绝送客涛江头。"(《送客一首送真侍郎》)而曹彦约则在"我"与"君"的对比中呈现真德秀直言去国的风节:"空令如我辈,忍愧尚朝班。"(《送真希元侍郎得祠西归》)一边是济王同情者的抗争,一边则是史弥远支持者的追究和打击。魏了翁因为饯别胡梦昱被李知孝以"首倡异论"弹劾,继而又被朱端常劾"欺世盗名,朋邪谤国"③。宝庆三年(1227),梁成大上奏朝廷,对杨长孺赠诗胡梦昱的行为提出指责:"臣闻其人故态不改,颠怪自如,形之诗咏,公肆讥讪。

---

① 陈模撰、郑必俊校注《怀古录校注》卷中,中华书局,1993年,第60页。
② 魏了翁《送吴门叶元老归浮光序》,《鹤山全集》卷五四,《四部丛刊初编》本。
③ 脱脱等《宋史》卷四三七,中华书局,1985年,第12968页。

其送胡梦昱行诗之末句云'便是吾乡小澹庵'者,前朝名臣胡铨也。今长孺乃以梦昱况铨,流传道路,有识骇闻。"①以胡铨比胡梦昱,在送行赠别的诗人中已是共识,但在梁成大笔下却成为"骇闻",并为杨长孺带来"讥讪"的指责。总之,济王事件引发的政治风波导致众多官员仕途受挫,也使宝庆绍定间的士大夫诗歌聚焦政争与"去国"的主题。

一、敬畏与超悟:魏了翁与洪咨夔的去国心态与情感表达

从宝庆元年冬季开始,随着同情济王一方的相继离朝,"一网而今都打尽",在朝官员的群体性创作逐渐分散为各地的个体抒怀,这种状况一直持续到理宗亲政之时。真德秀返归浦城,洪咨夔回到於潜,魏了翁被贬靖州,张忠恕家居潭州,丁黼等人亦相继被逐。魏了翁在宝庆元年(1225)岁末被贬谪到靖州,居住近六年,直到绍定四年(1231)秋天才离开。在此期间,他和门生李从周围绕彼此的生日展开了一系列的唱和,流露出生命的隐忧。通常情况下,如果自然时间的流逝伴随着学问的增长、阅历的丰富和功业的巩固,它就不会对个体产生很大的压迫感。相反,贬客逐臣的生命轨迹发生了偏移,政治理想得不施展,就会对自然时间过度敏感,光阴的绵延成为负面因素。

在魏了翁的生日诗中,老病穷愁的哀叹比比皆是:"我有忧时发满梳,殷勤勉我用诗书""气血渐衰多病后,创夷转甚数年初"(《次肩吾庆生日韵己丑》之二),"为己工夫浑间断,满头岁月浪推迁"(《次肩吾庆生日韵戊子》)。尤其是标示时间的数量值频频出现,呈现出魏了翁对生命流逝的敏感。生日诗以数记龄本属自然,但年复一年地记数,无疑含有"虚度光阴"的隐忧。如"尚记联车入界头,廉安门外

---

① 参见胡知柔《象台首末》卷一,《景印文渊阁四库全书》第447册,第9页。

麦三秋"(《肩吾生日三绝句》)、"谩阅人间五十年,年来道远思悠然"(《次肩吾庆生日韵戊子》)、"边城恰匝三寒暑,初度联翩四倡酬"(《肩吾生日》)等。如果再结合启文中"阅四十九年之序,久乃知非"(《答靖州士人生日启》)、"止离骚之国,三阅流年"、"今朝五十初过二,正哦苏子之诗;明年半百又加三,徒重白公之叹"(《生日谢守倅以下惠诗词》)等数字,就更能看出魏了翁对生命流逝的惋惜。正如学者所言:"作为人的生命流程和生命状态的一种符号,这些数量值凝聚着贬谪诗人生命磨难的长度和深度。因而,当它们频频出现在作品之中时,唤起的必然是与其生命沉沦相同步的悲伤感受。"①

除生日外,魏了翁对"再闰"也较为敏感:"跕鸢伴羁酸,再见渠阳闰。吾心固晓然,其奈无以训。"(《送程叔运高不妄西归》)这种感叹也见于其书信和启文中:"某囚山以来,坐见再闰"(《答湖广陈总领允迪》),"百年强半,叶黄州再闰之时"(《答靖州时官士人惠生日启》)。魏了翁所说的"再闰",分别发生在宝庆三年(1227)的闰五月和绍定三年(1230)的闰二月,他藉此突出谪居时间的漫长,呈现生命的隐忧。

如果说魏了翁重在写悲,那么洪咨夔在家居期间的书写风格则以闲适为主。从宝庆初到绍定末,洪咨夔在於潜天目山居住近九年,尽管也有"九年去国""九年坐废"的感叹,但诗歌表达总体上是萧散平和的。在此期间,他与父亲洪钺长期相伴,"老人年七十有二,菽水萧然,相与安之若命"②,彼此之间唱和甚多。其中,洪咨夔诗现存近六十首,洪钺诗仅存一首,其内容多为吟岁时、述游览、咏风物、抒逸兴之作。现将唯一完整的父子唱和之作引出。洪咨夔原诗《夜坐》云:"夜永难为睡,群儿坐伴翁。漉齑冰瓮碧,捻豆雪炉红。清诵听还隽,闲谈笑又烘。安排明蚕供,荠长后园丛。"洪钺和诗云:"楼底雪千

---

① 尚永亮《唐五代逐臣与贬谪文学研究》,武汉大学出版社,2007年,第373页。
② 洪咨夔《答魏鹤山书》,《平斋文集》卷一三,侯体健点校《洪咨夔集》,浙江古籍出版社,2015年,第319页。

峰,楼头着寓翁。梅方开萼绿,桃已亚枝红。斟浅偏劳劝,眠迟不受烘。锦城春在眼,何暇问蚕丛。"①洪咨夔诗呈现了冬夜围坐的生活场景,而洪钺则由冬景延伸出春意,从天目山之春联想到蜀中之春。可见,洪氏父子的唱和诗歌以浅吟低唱的闲适篇章为主体。而洪咨夔的形象则从最初"志亨金印有时累""烂熳春风醉典衣"(《敬和大人新年韵》)的失意者,变为"随手去来拈放一,到头得失暮朝三"(《谨和老人明朝中春》)的超脱者、"俗情床上下,野趣蜜中边"(《谨和老人罗山》)的散逸者与"饱饭即为君子泰,浊醪不失圣人清"(《三日兄弟侍老人展墓归和尊韵》)的安贫乐道之人。

除了与父亲洪钺的唱和,洪咨夔在山居期间,几乎每年都有吟咏岁初和年末的诗作,如《乙酉岁暮有感》《丁亥岁朝把笔》《卒岁》《岁事》《己丑新年》《庚寅元日甲子晴》《岁暮山中纪事》《除夜》《新年》《岁晏》等。和魏了翁不同,洪咨夔对岁时的关注并没有虚度光阴的悲忧,而是"优哉游哉聊卒岁""锻息柳边手,镊闲花里须"的闲适自得。正如学者所言,这种生活态度和描写手法,将自然和个体生命"在明确的时间标记下展开于诗中,一定是有意营造一个世界,而为作者寓身其中"②。

离朝期间,魏氏之悲忧与洪氏之萧散又形成鲜明的对比。这固然与两人的实际处境有关。魏了翁远谪荒裔,洪咨夔退居故山,一是被动接受"移入场",一是重新融入本土文化,生活环境和情感认同自然有别。但更重要的是,两人的人生态度和处逆心态有明显差异。这从两人对待苏轼的态度可以看出:

东坡在黄、在惠、在儋,不患不伟,患其伤于太豪,便欠畏威

---

① 两诗均见《平斋文集》卷八,侯体健点校《洪咨夔集》,浙江古籍出版社,2015年,第202页。
② 朱刚《论苏辙晚年诗》,《文学遗产》2005年第3期。

敬恕之意。①

> 东来一舸横天上,御风而行无点浪。有人野服帽高檐,宛如赤壁图中样。举手疾声呼先生,为我心孔开聪明。辗然一笑若相语,乞得聪明不如鲁。②

魏了翁对苏轼谪居期间过于超脱的姿态提出了批评。秉持对天命的敬畏,魏了翁直面人生困境,节制而不消泯悲哀,承担而不回避重负,并不追求苏轼式的解脱和豪旷。尽管他在靖州经历了入乡随俗的过程,"安土乐天,忘其己之迁也"(《靖州鹤山书院记》),"主人心安乐,华竹有和气,则何地而不适其适也"(《答苏伯起振文》),乃至有"天空地迥托吾庐,何处山川不裕如"(《次韵九华叶宾见思鹤山书院诗》)、"纳纳乾坤元许阔,何须头上自安盆"(《王常博寄示沌路七诗李肩吾用韵为予寿因次韵》)的感叹,但始终保持"畏威敬恕",体现出儒者的警省精神。因此,尽管他注重规范和调节负面情绪,所谓"乐不至淫,怨不及怼也"(《黄太史文集序》),没有传统谪臣的怨愤,但悲忧沉郁的基调始终存在,低回而深沉。

而洪咨夔更欣赏苏轼那样的随缘任运。从幽人野士的闲散到人生如梦的了悟,再到"用舍俱无碍"的无所著心,苏轼在多次贬谪的逆境中终于寻得解脱之道。洪咨夔梦中的苏轼御风乘舸,正因其破除执着、勘破死生,"身如不系之舟"。因此,"野趣蜜中边"的洪咨夔更能在野服檐帽的苏轼那里获得超脱精神。敬畏与超越,正是魏了翁与洪咨夔身处逆境时的不同心态。

由此深入挖掘,上述两种心态又牵涉到魏氏儒学修养与洪氏佛禅体验的差异。魏了翁在为洪咨夔所写《洪氏天目山房记》中批评

---

① 魏了翁《答叶子冥》,《鹤山全集》卷三五,《四部丛刊初编》本。
② 洪咨夔《正月二十四日早梦乞聪明于东坡》,《平斋文集》卷七,侯体健点校《洪咨夔集》,浙江古籍出版社,2015 年,第 191 页。

"口道六经而心是佛老,笃信而实践者",希望与洪咨夔共同深究六经大义。洪咨夔在回信中称赞魏文"讲学之方、行己之要、用世之大法皆在焉"(《答魏鹤山书》)。但是,洪咨夔自身却颇受佛禅濡染。在《答何正父简》中,洪咨夔说道:

> 衲子有修水观者,湛然虚白。在前童子投以瓦砾而心为之痛,瓦砾去,心即安如初。执事得无有隐然未快者乎?又有参黄梅禅者,百杂碎,还我核子来。老夫不复作核子想也①。

此段首用《楞严经》卷五月光童子修习水观之典,以瓦砾喻何正父心中之块垒。其次翻用庞居士勘验大梅法常的公案,表明自身对思议的超越,内心无所牵挂。洪咨夔对佛经和禅门公案的熟悉可见一斑。而其山居期间的诗文亦多掺杂佛禅语汇。如"智慧竭罗虽正果,慈悲妙善亦空花"(《老人晚得女真真又曾孙女金华皆再周而殇葬塔院后今春焚化用前韵赋诗谨和》)、"淡中般若味,定后摩尼光"(《秋山即事》)、"闲闲六窗明,寂寂万籁空"(《净梵僧颐蒙堂》)、"一尘不着青铜镜,万法皆空黑漆篦"(《谨和老人九日》)、"与大千世界同此太平之乐"(《答吴叔永寺丞书》)等。受佛禅风气影响,洪咨夔得以了悟人生空幻,保持清净本心,寻求解脱法门。因此,在"九年坐废"的时光中,他能够"不复作核子想",安时处顺,其诗歌的情感基调也趋于闲适疏淡。

二、春秋诗法:岁时吟咏中的政治隐喻

尽管魏了翁和洪咨夔在野期间表现出不同的情感取向,但他们对朝政并非漠不关心,而是通过对岁时、星象、灾异的描写,隐含了对

---

① 《平斋文集》卷一三,侯体健点校《洪咨夔集》,浙江古籍出版社,2015年,第317页。

朝纲紊乱的忧虑和批判。从宝庆初年的政争过程看,"讦直无忌"的上书进言成为矛盾激化、形势突变的导火索。而朝臣的赠别送行之作也往往直言不讳、指斥时弊,这就进一步授人以柄,造成了同情济王一方"排斥殆尽"的局面。从讦直无忌到微婉志晦的转变,是他们无奈的选择。

离朝期间,魏了翁和洪咨夔读书治学的经历为其诗歌表达中的政治隐喻提供了渊源。魏了翁言"山中静坐,教子读书,取诸经及三《礼》,自义疏以来重加辑比,在我者益觉有味"(《答范殿撰子长》)。他的《九经要义》,就是在靖州期间撰成,因而对阴阳变易、凶咎灾异等事颇为熟悉。而洪咨夔家居期间也完成了《春秋说》。在该书的序言中,洪咨夔认为《春秋》之作在于"奉天命而立人极",立人极的关键是"天者定则人者屈",因此"凡犯天下之清议,冒天下之大罪,能逭诸一时,不能逭诸异日,能逭诸其身,不能逭诸其子若孙"①。在他看来,乱臣贼子不会在乎褒贬和毁誉,却逃不脱上天的惩戒。如果结合史弥远废立和济王事件以来的朝政乱象,洪咨夔此说就具有极强的针对性。而他对《春秋》"天定""人极"的关注,体现在诗歌创作上,就成为大量天象、灾异的描写,以及这些描写背后的政治隐喻。

在《春秋》中,彗星、雷震、霖雨等常作为年月的要事被记载,魏了翁、洪咨夔在诗歌中的相关描述,也是借助"天遣灾异"的方式表达对时弊的不满。绍定三年(1230)立春前一日,魏了翁与程掌围绕雷电雹交作的异常天气展开唱和,魏氏在诗中自注:"春秋鲁隐九年及近世绍兴三十年正月有此异。"通过对异象的描写,魏了翁以隐微的方式表达了对时局的忧虑:"阗然方驾朝正月,是反常性皆为妖。阳孛于子达于寅,蛰虫欲动寒鱼跳""徒令志士歌且谣,无人采寄观风轺"

---

① 《平斋文集》卷一〇,侯体健点校《洪咨夔集》,浙江古籍出版社,2015年,第258页。

(《先立春一日雷电雪交作程叔运赋诗次韵》),"山中不知此何时,只睹此象心为焦"(《朝字韵诗诸丈倡酬未已再次韵》)。同样,洪咨夔的《冬雷行》开篇亦云"三月廿八雪,十月十九雷。日官起历失气朔,深春为腊冬为梅",《天象》亦感叹"去年天象已可骇,今年天象更可疑。春王正月暨三月,黑气几度摩晨曦""移时妖氛渐引却,赤光如血铺庭墀",通过年月的详记和奇险场景的描摹,流露出对乱政的鞭挞和对"人极"的关注。绍定四年(1231),临安城中大火,据《梅磵诗话》记载:"绍定辛卯,临安大火,九庙俱毁,独丞相史弥远赐第以殿司军救扑而存。洪平斋《吴都城火》诗云:'九月丙戌夜未中,祝融涨焰连天红。层楼杰观舞燧象,绮峰绣陌奔烛龙。始从李博士桥起,三面分风十五里。崩摧汹汹海潮翻,填咽纷纷釜鱼死。开禧回禄前未闻,今更五分多二分。大涂小撤禁不讲,拱手坐视连宵焚。殿前将军猛如虎,救得汾阳令公府。祖宗神灵飞上天,痛哉九庙成焦土。'末意规讽时宰甚切,闻之者足以戒。"①洪咨夔对汹涌火势进行了细致描写,将太庙焚毁和史丞相府邸得以保全的情形进行了对比,"规讽"之意颇为明显。总之,通过对各类灾异的描写,魏了翁和洪咨夔对时政的关注以这种特殊的方式呈现出来。

除了对雷震雪雹等自然异象的书写,洪咨夔的微妙心态也通过对本朝历史人物的议论得以体现。如洪咨夔的《荆公诗》,杨慎引"李文正公"评语曰"此诗五十六字春秋也"②。其诗云"君臣一德盛熙宁,厌故趋新用六经。但怪画图来郑侠,何期奏议出唐坰。掌中大地山河舞,舌底中原草木腥。养就祸胎身始去,依然钟阜向人青",在数句之中对王安石熙宁变法的弊端进行了针砭。这种评价,与其说是洪咨夔在政见和学术观点上对王安石的否定,不如说是他对当下政治

---

① 丁福保辑《历代诗话续编·梅磵诗话·卷中》,中华书局,2006年,第566页。
② 杨慎《升庵集》卷五五,《景印文渊阁四库全书》第1270册,第492页。

环境的贬讥。只要将王安石的权力与史弥远的地位联系起来,再将郑侠、唐坰的角色与胡梦昱等人的表现相比较,这段"五十六字春秋"的现实针对性就不言而喻。对此,魏了翁的评价可谓一语中的。据《师友雅言》载:"鹤山云:洪舜俞近书云:'昔中原之祸,根底於熙宁之得君;异时东南之祸,胚胎于嘉定之专国。'其语极深远。"①熙宁与嘉定的连接,批评的矛头指向权相政治。洪咨夔在朝期间的上书曾让史弥远大怒,史氏"读至'济王之死,非陛下本心',大恚,掷于地"②。诗歌的表达虽然隐晦,但反对史弥远的立场并未改变。

如前所述,魏了翁在总结其谪居生活时曾说"笑看海上两蜗角,闲秃山中千兔毫"(《次韵知常德袁尊固监丞送别四诗》其三),洪咨夔离朝时也说"白发老人经事惯,教儿只作博投看"(《乙酉六月十九日应诏言事九月一日去国一首》),"人情自寂喧""一笑柏椒边"(《谨和老人除日》),对于朝廷政争,两人都表现出疏离与超然的态度。但是,正如上文所揭示,他们无法完全置身事外,既然不能像之前那样"联章累疏",只能以这种敛锋藏锐、微婉志晦的方式表达出一种不苟合于当政者的独立姿态。《春秋》笔法为他们提供了表达的路径,所谓"笑看",更多的是冷眼旁观的审慎和无奈。

三、渊深宏奥:"渠阳诗"的语言风格

从谪居心态看,魏了翁以敛锋藏锐的方式去抗争;在诗歌表达上,他则以隐晦深折的方式去命意、用典、造语。这让魏了翁在靖州期间的诗作富含语言密码。靖州古称渠阳,魏了翁在此期间的创作通常被称为"渠阳诗"。在魏氏《鹤山集》的全集系统之外,《渠阳诗》曾经单行传世,亦有魏了翁门人王德文的注本,题名《注鹤山先生渠

---

① 《鹤山先生大全文集》卷一九〇,《四部丛刊初编》本。
② 脱脱等《宋史》卷四〇六,中华书局,1985年,第12265页。

阳诗》,是现存不多的"宋人注宋诗"中的一种①。王德文在为"渠阳诗"作注时曾说"昔孙莘老谓'老杜诗无两字无来历',德文于先生之诗亦云",因为魏诗"用事宏奥,揽者不能尽知"②。所谓"以才学为诗"或者"以书为本,以事为料"的风格,在"渠阳诗"中得到充分体现。魏了翁在为荆公诗的李壁注作序时,就特别强调诗人"牢笼搜揽,消释贯融"的"秘密藏"。而他本人作诗时,也尽力营造这种"秘密藏"。

"渠阳诗"的王注现存完整的仅《读易亭》一首。该诗的主旨在"随时作计何太痴,争似此君藏用密"两句,王德文注引《易·随》"随时之义大矣哉"与《易·系辞》"藏诸用""退藏于密"。它在"傍梅读易"的空寂氛围呈现出魏氏敛锋藏锐、坐待时机的"潜龙"状态。因此《鹤林玉露》甲编卷六"读易亭"赞其"推究精微,前此咏梅者未之及"③。又如《次韵永平令江叔文鹤山书院落成诗》"王相随胫回荆山,昭质依然未经琢",用"荆山玉"之典,既关合地处荆湖北路的靖州,又委婉表达出谪臣的愤懑心态。和氏泣玉,在于"宝玉而题之以石,贞士而名之以诳";而魏了翁的不平,也是针对"欺世盗名""朋邪谤国"的指责。在同一时期所作的《满江红·和虞婿惠生日》一词中,魏了翁也有"纵燕巾滥宝,楚山囚玉"之语,足见此典与魏氏处境的契合。接下来,从"因思胥靡逢殷宗,精神动悟声气从"开始,魏了翁又用傅说之事,突出了殷高宗的圣明和傅说的贤能,反衬出自身不被宋理宗重用的尴尬处境。"砺舟霖雨到梅蘖"一句,将《尚书·说命》中"若金,用汝作砺;若济巨川,用汝作舟楫;若岁大旱,用汝作霖雨"及"若

---

① 复旦大学图书馆藏《铁琴铜剑楼丛书》本《注鹤山先生渠阳诗》仅有《肩吾摘傍梅读易之句以名吾亭且为诗以发之用韵答赋》一首,难以体现"渠阳诗"的全貌。如果检阅《四部丛刊》本《鹤山全集》卷五、卷六与卷一一,参考张京华校点的《湖湘文库》版《渠阳集》,再查验缪荃孙《魏文靖公年谱》、蔡方鹿《魏了翁评传》及彭东焕《魏了翁年谱》,可以判定现存"渠阳诗"的数量在一百首左右。
② 《铁琴铜剑楼丛书》本《注鹤山先生渠阳诗》卷首。
③ 罗大经撰、王瑞来点校《鹤林玉露》甲编卷六,中华书局,1983年,第109页。

作酒醴,尔惟曲糵;若作和羹,尔惟盐梅"等语浓缩成一句。此外,"世无我知将自知,不待雷风问诸史",出自《尚书·金縢》"天大雷电以风","二公及王乃问诸史";魏了翁暗用周公被流言中伤之事以喻自身境况。以上典故来源广泛,出入于经史诸子之间,体现出诗人"以书为本,以事为料"的习尚。同时,诗人在使事用典时又能巧妙切合自身处境,曲折表达隐衷,使诗歌整体上呈现出渊深宏奥的风格。

用语的生僻,使事的博奥,命意的深折,还体现于其他的"渠阳诗"中。如"梅华鹤羽白,茶华鹤头红。拱揖鹤山翁,如授宗人同"(《次韵李肩吾读易亭山茶梅》),以鹤喻梅较为常见,而以"鹤头红"喻山茶花,大抵袭用葛立方《题卧屏十八花》之《山茶》诗意:"江南只惯收鹰爪,谁顾山前鹤顶红。"梅和山茶拱揖鹤翁的场面,又是对张耒《病起登叠嶂楼》中拟人手法的深化:"多少山茶梅子树,未开齐待主人来。"魏诗这四句的关键在于"如授宗人同"。"授宗人同"语出《尚书·顾命》,本为周康王祀典中的一项,魏了翁借以形容人花共处的场景。"宗人"切合"鹤羽""鹤头"与"鹤山翁","授同"则显示出人与花之间动静合节、相处融洽。魏了翁将上古的祭祀场面移植于当下的自然环境之中,体现出一个览书穷理的学者观照世界的独特方式,也赋予草木花卉厚重的精神气质。于是,张耒诗中"齐待主人来"的活泼景致,在魏了翁笔下,变为揖逊周旋的雍容,其比拟因为"典刑"而更显新颖。在此诗之后,魏了翁又作《再赋》一首,以"观物弗之察,吾欲问黄熊"作结,"黄熊"的用法较为少见,魏了翁在句下自注"二氏疏《礼》",借注家姓氏代指"礼学",将对花观物的终点归于人事之仪则,所谓"功夫到华卉,未至浇淳风",通过复礼来回归醇厚古风。用语生僻,命意曲折,这些都是渠阳诗"宏奥"风格的体现。

魏了翁在经史诸子之中广泛搜集语言材料,除了"语典""事典"外,尤其注重单字的择取。宋人讲究"无一字无来处",在评判用字优劣时,常常将出处作为重要标准。如周紫芝《竹坡诗话》评"樱桃欲绽

红""梅葩初坠素"曰:"殊不知'绽''葩'二字,是世间第一等恶字,岂可令入诗来。"①而周必大《二老堂诗话》却针锋相对:

> "红绽雨肥梅"不应见杜子美诗。"诗正而葩"不应见韩退之《进学解》。"天葩无根常见日",不应见欧阳永叔长篇。况古今诗人,亦多有之,岂可如此论诗耶?②

周必大认为"绽""葩"并非"恶字",正在于其渊源有自,前人多已使用。此处甄别良莠的审美问题,与考察生成演变的语源学问题结合起来。如果某字根植于前代典籍、出入于古人笔端,它就有资格成为诗家语料,进而获得"典雅""有力"的好评。元祐与江西诗人取字用语的范围往往遍及经史百家,他们通过"陌生化"手法为诗歌注入新鲜元素,营造出厚重的人文境界。这在魏了翁身上也得到体现,他喜好从群书中搜罗字词,并通过诗中自注的方式点明出处。如《先立春一日电雷雪交作程叔运赋诗次韵》中"自从日驭行牵牛""卧制四海由衣裯",魏氏自注:"牛、裯二字,叔运欲易之,为引《下泉》《采葛》例,姑勿易。"又如《抚州崇仁县玉清观道士黄石老工古篆以李公父书来问字》中"谓书小伎姑舍㫋",魏氏在"伎"字下自注:"艺也,扬子《通天地人》曰:'儒通天地而不通人曰伎。'"再如《次李肩吾送安恕父回长沙韵》"自出修门已及几",自注:"几,期也。见《毛诗》《左传》。"魏了翁对"牛""裯"二字的选用,与《二老堂诗话》的立场一样,旨在追本溯源,"酌雅以富言",避免"恶字"。同时,他用"伎"而不用"艺",用"几"而不用"期",也是刻意避熟求生,达到"宁僻勿俗"的表达效果。

吕午在为魏诗作跋时指出:"《渠阳诗集》大氐根以义理,而广引

---

① 何文焕辑《历代诗话》,中华书局,2004年,第357—358页。
② 何文焕辑《历代诗话》,中华书局,2004年,第671页。

诸书发明之,与连篇累牍不出风云月露者异矣。"①在使事用典、造语用字上,魏了翁以经史百家为根基,着意求深、求僻,藉此婉述隐衷。虽然说"用事"与"造语"的最高境界在于圆融浑厚,在这方面魏了翁与宋诗名家仍有差距,不免生硬僻涩;但在"以书为本,以事为料"的写作风格上,魏氏仍然继承了元祐—江西诗人的精髓,在理宗朝初期的诗坛上保持了独特的风格。

方岳在为王德文所注魏诗作跋时写道:"前辈诗多矣,周卿独为鹤山故;鹤山诗亦多矣,周卿独为其在渠阳时故。风雨凄凄,鸡鸣喈喈,鹤山以之;他山有石,可以攻玉,周卿以之。"②从宝庆、绍定间"风雨凄凄,鸡鸣喈喈"的政治形势出发来观察谪臣的微妙心态,"渠阳诗"隐晦深折的表达方式可以更好地呈现。而以破解语言密码的诗注为切入点,"渠阳诗"使事遣词的语言风格就更容易凸显。这也为透视理宗朝初期的诗坛状况和文学生态提供了较好范本。

上文以魏了翁和洪咨夔为中心,探讨了济王事件后朝臣的"去国"心态和诗歌风貌。受佛禅思维影响,洪咨夔表现得更为超脱闲适,魏了翁则按照"性情之正"和"畏威敬恕"的要求调节个人心态,将悲忧控制在适当范围内。他的生命忧叹,是儒者的内省,所谓"为己工夫浑间断,满头岁月浪推迁",因此并不怨天尤人。基于理学与经书的密切关联,加上面对乱政的微妙心态,魏了翁最终造就了渊深宏奥的"渠阳诗"风貌,这在一定程度上实现了对元祐—江西传统的回归。总之,通过洪咨夔与魏了翁心态及诗风的对比,我们可以更细致地认识理学对诗歌的渗透过程,也能更明确地把握济王事件后士大夫的精神面貌。如果说同一时期"江湖诗祸"的发生对曾极、孙惟信等江湖游士及刘克庄等地方官造成了实质性影响,那么通过魏了翁

---

① 《铁琴铜剑楼丛书》本《注鹤山先生渠阳诗》卷首。
② 方岳《王周卿注鹤山诗》,《秋崖集》卷三八,《景印文渊阁四库全书》第1182册,第595页。

和洪咨夔的案例,我们则可以看到上层士大夫的立场与表现。

第二节 "端平更化"与端嘉诗风的演变

"端平更化"是晚宋历史上的一大转折点,史弥远病逝、理宗亲政、故老还朝、金朝覆灭,为宋室复兴带来新的契机。这一时期朝廷贤才汇聚,"真公德秀、魏公了翁、崔公与之、李公、徐公侨、赵公汝谈、尤公焴、游公似、洪公咨夔、王公遂、李公宗勉、杜公范、徐公清叟、袁公甫、李公韶,或奋闲散,或起迁谪,或由常调,莫不比肩接踵于朝。众芳翕集,时号小元祐"①。宝庆年间济王事件引发的朝廷乱局因为史弥远的去世而面貌一新,"端平初政,天日昭苏,积郁顿舒,久蛰咸奋,谏官论事,御史斥奸,侍从有论思之忠,百官有轮对之直,以至草茅投匦,学校上书,华国直言,何减庆历"②。无论"小元祐"还是"何减庆历"的评价,都折射出这一时期的革新气象。尽管中兴事业"转枕成春梦",但时局迁转让端平、嘉熙间的文坛风貌呈现出不凡气势。赵汝谈权直学士院时"制词尔雅深厚,尽洗纤弱之习"③。江万里(1198—1275)推动了太学文风的转变,"至端平,江万里习《易》,自成一家,文体几于中复"④。而对士大夫诗歌创作而言,宝庆、绍定的隐晦深折转变为此时的激昂奋发,雄峻豪迈构成诗坛的主流风尚,标举气格、矫正纤巧成为这一时期的普遍追求。

"端平更化"为洪咨夔、真德秀、魏了翁、赵汝谈等名臣重掌朝政、复振"斯文"提供了良机,但这也是他们引领文坛的最后阶段。真德

---

① 刘克庄《丞相忠定郑公行状》,辛更儒笺校《刘克庄集笺校》卷一七〇,中华书局,2011年,第6587页。
② 姚勉《雪坡集》卷七,《景印文渊阁四库全书》第1184册,第49页。
③ 潜说友《咸淳临安志》卷六七人物八,《景印文渊阁四库全书》第490册,第701页。
④ 周密《癸辛杂识》后集《太学文变》,吴企明点校,中华书局,1988年,第65页。

秀、洪咨夔先后卒于端平二年(1234)和三年(1235),魏了翁和赵汝谈逝于嘉熙元年(1237),这批出生于中兴时代、活跃于宁理二朝的文学名家最终退出历史舞台,"真洪蒋魏继沦终,天肯忧人国欲空"(林希逸《悼四先生》)。在宁宗嘉定前后登第的郑清之、岳珂、方大琮、程公许等逐渐成为诗坛主力。端平二年的贡举由真德秀、洪咨夔主持,所得多"豪杰俊异""博洽端亮"之士,其中林希逸、潘牥、李伯玉等在后来颇有诗名。而端平入朝的"八士",如刘克庄、王迈等,也在此后的诗坛上扮演了重要角色。端嘉诗风正是在这种新老更替的局面中发展。

一、闲雅雍容与警醒隐忧:更化初期的朝士心态和诗歌风貌

在一个"久蛰咸奋"的时期,歌颂新纪、吟咏升平,成为朝野诗人的共同心声。洪咨夔"迎侍京华又见春,天时人事一番新"(《老人生朝为寿》)、戴复古"自换端平新历日,眼看日月倍光辉"(《人日》),都足以体现时人对更化的支持和期待。对前一阶段仕途不顺的士大夫而言,隐忍微婉的讽喻由此转变为雍容典雅的描写。正如时人所言:"昔者去兮,狂枭毒獍相贺乎假月堂。迨其来兮,文鸾祥凤相得乎汉未央。"①洪咨夔在此期间创作了多首台阁风味浓厚的诗歌,其中《六月十六日宣锁》一诗最为人称道:"禁门深钥寂无哗,浓墨淋漓两相麻。唱彻五更天未晓,一池月浸紫薇花。"蔡正孙评曰:"愚谓洪平斋此诗非特引用乐天紫薇花事,而其意度闲雅有乐天之风焉。"②同样,赵汝谈的诗作亦具有雍容闲雅的风格。据《后村诗话》记载:"端平初,除拜一新,赵南塘起散地,掌内制,元夕觞客,客散家集,有《观傀儡》诗云:'酒阑有感牵丝戏,也伴儿童看到明。'"③而谪居靖州期间敛

---

① 王迈《春月白鹤吟寄魏鹤山》,《臞轩集》卷一三,《景印文渊阁四库全书》第1178册,第640页。
② 蔡正孙《诗林广记》前集卷一〇,常振国、降云点校,中华书局,1982年,第169页。
③ 刘克庄《后村诗话》前集卷二,王秀梅点校,中华书局,1983年,第36页。

锋藏锐、充满悲忧的魏了翁,在端平二年兼直学士院时,也有这种优游清雅的吟咏:"金羁玉勒锦笼鞯,重上銮坡鬓欲宣。自喜晨趋无愧色,更忻夜直得安眠。"(《夜直玉堂》其二)总之,这些在史弥远当政期间郁郁不得志的官员,在经历政局更化后,处世心态和诗歌内容都有了显著改变。

端平诗风的闲雅雍容,充满对富贵太平的吟咏,以王同祖《明堂观礼杂咏》十三首和岳珂《宫词》百首为代表。前者见于《两宋名贤小集》卷三〇四王同祖《学诗初稿》,据王氏自跋,《学诗初稿》编于嘉熙年间,开篇《京城元夕》题下注"以下系丙申作",丙申即端平三年(1236)。另据《宋史·理宗本纪》,端平三年"九月辛巳,祀明堂,大赦"①,王同祖看到的明堂典礼正是此次。十三首七言绝句分别记录了尚书省、端门、太庙、天街、和宁门、景灵宫、回龙桥等地仪典盛况和风物景观。其中,"青帷朱簾柳阴旁,玉磬金钟列两行。辇路旋天泥细细,鸡竿揭处瑞云黄"(《内前》),青、朱、黄等色彩浓烈,铺排金、玉、祥云等富丽精工的意象,颇有"至宝丹"的风范。"瑞霭祥云傍晓开,九重法驾太宫回。一声静跸千官肃,卫士传呼御座来"(《车驾回太庙》)则动静结合,生动传达出御驾登临的庄严肃穆。而"回龙桥上望龙颜,毅采英英瞻仰难。须信吾皇自神武,何忧中国不尊安"(《回龙桥望驾》)在称颂天子威仪时分明带有对端平中兴的期待。

除王同祖之外,岳珂的百首《宫词》也着力铺排雍容华贵的景象。清人钱仪吉《跋棠湖诗稿》指出"予家旧藏宋本《棠湖诗稿》一卷,凡宫词一百首","盖成于端平初元金亡之岁,时年五十有二。世所传《玉楮集》乃嘉熙戊戌以后作,故开禧初《经进百韵诗》及此百篇者皆不入集"②。钱仪吉谈到岳珂诗歌创作的三个阶段:开禧年间的《经进百

---

① 脱脱等《宋史》卷四二,中华书局,1985年,第819页。
② 钱仪吉《衎石斋记事稿》卷四,《清代诗文集汇编》第541册,上海古籍出版社,2010年,第320页。

韵诗》,现存于《鄂国金佗稡编》卷二七《天定录》卷中。端平初年的《宫词一百首》,以《棠湖诗稿》命名。嘉熙戊戌(1238)以后的创作,收在《玉楮集》中。岳珂在《宫词》自序中说道:"适犹子规从军自汴归,诵言宫殿,钟簴俨然犹在。慨想东都盛际,文物典章之伟观,圣君贤臣之懿范,了然在目。辄用其体,成一百首,以示黍离宗周之未忘。"①在表达黍离之思时,诗人重在呈现汴京的"伟观"与"懿范",与端平初年的升平气象正相映衬。如"鳌山彩缔耸仙峰,万盏华灯宝篆宫""辚辚翟辂八銮鸣,佐馂瑶池奉玉觥"等,适合金朝覆灭、政局革新的时代氛围。同时,百首宫词涵盖了北宋一代重要的政治事件,描写范围超越了宫闱禁苑,涉及朝臣生活、市井风物和边地战事。例如"上相传餱妻拥炭,归来鼾息顿安眠",对朝臣家庭生活有细致的刻画。又如"京都百万人欢喜,争筑新堤十里沙",描写司马光拜相时京城的盛况。而"五岭共看蕃落马,便将时雨洗蛮烟""五原塞上款呼韩,春草新迷拜将坛"更是涉及开边征战的场景。因此余嘉锡称其"直是一代诗史,非复宫中行乐之词"②。

当然,百废待兴的端平气象,并非"八方无事诏书稀",完颜氏亡国的喜讯迅速被蒙古大军的威慑所取代,朝廷内部围绕守战、人事等方面的分歧也增添了政局的不确定性。更化之初,作为"老成人"的魏了翁,指出了"处作久远功夫"的重要性:

> 藉令杜、富、韩、范、文、吕、司马诸大老出来,亦只作得三数年,远者亦不过七八年。本原不深,必有满除之。③

所谓本原,一是人主的正心诚意功夫,一是国家的长治久安之道,结

---

① 岳珂《宫词一百首序》,《棠湖诗稿》卷首,《丛书集成初编》本。
② 余嘉锡《四库提要辨证》卷二四,中华书局,1980 年,第 1526 页。
③ 魏了翁《与蒋大著》,《鹤山全集》卷三七,《四部丛刊初编》本。

合端平年间的政治形势来看,魏了翁的这种担忧不无道理。虽然一大批臣僚聚集朝堂,但秩序重建的方向并不明确,长久的治理方略并不具备。他进一步指出:"元祐自四五年后,建中靖国自七八月后,嘉定自十一月后,宝庆自八月后,事体顿异,此真所谓可立而待者,某目前甚忧之。"此段话又见于《与吴舍人永书》,结尾处为"此又时贤之所当鉴也。"如此反复地强调历史教训,足见魏氏在更化时期的谨慎心态。由此返观其台阁创作,便不难看出在悠游闲雅之外,魏诗又蕴含了几分反思与省察:"金銮坡上疏开边,梦也非与三十年。世事烟埃缘手尽,正邪二字在遗编。"(《夜直玉堂》其一)他在诗下自注:"开禧元年正月,予召试馆职,于摛文堂上以力遏开边之议,大忤韩氏。"无论是开禧之边事,还是嘉定、宝庆之"事体顿异",都让魏了翁在雍容之中保持了警醒,在台阁"安眠"之外,还不得不考虑"久远功夫"。

除了老成持重的魏了翁,主持变革、赞成"开边"的郑清之,对前途亦不无隐忧。如《归田诗话》卷上《咏塔自喻》所云:

荆公咏北高峰塔云:"飞来峰上千寻塔,闻说鸡鸣见日升。不畏浮云遮望眼,自缘身在最高层。"郑丞相清之咏六和塔云:"经过塔下几春秋,每恨无因到上头。今日始知高处险,不如归卧旧林邱。"二诗皆自喻,荆公作于未大用前,安晚作于既大用后,然卒皆如其意,不徒作也。①

郑清之在端平时代的角色颇似熙宁年间的王安石。王氏以"三不足"的勇气推进变法,最后以灾异去职;郑清之亦力排众议,支持派兵入洛,最终在端平三年因天变而罢相。郑氏官居高位时的这种不安,除了对不测命运的敬畏,亦未尝不包含对国运时势的忧虑。这是他平

---

① 丁福保辑《历代诗话续编》,中华书局,2006年,第1252页。

静闲适心态中的一点波澜,亦是端平诗风的一个缩影,即雍容闲雅中蕴含警醒隐忧。

事实上,在端平三年观摩明堂祀礼盛景的王同祖,同时亦写下《时事感怀》四首,表达了对时局的忧虑。据《宋史·理宗本纪》载,此年三月"襄阳北军主将王旻、李伯渊焚城郭仓库,相继降北。时城中官民兵四万七千有奇,其财粟三十万、军器二十四库皆亡,金银盐钞不与焉。南军主将李虎乘火纵掠,襄阳为空",此年十月"大元兵破固始县,淮西将吕文信、杜林率溃兵数万叛,六安、霍丘皆为群盗所据","大元太子阔端兵离成都,大元兵破文州,守臣刘锐、通判赵汝向死之"。① 荆襄、江淮、川陕战事在王同祖笔下皆有呈现,如"襄州喋血荆州乱,千里金汤狐兔凭。未定樊城关羽死,汉民何日见中兴"(《时事感怀》其三)、"蜀又交侵淮又危,江湖风浪沸潢池。连朝云气浓于墨,想是英雄血战时"(《时事感怀》其四)。在渲染战场悲壮气氛的同时,诗人发出"汉民何日见中兴"的感慨,这恰与他明堂观礼时"须信吾皇自神武,何忧中国不尊安"的期盼形成鲜明对比,体现出端平诗风的复杂面相。

二、"何减庆历":端平年间的尚气士风与雄豪诗风

后人论及端平时代,常以"元祐"相比。如刘克庄"甲午英游小元祐"(《资殿清惠陈公哀诗三首》之三),"众芳翕集,时号小元祐"(《丞相忠定郑公行状》),谢翱"前甲子,小元祐,句章褐黑权臣死"(《小元祐歌寄刘君鼎》)等。从政局的变化程度和朝士的聚集情况看,端平与元祐确实有相似之处。但如果从君主励精图治的决心和士大夫重建秩序的勇气看,端平又可以和庆历相比。刘克庄称郑清之"慨然以

---

① 脱脱等《宋史》卷四二,中华书局,1985年,第810—812页。

天下为己任"①,令人想起朱熹对范仲淹的评价。王迈在给郑清之的贺启中也说:"凡端平大政之施设,有庆历诸老之典刑。"②除了针对郑清之的恭维,时人在评价端平政局时,也常常将其与庆历相提并论,如前引姚勉"何减庆历"之语。这一时期王遂等台谏官的言行、洪咨夔等朝臣的疏奏、潘牥等进士的对策、"端平六君子"和"端平八士"的语辞、三学生员的论议等,较为接近"开口揽时事,论议争煌煌"的庆历士风。

那么,"论议争煌煌"的士风对诗风的影响程度如何?众所周知,庆历诗人以"雄豪奇峭"的风格改变了宋初诗风的卑弱,推动了北宋诗歌革新和"宋调"的成型,这和奋厉的庆历士风密切相关。与之类似,端平、嘉熙诗风也拥有尚气和雄豪的一面。如前所述,真德秀、洪咨夔主持的端平二年贡举,所取多"豪杰俊异"之士,其中潘牥(1204—1246)"以豪侠闻","跌宕不羁,傲侮一世"。据《齐东野语》卷四记载:

> 同时富沙人紫岩潘牥庭坚,亦以豪侠闻,与实之不相下。庭坚初名公筠,后以诏岁乞灵南台神,梦有方牛首与之,遂易名为牥。殿试第三人,跌宕不羁,傲侮一世。为福建帅司机宜文字日,醉骑黄犊,歌离骚于市,人以为仙。尝约同社友剧饮于南雪亭梅花下,衣皆白。既而尽去宽衣,脱帽呼啸。酒酣客散,则衣间各浓墨大书一诗于上矣。众皆不能堪。居无何,同社复置酒瀑泉亭。行令曰:"有能以瀑泉灌顶,而吟不绝口者,众拜之。"庭坚被酒豪甚,竟脱巾鬈髻,裸立流泉之冲,且高唱濯缨之章。众因谬为惊叹,罗拜以为不可及,且举诗禅问答以困之,潘气略不

---

① 辛更儒笺校《刘克庄集笺校》卷一七〇,中华书局,2011年,第6586页。
② 《翰苑新书续集》卷一,《景印文渊阁四库全书》第950册,第136页。

慑,应对如流,然寒气已深入经络间矣。归即卧病而殂。既不得年,又以戏笑作孽,不自贵重,闻者惜之①。

周密在记载潘牥轶事时可谓层层推进。开始是酒醉后在街市上骑黄犊、歌离骚,这和古代豪放不羁的诗人形象并无二致。接下来是聚会赏梅时解衣、脱帽、呼啸、书诗,颇有名士风度。最后的行为表现令人惊异,披头散发立于寒泉之中,一边吟唱,一边与旁人问答论辩,因此而伤身致病。清人谢启昆据此演绎成论诗绝句一首,"跌宕潭州射策高,醉骑黄犊唱离骚。瀑泉灌顶寒吟口,骨似梅花死也豪"②,突出潘氏的狂态与傲骨。这种性格在潘牥端平二年的殿试对策中亦有体现,据刘克庄墓志记载:"初,远相擅国,讳闻纲常。责真、洪,窜胡、魏,以威言者。端平亲政,奋发独断,雪故王,收人望,返迁客。乙未策士,有'凝天命固人心'之语,庭坚对曰:'陛下承休上帝,皈德匹夫,何异为人子孙,身荷父母劬劳之赐,乃指豪奴悍婢为恩私之地,欲父母无怒,不可得也。宜绌荆舒之号,挂秦熺之冠,散郿坞之藏,以释天怒。'又曰:'陛下手足之爱,生荣死哀,反不得视士庶人。此如一门之内,骨肉之间,未能亲睦,是以僮仆疾视,邻里生悔。宜厚东海之恩,裂淮南之土,以致人和。'时对者数百人,庭坚语最直。"③此年的科举考试正处于理宗乾纲独断、扭转颓势的时代背景下,潘牥在殿试对策中大胆提出否定史弥远的历史地位,给予济王应有的礼遇和评价。此策意直语切,在当时引发热烈反响,"及廷试第三,策传,京师纸贵。向之击节者,更敛衽曰:'庭坚、子韶、龟龄辈人也'"④。

---

① 周密撰、张茂鹏点校《齐东野语》卷四,中华书局,1983年,第70页。
② 谢启昆《读全宋诗仿元遗山论诗绝句二百首》之《潘牥》,《树经堂诗初集》卷一一,《清代诗文集汇编》第392册,上第319页。
③ 辛更儒笺校《刘克庄集笺校》卷一五二,中华书局,2011年,第5987页。
④ 辛更儒笺校《刘克庄集笺校》卷一五二,中华书局,2011年,第5986页。

在创作风格上,刘克庄称赞潘牥"为文脱去笔墨蹊径,秀拔精妙"①,胡仲弓亦有"好客时招饮,贪诗夜废眠。寥寥三百载,先后两庭坚"的评价②。韦居安《梅磵诗话》卷中论及潘牥:"诗笔飘逸不凡,尝赠写梅林信夫诗云:'画马终须入马胎,写梅安得不为梅。他生我愿为孤竹,清浅溪头伴子开。'起句用法云秀老责李伯时画马事,末句愿为孤竹伴梅开于清浅溪头,语意皆洒落可喜。"③飘逸和洒落,皆与潘氏性格相称,孤竹伴梅开的想象颇有卓然屹立之姿。古乐府为潘牥所擅长,陈模称其"篇篇寓新意","虽句语有未浑成细嫩处,然皆有所发越"④。如"君不见风雨孤舟老樵夫,换鱼得钱醉踏舞。何曾上到玉堂来,竟不识崖州路"(《行路难》),俊逸洒脱之气如其为人。而"青我者雨露,黄我者雪霜,天公实云然,委落庸何伤"(《青青河畔草》),语虽直白,傲然不羁之品性却不难呈现。在近体诗中,"万里鲸波一苇航,坐移楚畹置吾傍。叶侵海气三分瘦,花比家山一样香"(《遣人取紫岩剑兰》),出语不凡,构思新警;"海激天翻电雹真,苍枝十丈擘为薪。须臾龙卷他山去,误杀田头望雨人"(《雷鸣不雨》其一),气势雄阔豪壮。而《题岳麓寺道乡台》一诗,《困学纪闻》卷一八"评诗"类有载,"坡仙不谪黄,黄应无雪堂。道乡不如新,此台无道乡""悲吟倚空寂,临眺生慨慷。道乡不可作,承君不可忘",用语爽直明快,有慷慨豪迈之气。

除潘牥外,在端平二年及第的李伯玉、郑士懿、陈容等诗风亦以豪逸见长。李伯玉字纯甫,饶州余干人,初号畏斋,又号斛峰,端平二年殿试第二名。刘克庄《李炎子诗卷》云:"余少走四方,于当世胜流多所款接。识果斋伊、洛之醇,识斛峰萧、汲之直,识径畈

---

① 辛更儒笺校《刘克庄集笺校》卷一五二,中华书局,2011年,第5986页。
② 胡仲弓《题潘庭坚响玉集后》,《苇航漫游稿》卷二,《景印文渊阁四库全书》第1186册,第674页。
③ 丁福保辑《历代诗话续编》,中华书局,1983年,第558页。
④ 陈模撰、郑必俊校注《怀古录校注》卷中,中华书局,1993年,第39页。

龚、鲍之洁。"①李伯玉在朝中以危言直论闻名,应试馆职时"历诋贵戚大臣,直声暴起",赵汝腾赞其"铜山铁壁"②,周密称其"议论端悫,出处不苟"③。李伯玉的诗歌亦充满豪壮之气。如古体诗《雪后》,风力不减太白、放翁,"天符夜下扶桑宫,玄冥震怒鞭鱼龙""男儿生须衔枚卷甲臂琱弓,径投虎穴策奇功。不然羊羔酒帐玻璨钟,侍儿醉脸潮春红。谁能蹇驴驼着灞陵东,骨相酸寒愁煞侬。屏山正吐黄韰气,笑倒坐闲亡是公"。此外,如"凉州久苦寒烟埋,今年定见玉关开。凯旋只在春风后,趁取闲闲登吹台"(《送萧晋卿西行》)、"把似啜茶看孟子,何如痛饮读离骚。胸中磊落浇三碗,倩得麻姑痒处搔"(《吏隐堂》)等,亦是气韵沉雄。

郑士懿,字从之,宁德人,据《(乾隆)福建通志》卷五一载,"七岁读书,过目成诵。登进士时,真德秀知贡举,得其卷曰:'经纶之才也'","每上章,极论朝政阙失"④。郑诗"几年江海客,复此预筵宾。地胜山川别,天晴草树新。高歌千佛峡,一笑万家春。珍重梁间扁,时时为扫尘"(《和徐梦发题超览亭》),气度不凡。陈容,字公储,号所翁,福堂人。据《图绘宝鉴》卷四记载,陈容"诗文豪壮。善画龙,得变化之意,泼墨成云,噀水成雾。醉余大叫,脱巾濡墨,信手涂抹,然后以笔成之"⑤。其诗"峨舸大编载琛贝,锦缆迷楼催管弦。人生苦乐不相等,风波血刃蛟流涎。神虺九首能三足,巨鳌触怒群帝迁"(《为人赋横舟二首》其一),用语奇险,意象瑰怪,其雄豪程度比李伯玉和郑士懿更进一层。

除了端平二年进士群体,在更化时期入朝任职的官员中,王迈(1184—1248)和程公许(1181—1251)也以磊落的气节和雄健的诗风

---

① 辛更儒笺校《刘克庄集笺校》卷一〇九,中华书局,2011年,第4549页。
② 脱脱等《宋史》卷四二四,中华书局,1985年,第12667页。
③ 周密撰、吴企明点校《癸辛杂识》别集下,中华书局,1988年,第298页。
④ 《(乾隆)福建通志》卷五一,《景印文渊阁四库全书》第529册,第749页。
⑤ 夏文彦《图绘宝鉴》卷四,《景印文渊阁四库全书》第814册,第597页。

见长。王迈于端平元年赴都堂审察,是"端平八士"之一,后任秘书省正字,轮对语辞峻切,为人刚直豪放,以"狂生"著称。如《齐东野语》卷四所载:

> 实之,莆人。登甲科,甚有文名,落魄不羁。为正字日,因轮对,及故相擅权。理宗宣谕曰:"姑置卫王之事。"迈即抗声曰:"陛下一则曰卫王,二则曰卫王,何容保之至耶?"上怒不答,径转御屏,曰:"此狂生也。"迈后归乡里,自称"敕赐狂生"。尝有诗云:"未知死所先期死,自笑狂生老更狂。"又赋沁园春曰:"狂如此,更狂狂不已。"①

王迈论史弥远之事甚切,与理宗当面争辩,这是他立朝大节的体现,也容易引起后人的共鸣,毕竟反对权臣是晚宋史叙述中的惯用套路。但王迈的刚直敢言并不止于此,他也直接点明了端平政局的另一个尴尬之处:尊崇理学并未能有效拯治时弊,尤其是财经困难。在端平二年应试馆职的对策中,王迈指出:

> 儒术行则天下富,今术行矣,而萧条市井,气象荒落,富之效何在。有德进则朝廷尊,今德进矣而外敌鸱张,叛卒蠭起,尊之势何如。君子之类虽进,而其道未行,小人之迹虽屏,而其难使屈服也②。

叶寘《爱日斋丛抄》卷五在引用这上述策语时,说王迈"不得不折衷如此",因为在此段之前,王氏还有"曾谓正心诚意之无与于财乎"的调

---

① 周密撰,张茂鹏点校《齐东野语》卷四,中华书局,1983年,第70页。
② 王迈《乙未馆职策》,《臞轩集》卷一,《景印文渊阁四库全书》第1178册,第464—465页。

和之论。前后一对比就可看出王迈的重心是批评空谈理学的危害。可见无论是权臣专政,还是理学治国,王迈都勇于揭露蠹弊,彰明己见。这种"狂生"形象和敢于揭弊的性格也影响到他的诗歌创作,正如刘克庄《傅渚诗卷》云:"亡友王朣轩,天下隽人也。其文字脍炙万口,其论谏雷霆一世,虽偶然引笔行墨,为古风近体,单辞半简,皆清拔巨丽,有一种风骨,友朋争藏去为宝。"①为人的隽气风骨、论谏的雷霆一世、诗歌的清拔巨丽相互统一。

首先,豪狂的气质使其诗歌充满雄阔的境界。刘克庄评王迈"有谪仙人骏马名姬豪放之风,无杜陵老残杯冷炙悲辛之态"②,他的诗歌也具有豪放雄阔的风格,如四库馆臣所言"集中诗文亦多昌明俊伟,类其为人"③。《东归至衢城十五里头》一诗中"手提四方人,脱之于水火",令人联想到北宋诗人王令的名句"不能手提天下往,何忍身去游其间"(《暑旱苦热》),如钱锺书所评:"要把整个世界'提'在手里的雄阔的心胸和口吻。"④而《诗家鼎脔》卷下所选王迈《飞翼楼》一诗,也是境界开阔,气势雄浑,如最后两联所写:"神交故国三千里,目断中原四百州。日暮片云栖古树,昔人留与后人愁。"再如《江郎石》一诗,运用博喻的手法,对奇石的形态材质作了全方位的展现:"伏如蛟龙蟠,耸如麒麟逸。开如旌旗扬,敛如圭绶直。交酬如大宾,相敬见颜色。特立如正女,斋庄不可昵。勇如毛大夫,囊锥推颖出。烈如蔺相如,挺身卫全璧。劲如傅介子,叱咤在三尺。直如太史公,巉岩操史笔。裒萃许精英,状出大奇特。"这种"车轮战"式的比喻手法,极尽体物之功,呈出一种"苞括"和"总览"的雄心。虽然王迈的博喻与苏轼相比,神骏不足,略显板滞,但这并不影响全诗

---

① 辛更儒笺校《刘克庄集笺校》卷一一〇,中华书局,2011年,第4590页。
② 周密撰、孔凡礼点校《浩然斋雅谈》卷上,中华书局,2010年,第9页。
③ 永瑢等《四库全书总目》卷一六三,中华书局,1965年,第1398页。
④ 钱锺书《宋诗选注》,人民文学出版社,1982年,第66页。

的气势,如结尾处所写:"年来天柱倾,谁是扶持力。愿移此灵根,支拄天西北。三光五岳气,要使合为一。血食千万年,与国同无极。"体现出凌驾于造物之上、改变世界秩序的巨大能量。林希逸曾记载王迈的言谈:"平生要自做个譬喻不得,才思量得,皆是前人已用了底。"①从《江郎石》一诗可以看出,王迈通过博喻的手法增加诗歌的表现力,用豪迈之语提振作品的气格,体现出超越前人的自觉的艺术追求。

其次,正如王迈在上书对策中的敢于揭弊,他在创作中也善于用犀利的言辞、详尽的刻画来表情达意。据《浩然斋雅谈》记载,王迈曾用四六文形容刘克庄"七年三出使,山岳渐见动摇;十载六监州,风月不禁分破""梅花入句,如何逊之在扬州;薏苡满船,如伏波之归交趾。忌名下人,弃沅芷湘兰而不佩;漏禁中语,觉阶薇砌药之无情",对刘克庄的出处遭际尤其是屡次遭谤的经历做了有效概括,因此周密评曰"皆能抓着痒处也"②。而其诗歌也能抓着痒处,"依然保存那股辣性和火劲"③。如《嘲轻薄子》一诗:"覆雨翻云奈尔何,胸中所得亦无多。貌轻匹似霜沾叶,量浅浑如鼠饮河。卖友穿中偏下石,叛师室里忍操戈。正缘才小不闻道,难入渊骞德行科。"《梅磵诗话》卷中评之曰"曲尽其情状""嫉恶尤甚"④。又如《简同年刁时中俊卿诗》,《宋诗纪事补遗》与《宋诗选注》都有著录,其诗对刁氏治下民生凋敝的惨状有详细的描摹,规讽之意极为深切。这与他桀骜不驯、敢怒敢言的"狂生"形象是相符的。

总之,雄阔与"辣性"构成了王迈诗歌的主要风貌。王迈曾为程公许《沧州尘缶编》作序,表达了对格卑气弱的晚唐诗风的不满:

---

① 林希逸著、周启成校注《庄子鬳斋口义校注》卷一四,中华书局,1997年,第236页。
② 周密撰、孔凡礼点校《浩然斋雅谈》卷上,中华书局,2010年,第10页。
③ 钱锺书《宋诗选注》,人民文学出版社,1982年,268页。
④ 丁福保辑《历代诗话续编》,中华书局,1983年,第565页。

> 年来评诗,往往北面晚唐,恍惚形似,争相位置。共观其自谓得意者其格卑,而猥者其气馁,荣者其意纤,以壮涩为平淡,以浅俳为闲雅,以要袅婉弱为得幽深之趣。①

王迈批评了卑、馁、纤、涩、浅、弱的诗风,他自己创作时恰是反其道而行之,以豪狂之气、俊伟之风来矫正卑格。而王迈在序言里称赞的程公许,也有和他类似的风尚:"其势雄健如灵鳌之擘泰华,其步骤迅捷如峻坂之走铜丸。"②程公许从端平元年入朝以来,曾围绕明堂雷雨、杜范离朝、临安大火等事屡次上书议政,《宋史》评曰:"谠论叠见,岂不伟哉!"③他的诗歌创作也具有雄健的风格,四库馆臣称其"所作才气磅礴、风发泉涌、往往下笔不能自休"④。例如"叩舷一笑宇宙宽,瓮天那可差别观"(《晓月未没顺风泛太湖期以明日与悦斋会》)、"怒涛奋击三千里,壮观元同十八潮""琴高背稳容追逐,借与天风递玉箫"(《浙江观潮》)、"酒酣兴逸不觉一捧腹,那似义府有刀藏其中"(《和陆放翁笑诗呈云端子》)等,均可体现其豪气和才情。

一般的应酬赠别之作容易落入俗套,但程公许的这类诗歌却写得气势磅礴。例如《送崔吉甫外刺安康分韵得客字》一诗,起首便凸显崔氏的豪迈英伟:"崔郎神骏如天马兮来西极,霜蹄蹴踏汗流赤。不令长楸嘶风凰属车,亦合交河涉冰摧敌魄。"而"文书晓夜来急急,吏胥事牍看山积。那知退食清心堂,万卷敷床客满席"几句,既写出了崔氏的洒脱不羁,又表现了他的怀才不遇。又如《寿悦斋李先生》"夜归风雨一檠灯,目电窥书光烁烁",颇有气势地呈现出李埴夜读的

---

① 王迈《沧洲尘缶编序》,程公许《沧洲尘缶编》卷首,《景印文渊阁四库全书》第 1176 册,第 892 页。
② 王迈《沧洲尘缶编序》,程公许《沧洲尘缶编》卷首,《景印文渊阁四库全书》第 1176 册,第 892 页。
③ 脱脱等《宋史》卷四一五,中华书局,1985 年,第 12462 页。
④ 永瑢等《四库全书总目》卷一六二,中华书局,1965 年,第 1395 页。

神态。

程公许在其文集的自序中说:"文思一动,伸纸濡笔,飙激泉涌,沛然不得而遏,亦不暇于择也。"[1]他创作中的这种豪放与迅捷,一定程度上受到陆游的影响,后者正好有"太豪太捷"、淋漓痛快的一面。《沧洲尘缶编》中有数首追和陆游的诗作,其中《连日驻白帝城怀古感事阅陆放翁诗集追和其韵》颇有陆诗豪俊的风范。而程诗中"围棘侵天催速战"(《元夕题灯龛四首》)、"侵天围棘孤吟夜"(《又省闱锁宿十月十三日夜月独酌》其一)等句,亦从陆游"侵天围棘不遮愁"(《定拆号日喜而有作》)而来。

但是,程公许的诗风又不仅仅是豪与捷,还拥有沉潜和顿挫的一面。他的馆阁诗作,超越了台阁诗歌的通常面貌,在清雅升平的环境中抒发自身的悲忧与羁愁,笔法顿挫有致。如前所述,在更化初期的馆阁创作中,洪咨夔、赵汝腾、魏了翁等人的诗风以雍容闲雅为主。程公许任馆职在嘉熙以后,他此时的创作一反闲吟的常态,在富贵中反思时局和人生困境,增加了表达的厚重感。如《和谢孟蟇秘丞馆中书怀》一诗,"故都何在渺烟埃""静思世故殊未艾,颍洞忧端不可掇",表达了黍离之思和时政之忧,"萧疏白发宁可贷,流浪红尘几时歇""诸君信是廊庙具,老我已愧瓶罂溢"则流露出身老之叹。全诗以人生感慨开端,接以馆阁聚会和酬唱的盛景,转入对故都和时局的忧思,接以为朝效力的决心,再回到开头的衰老沧桑之叹,最后又转入文人雅集的描写。诗人的情绪在高昂与低沉之间来回迁转,体现出"顿挫"的章法。又如《又省闱锁宿十月十三日夜月独酌》,将"霜月铺银"和"尽醉"的昔景,与"寺钟惊梦"的残夜和"侵天围棘"的"孤吟"作对比,自有一种人生的无奈感。程公许好写老病穷愁之态与凄凉清

---

[1] 程公许《沧洲尘缶编》自序,《沧洲尘缶编》卷首,《景印文渊阁四库全书》第1176册,第891页。

苦之境,但他并不像孟郊、贾岛那样寒瘦酸俭,而是在富贵里衬以衰寒,在蔚然中渗入悲忧,最终造就了一种抑扬有致、慷慨而深沉的基调。不妨再补一例以申说:《腊月二十六日部宿雪甚登天官厅后亭子》一诗,"冲寒趁蝶青绫被","青绫"是表征富态,但渗入寒意;颔联"老怯凭高银海眩,渴因引满玉池肥"从苏诗的"玉楼银海"化出,而"老""渴"的窘态又与"银""玉"的富态形成对比;最后两联从"七旬蜀道""两月淮壖"引出"顽洞忧端深似海"的慨叹,而结句"鬓霜争与六花飞"又在衰老之中流露出一分生趣。可见,程公许擅长这种情绪起伏跌宕的吟咏。

王迈为程公许文集作序时,从真德秀尊杜的立场出发,指出了程诗对杜甫"穷年忧黎元,叹息肠内热"精神的继承。研究者据此分析了程诗忧国忧时、体察民瘼的一面[①]。我们在此基础上加以补充,如前文所述,程公许对杜诗的借鉴,还体现在老病穷愁的描写与跌宕情感的抒发上。这就不仅仅是一种外向的、淑世的关怀,更是意识的内省、情感的管控和诗思语势的布置安排。在这方面,程公许汲取了杜诗精深沉挚的成分,让自身创作不仅仅停留在豪放迅捷,更体现出雄深雅健的一面。

以上围绕众多作家的创作实绩,介绍了端平、嘉熙年间的雄豪诗风。这种诗风的流行,和更化时期言路大开、士风奋厉的时代氛围相适应,与当朝士大夫重建秩序、惩恶扬善的气节互为表里。同时,从诗学主张看,雄豪、尚气习尚的出现,也是上层士大夫反思晚唐诗风的必然结果。赵汝谈主张抑制晚唐的清丽婉约增进"格力",王迈感叹"诗乎,诗乎,晚唐云乎哉",程公许"诸公竞唐体,颓流谁檠维。命将骚雅坛,幸子无牢辞"(《和庐陵士尹八俊投赠韵》)等等,都体现出

---

① 参见祝尚书《宋代巴蜀文学通论》第八章第二节《爱国诗人程公许》,巴蜀书社,2005年,第408—413页。该书分析了数首程公许描写战乱和民众灾难的诗歌,指出了杜甫对程公许的影响,是"深沉的忧患意识"和"大庇天下寒士俱欢颜"的高尚人格。

这一时期士大夫诗人超越晚唐诗风的自觉追求。诗人对"气格"的崇尚,又意味着突破声律、句式、对偶等固有法度,以才力意气驾驭全篇而不刻意雕琢。潘牥在端平三年为《海琼集》作序时,赞叹白玉蟾"不由纪律,不击刁斗,而转斗千里外者也",进而引"风行水上""天下之至文"之说,强调"得之无心,成之自然"①。程公许在为自己的文集作序时也说,"匠石为人营宫室,小大广狭,圆方短长,视主人所欲为,度群材,会众工,以迄于成,亦惟规矩绳墨运于心而措诸手者何如耳。若曰我能是,我不能是,奚取于匠石为?"②注重从有法到无法,打破左规右矩的束缚,达到前述"沛然不得而遏,亦不暇于择也"的境地。

当然,在他们内部,雄豪的程度和侧重点也各有不同,如潘牥之飘逸、陈容之奇险、王迈之狂直和程公许之顿挫。因此,端嘉士大夫诗人的风貌并没有一个集中统一的演进方向,其在诗坛的影响也不及北宋"新变派"。不过,从雄豪或"格力"角度去观察这个"何减庆历"时代的诗风,有助于呈现理宗朝诗坛在晚唐体之外的另一种面貌。

三、激扬与酸凄:端平雄豪诗风的深层透视

上文介绍了端平奋励士风与雄豪诗风的概况,探讨政局之更化、士风之变动如何塑造文坛面貌,反过来,诗人的文学表达如何引领时代风气,尚待深入揭示。分析的关键,在于士人心态与创作者在具体事件中的心理活动,这是连接历史场景与诗歌表达的中间环节。因此,端平士大夫心理状态的深入呈现,是认识这一时期雄豪诗风的有效手段。

---

① 潘牥《海琼玉蟾先生文集序》,白玉蟾《海琼玉蟾先生文集》卷首,海豚出版社,2018年,第16—17页。
② 程公许《沧洲尘缶编》自序,《沧洲尘缶编》卷首,《景印文渊阁四库全书》第1176册,第890页。

刘克庄在淳祐十一年(1251)对札中指出:"遂目陛下与大臣改端平之政矣,甚者以为改端平之心矣。"①对于更化时期的士大夫而言,"端平之心"从宏观上是振励朝纲、重建秩序的理想,在个人境遇上,则是积极有为、施展才华的精神状态。然而"端平之政"的结构性矛盾与实际走向却给"端平之心"带来强烈冲击,让当朝士大夫经历了巨大的心理落差,这种落差使雄豪风气更趋激烈。对于真德秀、洪咨夔、魏了翁、赵汝谈这一批"耆旧"之臣来说,他们或是未能目睹端嘉政坛的全过程,或是经历动荡后不久便辞世,因而这种落差对他们的冲击并不明显。遭际和体验最为复杂的当属潘牥、王迈、方大琮、刘克庄、程公许等端平间活跃于政坛的士大夫。于是两代人的诗风也体现出明显差异。洪咨夔、魏了翁等人,经历了政局的拨乱反正,其心态侧重于积郁的释放,诗风由前期婉晦的走向此时的雍容。而潘牥、王迈等人,则遭遇了"后史弥远时代"的局势动荡,心态颇为跌宕,诗歌更加显现出慷慨激昂、深沉顿挫的特征。

如前所述,士大夫对端平更化寄予厚望,而朝政的固有矛盾和边境形势却让更化的结局不尽人意。当程公许以惊喜的心情迎接朝廷的召命时,"严诏自天疑过误,虚心造物与安排"(《甲午岁除即事二首初被聘召之命末章感遇述怀》其二),未料"不幸金灭鞑兴,适丁是时,外患之来,势如风雨"②。当刘克庄歌颂"穹庐已蹀完颜血,露布新函守绪头"(《端嘉杂诗二十首》其一)时,边境危局随之而至,"亳之复、汴之入,方以归疆为喜;襄之失、蜀之危,反以蹙国为忧"③。端平政局变化之迅速,印证了魏了翁"只作得三数年"的预言,它给朝士心态带来的冲击是强烈的。但这只是一种宏观上的影响,欲厘清此时士大夫的心路历程,还需落实到他们在朝活动的细节。对每一个在朝官

---

① 辛更儒笺校《刘克庄集笺校》卷五二,中华书局,2011年,第2577页。
② 辛更儒笺校《刘克庄集笺校》卷五二,中华书局,2011年,第2576页。
③ 方大琮《端平三年七月分第二札》,《铁庵集》卷一,明正德八年方良节刻本。

员而言,职事的进展、前辈或上层的提携、同僚的协作、闲暇时的交往等等,与他们的日常生活切身相关,也是影响他们心理活动的具体因素。

论及潘牥、王迈、方大琮、刘克庄等人,端平更化为他们提供了施展政治才能的舞台,而嘉熙元年(1237)蒋岘对四人的劾奏,则是他们仕途的一大挫折。刘克庄曾言:"宝绍间,一相擅国,所拔之士,非鄞则婺。其言曰:'闽人难保。'尤恶莆士,如陈宓、郑寅之流,皆扫影灭迹,于是朝无莆人。"①史弥远当政期间闽人尤其是莆士仕途不顺的局面在史弥远去世、真德秀回朝后得到扭转。端平二年在真德秀担任参知政事期间,刘克庄任枢密院编修官,王迈除秘书省正字,方大琮迁太府寺丞,莆阳三士齐聚庙堂。此年贡举由真德秀主持,王迈担任初考官,所取进士包括福州人潘牥、福清人林希逸、莆田人李丑父、宁德人郑士懿等,闽中俊彦蔚然大观。然而,宝庆初年济王事件遗留的历史问题却将他们卷入一场政治风波。事件的起因是端平二年刘克庄、王迈、方大琮、潘牥均为济王鸣冤。一年后,王迈率先因言责被弹劾,离朝通判漳州。到嘉熙元年(1237),临安大火使济王议题再次成为焦点,台谏官蒋岘趁机清算历史旧账,同时劾奏四人,称其"鼓扇异论""妄论伦纪",请求朝廷绳之以"汉法",四人最终难免降秩落职的厄运②。这是端平更化后福建官员遭受的一次集体挫折。此时真德秀已去世,弹劾者蒋岘是史弥远的四明同乡,通常被认为是"史党"。端平年间双方的合作关系最终破裂,如方大琮所言,"桧之背魏公与文靖,亦犹蒋之背后村并及西山之子孙也"③。事件给刘克庄、王迈、方大琮等人带来较大的心理冲击。

对于蒋岘的劾奏,刘克庄后来在潘牥、王迈、方大琮三人的墓志

---

① 辛更儒笺校《刘克庄集笺校》卷一四一《丁给事神道碑》,中华书局,2011年,第561页。
② 参见佚名撰、王瑞来笺证《宋季三朝政要笺证》卷一,中华书局,2010年,第99页。
③ 方大琮《铁庵集》卷一九,明正德八年刻本。

中都有提及,而数潘志最为详实。在叙述蒋岘与四人反目之后,刘克庄特地追忆了端平二年他与蒋岘共事的情况:

> 岘亦人也,本善余三人者。余为玉牒所主簿,岘为丞,考试省出,夸余曰:"君可酌酒贺我。"余请其故,岘曰:"吾为国得一士。"问其姓名,则庭坚也。是时岘不特善余三人,亦善庭坚,后擢台端,希旨论事,得丧战于胸中,议论变于顷刻,其意不过欲钓取高位尔,然天子察其为人,终不大用。其乡人言,岘晚殊自悔,前死一两月,衣冠饮食亡恙,而时时谆谵若丧志者。余曰:"岘之谵语久矣。"①

前合后分之鲜明对比让刘克庄对蒋岘的人品愤愤不平,"得丧战于胸中,议论变于顷刻"对蒋氏的心理活动和行为举止刻画入微。"终不大用""晚殊自悔""谆谵若丧志"算是对蒋氏背信弃义的报偿。在方大琮墓志中,刘克庄引述方氏之言"斥去乃岘意,非上意也";在总结自身履历时,他也特别强调"中间为蒋岘中伤"。这些都显现出刘克庄对蒋岘的不满。另一方面,这种追忆又流露出刘克庄对端平朝廷生活的怀念。在那段时间内,刘克庄与朝中前辈有良好的交流,结交了众多官场同僚,这成为他人生经历中的美好回忆。有研究者已指出刘克庄在为友人所作墓志铭中,常常追忆端平时期共事的经历②。现再补充四则材料以证:

---

① 辛更儒笺校《刘克庄集笺校》卷一五二《潘庭坚墓志铭》,中华书局,2011年,第5988页。
② 参见孙克宽《晚宋政争中之刘后村——刘后村与晚宋政治之一》第一节《端平变政时期》,《宋史研究集》第二辑,1964年,第378—379页。孙氏列举了三条材料:一、"克庄念端平初,与公同朝,及公以骑帅往成淮右,犹及祖饯"(《孟少保神道碑》);二、"端平甲午,余始有列于朝,与员峤颜公同升,寻皆去国";三、"由端嘉至淳祐……自洪至唐皆余至友"(《待制徐侍郎神道碑》)。另外,程章灿《刘克庄年谱》"端平元年"条下亦对这些材料有所引用。参见该书第134—135页,贵州人民出版社,1993年。

端平初,余为玉牒所主簿,赵为卿;摄郎右铨,赵为侍郎。朝夕相亲,稍窥平生论著,于《书》《易》皆出新义,虽伊洛之说不苟随,惟《诗》与朱子同。(《赵虚斋注庄子内篇》)

端平甲午,召彼故老,公还禁近。余亦有列于朝,遂得朝夕亲炙。每望公眉宇,听公绪言,窃意元曾山、阳道州辈人不过如是。(《曹梦祥石岩集》)

仆端平初为郎,与真翁侍郎、徐公同合相好也。南来得侍郎书,诵足下及河源令君之贤。(《答南雄翁教授》)

始余为玉牒所主簿,今礼部游尚书为卿,暇日为余言,侍郎黄公镇蜀,既经画其大者,而应酬群碎,动中机会。(《黄恺文卷》)①

由此可见,端平入朝期间,刘克庄在职事上与同僚协作愉快,闲暇时论学谈艺、相得甚欢,其成就感、归属感都较为强烈。在这样的时代,朝廷士大夫得君行道、重建秩序的热情和豪气更容易迸发。如前所述,端平朝士围绕各项事务提出了大胆甚至尖锐的意见。彼种公共意见的表达,与此处论述的以刘克庄为代表的官场生活和个人情愫,两者互为表里,共同构成端平士大夫的精神风貌和立朝心态。但恰恰是这种愉悦和亢奋与后来蒋氏的反目形成鲜明对比,昔是今非的断裂感和破碎感让刘克庄始终不能释怀。关于这一点,只要对比一下刘克庄对待吴泳、吴昌裔兄弟和蒋岘的态度便可得知。前者劾刘在先,但最终"一笑而散";后者"中伤"之事则被刘克庄屡次提及。

嘉熙二年(1238),蒋岘被逐离朝,刘克庄与王迈就此进行了诗歌唱和。刘克庄《读邸报二首》其一曰:"并驱辇毂适通逵,中路安知判两歧? 邪等惟余尤甚者,好官非汝孰为之。累臣放逐无还理,陛下英

---

① 分别见辛更儒笺校《刘克庄集笺校》卷九四、一〇九、一三〇、九九,中华书局,2011年,第4002、4519、5283、4181页。

明有悟时。闻向萧山呼渡急,想追前事亦颦眉。"其二曰:"瑶编对秉初修笔,粉署同携夜直衾。虎既蒙皮甘搏噬,鹤因创羽久呻吟。尽归一网机犹浅,横说三纲害最深。想到鄞山多暇日,轲书无惜细研寻。"①"并驱辇毂"指刘克庄和蒋岘均在端平初年入朝任官,"瑶编对秉初修笔"即前述"余为玉牒所主簿,岘为丞"的共事经历,刘克庄任宗正寺主簿,蒋岘任宗正寺丞。"粉署同携夜直衾",则指刘蒋二人同在尚书省吏部任职的经历,据林希逸所作行状,刘克庄在端平二年曾兼任吏部侍郎右选的郎官,"乙未六月,除枢密院编修官,兼权侍右郎官"②。另据洪咨夔《平斋集》卷二三《大宗正丞蒋岘除军器少监仍兼权侍左郎官制》,则知蒋岘曾任吏部侍郎左选的郎官,与刘克庄分掌文武官员的铨选差注。"邪等惟余尤甚者,好官非汝孰为之"则化用本朝故事。据《宋史·徽宗本纪》记载,崇宁元年九月"诏中书籍元符三年臣僚章疏姓名为正上、正中、正下三等,邪上、邪中、邪下三等","以元符末上书人钟世美以下四十一人为正等,悉加旌擢;范柔中以下五百余人为邪等,降责有差"。③ 范柔中曾上书批评熙宁、绍圣之政,"邪等"是新法推崇者对旧党的攻击之词。另据《续资治通鉴长编》卷二一六记载,熙宁三年邓绾因为逢迎王安石新法而得官,"绾自至京师,不敢与乡人相见,乡人皆笑骂,绾曰:'笑骂从汝笑骂,好官我须为之'"④。刘克庄以"邪等"代指蒋岘对自己的诬蔑,"好官"凸显蒋氏的恬不知耻⑤。蒋岘的攻击好似搏噬之虎,而刘克庄则好比反复呻吟的受伤之鹤。最终加害者也难逃被贬的命运,诗人希望他回家读书反省,有所悔悟。

---

① 辛更儒笺校《刘克庄集笺校》卷一一,中华书局,2011年,第665页。
② 辛更儒笺校《刘克庄集笺校》卷一九四《宋修史侍读尚书龙图阁学士正议大夫致仕莆田县开国伯食邑九百户赠银青光禄大夫后村先生刘公行状》,中华书局,2011年,第7550页。
③ 脱脱等《宋史》卷一九,中华书局,1985年,第365页。
④ 李焘《续资治通鉴长编》卷二一六,中华书局,2004年,第5253页。
⑤ 此处及下面几首诗的解读参考了刘洋、程章灿的相关论述,参见于溯、程章灿《何处是蓬莱》,凤凰出版社,2014年,第116—126页。

与刘克庄相比,王迈和诗的忿恨程度不那么强烈。《和刘编修潜夫读近报蒋岘被逐二首》其一曰:"读报欣然共赋诗,古来忠佞各殊岐。彼犹愧见蒋颖叔,君盍自期刘器之。恶草剪除虽一快,芳兰销歇已多时。怀哉康节先生语,作事莫教人绉眉。"其二曰:"两载相依笑陆沉,鹑衣不羡锦为衾。渠侬眩耀麒麟楦,我辈翻腾驽骥吟。朝去一凶忧稍歇,边留五大祸尤深。栋梁培植谁之责,莫遣斧斤终日寻。"①王迈用"恶草"形容蒋岘的人品,"麒麟楦"言其才能,"愧见蒋颖叔"言其为政之失。对于蒋岘的被逐,王迈虽有欣然和快意,但多了几分"芳兰销歇"的无奈和"祸尤深"的忧虑。通观从端平到嘉熙的心路历程,我们可以看到王迈由激扬奋励到悲愤沉郁的变化。其《书怀奉简黄成甫史君》对此有所描述:

> 暨于端平初,天夺老奸魄。散地起忠良,邱园纷束帛。君老登瀛洲,讲筵赐重席。余亦试玉堂,朝有愈之迹。啜茶熏玉虬,投饼呼金鲫。同校南宫文,等是西山客。无何阵脚动,君出为方伯。馆中失名流,我辈苦叹惜。西山遽仙去,局面日改革。余入对未央,苦语出肝膈。淮南冤未消,元载家当籍。外党分牛李,内宠怙秦虢。臣愚怀隐忧,厚地其敢蹋。虎须敢一编,龙鳞敢一逆。自信填海隅,复中含沙射。移舟返蓬莱,伏隩甘冰檗②。

王迈概述了从端平入朝到罢官还乡的经历。其中"啜茶熏玉虬,投饼呼金鲫。同校南宫文,等是西山客",记录了他在馆阁中的日常生活,流露出他与同僚合作共事的愉悦,以及作为真德秀门人,为朝廷效力的自豪感。这一点与前述刘克庄的心情是一致的。"虎须敢一编,龙

---

① 《臞轩集》卷一六,《景印文渊阁四库全书》第 1178 册,第 672 页。
② 王迈《书怀奉简黄成甫史君》,《臞轩集》卷一二,《景印文渊阁四库全书》第 1178 册,第 603 页。

鳞敢一逆"呈现出他上书进言的果敢忠直。"复中含沙射"则指向蒋岘弹劾之事,最终落得"甘冰糵"的寒苦境地,如前述"鹑衣不羡锦为衾"。类似的追忆亦见于王迈其他诗作。如"批鳞咈神龙,编须犯关豹。一斥褫三官,连年绝廪稍"(《寄林教授龟从》)述其囚言得罪的经历,"凛然立朝廷,谠论动旒纩。张胆输荩忠,赪颜斥庸妄"则呈现了方大琮的立朝大节。而"逸者何人斯,严科欲监谤。纲常尽斁沦,天日忍欺诳。白璧污苍蝇,鸣珂辞翠闼。膏屯施未光,干盅遂高尚"(《寿方右史德顺大琮生朝》),则通过方大琮被弹劾的事迹,再次表达了对蒋岘的不满。因此,当王迈感慨"回首忆端平,芳菲仅一饷"(《寿方右史德顺大琮生朝》)、"弊事非一端,言之重酸凄"(《寄林教授龟从》)时,触发情绪的因素,除了国事与朝政的种种乱象之外,更有仕途的大起大落,个人抱负的先扬后抑。

　　基于此,在重新审视王迈的"狂生"性格时,其中的"酸凄"成分尤其不能忽视。王迈在嘉熙二年作《读王伯大都承奏疏》,题下注云:"读王幼学两疏,痛快大叫曰:'快哉快哉!'家人辈以我为病风丧心,而余不觉喜之至此极也。满饮一白,辄成十绝,先呈吾友方德润、右史刘潜夫编修,且嘱其和。毋曰:'吾畏祸,爱官职,不比狂生无藉赖也。'"①据《宋史·王伯大传》记载,王伯大嘉熙二年上奏曰:"今天下大势如江河之决,日趋日下而不可挽。其始也,搢绅之论,莫不交口诵咏,谓太平之期可矫足而待也;未几,则以治乱安危之制为言矣;又未几,则置治安不言而直以危乱言矣;又未几,则置危乱不言而直以亡言矣。呜呼,以亡为言,犹知有亡矣,今也置亡而不言矣。人主之患,莫大乎处危亡而不知;人臣之罪,莫大乎知危亡而不言。"②从诵咏太平气象到直面危亡局势,王伯大勾勒出端平、嘉熙政局的走向,让王迈回忆起

---

① 《臞轩集》卷一六,《景印文渊阁四库全书》第 1178 册,第 679 页。
② 脱脱等《宋史》卷四二〇,中华书局,1985 年,第 12567—12568 页。

端平年间的直言谠论,顿感痛快。只是这种痛快豪迈,包含了"曳紫腰金满阙庭,被渠唤作集瓜蝇。适从何处来居此,面目人嫌鬼亦憎"(《读王伯大都承奏疏》其四)的辛酸与无奈。王迈如此,潘牥又何尝不如是。前引"裸立流泉之冲,且高唱'濯缨'之章"的狂傲行为,在端平、嘉熙政局的影响下,包含了怎样的"酸凄"与苦闷,值得深入探讨。总之,从"飞扬"处认识端平政局对朝士热情的积极影响,从"酸凄""狂歌"中把握人生起伏为他们带来的慷慨悲凉,这是分析端平雄豪诗风的有效途径。正是这种心理落差,增加了雄豪的厚重感。

四、轩爽磊落:《玉楮集》的气格与诗艺

和宝庆落职、端平回朝的魏了翁等人相比,岳珂的罢官和复官都比他们晚了一个时段。就在端平更化的前夕,岳珂离职归家,直到嘉熙二年(1238)才被重新起用。《玉楮集》所收诗歌的写作时间起于嘉熙二年二月,止于嘉熙四年闰十二月,因为同样为否极泰来的创作,并且拥有"轩爽磊落,气格亦有可观"①的特征,可以视为端平诗风的必要延伸。岳珂出生于淳熙年间,从年辈上看,他和魏了翁、洪咨夔等人同属理宗朝诗坛承前启后的一代人。《玉楮集》是岳珂晚年的创作,我们将其作为端嘉诗坛一个独立完整的单元来分析。

端平更化为宝绍间不得重用的士大夫提供了"久蛰咸奋"的机会,而嘉熙复官也给岳珂带来昂扬的精神状态。更化初期,入朝士大夫在对时相郑清之的恭维中,常常以"小元祐"相比;岳珂在嘉熙年间也作《后元祐行上辨章乔益公》称颂乔行简,有"舆人欢呼争诵说,元祐嘉熙莫分别"之语。对于朝廷复官的任命,他有"浮云满空能蔽日,云散天空日华出""聊坐和歌焉热耳,宁比三光覆盆底""感恩欲愬泪如雨,且愿投谗畀豺虎"(《戊戌二月十日京湖袁总郎以堂帖至有诏复

---

① 永瑢等《四库全书总目》卷一六四,中华书局,1965 年,第 1403 页。

除户侍总饶》)的欣喜,另一首诗题中也有"感激思奋"之语。正像端平初年的"积郁顿舒",岳珂的奋励也是因为罢职后的起复。

关于岳珂罢官的经历,《四库全书总目》指出:"考珂于绍定癸巳元夕京口观灯,因作诗及祐陵事,韩正伦疑其借端讽己,遂构怨陷以他罪。会事白得释,至戊戌复召用,故首篇有'五年坐奇谤'之语,他诗亦屡及。"①岳珂因为元夕诗得罪韩正伦,但韩氏并非奏以"谤讪"之罪,而是"陷以他罪"。《玉楮集》中的诗题及诗注为我们提供了更明确的线索:

> 予癸巳在京口,因郡中元夕张灯,偶阅《国史》"靖康丙午正月十五日辛巳,祐陵南巡驻跸是郡,二月二十三日己未始还京师,凡居郡三十有八"。兹闻箫鼓,感旧兴叹,不胜凄然,因涉笔以记大略。而僧有冲希者乃携以示正伦,彼谓予讽己,遂架大怨,迄兴妄狱。

> 正伦京口放灯,余作诗及祐陵事,正伦疑诮其失,基怨于此。向已虚券见诬,恐其不直,乃批与承受使多用贿,嗾吏文致予以大罪,庙堂觉之,事遂白。此批真迹,它日予得之故吏,今存。予起家使湖广,正伦正在都司云。②

根据岳珂的叙述,绍定癸巳(1233)元夕他在京口观灯,忆及宋徽宗旧事,作诗曰:"驾轺老子久婆娑,坐听笙歌拥绮罗。十里西凉忆如意,百年南国比流梭。吞声有恨哀蒲柳,纪节无人废蓼莪。寂寞丹心耿梅月,挑灯频问夜如何。"僧人冲希将此诗拿给韩正伦,韩氏应是此次灯会的主办者,他认为岳诗语带讥讽,由此结怨。但导致其罢官的不

---

① 永瑢等《四库全书总目》卷一六四,中华书局,1965年,第1403页。
② 《玉楮集》卷一,《景印文渊阁四库全书》第1181册,第443—449页。

是"诗祸",而是"虚券"与"用贿"的经济问题,因为岳珂时任淮东总领,负责军马钱粮。"虚券"是指宋代和买制度中官府对民户虚开白条、巧取豪夺的现象。《宋会要辑稿》"食货"三八记载:"高宗建炎元年五月一日赦:和、预买法本支实价,访闻官司立价甚低,或高抬他物价直准折,或以无实虚券充数。"①事实上,岳珂长期负责理财事务,因为手段强硬、过度征敛就受到过朝廷的处罚。据《宋史·徐鹿卿传》记载:"会岳珂守当涂,制置茶盐,自诡兴利,横敛百出,商旅不行,国计反屈于初。命鹿卿核之,吏争窜匿。鹿卿宽其期限,躬自钩考,尽得其实。珂辟置贪刻吏,开告讦以罔民,没其财,民李士贤有稻二千石,囚之半岁。鹿卿悉纵舍而劝以其余分,皆感泣奉命。珂罢,以鹿卿兼领太平,仍暂提举茶盐事。"②此事发生于淳祐年间,经过徐鹿卿的核查,岳珂横征暴敛的行为属实,终被罢官。如果以此来推断岳珂在淮东总领任上的所作所为,则可理解韩正伦的弹劾并非毫无根据,这是我们阅读岳珂上述申辩之词时需要综合考虑的。

正因为如此,岳珂述及与韩正伦的恩怨时心态颇为复杂。岳韩二人本有座主门生之谊,"正伦向在京口,每折简必以恩门见称,予为漕时尝举之"③。对于韩氏反目,岳诗"姑言絮舜工负恩""强拟随装学张敞",用《汉书·张敞传》絮舜"五日京兆"背恩忘义、张敞被免终获起用之事。"忆昔贾奇谤,同舟忽秦越""仍是同功家,以豢反得啮""一念吹毛牙角讼,十年握手肺肝倾"④等亦表达了对交谊破裂的遗憾。《玉楮集》中有两篇题目较长的诗歌:其一为《邵伯温闻见录载:"范忠宣帅庆阳时,总管种诂无故讼于朝,上遣御史按治,诂停任,公

---

① 刘琳等校点《宋会要辑稿》第 11 册,上海古籍出版社,2014 年,第 6833 页。
② 脱脱等《宋史》卷四二四,中华书局,1985 年,第 12650 页。
③ 岳珂《玉楮集》卷一,《景印文渊阁四库全书》第 1181 册,第 449 页。
④ 岳珂《戊戌二月十日京湖袁总郎以堂帖至有诏复除户侍总饷》《予控免不获命恭读诏书圣训有朕正欲为卿直前枉之语感激思奋始决小草之谋》《闻韩正伦检正挂冠感叹故交怅然久之偶成三首》,《玉楮集》卷一,《景印文渊阁四库全书》第 1181 册,第 443—449 页。

亦罢帅。至公为枢密副使,诘尚停任,复荐为永兴军路钤辖,又荐知隰州。公每自咎曰:'先人与种氏上世有契义,某不肖为其子孙,所讼宁论事之曲直哉!'予在山中读书,偶见此书而表之》①;其二为《上高赵宰同叔遗以〈诚斋集〉,开卷偶见〈答徐宋臣监丞书〉云:"来帖告诉门生排根。尝闻前辈谓受人之恩而不忘者,为子必孝,为臣必忠,盖推是心而信其人也。又闻惟以怨报德者为不可测,盖以有人之形者,必有人之情也。故卢杞之于颜公,敏中之于文饶,之奇之于永叔,邢恕之于君实,孰测其报恩一至此极哉?昔孟尝君有一客,孟尝遇之甚厚,而客每毁孟尝。或问其故,客曰:'人皆誉君而我独毁,人必以我为小人,而以君为长者,此吾所以报君也。'前五子者,其意将无出于此欤?至如逢蒙杀羿之事,孟子不责蒙而责羿,然则先生之与门生,其责果谁在哉?"或掩卷有感,因笔纪意,复绅绎身履者,以补其阙,凡四十韵》②。岳珂大段摘录《邵氏闻见录》所记范纯仁之事和杨万里《答徐宋臣监丞书》,涉及门生背叛恩师、以怨报德的诸多事例,这些都暗示韩正伦的不义之举。但无论范纯仁的"自咎"还是杨万里"其责果谁在哉"的感叹,都显示出岳珂在怨愤之外的复杂心情。谈及范纯仁时岳珂写道:"高平丞相本大贤,尺璧那容寸瑕指。一朝契家青涧种,转头不记龙图公。蝈鸣乱磬蝇点素,丞相襟量沧溟同。归来端委庙堂上,一告不捐三世将。自言曲直何必言,愧死老奴作何样。吁嗟此辈何代无,高平堂堂真丈夫。"在批评蝈与蝇的玷污时,他强调范纯仁的"襟量"。而在申说杨万里列举的众多事例后,岳珂特别指出"江湖两相忘"。由此返观岳珂对韩正伦的评价,"闵其左计,亮其初心""六载交情老弟兄""西州犹记胜游同",在遗憾中有怅然;"喜怒无心我自穷""莫将灯夜怨东风",在怨忿中有自我宽慰。这和刘克庄、

---

① 岳珂《玉楮集》卷四,《景印文渊阁四库全书》第1181册,第464页。
② 岳珂《玉楮集》卷六,《景印文渊阁四库全书》第1181册,第482页。

王迈、方大琮等人对待蒋岘的态度有所区别。因而清人卢文弨评价道:"倦翁虽未能忘情,而深怜其失计,词不愤激,有君子之养焉。"①

在创作态度上,岳珂追求随物赋形、自然为文,如《玉楮集》序云:

> 今夫发于性情,着于咏歌,雕镂肾肠,摹写月露,旬锻月炼,以求其大巧,夫谁不然? 至于风行水上,涣而成文,云出岫间,了非有意,澄江净练,风雨满城,尚绚去华,贵乎直遂。兹巧也,盖寓乎至拙之中,匪徒工之所能媲。夫以它山之攻,昆吾之切,追琢毫芒,以取其象似,故必待积月以致其力,则其成也难。遇物感形,因时言志,不贵以浮靡,惟取其自然,故不待引日以全其大,则其成也易。彼三年而仅成一叶,此三年而为篇者几四百,其巧与拙,将谁实辨之? 木以不材寿,雁以不鸣弃,牺尊以青黄丧,大瓠以浮游取。览吾卷者,其寘我于巧拙之间乎!②

岳珂的诗学主张和前述潘牥、程公许等人类似。虽然以"刻玉为楮,三年而成一叶"之义命名诗集,但三年的创作却并非"追琢毫芒""旬锻月炼"的精心雕琢,而是"遇物感形,因时言志",所得篇数近四百。所谓"巧寓乎至拙之中""寘我于巧拙之间",他更倾向自然成文。在诗歌风格上,正如卢文弨所说:"其诗刊除浮艳,风格峭异,骤若不见可喜,而咀嚼既久,亦自有得味于无味中者。"③《玉楮集》中《赤壁》一诗就具有峭异沉雄的风格。岳珂在对三国旧闻和东坡往事进行回顾后,以一段雄阔苍劲的江景描写收尾:"沧浪六月卷晴雪,历历江山人物眇。崩空乱石今几存,仿佛栖巢尚惊鸟。夜深刁斗声四发,星斗满空群籁悄。便须唤起紫绮裘,孤鹤南天楚江晓。"同样,在《卷雪楼》

---

① 卢文弨撰、王文锦点校《抱经堂文集》卷一四《玉楮诗稿跋》,中华书局,1990年,第191页。
② 岳珂《玉楮集序》,《景印文渊阁四库全书》第1181册,第442—443页。
③ 卢文弨撰、王文锦点校《抱经堂文集》卷一四《玉楮诗稿跋》,中华书局,1990年,第191页。

中,他也凸显了这样的气魄:"势拥万峰淮甸接,气吞七泽楚天浮。"此外,如"青天为幕地为席,醉里聊作乌乌吟"(《浩歌行》)之洒脱,"我欲用世取所长,便当提作朱亥神椎椎猗狂,北绝大漠枭名王"(《发排湾过小孤彭郎祠下遂宿马当》)之伟壮,"群鸦槎牙噪古木,磷火半青新鬼哭""毛风血雨天地肃,何日跳踉看食肉"(《病虎行》)之奇险,都足以显现岳珂诗风雄豪的一面。具体到诗歌技法上,岳珂的某些语词结构体现出"倒一字语乃健"或"造硬语"①的特征。如"雁随去讯劳君问,鸥忆同盟尚我随"(《寄胡教授二首》其一),将动宾关系倒装。又如"猜人白鸟映荷窥"(《春波堂小饮怀棠湖旧隐三首》其二),将"白鸟"与"窥"离析。这种超越正常语义逻辑的句式能够获得矫健的表达效果,是慷慨豪壮诗风在文本结构中的体现。时人吴泳称赞岳珂曰:"精神而醇,文墨而吏,胸中有数千百年南北巧攻守样子,而沉潜韬晦,其与书生仅习偏长,缩缩如束长竿者大有径庭矣。"②岳珂的雄阔之风,在尚气重豪的端嘉士风和诗风中拥有不可忽视的价值。

  四库馆臣称岳珂诗风"轩爽磊落",综观《玉楮集》,"轩爽"的成分胜过"磊落",因其在气势和格力上还不够突出。岳珂的诸多长篇古体无论在章法的腾挪、文气的贯注还是境界的营造上,和同时代的程公许、王迈等人相比尚有一定差距。虽然他常有"壮怀凌九叠,浩气涌百川"(《春晴将游玉渊践吴季谦待制冯可久武博山行之约先走长句》)这样的感叹,但其壮怀和浩气往往流于空泛。同样是描写江石,如前所述,王迈会用博喻的手法表现奇石的质地和姿态,岳珂则多为一种模式化、抽象化的描述:"上焉柱天植极扶三光,下焉立地作镇安八荒。磅礴杳霭排穿苍,削平颜洞压鸿厖。万荧棋布高盖张,百灵臣伏绝影藏。"(《发排湾过小孤彭郎祠下遂宿马当》)顶天立地、磅礴伟

---

① 有关论述参见周裕锴《宋代诗学通论》戊编第一章《结构的张力》之二《句式:逻辑的引进与打破》,上海古籍出版社,2007年,第473—476页。
② 吴泳《答岳肃之书》,《鹤林集》卷三一,《景印文渊阁四库全书》第1176册,第302页。

岸、星罗棋布、惊神泣鬼,每个身临其境之人或许都会有类似的感受,但对诗家而言,却需要更独特的视角去捕捉和呈现。在一些抒怀类诗作中,岳珂也往往平铺直叙,没有程公许那样的情绪变化和抑扬顿挫。除此之外,他对经史词汇和前人诗句的运用较为生硬,缺乏必要的点化,如"蒹葭道阻长,人在水中央""黑风吹海立,白雨过江来""老夫岂无少年狂"等。四库馆臣说岳氏"时伤浅露,少诗人一唱三叹之致"①,主要就是针对他的上述特点。总之,《玉楮集》的慷慨磊落,以一种明快直白的方式呈现出来。

上文以端平政局的变革为切入点,分析了士大夫阶层的心态转换与诗风演化。端平更化是晚宋政治史上最具中兴气象的事件,它对朝野上下的影响是全方位的,士风的转变在诗歌创作中留下显著痕迹。端平士大夫对庆历革新的称颂,端平士风与庆历士风的接近,使诗坛风貌也呈现出与宋诗"新变派"相似的雄阔豪壮的一面。这既是理宗朝政治影响诗歌的一个显著案例,体现出"变革—士风—心态—诗风"的渗透过程,又让我们看到晚宋诗坛在窘狭卑弱之外的气势与格力。这种气格的形成,有雄豪与悲壮两方面的推动力,既奠基于政局为端平士大夫带来的复杂体验,又与他们反对雕琢刻镂的诗学追求有紧密的关联。这种对雕镂的反拨,使其诗作往往流于率意粗拙,并没有回归江西诗风的峭健精深,而接近"宋调"定型之前的创作水平。这也显示出理宗朝士大夫阶层并非都是江西宗风的传承者,晚宋诗风也并非钟摆似的依违于江西与晚唐之间。

---

① 永瑢等《四库全书总目》卷一六四,中华书局,1965 年,第 1403 页。

第二章
馆阁与科举：官僚士大夫的诗歌创作（下）

淳祐七年(1247)，担任馆职的牟子才在一首饯别诗中写道："古来馆阁有如此，劲气金石相荡摩。能令皇图耸天际，势与泰华并嵯峨。"①显现出馆阁文人的气节在庙堂中的引领作用。任职馆阁是文人仕宦生涯中的重要经历。景定三年(1262)，进侍经筵的林希逸回忆起二十年前在馆之事时有感而发，"偶怀丙午(淳祐六年，1246)、丁未(淳祐七年，1247)同朝诸公，怅然有感"，作诗道："前朝旧事怕追寻，欹枕更长忽上心。七贵五侯俱梦断，一翁六士谩愁吟。"②同样，他在读到同僚寄来的诗集时，回想起淳祐年间的共事经历，亦惆怅不已："云谷，余同年友也，丙午以后，同仕于京数年，相与欢甚，遂得以诗交。"③馆阁任职的经历为林希逸留下宝贵的人生记忆，又因为同僚朋辈的离散而充满幻灭感。这种幻灭感亦体现在高斯得身上："伤哉淳祐士，萧艾化兰荃。腰金空照地，噤如秋后蝉。嗟我亦何人，赵璧乃独全。"(《自叙六十韵》)追忆的惆怅恰好反衬出昔日的峥嵘。正如刘克庄对端平入朝的经历始终存念，淳祐时期的馆阁经历亦是林希

---

① 牟子才《淳祐七年丁未十一月朔蔡九轩自江东提刑归抵家时三馆诸公以风霜随气节河汉下文章分韵赋诗送别得河字》，蔡有鹍《蔡氏九儒书》卷八《久轩集》附录，清雍正十一年刻本。
② 林希逸《偶怀丙午丁未同朝诸公怅然有感壬戌再预经幄先帝犹记小臣为安晚门人》，《竹溪鬳斋十一稿续集》卷三，《景印文渊阁四库全书》第1185册，第582页。
③ 林希逸《罗云谷诗集跋》，《竹溪鬳斋十一稿续集》卷五，《景印文渊阁四库全书》第1185册，第602页。

逸、高斯得等士大夫的集体记忆。因此,以馆阁文化与文学创作为切入点,淳祐年间士大夫的诗歌风貌能够得到纵深的呈现。另外,馆阁文人常常以"权""权直"的方式代理内外制词臣的工作,与承担"两制"撰写任务的中书舍人、翰林学士多有交集,因此我们在论述时将其结合起来考察,合称馆阁翰苑。

除了馆阁翰苑制度,科举考试亦是影响文坛走向、塑造文人群体的重要动力。例如北宋嘉祐二年(1057)的贡举对太学文风的扭转、酬唱习尚的兴盛、"欧门"的形成等都具有重要的影响[①]。而在理宗朝历史上,宝祐四年(1256)的科举亦是文星璀璨,包括文天祥、谢枋得、陆秀夫、陈著、黄震、舒岳祥等,他们成为宋末文坛与学界的主力。以科举同年关系来把握文学群体的视角并不少见,如明代《千顷堂书目》别集部分就按照进士登科年份来排列文人作品。本章以宝祐四年贡举为切入点,追溯及第进士的教育背景与学术源源,还原考前试后的历史细节,把握同年进士的价值取向与精神风貌,无疑是理宗朝诗坛研究的重要手段,也是晚宋科举与文学研究中的一个典型案例。

第一节 淳祐时期的馆阁翰苑
　　　　文化与诗歌风貌

淳祐年间是理宗朝文坛的又一活跃期,在绍定、端平前后及第的一批士大夫逐渐进入朝廷中枢,在制诰撰写、宴赏赋咏、馆阁酬唱等方面表现活跃,创造了内容丰富的庙堂文学。官方崇尚理学的氛围进一步浓厚,濂洛诸子被封伯爵,列入庙堂的祭祀序列,众多理学背

[①] 参见王水照《嘉祐二年贡举事件的文学史意义》,《王水照自选集》,上海教育出版社,2000年,第198—243页。

景明显的官僚士大夫开始担任朝廷要职与地方大员，一些民间学人相继被举荐，理学对文学的渗透逐渐加深。如在时文创作上，"淳祐甲辰(1244)，徐霖以《书》学魁南省，全尚性理，时竞趋之，即可以钓致科第功名。自此非《四书》《东西铭》《太极图》《通书》《语录》，不复道矣"①。端平更化时期的一些变革措施在此时得到延续，但权臣揽政的局面并未得到根本性改观，由此引发的政争对文人心态与创作题材影响显著。在庙堂之外，由奉祠家居的士大夫和乡间处士构成的地方文人群体日趋壮大，他们在楼阁书院的记文撰作、乡人文集的序跋题写、区域风物的群体唱和等方面创作兴盛，推动了理宗朝地域文学的繁荣。理学通过地方书院与"乡先生"的推动在民间得到普及，理学主导的文艺观进一步成熟。如淳祐三年(1243)，王柏将友人编选的《诗准》与《诗翼》合为一书，上承朱熹的诗学观点，是继《文章正宗》之后的又一部以理学思想为指引的选本。淳祐年间又是江湖诗人群体新老交替的阶段，戴复古、高翥、孙惟信等老一辈诗人均在这一时期辞世，而武衍《适安藏拙稿》、林尚仁《端隐吟稿》、许棐《梅屋诗稿》等诗作则在此期间结集和传播。此外，以临济宗虎丘派僧人为代表的禅林创作亦显兴盛，他们住持五山寺院期间接待了众多来访的日本僧人，推动了中日禅林的深入交流。淳祐年间是南宋"五山文学"成熟的关键期。总之，庙堂、地方、江湖、禅林均在淳祐时期取得了丰硕的创作成果，这是理宗朝文坛的一大高峰。

在庙堂文学方面，淳祐年间翰苑词臣与馆阁文人的创作最具代表性。馆阁本是三馆秘阁的简称，其中三馆包括昭文馆、史馆、集贤院，北宋元丰改制以后，三馆秘阁统归于秘书省，但仍沿用馆阁的旧称。馆阁是藏书重地，又是人才的孕育地，从馆阁、内外制、翰林学士

---

① 周密撰，吴企明点校《癸辛杂识·后集·太学文变》，中华书局，1988年，第65页。

到宰执,是一条重要的升迁之路①。在淳祐时期,馆阁官员常常代行两制词臣的职能,如刘克庄淳祐六年(1246)十月以秘书少监兼"权中书舍人",代行外制的职事,卢壮夫淳祐九年(1249)以秘书监兼"权直学士院"。馆阁文人和执掌内外制的翰林学士(知制诰)、中书舍人有紧密联系,翰苑馆阁文人群体共同构成庙堂文学的主力。以制诰文而言,李刘、赵汝腾、刘克庄的成就最高。李刘第二次担任中书舍人及第二、三次入翰林"直学士院"均在淳祐年间,其"两制"四六的撰作颇受好评,如刘克庄称"今人但诵其全句对属,以为警策。功父佳处,世所未知也。全句尤能累文字气骨,高手罕用,然不可无也"②。许应龙亦称赞李刘"作为词章,备雅健浑深之体"③。赵汝腾在淳祐年间先后担任秘书郎、权中书舍人、翰林学士知制诰等职,他撰写两制时明辨是非正邪,被四库馆臣评为"气节岳岳,真不愧朱子之徒,非假借门墙者可比"④。刘克庄淳祐六年承担两制的时间虽短,但也有"公在省八十日,草七十制,学士大夫争相传写,以为前无古人"⑤的好评。在奏议方面,围绕史嵩之起复的议题,馆阁文人陆续上疏,刘克庄《掖垣日记》收录了多份状文。在诗歌创作上,淳祐年间的翰苑馆阁唱和频繁,赵汝腾、高斯得、刘克庄的别集中都收录了一批此时的作品。淳祐七年(1247),秘书省诸公为离朝的蔡杭送行,以"风霜随气节,河汉下文章"分韵赋诗,这一组诗歌得以完整保存,成为淳祐馆阁酬唱文化的显著标志。总之,翰苑词臣与馆阁文人的创作成果丰硕,代表了淳祐士大夫文学的最高成就。

---

① 参见陈元锋《北宋馆阁翰苑与诗坛研究》,中华书局,2005年,第6页。
② 辛更儒笺校《刘克庄集笺校》卷一〇六《方汝玉行卷》,中华书局,2011年,第4432页。
③ 许应龙《李刘除礼部郎官制》,《东涧集》卷四,《景印文渊阁四库全书》第1176册,第444页。
④ 永瑢等《四库全书总目》卷一六四,中华书局,1965年,第1402页。
⑤ 林希逸《宋龙图阁学士赠银青光禄大夫侍读尚书后村刘公状》,《竹溪鬳斋十一稿续集》卷二三,《景印文渊阁四库全书》第1185册,第785页。

一、性理与本心：淳祐馆阁翰苑的学术风尚与文学创作

秘书省作为编书校典、整理图籍的重地，两制作为文书起草的要职，崇文的氛围自然浓重，典雅清高是普遍风气。北宋馆阁翰苑文化兴盛的阶段，如真宗朝"西昆"酬唱时期、嘉祐、元祐时期，无不以文雅典重为基本内涵。在此基础上，馆僚词臣的个人特长与习尚又会引领群体风气，使馆阁翰苑文化在不同时期呈现出各自的特色。淳祐时期的馆阁翰苑受理学的影响较大，其推动者以赵汝腾和徐霖为代表。

赵汝腾《外制序》云："予独喜以书下房，遂得行周元公、程纯公、正公兄弟，张横渠四先生封伯告词，非幸欤。"[①]淳祐元年（1241），濂洛诸公被追封伯爵，纳入庙庭祭祀。赵汝腾在此期间任职馆阁，并承担两制的撰写任务，见证了朝廷尊崇理学的历史过程，亦与众多理学士人有密切交往。《宋元学案》卷四九将赵汝腾列为"晦翁私淑"，他又有《祭晦庵朱文公墓文》《朱文公像赞》等文，显示出对朱子学术的尊崇。而赵汝腾对徐霖的引荐和支持，也为淳祐馆阁带来浓厚的理学风气。

前面介绍了淳祐四年（1244）徐霖的科场时文"全尚性理，时竞趋之"。此后徐霖步入馆阁，在淳祐六年（1246）与十二年（1252）先后担任秘书省正字、校书郎、著作郎等职，任著作郎期间兼任国史院编修官、实录院检讨官、崇政殿说书等。赵汝腾对徐霖的扶植是不遗余力的。据周密《癸辛杂识》别集下记载："赵汝腾时为从官，上疏力荐，至比之为范文正公"，"（徐霖）目汝腾为大宗师，己为小宗师，递相汲引，霖既去，汝腾亦不自安，遂自补外"[②]。周密对理学人士不无偏见，但此条记述仍然可信，如同一时期的高斯得亦云"汝腾尝屡荐徐霖，而霖所恃者惟汝腾"[③]，体现出赵汝腾与徐霖的密切联系。又如刘克庄

---

① 赵汝腾《外制序》，《庸斋集》卷五，《景印文渊阁四库全书》第1181册，第284页。
② 周密《癸辛杂识·别集》下，吴企明点校，中华书局，1988年，第291—292页。
③ 高斯得《留赵给事奏札》，《耻堂存稿》卷一，《景印文渊阁四库全书》第1182册，第16页。

曰:"往年赵庸斋有盛名,高自标致,士及门者尊崇之过于颜孟,皆曰'仲尼复出'。"①可见,赵汝腾与徐霖互称宗师的情形亦属正常。赵氏在多种场合把徐霖当作圣贤之道的传承者。他勉励后学向徐霖请教,"予谓太末之里,径坂之巅,有伟人焉,子合担簦裹饣而师之,他日必能绍绝学而成令名"②;在送人前往拜谒时,他也强调"瞻彼径坂,今之泗水"(《赠詹生谒徐径坂》)。在为徐霖所作铭文题跋时,赵汝腾更是不乏溢美之辞,以周孔相比:"径坂铭文,周情孔思,如丽日信星,垂之万世粲如也。"③赵汝腾另有《梦徐径坂》诗:"谁云姑蔑远无诸,梦绕柯仙抱膝庐。我得闲中缮鲁语,公应静里玩羲图。雷犹地伏阳新复,云向天升雨可需。好倡诸贤为时出,只容衰懒老西湖。"徐霖为衢州人,赵汝腾迁居福州,"姑蔑""柯仙"代指衢州,"无诸"则指闽地。"闲中缮鲁语"与"静里玩羲图"体现出前述"非《四书》《东西铭》《太极图》《通书》《语录》,不复道矣"的风气。

如前所述,赵汝腾在为濂洛诸子的封爵撰写制词时,便对理学术语进行了充分演绎。如为周敦颐所写:"尚友造物,默契群圣;建图著书,垂训万世。演大《易》不传之秘,阐《六艺》未发之微。"(《濂溪先生追封汝南伯制词》)为程颢所写:"德性粹甚,天理浑然。由明而诚,有过化存神之妙;自体达用,有绥来动和之功。"(《明道先生追封河南伯制词》)为程颐所写:"物格知至,则由体验之功;任重道远,则自持守之固。发明六艺,辞严义密;怡然理顺,涣然冰释。"(《伊川先生追封伊阳伯制词》)④这些都将各家的治学路数融入制词,与追赠对象的身份相匹配。如果说制词的书写是君臣之间的仪式性表达,那么在

---

① 刘克庄《顾贡士文英诗传演说柳氏国语辨非后叙》,辛更儒笺校《刘克庄集笺校》卷一一一,中华书局,2011 年,第 4622 页。
② 赵汝腾《赠蔡澹然跋》,《庸斋集》卷五,《景印文渊阁四库全书》第 1181 册,第 289 页。
③ 赵汝腾《徐径坂铭楳埜徐传郎墓跋》,《庸斋集》卷五,《景印文渊阁四库全书》第 1181 册,第 288 页。
④ 这些制词现存在李心传《道命录》卷一〇,《丛书集成初编》本,中华书局,1985 年,第 118—119 页。传世的《庸斋集》未收,《全宋文》赵汝腾条下亦未见辑录,特此标出。

日常生活中,尤其是在与徐霖的诗歌唱和中,赵汝腾不遗余力地表达对圣门义理的尊崇。如"欹枕肱曲,匮藏美玉。造道高深,庭草交绿""《中庸》致曲,《学记》琢玉。子过仙柯,瞻彼淇绿"(《次徐径坂四言韵》),格高调古。朱熹以"三百篇"为"根本准则",赵汝腾与徐霖的四言唱和,是对朱子尊经复古精神的忠实传承。又如赵汝腾有诗题云"径坂左司使君惠和近诗为亲,而喜合天理之公、得性情之正,复用韵以庆"①,"天理""性情"等术语体现出典型的理学文艺观。而"圣断锄奸不大声,传闻侧席迟幽人。人今天民之先觉,幡然风俗还振振"(《和韵诒徐径坂》)、"立天地心鸣道铎,开生灵眼识师儒"(《赞径坂使君柯山仲春讲席之盛》)则完全是理学诗那种散文化、议论化的风格。可见,在与徐霖的酬唱过程中,赵汝腾的诗风更加偏向濂洛风雅。

关于徐霖的生平,马廷鸾《碧梧玩芳集》卷一五《题徐径畈赠诗帖后》有介绍,包括应举前师事乡先生汤巾、淳祐甲辰(1244)省试第一、乙巳(1245)进入馆阁、丁未(1247)参详省试院、大旱言事而离朝、壬子(1252)还朝等。正如前引《癸辛杂识》所述,徐霖参加省试时将科场风气导向"性理"一途。《论学绳尺》卷一录有徐霖《太宗治人之本》一文,我们可以借此观察徐氏场屋文字的风范。文章用大量篇幅探讨了唐太宗对刺史的重视,强调这是治理天下的根基,最后笔锋一转,将这个根基归结于君王的治心:

> 纯仁以治心者,此又本之上也。而先王自强不息,谨终如始,绝人欲,维天理之意也。三代之仁,其所以达乎天下,流乎后世,遗休余泽如松柏之茂、庇荫悠长者,其根本之深则又有默存乎形势疆理之外者也。此心之仁,纯明粹精,一毫之蠹不敢以伤

---

① 赵汝腾《庸斋集》卷二,《景印文渊阁四库全书》第1181册,第248页。

其本根之地,则彼之所谓本者,特其辅耳。①

君王的心性修养是经国安邦的首要任务,通过"绝人欲"臻于"纯仁"的"道心",保持"天命之性",这是宋代新儒学的核心要义。其中首句"纯仁以治心者,此又本之上也",选家点评为"语老。《通书》'心纯则贤才辅'"。后几句选家又点评为"在心而不在人""此心之仁,乃是本之大者"②。可见徐霖将周敦颐"心纯"的议题从君臣关系上升到治国安邦的根基,为形而下的政策谋划注入形而上的心性本源。所谓"语老",正老在文章的理论深度。这是义理影响辞章的直接体现。

值得重视的是,徐霖除了引领正统的"性理"风气,还带来象山心学的影响。方回云:"自汤汉伯纪、徐霖景说死,而象山之学无闻,慈湖之学亦无传。"③《宋元学案》卷八四将徐霖列为"晦静(汤巾)门人",与汤巾由朱学转入陆学的经历相似,徐霖的理论立场可谓调和朱陆,在强调"性理"的同时亦注重"本心"。他辞官时说道:"向为身死而不敢欺其君父,今以官高而自眩于平生,失其本心,何以暴其忠志?"进言时曰:"万化之本在心,存心之法在敬。"④这些都是将"理""敬""忠""诚"等理学范畴与"本心"结合起来。尤其具有心学特征的是他的授徒方式。据周密《癸辛杂识》记载,徐霖在担任著作郎之后,曾以瞑默的方式指点学人悟道:

凡士子之来受教,皆拜庭下,霖危坐受之,不发一语,瞑目坐

---

① 徐霖《太宗治人之本》,载魏天应编、林子长注《校正重刊单篇批点论学绳尺》卷一,复旦大学图书馆藏明成化本。
② 魏天应编、林子长注《校正重刊单篇批点论学绳尺》卷一,复旦大学图书馆藏明成化本。
③ 方回《送家自昭晋孙自庵慈湖山长序》,《桐江续集》卷三一,《景印文渊阁四库全书》第1193册,第652页。
④ 脱脱等《宋史》卷四二五,中华书局,1985年,第12679页。

移时,豁然而起。有黠者俟其瞑目,亦效之;俟其跃然而起,亦起从之。霖曰:"汝已得道矣。"①

周密记载此事时带有情感色彩,甚至有"举止颠怪,妄自尊大"的讥评,但事实本身仍有可取之处。如同一时期黄震《黄氏日抄》卷四一《读本朝诸儒理学书》所记:"僧入僧堂,不言而出,或曰:'莫道不言,其声如雷。'按:龟山以此证知微之显,却恐未然。近世徐霖以不语为传道,未必非此等语误之。"②说明徐霖瞑默传道的事迹在当时广为流传。黄也将徐霖视为"苟欲异众,则必为迂僻奇怪,以取德行之名"③这类人。如果说周密的偏见建立在他对道学普遍反感的基础之上,黄震的讥评则出于朱学与陆学的歧异。《宋元学案》卷八六称黄氏"专宗朱氏""能中振之",反对佛道。徐霖瞑默传道的方式,正是受到禅宗影响的心学路数。象山心学的最大特征是反对琐碎支离的"问学"功夫,主张不向外求理,讲究简易,重视本心。如陆九渊强调的"孔子不答":

惟其质实诚朴,所以去道不远。如南宫适问"禹稷躬稼而有天下"最是朴实,孔子不答,以其默当于此心,可外无言耳,所以括出赞之云。④

陆九渊认为南宫适、宓子贱、漆雕开等人无论聪慧度还是敏捷性都赶不上宰我、子贡、季路等人,但因其"质实诚朴",所以"去道不远"。孔子"以其默当于此心",显示出这种"简易"的悟道之途。正如孔子之

---

① 周密《癸辛杂识·别集》下,中华书局,1988年,第291页。
② 黄震《黄氏日抄》卷四一,《景印文渊阁四库全书》第708册,第195页。
③ 黄震《黄氏日抄》卷六一,《景印文渊阁四库全书》第708册,第527页。
④ 钟哲点校《陆九渊集》卷三五《语录》,中华书局,1980年,第476页。

默与世尊拈花、维摩一默的相通性,象山心学的简易功夫也与禅宗明心见性、教外别传的套路如出一辙。因此陆九渊曾被朱熹评为"似禅"。上述徐霖的瞑目不语、传授"心法",正是深受禅学影响的心学功夫。

由此返观周密、黄震所谓"颠怪""迂僻",正源于徐霖在转向本心的过程中对日常伦理与外在规范的疏离。在馆阁期间,徐霖常给人留下狂生的形象,尤其是淳祐十二年(1252)他对台谏叶大有等人的弹劾,引起各方不满,造成他与支持者赵汝腾的同时离职。《宋史》本传称:"霖知无不言,于是谗嫉者思以中伤,而上亦不悦。"①关于理宗不悦的细节,《宋史全文》有载:"上谕辅臣:'徐霖以庶官论台谏、京尹,要朕之必行,殊伤事体。适已批出。'"②同一时期"居与霖邻,窃目见之"的高斯得,亦提到徐霖的狂傲事迹:"负虚骄之气,傲睨一世,自以人莫能及,至于因讲学异见攻讦蔡抗、王俣等为奸人,昌言于君父之前则无忌惮甚矣。"③无论"伤事体"还是"无忌惮",都与他的心学背景有密切的关联。"简易"功夫一方面是对支离琐碎事务的超越,保证了悟道的便捷性,另一方面也容易悖离基本的社会逻辑而走向"狂"的一途。

徐霖理论背景中的心学因素亦影响了其创作风格。如果说前述"全尚性理"的时文是在官方话语系统中的规定动作,那么在一般的文章创作中,心学的影响体现在使创作者更加注重文章的艺术性,文道不分离,讲理而无"理障"。真德秀《文章正宗纲目》将作文的标准定为"穷理而致用",创作的旨归是义理的阐发,其所选"辞命""议论""叙事"几类文章多是这种风格。受心学影响,徐霖便不像纯粹的濂洛学人那样耽于性理、谆谆教诲,而注意文章本身的自足性,兼顾文

---

① 脱脱等《宋史》卷四二五,中华书局,1985 年,第 12679 页。
② 汪圣铎点校《宋史全文》卷三四,中华书局,2016 年,第 2816 页。
③ 高斯得《留赵给事奏札》,《耻堂存稿》卷一,《景印文渊阁四库全书》第 1182 册,第 16 页。

法、文气等因素。事实上,前述以"性理"为中心的时文,也汲取了古文文法,如《论学绳尺》所录考官批语:"文有古体,语有古意,当于古文求之,其源委得之柳子厚《封建论》。"①可见,徐霖并未因为阐发"性理"而忽视文章的审美性,仍然注重吸收唐宋古文的优良传统。又如前述被徐霖弹劾的叶大有,"徐霖在馆,尝以其文气疲苶,痛为改窜"②,显示出徐霖对制诰四六"文气"的看重。时文的"文法"与四六的"文气",可代表徐霖的整体文章观。他在散文创作中也注意到这些因素,如为林希逸《庄子口义》所作跋文,便是文气贯注:

> 庄子雄豪宏肆,以神行万物之上,以心游宇宙之表,至乐极诣,古无斯人。其言辞荡汩变化,凌薄日月,疏决云河,妙密流动,鳞丽羽烂,天昭海溟,左缚而不瑰,迂雄而不肆,又文之杰立宇宙者也。鬳翁著此书解,若江海之浸,膏泽之润,情其情而思其思,梦其梦而觉其觉,故能言其言而指其指。声音笑貌,身亲出之,而人亲觌之,然则是讵可以幸取力致哉!③

不妨将其与真德秀的一篇跋文进行对比:

> 世人胸中扰扰,私欲万端,如聚蜉蚁,如积粪壤,乾坤之英气将焉从入哉!故古之君子所以养其心者,必正必清,必虚必明。惟其正也,故气之至正者入焉。清也,虚也,明也,亦然。子尝有见于此久矣,方其外诱不接,内欲弗萌,灵襟湛然,奚虑奚营?当是时也,气象何如哉!温然而仁,天地之春;肃然而义,天地之秋。收敛而凝,与元气俱贞;泮奂而休,与和气同游。则诗与文

---

① 魏天应编、林子长注《校正重刊单篇批点论学绳尺》卷一,复旦大学图书馆藏明成化本。
② 黄淮《历代名臣奏议》卷一五二,《景印文渊阁四库全书》第437册,第230页。
③ 林希逸著、周启成校注《庄子鬳斋口义校注》附录,中华书局,1997年,第515页。

有不足言者矣。①

徐霖的跋文气势贯通、一脉相承,对《庄子》风格的描述接近原书的漫浪无涯风格,对林希逸解说的评价也连用排比,行文顺畅流利。而真德秀的跋文则是典型的"明义理",强调养心正气的重要性。因为议论的需要,文章的转折反复更多,节奏纡徐舒缓、内蕴深厚,不像徐霖那样一气呵成。同是评价他人著作,真德秀的文章充满"私欲""元气""必正必清""温然而仁""肃然而义"等理学术语与教诲口吻,而徐霖则借鉴《庄子》文风,不言"庄语"、不落言筌,用形象性与描述性的语言呈现自己的态度立场。正如他授徒时的瞑默一样,旨意的传达无需借助逻辑性的词汇,文章的写作也无需言必称理语、事必涉理路,而是注重作品本身文势的贯通、气象的浑融。这正是心学为古文风貌带来的改观。

同样,在诗歌创作上,理学家将诗视作"发圣门理之秘""性情心术之助",而心学家则从本心出发,注重诗歌的自然天成。如与徐霖同时代的包恢强调"自咏情性,自运意旨,以发越天机之妙,鼓舞天籁之鸣"②;注重自然感发,"境触于目,情动于中,或叹或歌,或兴或赋,一取而寓之于诗,则诗亦如之,是曰真实"③;看重真诗,"为诗自胸中流出,多与真会"④。"真诗"的风貌是"冥会无迹"、浑然天成,一方面反对雕琢刻镂,另一方面则远离"理路"与"言筌",有助于纠正语录讲义式的枯淡诗风。淳祐在朝年间,徐霖曾为马廷鸾赋《碧梧精舍》古诗,诗句现已不存,返归衢州后,又赠《寒夜》诗,尾句"一飞一鸣动千岁,青灯相语鬓成丝"情意真挚⑤。而"仲冬多美曝,散步有余真。

---

① 真德秀《跋豫章黄量诗卷》,《西山文集》卷三四,《四部丛刊初编》本。
② 包恢《论五言所始》,《敝帚稿略》卷二,《景印文渊阁四库全书》第 1178 册,第 724 页。
③ 包恢《书吴伯成游山诗后》,《敝帚稿略》卷五,《景印文渊阁四库全书》第 1178 册,第 759 页。
④ 《石屏诗集》卷首,明弘治马金刻本。
⑤ 参见马廷鸾《题徐径畈赠诗帖后》,《碧梧玩芳集》卷一五,《景印文渊阁四库全书》第 1187 册,第 111 页。

老树槎牙晚,初花的烁春。清歌动落日,远岫得幽人。空返无佳句,知为暮霭嗔"(《芙蓉池亭》),风格清新流畅,无异"境触于目,情动于中"。"风烟泱漭年华老,云树凄迷别思深""此日江城樽酒话,当年故国栋梁心。夜阑秉烛匆匆剧,赖有梅花生短吟"(《西城亭饯赵架阁》),情真意切、意境浩渺,实乃"自胸中流出"。这体现出受心学影响的徐霖对理学诗风的一种矫正。

无论如何,徐霖都是淳祐馆阁颇具声名、引发关注的人物,他与支持者赵汝腾为馆阁翰苑文化注入"性理"与"本心"的丰富内涵。在创作上,赵汝腾追随濂洛风雅,留下了众多言说圣门义理、吟咏性情之正的作品。徐霖以理学为根基,凭借"性理"之文步入官场,又参以心学功夫,不株守文章"正宗",呈现出文道兼备、心性俱存的创作风貌。

二、淳祐修史与"诗史"风貌的形成

史官是淳祐馆阁文人群体中又一显著角色,尽管修史机构在历朝的馆阁中一直存在,但史学传统对文人观念及创作风貌的渗透在这一时期尤为突出。晚宋史学名家李心传自宝庆年间进入官方的修撰系统后,引荐多人担任史官,培养出一批修史人才,以牟子才、高斯得为代表。嘉熙二年(1238),朝廷任命李心传担任秘书少监、史馆修撰,专修《中兴四朝国史》与《实录》,辅助其工作的有牟子才、高斯得、徐元杰、赵汝腾等,他们后来都成为淳祐馆阁的活跃人物。其中,与李心传同乡的牟子才长期担当他的助手,先前在成都修撰《四朝会要》时,牟便是李的"检阅文字"。此后,牟子才在淳祐年间先后担任史馆校勘、国史院编修官、实录院检讨官、史馆检讨等职,继续主持《四朝国史》的编撰工作。据《宋史》本传,牟子才平生著述中便包含《四朝史稿》。与牟子才经历相似的是高斯得。李心传修《四朝会要》与《国史》时,高斯得都担任文字检阅的工作,并承担了《四朝国史》中光、宁二帝本纪的撰写任务。此后高氏亦在淳祐馆阁中先后担任史馆、国史院、实录院的要职,一直到度宗时期,他还向朝廷建议加快完成《四朝国史》的未竟之章。除此之外,高斯得的史学著述还包括《增损刊正杜佑通典》《徽宗长编》《孝宗系年要录》等。李心传于淳祐四年(1244)去世,因此淳祐时代可视作晚宋史学界新老交替的阶段,牟子才、高斯得对李心传未完成的《四朝会要》编撰任务加以延续,将李氏以编年为特色的治史风格传承下去。

在淳祐馆阁,《四朝国史》"宁宗纪"部分引发的纷争是一个显著事件,这不仅成为朝臣集体反对史嵩之的前奏,也为当事人高斯得留下了浓重的心理印迹。据《宋史·理宗本纪》,淳祐二年(1242)春正月,"右丞相史嵩之等进《玉牒》及《中兴四朝国史》《孝宗经武要略》《宁宗玉牒》《日历》《会要》《实录》"①。史嵩之以丞相名义上呈史官完成的系列著述,其中《中兴四朝国史》正是李心传主持,牟子才、高斯得参与的《帝纪》部分。但是,史嵩之进呈的并非原帙,而是经过自己改定的版本,主要针对《宁宗本纪》中济王与理宗的废立问题。济王一直是贯穿整个理宗朝的敏感议题,它牵涉到理宗继位的合法性与史弥远的历史定位问题,引起了一系列朝廷纷争,这次则以修史的形式显现出来。据《宋史》卷四〇九《高斯得传》记载:

> 淳祐二年(1242),《四朝帝纪》书成,上之。嵩之妄加毁誉于理宗、济王,改斯得所草《宁宗纪》末卷,斯得与史官杜范、王遂辨之。范报书亦有"奸人剿入邪说"之语,然书已登进矣。心传藏斯得所草,题其末曰"前史官高某撰"而已。②

史嵩之对理宗与史弥远百般回护,其用心不难理解,但却与史官"实

---

① 脱脱等《宋史》卷四二,中华书局,1985年,第823页。
② 脱脱等《宋史》卷四〇九,中华书局,1985年,第12323页。

录""直书"的精神强烈抵触。四库馆臣在评价《建炎以来系年要录》时指出:"(李心传)独于淮西富平之偾事、曲端之枉死、岳飞之见忌——据实直书,虽朱子行状亦不据以为信,初未尝以乡曲之私稍为回护。"①不难想象,"据实直书"的李心传面对被人篡改的国史时有何等愤激的心情。但这种愤激只停留在去伪存真的层面,李心传将高斯得的原稿题名保存,等待历史的检验,并未在朝政上作进一步的抗争。不久之后的淳祐四年(1244),李心传辞世,抗争之事只能留给高斯得等门生去进行。高斯得因为《宁宗本纪》之事被迫离朝,直到淳祐中杜范位列宰相后才重返馆阁,此时他写道:

> 比年《宁录》登进之时,秀岩(李心传)与予先后去国,不知后来秉笔者果能搜罗而纪载乎否也?予方被命还朝,会当告之秉笔者,庶几补太史氏之阙云。②

高斯得对《宁宗本纪》的失真以及由此造成的史官离朝之事耿耿于怀,期待能拨乱反正。在此段话之前,高斯得引用了李心传关于宁宗朝平息道学党禁的记载,接着感叹道:"机栝转移之间,邪说遂止,善者获伸,国脉道命至于今是赖。"③高氏以前朝事自况,希望"奸人剿入邪说"的国史事件能够获得"转移"。它不仅仅是去伪存真的史学原则,更是排斥所谓"奸人"的道德立场。不久之后,高斯得便借日食之事上疏弹劾史嵩之,"大奸嗜权,巧营夺服""讹言并兴,善类解体"等语,将上文的感慨付诸实践。在此前后,更多朝臣加入了弹劾史嵩之的行列,这也成为理宗朝历史上的又一重要事件。值得注意的是,史学因素是这次政争的一个重要推动力,上文论述的淳祐二年(1242)

---

① 永瑢等《四库全书总目》卷四七,中华书局,1965年,第426页。
② 高斯得《邓中丞家集跋》,《耻堂存稿》卷五,《景印文渊阁四库全书》第1182册,第80页。
③ 高斯得《邓中丞家集跋》,《耻堂存稿》卷五,《景印文渊阁四库全书》第1182册,第80页。

国史风波可视作它的前奏。除高斯得之外,淳祐中期不遗余力攻击史嵩之、遭遇暴卒的徐元杰,同样具有明显的史学背景。嘉熙二年(1238)李心传主持编修《四朝国史》时,徐元杰为校书郎,淳祐四年(1244)李心传去世后,徐元杰《慰李秀岩札》云"追惟畴昔,木天晨午,从容罄欸于丈席之地,所提耳谆怛劳谦,不翅父兄之于子弟"①,体现出他与李心传在史学上的密切联系。

时隔多年,《四朝国史》风波的当事人高斯得回忆起这段经历时仍然印象深刻。《龟溪即事五首》其五云"曩从太史氏,论次金匮书。龙兴渡江后,麕止今皇初。微辞记当时,只字宁敢虚。彼阿者谁子,顾欲私毁誉。阳秋记慕容,史记名山储。二子亦过计,人心焉可诬",诗下自注:"宁宗帝纪之末,嵩之妄加毁誉于理宗、济邸,改予所草。"②可见高斯得对李心传的怀念之深,对史嵩之的憎恶之切。这既是秉持史学精神的追叙与褒贬,又是面对人生起伏的怅然。再如"昔纂宁宗纪,名臣叹寂寥。巨奸方枋国,多士谩盈朝"(《读天台侍郎黄公神道碑》)、"未几孽嵩来,当国恣且专"(《自叙六十韵》)等,无不是这种情绪的反映。四库馆臣称高斯得"其生平遭遇始沮于史嵩之,中厄于贾似道,晚挤于留梦炎,虽登政府,不得大行其志,悯时忧国之念一概托之于诗"③,概括了高斯得一生的遭际,"始沮于史嵩之"无疑指这次国史事件给他带来的影响。出于《宁宗本纪》的缺憾,高斯得强调"庶几补太史氏之阙",一生都在勤补李心传之阙,直到度宗朝仍提醒君主尽快完成《四朝国史》臣传部分的编修。与此同时,他将实录精神与历史情怀融入诗歌创作,用韵语记录人生经历与社会事件。这种风格逐渐显现于度宗朝以后,

---

① 徐元杰《慰李秀岩札》,《楳埜集》卷九,《景印文渊阁四库全书本》第1181册,第743页。
② 高斯得《龟溪即事五首》其五,《耻堂存稿》卷六,《景印文渊阁四库全书》第1182册,第94页。
③ 永瑢等《四库全书总目》卷一六四,中华书局,1965年,第1404页。

形成"诗史"特征,"如《西湖竞渡》《三丽人行》诸首俱拾《奸臣传》之所遗,《雷异》《鸡祸》诸篇亦可增《五行志》之所未备,征宋末故事者,是亦足称诗史矣"①。有关"诗史"的概念,不同时期的定义各有侧重,但大体上分为叙事性和时间性两个方面。现结合高斯得的创作成果详细介绍。

首先是诗歌的叙事性强,可谓以史为诗,如孟棨评价杜甫"毕陈于诗,推见至隐,殆无遗事"②。诗歌在反映政风民情、记录社会事件、描述细节真相方面具备了等同史书或补充、超越史书的地位。同时,叙事成分丰富的诗歌往往有足够的容量承担讽谏精神与仁义观念,这就开启了由"史"入"经"的一途。这种特点在高斯得的诗歌中普遍存在。如四库馆臣提到的《西湖竞渡游人有踩践之厄》,"倾湖垒至人相登,万众崩腾遭踏杀。府门一旦尸如山,生者呻吟肱髀折",便如实记录了在观看西湖龙舟比赛的游客中发生的踩踏事故。记录的目的,一是为了避免"一时死者何足道,且得嘉话传千叶",以实录存史的态度昭示千古。一是起到"下以风刺上"的讽谏作用,"谏官御史门下士,九重天高谁敢说。溪翁聊尔作歌谣,谨勿传抄取黥刖",这便由"诗史"上升到"风雅"传统。再如《三丽人行》,诗人有序云"杜子美作《丽人行》,讥丞相杨国忠也。国忠,贵妃之兄。近事有相似者,以苏公有《续丽人行》,故作《三丽人行》",借用杨贵妃、杨国忠之事影射当朝的贾贵妃与贾似道。"西湖喧天歌鼓闹,列坐长筵未狎宾。紫衣中使天上至,黄封百榼罗前庭。海螯江柱堆蟲茬,猩唇熊白争鲜新",在奢侈场景的描写中寓含讥刺之意。此外,如"黑鸡两翅生五距,食辄伤人万口传。家鸡尽缚向市卖,美味不敢登盘筵"(《鸡祸诗》)、"白鸡巨浸九龄亚,青鼠妖星千道棱。我犹视尔为戏剧,此雷何啻虫薨薨"

---

① 永瑢等《四库全书总目》卷一六四,中华书局,1965年,第1404页。
② 孟棨《本事诗·高逸第三》,丁福保辑《历代诗话续编》,中华书局,2006年,第15页。

(《冬大雷电》),"左首似爹右似娘,浑舍惊走趾欲折。里胥不敢上其事,一州喧喧腾颊舌"(《记二首儿四日雷二异》)则是对灾异场景的描写,如四库馆臣所言,"可增《五行志》之所未备"。此外,高斯得还有《孤愤吟四十韵》的长篇七古及《孤愤吟十三首》的七绝组诗,对边情民瘼有详细的描写。在晚宋乱政、流寇、异敌频繁涌现的环境下,时运之变影响了诗歌题材的选择,转向外界、加深叙事、增强讽谏是形势使然。在这方面,高斯得和杜甫的时代环境类似。外在环境加上高斯得固有的史学素养、自觉的"实录"意识、强烈的"补阙"精神,最终熔铸成他以史为诗的风格。

另一方面,"诗史"又表征了诗歌的时间性,可谓以诗为史,正如王楙评价白居易"多纪岁时""平生大略可睹"[1]。诗人通过纪年标时等手段,将具体的诗歌文本与特定的时空环境相对应。一系列诗歌聚合在一起就构成了一个时空坐标,以人而论,便是诗人的"年谱"或"心史";以时代论,便可算作一朝的编年记录。如高斯得《自叙六十韵》,历时性地呈现了自身的为官生涯,并以此为纽带,将绍定以降的国朝大事串联起来。"是时嘉熙末""淳祐更化瑟"等都是明确的时间标志。又如"尚记壬辰岁,鹤山靖州归。八月十五夜,月华散前墀"(《中秋独坐有感》),亦是对生活年代的精确定位。由于文献散佚的原因,现有《耻堂存稿》中的诗歌多作于度宗以后,对于淳祐前后的生活,人们只能通过他的回忆来认识,因此尚不能见到白居易那样实时的记录。但无论事后追忆还是当时记录,无不体现出作者以诗纪年、以诗存史的明确意识。

高斯得的"诗史"风格建立在他扎实的史学基础之上,除了上述特征之外,丰富的"读史诗"与诗歌自注亦能体现出史识对诗风的影响,这又是高斯得的"诗史"与杜甫、白居易等人的不同之处。

---

[1] 王楙《野客丛书》卷二七,王文锦点校,中华书局,1987年,第313页。

首先,阅读史书是高斯得日常生活的重要部分,以此为题材的书写是作者史识史观的诗意呈现。如果说上述"推见至隐,殆无遗事"是诗人对外在世界的记录,那么"读史诗"对史籍的表现则是另一种含义的"诗史"。这类诗作有《读〈哲宗长编〉》《读〈荆轲传〉》《读〈梅福传〉有感》《闲中读书次第》等。高斯得在诗中表现出传承史学的明确意识,如"迁史虽犹缺,邑碑亦孔昭。咨予无健笔,魂去若为招"(《读〈天台侍郎黄公神道碑〉》),希望用"健笔"将神道碑中的事迹转化为史书的传记,使传主名垂千古。又如"增损温公鉴目成,要把二岩书贯穿"(《闲中读书次第》),诗人自注云:"《通鉴目录》有详有略""巽岩《长编》终徽宗,秀岩《要录》惟高宗一朝,欲合为一",亦流露出继承和补阙的强烈热情。除此之外,高斯得还借古讽今,从前代史实中寻找当代的借鉴。如"其事虽不就,简牍光无穷。奈何今之人,蹙缩如寒虫"(《读〈荆轲传〉》),用荆轲的气节反衬宋末士风的卑弱,"我于咸淳际,偶读绍符编。昏气塞宇宙,临文深慨然""孤臣泪迸血,后来其监旃"(《读〈哲宗长编〉》),"小臣读史每流涕,福于异代犹谆谆""我今那复效梅叟,聊欲全生吴市门"(《读〈梅福传〉有感》),通过西汉与北宋末年的事迹,表达出身处末世的惊忧感和回天乏术的无力感。这些诗作都体现出史家的责任意识和社会关怀。

其次,诗歌"自注"的大量出现,使以诗存史的功能进一步完备。自注一般有交代创作背景、介绍诗歌本事、补充叙事线索、点明典故出处等功用。历来关于诗歌自注的研究,大体上分为两个方面:一是将其与诗人的用典风格相结合,呈现诗歌的"知识传统";一是将其与诗歌的叙事功能联系起来,突出自注作为叙述"副文本"的功效。高斯得诗中有少量自注是解释语词含义,绝大部分是介绍历史事实,史料价值颇为明显。例如《近者昌言多出诸贤之后有感一首》涉及朝廷进言与匡救时弊,"杜李倡其前,刘胡继其后。最后康乐公,卓出汉庭右",自注云:"杜清献之子渊,李竹之子务观,刘侍御汉弼之子,胡评事梦昱之子,谢渎山从子名章。"在一些挽诗中,高斯得也借助自注记载和说明一些历史信息。如《邹枢密应龙挽诗》"访落当元祀,干旄并两英"句下自注:"庆元元年,与真西山、魏鹤山同召。""一言婴虎怒,八载与鸥盟"句下自注:"鹤山补外,上疏留行并得罪。"这些注文将邹应龙的仕宦生涯与真德秀、魏了翁等名臣联系起来,更容易呈现邹氏的立朝大节。

总之,叙事性、时间性、读史诗、自注等都显示出高斯得作品的"诗史"因素。这种探讨离不开对淳祐馆阁《四朝国史》事件的关注,对晚宋史学家代际传承的考察,并将其与高斯得的史学修养和心态变化结合起来,挖掘"诗史"风貌形成的深层动因。

三、沉吟与合声:淳祐文人的馆阁翰苑创作

前文分别以理学和史学为线索,结合淳祐馆阁的重要事件,呈现了相关诗人的创作风貌,是一种前后贯通的考察。以下则专门分析淳祐时期文人在馆阁翰苑中的诗歌创作。它产生于应制、宴饮、锁院、直夜、饯别等场合,具有礼仪功能和交际性质,其风格以雍容、清雅、闲适为主。文人在此环境中的创作具有趋同性,但也会因个人阅历、知识结构、性格气质的不同呈现出差异性。

(一)从雍容闲雅到沧桑深挚

淳祐馆僚词臣的诗风首先也具有雍容闲雅的一面。据《梅磵诗话》卷中记载:"安晚当国时,一日退朝后,诸公造见","时适秋晚,见一叶坠于金鱼池中,风吹不定,因命诸公赋诗。其间律绝古体皆有之,多不惬其意,独华谷严粲坦叔止得一句云:'风池行落叶。'安晚再三称赏。次日有中舍之除。"①郑清之再次拜相在淳祐七年(1247)以

---

① 韦居安《梅磵诗话》卷中,丁福保辑《历代诗话续编》,中华书局,1983年,第558页。

后,此时的庙堂文人充满观叶赏鱼的闲雅风尚,严粲的一句诗正好适应这样的氛围①。同样,赵汝腾在锁院期间的酬唱诗也颇为雍容。友人房子靖赠赵的原诗为"吴淞人物老儒宗,闽浙文章属巨公。竹叶几杯惟对酒,棘闱数仞不通风。较文已辨珉兼玉,揭榜应知鱼化龙。近日有心来听教,奈何方面事匆匆"(《秋闱锁试赠赵茂实》),描述了赵汝腾繁忙单调的工作氛围。赵氏的和诗为:"恭承礼聘典文宗,秉笔秋闱合至公。城郭纵游知有日,院门深锁寂无风。抡才未拟升司马,发策方将问卧龙。忽辱有诗相慰藉,一时裁答愧匆匆。"(《锁院既久考文将毕适承按察使房公子靖遣诗相慰因和以答》)虽然在院中不能欣赏城外的风景,但鉴于朝廷大事而不感遗憾,只是对匆忙应答友人表示歉意,整首诗的基调较为舒缓雍容。

相比之下,刘克庄直夜诗的情感内蕴就更为深挚,超越了馆阁翰苑文学的一般风貌。淳祐十一年(1251)九月十日,时任秘书监兼直学士院的刘克庄夜宿玉堂,写下了七首绝句。经历了多次政争与谤讪,刘克庄在清雅的"瀛台"并没有多少欣喜闲雅的心情,而是充满沧桑感:"形槁心灰一秃翁,偶来视草禁林中。幼吹葱叶还堪听,老画葫芦却未工。"(《九月初十日值宿玉堂七绝》,下同)在五年之前的八十天内,刘克庄基本每天撰写一份制词,精力旺盛,也赢得了各界的好评。但他此次面对撰制的任务却兴致不高,感叹"老画葫芦"。在这种沧桑感中他回忆起庙堂旧事,"院中老吏无存者,谁记南塘与雁湖""西山遗业付门人,岁晚推迁接后尘"。他对赵汝谈、真德秀的追忆,仍跟制词的撰写有关。据刘氏《杂记》所载:

后南塘赵公为西宗,评余四六云:"驯雅简洁,全法半山。"又

---

① 关于严粲作诗和担任中书舍人的时间,参见傅璇琮、程章灿主编《宋才子传笺证 南宋后期卷·严粲传》,辽海出版社,2011年,第506页。

云:"老胡只眼,犹能别宝,更须参取欧苏,使之神化不测。"它日见余一二篇,又云:"某在兄云雾中,今知前所见一卷,就某所好一体耳。"时南塘四六独步一时,西山书云:"安得好时节,使兄与南塘对掌。"其后南塘直玉堂,余亦忝内外制。①

刘克庄此时再兼词臣,在感慨"老画葫芦却未工"的同时,自然会回忆起早年赵汝谈对其四六的指点和真德秀的赞誉。今昔对比增添了惆怅,"四壁蠹书常锁闭,数行苏墨半模糊",在深夜仍然辗转反侧,"转枕依然梦不成,小窗颇觉晓寒生。昏花却怕宫莲照,垂下纱厨听六更"。但这种惆怅始终是淡雅有节的,因为除了回忆,刘克庄还细致观察周遭事物,"窗外茶梅几树斜,薄寒生意已萌芽",在微凉中寻觅到几分生机。尤为细致之处是那些与理宗皇帝相关的感触见闻:"御帕封香徧竹宫""天笔批还墨尚香"。这种特别的留心亦可从他的《杂记》中得到佐证:

辛亥明禋前,余以大蓬兼内制、常少,又被敕摄卿。上既临景灵官斋殿,余与卤簿使徐同知直翁立帘前。烛光烘帘,见上将易服,而貂珰辈忽离立偶语,若祭礼有未备者。余为礼官,深虑失职,既而微闻寻瓒未见,谓在太庙,失记携来。久之,左右奏知,上徐曰:"去取来。"又久之,一珰走告,瓒止在神御殿柱边,烛暗不之见。又以奏,上徐曰:"取来看。"既见本色,上易服,余始跪奏,请上行礼。竣事,上还斋殿,左右请究诘掌瓒者,上不答而起,终无所问。因一瓒迟了十余刻,百执事皆有窘色,惟上自始至终端坐,恬然若无事。②

---

① 辛更儒笺校《刘克庄集笺校》卷一一二,中华书局,2011年,第4673页。
② 辛更儒笺校《刘克庄集笺校》卷一一二,中华书局,2011年,第4665—4666页。

明堂祭祀前的一段小插曲,因玉佩的掉落而起,因理宗的镇定而止。这些细节被有心的刘克庄敏锐地捕捉到。此事发生在淳祐辛亥(1251),和刘克庄玉堂直夜同时,有助于我们理解诗中"御帕香""天墨香"的细致入微。可见,刘克庄的这组玉堂七绝,以其独特感受超越了馆阁翰苑诗歌的固有模式和泛泛情思。

(二)劲气与学养:淳祐七年馆阁文人的分韵赋诗

除了上述雅集、锁院、直夜等场合的创作外,淳祐馆阁还有一次群体性的赠别活动,这就是淳祐七年(1247)蔡杭出任江东提刑时,三馆诸公为他分韵赋诗。在理宗朝频繁的政争环境下,大臣离朝外放成为常态,由此催生了大量赠别诗作。如宝庆元年(1225)胡梦昱被贬窜象州、淳祐六年(1246)柴望被逐归乡,都有较大规模的祖饯赠诗活动,但参与者并不限于朝廷官僚,还包括众多的江湖游士,相互之间的关联较为松散。而此次赠别蔡杭的活动全由秘书省官员参加,是淳祐馆阁文人的集体亮相,选择的方式是参与性较强的分韵赋诗,可以说是这一时期馆阁文化的典型呈现。当馆阁官员离朝外任时,同僚集体赋诗赠别,在宋代已经成为一种礼节性活动,但此次分韵又带有鲜明的时代特色。如前所述,淳祐馆阁文化深受理学与史学的影响,此次赠别的对象蔡杭是朱学的传人,理学议题自然成为赠别书写的中心内容。参与者当中又有李心传的学生牟子才,史学因素亦对分韵创作有所渗透。总之,这次群体创作在标举远行者立朝气节、预祝外任者政绩卓越之外,亦显著地刻上谈学论道的时代烙印。它折射出学术话语向社交议题的转变,亦让我们看到宋代的官员酬唱文化在"游于艺"之外,亦有"依于道"的一面。另外,从分韵赋诗的这一创作形式看,虽然元祐文人、江西诗人及南渡以后诸家都喜欢使用,但完整保存下来的并不多,而此次分韵的十首都得以流传,更能显示出这种唱和体裁的形式特征和文化意蕴。

此次分韵赋诗的韵脚来自陈师道《贺关彦长生日》颔联"风霜随

气节,河汉下文章",得韵者分别为陈南(风)、黄洪(霜)、王扬(随)、周梅叟(气)、陈协(节)、牟子才(河)、常挺(汉)、李伯玉(下)、留梦炎(文)、杨世奕(章)①。十首诗中共有五古 6 首、七古 1 首、七律 2 首、五律 1 首。十人均在馆阁任职,其中杨世奕年龄最小,他于淳祐元年(1241)举童子科出身,故以"孺子"自称。从籍贯看,王扬、陈协、留梦炎为两浙人,黄洪、常挺、杨世奕为福建人,李伯玉、陈南为江东人,周梅叟为京西人,牟子才为成都府路人。

以分韵的主题而论,"风霜随气节,河汉下文章"与蔡杭直言上疏、毅然去国的处境相契合,因此赋诗者书写的首要内容便是气节与远行。以立朝大节而言,陈南"一封疏奏胆如斗,三请投闲气直虹",王扬"袖有济时策,真言琅玕披",周梅叟"得见丹凤鸣,士党意乃慰。黯也不居中,物论几鼎沸",陈协"贾生陈治安,难与绛灌列。汲黯触公卿,不得补遗阙。直道非身谋,古今同一辙",牟子才"纪纲一疏有奇气,几微半语驱沉疴。手披逆鳞触震电,心翼汉鼎扶羲娥",常挺"君袖秋月章,直造紫皇案。赤手搏长鲸,未能分万段",李伯玉"累章沥忠赤,万口齐脍炙"等都是对蔡杭的表彰褒扬。以远行外任而论,王扬"刑清民乃服,莠除苗始滋。烹鲜戒政扰,漏鱼宁网稀。要令珥笔俗,洗心学书诗。更令佩犊子,竭力事耘耔",周梅叟"惟公有古心,所守至弘毅。我不畏孔壬,污吏必我畏。所愿敷好生,物物皆吐气",陈协"要令大江东,精彩与昔别",常挺"帝忧大江东,所至有水旱。列宿选郎闱,福星下霄汉",杨世奕"辂车玉节江东路"等是对蔡杭到江东任官的祝愿和希冀。这两个方面构成了赠别诗的基本内容,也是对陈师道韵句的呼应。

除了上述惯常的写法,此次分韵的特色在于理学主题的探讨。

---

① 清雍正十一年刻《蔡氏九儒书》卷八《久轩公集》附录《淳祐七年丁未十一月朔蔡久轩自江东提刑归抵家时三馆诸公以风霜随气节河汉下文章分韵赋诗送别》,以下按韵分录诸人诗作,并注明各自馆职身份。

受赠者蔡杭生长在理学世家,与朱熹同乡,其祖辈蔡元定(西山)、父辈蔡沈(九峰)都受过朱熹亲炙,《宋元学案》卷六七列有"九峰家学",蔡沈之子蔡杭、蔡模、蔡权都继承了朱学的传统。因此,众人在赠别之时,都会对其学术源流有所探讨。如王埜"嵯峨武夷山,中有梁栋姿。凤凰鸣高岗,隐见视其时",既以栋梁之材比拟蔡杭,又以武夷山的地缘纽带将朱熹与蔡杭联系起来。周梅叟"九峰洪范篇,雅是书之纬。顷尝一读之,懵然云雾蔚。晚校中秘藏,讲此愧犹未。喜逢尚书郎,家传得之既"则从蔡沈的《洪范》研究与象数学思想出发,凸显"九峰家学"的显著特色。在众人对理学话题的探讨中,常挺强调了蔡杭学人与馆僚的复合身份。"雄文摘玉堂,直笔插东观"突出蔡杭作为馆僚词臣在公文与史书撰写上的不凡才能,"正印君得之,理窟讲深贯"则点明蔡氏是朱学一脉的正传。蔡杭将学术与政事结合起来,为"玉堂"与"东观"带来了古雅淳厚的气质,"粹然中和容,清庙古珪瓒",这正是常挺要特别指出的理学之于馆阁的意义。此外,晚宋时期学统的地方化、基层化趋势明显,如蔡杭的两位兄弟蔡模、蔡权都是里居的乡先生,致力于朱子学说的整理和传授;又如淳祐时期较为活跃的"北山"一系何基、王柏等人,也都是乡居不仕的地方理学家。分韵赋诗的王埜就是将蔡杭的外任与理学的传播流布结合起来,"丕变东楚俗,若咏洙泗涯。小试大儒效,泰山一毫厘",蔡杭到江东履职,除了处理好司法事务,更肩负传道化俗的重任,将其积淀的修养与学识普及到民间。总之,众人在创作中对理学的渊源、家数、流播、普及等议题作了多层次的探讨,体现出分韵赋诗这种"组织性、主题性、互竞性"[①]的酬唱形式在拓展思维角度上的显著功效。反过来,理学话题的摄入又使这次馆阁酬唱活动体现出鲜明的时代特色,将宋

[①] 参见吕肖奂《论宋代的分题分韵——更有意味和意义的酬唱活动形式》,《社会科学战线》2014年第3期。

人论画评书、品食赏饮等闲雅悠游的唱和风气转变为一种正襟危坐、严肃深沉的谈论氛围。从这个层面上看,理学对诗歌的影响,不仅仅是词汇语素、主题风格的置换,更是对诗人创作心态的迁转。

除理学外,史学亦是淳祐馆阁文化的一个亮点,这在此次分韵赋诗中也有明显的体现,特别是牟子才的创作。上文提到牟子才与高斯得继承了李心传的治史传统。牟子才现存诗歌稀少,我们无法判断其是否具有与高斯得"诗史"相近的特征,但在赠别蔡杭的作品中,历史因素仍然非常显著。和其他赠别者大谈学术渊源、寄语未来政绩不同,牟子才以气节为线索,对北宋的馆阁历史作了详细回顾:"四贤景祐国之镇,肯为公议轻倒戈。当年枨触鼎鼐意,愿与希文同谪播。庆历一客伤众客,醉饱过耳宁有他。文符搜索网打尽,谣咏可但仇傲歌""君不见熙宁元祐国是易,未尝俯仰惟东坡。又不见绍圣更张罹祸惨,百折不挫称涪幡"。从范仲淹、欧阳修等庆历士大夫到苏轼、黄庭坚等元祐文人,他们敢于抗争、不屈权势的气节是馆阁文人的典型。牟子才在讴歌他们的人品节操后总结道:"古来馆阁有如此,劲气金石相荡摩。能令皇图耸天际,势与泰华并嵯峨。"把气节当作馆阁文化的一大标志,将馆阁作为引领朝堂士风的标杆,这既是在丰富历史事实中的归纳,又体现出强烈的群体性认同。牟子才以史家通观达变的眼光,在褒赞蔡杭的同时,对宋代馆阁文化作了有力概括,将"瀛洲""蓬省"的清雅高闲转化为劲健刚勇。除了面对故实旧事时的精审,牟子才还拥有史学家那种超然事外的清醒意识与独立姿态:"世间富贵何足道,倏忽殆类赴烛蛾。妍者妩媚姿夭冶,轻儇佻巧甘媕阿。甜淡祇腥八九息,酣寝喧鸣奏鼓鼍。谂君超然独醒苏,回首万望蓬一窠。"荣华富贵终将烟消云散,牟子才以遍阅世事的练达来劝慰远行的友人。"倘陪高风驾黄鹄,归傲泉石间壁梭。俯佣鱼钩晚获得,远寄或可酬清哦。疏桐缺月漏初断,鸿影缥缈还见么。他年邂逅谈旧事,抚掌一笑重呵呵。"这是勘破人情冷暖后的超脱,俯仰自得、笑傲林泉,虽然有幽人孤鸿的落寞,但转眼即成旧事,无可忧虑。牟子才的超越精神,并非佛禅式的了悟空幻,亦不是老庄式的逍遥无待,而是一个博雅君子的老成,一位资深史家的无畏。整首诗从高贵清雅的瀛台仙气到激昂跌宕的馆阁劲气,由阅尽世事的清醒到笑傲人间的超逸,充分体现出治史者的宽阔视野与透彻见识,在这一组分韵诗中别具一格。牟子才虽然存诗不多,但却和高斯得的"诗史"一样,呈现出淳祐馆阁文化的史学功底。

在理学与史学之外,地域因素亦影响了诗人的表达策略,使这次酬唱活动在统一的主题和明确的学术倾向下又拥有诸多细微的差异。例如,蔡杭是福建人,他将要赴任的地方在江南东路,而送行者当中恰好有占籍这两地的人。黄洪与蔡杭同是建宁府人,在赠别中不乏款款乡情的问候:"春近花明路,风驰锦过乡。临分不成饮,相对独凄凉。"杨世奕也是福建人,"君谟今又去班行",以蔡襄比拟蔡杭,既是同姓的关联,又是同乡的组合,用事非常贴切。而李伯玉与陈南都是江南东路之人,他们在赠诗当中又表达了对即将上任的父母官之殷切期望。如李伯玉"江东天一方,使者星言驾。我亦滕䟆䟆,何幸寇君借",以江东子民的口吻表达对蔡杭的欢迎。陈南曰"江皋父老如相问,为说吾今计亦东",通过让蔡杭代口信的策略,建立起主客双方在同僚关系之外的另一层纽带,在群体表达中突出了个性。这些都显现出此次分韵赋诗的多样化面貌,构成多声部的合唱,是淳祐馆阁文人的一次集体演出。

以上从淳祐馆阁的理学风尚出发,介绍了赵汝腾和徐霖的创作风貌;再以淳祐国史事件为切入点,将李心传、牟子才、高斯得的史学素养结合起来考察,落脚到高斯得的"诗史"特征。最后则专门探讨文人们在馆阁翰苑中创作的诗歌,尤其是淳祐七年的分韵赋诗。这三小节既相对独立,又互相关和,共同体现出理学与史学在淳祐馆阁翰苑中由个人向群体、由观念向创作、由心态向诗风的渗透过程。同时,文人的创作本身又是对馆阁翰苑文化的引领,他们的理论素养与历史视野,使淳祐年间的馆阁翰苑风气呈现出不同于宋代其他时期的鲜明特色,成为理宗朝士大夫文化中的一个典型。

第二节 宝祐四年科举事件与文学创作

理宗朝后期文坛的一个标志性事件便是宝祐四年(1256)科举。《宝祐四年登科录》共记载了 601 名及第者的乡贯、家世、年辈、科目等信息,很多都成为晚宋政治、学术、文学史上具有重要影响力的人物。这一群体在宋元易代之际的忠义气节历来广受好评,正如此榜及第的蒋岩所言:"静观世运,历数人物,抗节不屈,忠血凝碧,泣抱龙髯、下从彭咸,累书辞聘,绝粒而逝,凡此皆丙辰榜中人也。"①四库馆臣亦云:"孤忠劲节,揹拄纲常,数百年后睹其姓名,尚凛然生敬。"②文天祥与陆秀夫的殉国,谢枋得的守节,都为此榜进士增添了无数道德光环。他们的文学成就同样令人瞩目。我们以宝祐四年科举考试为切入点,分析科举制度与文学创作的关系,就是要向前追溯文学风貌形成的深层动因,将他们的早期活动与晚期创作贯穿起来考察,呈现他们由同年进士走向遗民群体的具体过程,这既是解决"遗民文学"的源流问题,又是考察理宗朝诗坛的后续影响。关于科学与文学的关系,正如祝尚书所言,可从科举考试与科举制度两个层面来探讨③,无论考前的科举教育、举子的应试经历还是同年进士群体的交往,都跟文学创作有紧密的联系。

---

① 蒋岩《本堂集原跋》,陈著《本堂集》卷末,《景印文渊阁四库全书》第 1185 册,第 522 页。
② 永瑢《四库全书总目》卷五七,中华书局,1965 年,第 521 页。
③ 参见祝尚书《论科举与文学关系的层级结构——以宋代科举为例》,《华南师范大学学报》(社会科学版)2010 年第 1 期。

一、科举之学的普及：进士群体的文化基础

清人黄士珣《观芝阶家藏宋椠宝祐四年登科录》云：

> 齐年六百一人细寻绎，就中慈溪黄氏名尤称。日钞四部揭精要，手劚栗尾书溪藤。通鉴今传胡氏注，海陵龙爪两本能纠绳。蠖居梅磵积岁月，借读一过嗤王胜。文章自与气节并，不朽盛业殊风灯。他如阆风先生櫄林隐，双峰高弟罗庐陵。本堂云泉两有集，《乌衣集》传太府丞。①

黄士珣肯定了黄震的学识、胡三省（梅磵）的史才、罗椅（庐陵）的师承，以及柴随亨兄弟（櫄林隐）、舒岳祥（阆风）、陈著（本堂）、薛嵎（云泉）、陆梦发（乌衣）等人的文学成就。"文章自与气节并"，文星璀璨的宝祐四年进士群体谱写了宋元之际文化史的辉煌。科举考试促进文化教育，引领读书风气，是学术文化人才不断涌现的重要动力。考生为应试而泛览经书诗赋，学习声律技法，这为他们的文学创作奠定了知识基础。

理学在淳祐年间获得最高权力的认可，随着州县官学与书院的大量兴建，理学在地方的普及程度进一步提升。在《宋元学案》的"巽斋""晦静""双峰""东发""深宁"等学案中，我们可以看到宝祐四年诸多进士的学术源流，追踪其在地方社会的传播路径。与此同时，针对场屋应试的科举之学也在地域士人群体间广泛流传，体现在举子会社的组织，时文技巧的授受，应试书籍的编刻等方面。地域科考成绩与科举学的发达程度密切相关。在六百人的进士名单中，来自江西吉州、浙东庆元府、台州、福建福州、兴化军的士人占据较大比重。除

---

① 黄士珣《观芝阶家藏宋椠宝祐四年登科录》，见潘衍桐《两浙輶轩续录》卷三〇，浙江古籍出版社，2014年，第2223页。

去人口、解额等因素,我们可以推定科举之学在这些地区的社会基础和影响范围。结合书籍刊印和士人活动情况,这种判断可以得到进一步佐证。

宋末元初文人王义山曰:"今世士子取科举之文,如诗、赋、论、策,蝇头细书,出于手泽者数十帙,类编先儒文集,前乎书肆所未有。口吟手抄,彪分胪列,其为帙十四。"①按照科场文体收集和编排前人篇章,进行有针对性的模仿和拟作,这在宋季士人间较为普遍。以吉州为例,从欧阳守道、文天祥所作《省题诗序》《李氏赋编序》《拟解试策序》《危恕斋论序》《八韵关键序》等序文中,我们可以看到当地士人围绕场屋各体进行了系统准备和训练。如《李氏赋编序》云:

> 李君编所谓《集贤赋》,实以资同业者读习之助也。其编始于今岁,推而上至端平甲午,继此皆以日月相次,凡省、监、郡邑学之所取皆在焉。魁文录其全篇,余则各韵各对,择其善者,其用工斯已勤矣。同业之士得之,足以省节录之劳,而他有以用其暇也。②

可见此书专收理宗朝礼部和学校考试中的律赋,按时间顺序编排,或录入全篇,或择取佳句,以供研习。"同业之士"显示出一定规模的应试群体,"省节录之劳"表明群体间的分工协作。类似的律赋书籍还有"义山朱君"所编,文天祥为之题序的《八韵关键》:"若朱君,立例严,用功深,盖亦深达于时宜者。朱君执此以往,一日取先场屋。"③科场试赋首先需精通声律、辨明法则,李氏之"用功勤",朱氏之"立例

---

① 王义山《瑞金知县愚斋聂先生行状》,《稼村类稿》卷二八,《景印文渊阁四库全书》第1193册,第196页。
② 欧阳守道《巽斋文集》卷八,《景印文渊阁四库全书》第1183册,第570页。
③ 文天祥《文山先生文集》卷一三,《宋集珍本丛刊》第88册,线装书局,2004年,第271页。

严"均出于此。除了编选前人范文,吉州士人也将平时习作加以传播,相互交流:

> 诏举进士之岁,吾乡诸斋拟策四出,其间有志当世者亦书策可行。①
>
> 吾州恕斋危先生,其所为论积成帙,学者争传为矜式。②

应举者各自练习策、论等场屋文体,又彼此鉴赏品题,选择佳篇作为典范。长期对体式文法的揣摩是成功及第的前提,如欧阳守道所言:"旷旬月而不习,则他日抽思良苦;他人之已中选者不时取而读之,则无以熟有司之程度。"③在宝祐四年贡举中,吉州士人表现不俗。文天祥的万言殿试策"不为稿,一挥而成,帝亲拔为第一"④,彭方迥的省试《帝王要经大略论》,考官批云:"说有根据,造辞老苍,较之他作,气象大有不同,真可为省闱多士之冠。"⑤这些都折射出地域举业研习的良好成效。在它背后,吉州的整体教育文化水平发挥了重要影响。如欧阳守道所言,"吾庐陵士至二三万,挟策来游者,不于州学则于书院","三代国都乡党之学无所于岩穴之士,后世山中之教不出于上之人主张,而今日兼之,我宋文风于是最盛矣"。⑥ 在此过程中,地方教育机构为应举士子提供了充足的物质保障。据文天祥《吉州州学贡士庄记》载,"为贡士计者,积仓裹粮,共其道路,先事而为之备","士得以直走行都,而无仆马后顾"。⑦ 成熟的教育条件提高了士人应

---

① 欧阳守道《巽斋文集》卷九,《景印文渊阁四库全书》第 1183 册,第 578 页。
② 文天祥《文山先生文集》卷一三,《宋集珍本丛刊》第 88 册,第 268 页。
③ 欧阳守道《巽斋文集》卷八,《景印文渊阁四库全书》第 1183 册,第 570 页。
④ 脱脱等《宋史》卷四一八,中华书局,1985 年,第 12533 页。
⑤ 魏天应、林子长《校正重刊单篇批点论学绳尺》卷一,复旦大学图书馆藏明成化本。
⑥ 欧阳守道《巽斋文集》卷一四,《景印文渊阁四库全书》第 1183 册,第 621 页。
⑦ 文天祥《吉州州学贡士庄记》,《文山先生文集》卷一二,《宋集珍本丛刊》第 88 册,第 257 页。

试的积极性,促进了科举学的繁荣;地域举业的兴盛反过来又引领地方学术文化的发展。

除了范文习作的编选流传,应试士人的交往活动亦是科举学兴盛的重要指标,这在浙东庆元府、台州等地皆有显现。舒岳祥的外家王氏"与郑、叶诸公以读书应举相往来","三聚族多科目之士,往往捷铃交驰"①。陈著曾参与乡里"文会","凡秀于列,相先后登名入官,类有以自见于世。虽余不敏,晚亦侥幸"②。同乡士人的集会结社,有助于应试经验的分享与文章技艺的切磋。陈著友人张锴"诏岁进取之人置登云课社"③,他自己也曾参与"桂峰"课会,"毋独擅其已能,冀相忘于下问","得则相善,失则相规"④,这些都为一方士人驰骋场屋提供了有利条件。

在地域士人群体的应试活动中,科举学不断发展,举子对文体属性的把握更加充分。在宝祐四年贡举中,殿试"策"文具有标志性意义。不仅文天祥以鸿篇名垂后世,同年应考者的廷对文字在当时也多有流传。刘克庄《跋尤溪赵宝廷策》云:"尤溪赵君肖翁,示余丙辰廷策一编,首尾八千余言,专以乾、常二卦奉对。"⑤此策为闽士赵珤的殿试文章,其后单行流传。王义山《邓检阅林廷对跋》云:"伏读丙辰圣问,因得读臣林洋洋之对","臣林谓高明光大之说,武帝不足以当之"。⑥ 此为江西新淦进士邓林之作。此外,文天祥和姚勉分别有《跋李龙庚殿策》和《跋李彝甫廷对策稿》,策文的作者为宝祐四年的特奏名进士李龙庚(字彝甫),"自为举子时,以策鸣场屋"⑦,"门人好事者

---

① 舒岳祥《阆风集》卷一二,《景印文渊阁四库全书》第 1187 册,第 445 页。
② 陈著《本堂集》卷九一,《景印文渊阁四库全书》第 1185 册,第 496 页。
③ 陈著《本堂集》卷九一,《景印文渊阁四库全书》第 1185 册,第 496 页。
④ 陈著《本堂集》卷五三,《景印文渊阁四库全书》第 1185 册,第 25 页。
⑤ 刘克庄《尤溪赵宝廷策》,辛更儒笺校《刘克庄集笺校》卷一〇八,中华书局,2011 年,第 4482 页。
⑥ 王义山《稼村类稿》卷一〇,《景印文渊阁四库全书》第 1193 册,第 63 页。
⑦ 姚勉《雪坡集》卷四一,《景印文渊阁四库全书》第 1184 册,第 288 页。

取君所对策刻诸梓"①。另外，福州籍进士陈俞亦有策语传出，据刘辰翁《陈礼部墓志铭》载："宝祐丙辰之策士也，既日昃，再驾临轩，有少年首上对彻，亲览卷首，有'临御以来，如日正中'语。"②总之，此年殿试策的文字以各种形式在宋元之际流布，反映出进士群体对此种文体的重视。他们利用君臣交际的机会表达政治理想，对策文的价值立场、表达策略与言辞技巧有充分的体认。

从文体功能看，对策既属科场程序，决定考生的前途命运，又是一次与执政者交流意见的机会，上问下答、下情上陈，对即将入仕的举子而言意义重大。文天祥的老师欧阳守道曾感叹，"使得对天子，其不应故事、袭腐语，以负人禄位者欤"③，强调撰策者的真知灼见。文天祥亦认为"定高下于殿陛之亲擢，公卿大夫繇此其选"④，强调殿试的神圣性，因而对策"非碌碌意，积蓄必有深厚"⑤。黄震也指出："国家设科发策，正以伸天下敢言之气，一有拘忌，有司反先喑无声，嘻可叹已！然于斯时也，有能独谔谔其间，岂不诚奇士哉！"⑥在他看来，策文不应回避矛盾，要敢于提出批评意见和解决方案。这种对策文价值的体认使宝祐四年进士的廷对表现屡获好评，如文天祥"古谊若龟镜，忠肝如铁石"⑦，赵珏"析义理极精，其辨忠邪、条治乱极沉着痛快，其规切君相极忠愤忧爱"⑧。在君臣"酬和"之中，科举进士作为"天子门生"的价值担当得以体现，策文输忠陈义、进谏论政的文体功用也有所施行。

---

① 文天祥《文山先生文集》卷一四，《宋集珍本丛刊》第 88 册，第 279 页。
② 刘辰翁《须溪集》卷七，《景印文渊阁四库全书》第 1186 册，第 554 页。
③ 欧阳守道《拟解试策序》,《巽斋文集》卷九,《景印文渊阁四库全书》第 1183 册，第 578 页。
④ 文天祥《吉州州学贡士庄记》,《文山先生文集》卷一二,《宋集珍本丛刊》第 88 册，第 257 页。
⑤ 文天祥《跋李龙庚殿策》,《文山先生文集》卷一四,《宋集珍本丛刊》第 88 册，第 279 页。
⑥ 黄震《陆太博墓志铭》,《黄氏日抄》卷九七,《景印文渊阁四库全书》第 708 册，第 1052 页。
⑦ 脱脱等《宋史》卷四一八，中华书局，1985 年，第 12533 页。
⑧ 刘克庄《尤溪赵宝廷策》，辛更儒笺校《刘克庄集笺校》卷一〇八，中华书局，2011 年，第 4482 页。

《文体明辨序说》云:"夫策之体,练治为上,工文次之。"①从修辞技巧看,策文虽以实用为主,仍需讲究文势与辞采。欧阳守道认为策文"出入经史典故、古今格言,而润色之以文采","南叟有劲气,议论顾理是非,耻软熟雷同"②,触及文体的审美属性。在这方面,宝祐四年进士黄震颇有体会:"某少习科举之业,日诵先生之文。观其理致之明白,如日昭而月揭;迹其气势之变动,如电掣而雷奔。此求之古文中犹杰出,而何程文之敢云。"③他研习举业时经常模仿的程文,正是陆鹏升的策文。《陆太博墓志铭》云:"所谓读其策,知其必能措置天下大事者,而恨未得望下风。"④黄震赞赏陆文议论的条畅与气势的流动,这些审美元素,正可从古文中寻得。策以说理论政为主,需汲取古文的行文技法,避免堆砌板滞,正如黄震点评叶适的对策曰:"大抵纯净,非近世排仗语为多者比也。"⑤这些都涉及策文的审美风格与语辞技巧。

总之,策文在宝祐四年贡举中的典型意义,让我们看到进士群体在探索文体规律、总结写作经验、践行文章价值等方面取得的成果。在其背后是吉州、庆元府等地士人群体研习举业的浓烈氛围。从集会结社、授课拟作、编选刊印到品题鉴赏,士人群体的应试活动一方面使得科举之学在更广泛的社会阶层中传播,同时也让辨体析艺走向系统化与精细化,为他们成功及第奠定了文化基础。

二、应举与观试:科举题材的文学书写

科举应试之学为士人步入仕途、引领文坛发挥了奠基作用,而科

---

① 徐师曾《文体明辨序说》,《历代文话》第2册,复旦大学出版社,2007年,第2101页。
② 欧阳守道《拟解试策序》,《巽斋文集》卷九,《景印文渊阁四库全书》第1183册,第578页。
③ 黄震《祭通判陆太博鹏升》,《黄氏日抄》卷九五,《景印文渊阁四库全书》第708册,第1023页。
④ 黄震《陆太博墓志铭》,《黄氏日抄》卷九七,《景印文渊阁四库全书》第708册,第1052—1053页。
⑤ 黄震《水心外集》,《黄氏日抄》卷六八,《景印文渊阁四库全书》第708册,1986年,第658页。

场考试则催生了一系列附加的文学产品,如赠人应举诗、观试诗、鹿鸣宴诗、应制诗、考官唱和诗等。这些作品除了礼节性的酬答,也包含应举心态、个人情感、仕途愿景的呈现,因此又可视作科举事务的文学性书写。从宝祐四年进士的这类作品中,我们既可以了解这次科举盛事的历史细节,又能以此为线索把握创作者平生的心路历程。

在省试的前一年宝祐三年(1255),地方官员都会为乡贡士子举办鹿鸣宴,文天祥和陈著的鹿鸣宴诗文至今尚存。文天祥诗云:"礼乐皇皇使者行,光华分似及乡英。贞元虎榜虽联捷,司隶龙门幸缀名。二宋高科犹易事,两苏清节乃真荣。囊书自负应如此,肯逊当年祢正平。"(《次鹿鸣宴诗》)此诗题下注云:"时提举知郡李爱梅迪举送,弟璧同荐"。"司隶龙门"用李膺之事切合知州李迪之姓,"二宋""两苏"则用来比拟文天祥、文璧兄弟同时进入乡贡名单。所谓"具学,具贡,具第",牵涉到文氏家庭与应举的关系。

首先,文氏兄弟类似二宋、两苏的科考佳绩是对家庭教育的回报。他们应举之前,亲友热情相送、充满期待,这和鹿鸣宴的气氛颇为相似,"往时征衣拜堂上,举觞饮饯,亲宾祖道外,期向何许"①。科场佳绩离不开父亲文仪的培养。据文天祥《先君子革斋先生事实》所载,文仪治学虔恪不懈,"嗜书如饴,终日忘饮飧。夜擎灯密室至丙丁,或达旦。黎明挟册檐立认蝇字,不敢抗声愕寐者,人虽苦之,甘焉",对子辈的教育也尽心严格,"日授书,痛策砥,夜呼近灯,诵日课,诵竟,旁摘曲诘,使不早恬,以习于弗懈。小失睡,即示颜色。虽盛寒暑,不纵检束。天祥兄弟栗栗擎盘水,无敢色于偷"②。文仪用"程督""曲诘""书警语"等方式指导读书与作文,为子辈征战科场奠定了扎

---

① 文天祥《先君子革斋先生事实》,《文山先生文集》卷一六,《宋集珍本丛刊》第 88 册,线装书局,2004 年,第 299 页。
② 文天祥《先君子革斋先生事实》,《文山先生文集》卷一六,《宋集珍本丛刊》第 88 册,第 298—299 页。

实的知识基础。正如"两苏"背后有"三苏"的家学传承,文天祥兄弟的读书应举亦有父亲文仪的活动身影。

其次,文天祥、文璧同赴解试与省试,是对亡弟文霆孙未竟心愿的弥补。据文天祥回忆:"岁乙卯,天祥、璧具叨与计偕,时仲弟霆孙年十有六,未试,墨于窗曰:'出师未捷身先死,长使英雄泪满襟。'竟以疾先撤棘一月卒。先君子及是揽涕伫眙,悒悒痛悼。天祥、璧将进礼部,欲董于征,顾先君子哭子方新,天祥、璧复去左右,恐益重哀,出可宽襟抱,且旦夕定省得不缺,不敢辞,以腊月望行。"①文霆孙英年早逝,未能看到两位兄长的科场佳绩,也给父亲文仪带来心理创伤。文氏兄弟因此推辞了奔赴都城的行程,直至腊月十五才出发。南宋光宗朝以后礼部考试的时间为解试后次年的二月初一。吉州与都城临安的距离不近,加上考前的房屋租赁、物品准备和手续办理,时间应该说非常紧张。因此文天祥《次鹿鸣宴诗》中"囊书自负应如此,肯逊当年祢正平"的意气风发,实质上伴随着丧弟的悲恸与征程的仓促。

第三,文天祥、文璧皆因父亲文仪的病情和丧事缺席了宝祐四年科举的部分环节。文氏兄弟是在父亲的陪同下到都城参加省试和殿试的。兄弟二人都顺利获得礼部奏名,但在殿试之前却经历了波折。文天祥因饮食而身体不适、几近昏迷,险些错过殿试:"廷试前两日,先生苦河鱼且不能食,试之日,丑寅间强起,乘篮舆趋驰道外,几不能支吾。至昕,诸进士趋丽正门之旁门,先生随群拥并而入,顶踵汗流,顿觉苏醒。"②与此同时,文仪因为中暑而在馆舍养病,文璧为了照顾父亲只好放弃殿试。据元人刘岳申《广西宣慰文公墓志铭》载:"初公(文璧)与丞相具学,具贡,具第,将入对,太师疾病,独留侍,丞相擢进

---

① 文天祥《先君子革斋先生事实》,《文山先生文集》卷一六,《宋集珍本丛刊》第88册,第299页。
② 文天祥《御试策一道》附"道体堂谨书"按语,《文山先生文集》卷三,《宋集珍本丛刊》第88册,第149页。

士第一。"①《宝祐四年登科录》中没有文璧的名字,因为他虽获得礼部奏名,但却因故缺席殿试,未经历唱名赐第的流程。文天祥虽以状元及第,但随后父亲病逝,这给他留下大喜大悲的人生记忆:"孰谓方阶禄釜,先君子才见而祸遄作,天乎,天祥、璧何以窃第为邪!"②因为丧事,文天祥本应率领同榜进士诣阙谢恩的"门谢"之礼未能施行,本应获授的官阶也未得到。三年之后的开庆元年(1259),文天祥复行"门谢"之礼,获授签书宁海军节度判官厅公事,进《门谢表》。文璧亦参加殿试,终获进士及第。因此我们在看文天祥诗"二宋高科犹易事,两苏清节乃真荣"时,不应忽略文氏兄弟在宝祐四年科举的缺憾及其在开庆元年的弥补。文天祥写给理宗的《恭谢诗》云:"第一胪传新渥重,报恩惟有厉清忠。"人们通常会将宝祐四年的状元身份与文天祥的忠义之气联系起来,这大概是文天祥在经历宋元之际的世变后对"真荣"与"清忠"境界的提升。但如果仔细梳理宝祐四年前后的应考经历,我们会发现文天祥在"忠"之外"孝"的一面,或者说家庭变故引发的人伦情感,这在科举题材的书写中是难能可贵的。

与文天祥不同的是,陈著的鹿鸣宴诗在沧桑之中带有几分桀骜不驯。陈著参加省试之时已年逾四十,《宝祐四年登科录》载其"治赋,二举"。七言《乙卯乡贡鹿鸣宴次韵》与五言《乙卯乡贡鹿鸣宴次韵制使陈方叔劝驾》均表现出"结发书痴气吸川,壮年才得预宾筵","消磨凡几载,侥幸才一鸣"的感慨。但他并无迟暮之感,怀念年轻时的"细将状月露,壮欲吞幽并",强调"自谓锥颖脱,犹有剑气横",对前途仍然充满信心,于是流露出"向前步骤阔,平生温饱轻""设席肆筵劳送上,着鞭跨马欲飞前"的蓬勃志气。陈著的个性与文风都以尚气

---

① 刘岳申《申斋集》卷一〇,《景印文渊阁四库全书》第1204册,第304页。
② 文天祥《先君子革斋先生事实》,《文山先生文集》卷一六,《宋集珍本丛刊》第88册,第299页。

著称,获得了"挟其耿介之气,发于雄深之文。岿然独立,皓首不变"①"笔可扛鼎,气欲凌云"②的评价,这使他的鹿鸣宴诗超越了惯常的套路,体现出独特个性。因此当他得知科举状元年纪尚轻时,表达出不服输的心态:"闻说三魁是少年,世间何必叹才难。我生亦是奇男子,莫作时人一例看。"(《闻状元是少年》)其岿然独立的性格展露无遗。

除了应举者自身的鹿鸣宴诗作,他人的赠行诗或观试诗亦是科举文学的重要组成部分。其中与此次考试相关的是李昂英《观入试者》与《再用观入试韵》。李诗中有云"傍人休笑李秀才,三十年前亦如此",李昂英中进士在宝庆二年(1226),下推三十年,正是宝祐四年(1256)。另据文天祥记载,此年及第后他与来自广州南海县的同年曾士倬有过交往,此人正是李昂英的学生,所谓"传菊坡法衣,密文溪讲席"③。虽然李昂英已退居岭南,但他与这次科举却有千丝万缕的联系。上举两诗正是他送子辈参加广州乡贡时所作。《观入试者》对解试场面进行了详细描写:

> 钟撼鸡鸣万家起,月下纷纷白袍子。提壶挈榼春游闹,擎箱擐箧谁家徙。通衢隘塞行人绝,露坐欠伸奴跛倚。远闻雷噪轰应答,近亦汹汹殊聒耳。轧然棘户破晓色,阵脚忽移去如蚁。壮夫先入护几案,儒雅雍容行且止。垂髫趁哄未知苦,戴白相持叹衰矣。④

从将曙到破晓,从离家到入场,诗人动态地呈现了举子应考的过程。

---

① 蒋岩《本堂集原跋》,陈著《本堂集》末附,《景印文渊阁四库全书》第1185册,第522页。
② 参见陈著《本堂集》卷六三《谢京尹户判吴府卿益举升陟启》题下注,《景印文渊阁四库全书》第1185册,第317页。
③ 文天祥《跋曾子美万言书稿》,《文山先生文集》卷一四,《宋集珍本丛刊》第88册,第278页。
④ 李昂英《文溪集》卷一三,《景印文渊阁四库全书》第1181册,第195页。

"露坐欠伸奴跛倚""近亦汹汹殊聒耳""阵脚忽移去如蚁"都是对考场百态传神的描写。与科场的壮观相伴的是竞争的激烈："自从明诏到郡国，士出深山集城市。但能操笔不曳白，秋榜人人都准拟。分明结社战所兵，投合主司谁得髓。"诗人从壮观与激烈之中生发感慨："昨科试人今或亡，三年场屋能消几。功名信分置勿言，身健频来已堪喜。"科举的成败事关举子的命运，也对整个社会文化心理造成影响。成败由谁主宰，功名能否长久，应试的价值何在，这些都是解试给人带来的思考。科举在此层面上已不止是一种制度设计，而以观念和精神形态嵌入世人的生存结构之中。

在《再用观入试韵》中，李昴英对此问题做了引申和细化。"尽从科举梯进取，鹤发望深门日倚"①，化用《战国策·齐策》王孙贾事："王孙贾年十五，事闵王。王出走，失王之处。其母曰：'女朝出而晚来，则吾倚门而望；女暮出而不还，则吾倚闾而望。女今事王，王出走，女不知其处，女尚何归？'"②李昴英借此强调举子的正常生活不要被功名所扭曲，不要耽误孝敬双亲。"天门仿佛冯为马，阴德却关桥度蚁。时来乳臭亦观光，潦倒英雄频坎止。棘闱投卷姑应之，桂籍题名先定矣。可怜数千困眊瞀，仅二十人夸利市。"青年学子一举中第，沙场老将屡战屡败，千人中只有二十人的录取概率，这一切似乎都是命中注定。所谓"阴德""桂籍题名先定矣"，反映出一种"科名前定"的社会心理③。李昴英借用这种观念来表达对考试制度和应试心态的反思，其隐含意图是希望举子不要执着于功名，既然一切"前定"，就顺势而为，不被制度异化，更不要投机取巧，最终目标是"愿言通榜皆实才，如己得之无彼此"。总之，这首诗在前首的基础上对科举制度与士人

---

① 李昴英《文溪集》卷一三，《景印文渊阁四库全书》第1181册，第195页。
② 何建章注释《战国策注释》卷一三，中华书局，1990年，第450页。
③ 参见祝尚书《宋代科举与文学》第十七章《宋代科举制度下的社会心态》，中华书局，2008年。

的生存问题做了深入探讨。

文天祥、陈著、李昂英的诗歌都是围绕宝祐四年(1256)省试之前的解试展开的。科举考试除了场内的时文撰写,也为场外的文学创作提供了一系列机会。文天祥、陈著以应试者的身份写出了赴举的欣喜、家庭的荣耀、人生的感慨以及对前途的期待,而李昂英则以旁观者的眼光描写了考场盛况,以过来人的经验对考试制度进行了深刻反思。他们的创作是对科举考试的文学性提升,使宝祐四年贡举这类人才选拔事件变得特别,成为一代举子的人生印迹,关乎制度设计与人性发展的深层问题。从这个角度看,科举制度推动了文学人才的培养,促进了考试题材的文学创作,而举子的创作又反过来充实了科举制度的文化内涵。

三、同年关系的深化:易代之际的精神砥砺

科举教育发生在考试之前,科举题材的创作与考试同时进行,而在考试之后,科举造就的同年关系成为士大夫人际交往中的重要纽带。例如,在北宋太宗朝与真宗朝,同年进士集团往往在政治上互相援引,成为党争中的同盟军。又如,北宋中期嘉祐二年(1057)贡举的同年进士,促成以欧阳修为盟主的文学群体。同年关系成为政治主张彼此认同、文学风格相互趋近的有效推动力。在宝祐四年(1256)贡举中,同年进士之间虽未形成明确的文人集团,但在人品性格、学术倾向、文学风貌等方面也拥有诸多相似之处,尤其是宋亡以后,他们以峥嵘的气节相互砥砺,成为遗民群体的中坚力量。制度的纽带、官场的联结最终转换成文化精神的认同。关于科举取士与遗民文学的关系,陶然曾探讨过贞祐三年省试与金代遗民文学振起的关系[①],我们借此视角分析宝祐四年的情况。

---

① 参见陶然等《宋金遗民文学研究》第二章,浙江大学出版社,2014年,第25—32页。

按照科举程序,进士同年关系的确立应在殿试唱名结束后"状元局"与"期集所"聚会的场合。据《钱塘遗事》卷一〇《置状元局》载,"状元一出,都人争看如麻,第二、第三名亦呼状元。是日迎出,便入局。局以别试所为之,谓之三状元局,中谓之期集所","初第人多喜入局,得陪侍三状元,与诸同年款密。他日仕途相遇,便为倾盖"①。文天祥在"状元局"待的时间不长,但仍与同年有接触。例如,来自岭南的同年曾士倖将上疏稿本拿给文天祥题跋。关于此次上疏,李昂英《司法曾子美新第荣归欲得余诗不敢效世俗谀语二首》有过描述:"里同清献久闻风,耿耿胸中便不同。一疏叫云韦布日,大廷对策想输忠。""舌似河悬笔水翻,春官首疏见忠肝。士须卓尔名当世,好取前修节行看。"②两诗称赞了曾士倖耿介的品格、忠诚的气节与磅礴的文风。文天祥《跋曾子美万言书稿》亦赞其"当布衣时,春官一疏,已能发菊坡之所欲言。他日为天子御史,直气凛凛,必能赤文溪帜",这种赞叹正发生在"状元局"同年"款密"之时,"宝辰夏五,集英殿赐某等进士第。入局,一日同年曾兄子美来访,议论慷慨,知非凡人"③。此后文天祥因为父亲生病和去世错过了拜黄甲、闻喜宴等环节,但并未影响他与同年的交往,如《回安福赵宰与挢》云:"某追记畴昔同到蓬莱,慈恩之题、杏园之宴,吾以故不与焉。然同年之情,岂以四海九州为藐然哉!"④在文天祥的仕途中,同年关系是官场交际的重要纽带。《与江西黄提刑震》《与吉州刘守汉传》《通董提举楷》《与邓校勘林》《与知江州钱运使》《回赣守李宗丞雷应》《回信丰罗宰子远》《回潘检阅》等书启皆叙说"年盟"之谊,感叹"吾榜得人"。此外,《何睎程名说》为同年何时之子撰写;《祭秘书彭止所》则是悼念"第也同年,居也

---

① 刘一清撰、王瑞来校笺考原《钱塘遗事校笺考原》卷一〇,中华书局,2016年,第372页。
② 李昂英《文溪集》卷一七,《景印文渊阁四库全书》第1181册,第215页。
③ 文天祥《文山先生文集》卷一四,《宋集珍本丛刊》第88册,第278页。
④ 文天祥《文山先生文集》卷七,《宋集珍本丛刊》第88册,第201页。

同乡,仕也同馆,志也同方"的彭方迥。为了支援生活清贫的欧阳守道之子,文天祥曾向同年刘汉传寻求帮助;为了举荐担任幕职州县官的赵姓同年,文天祥又向两淮制置使李庭芝请托。所谓"仕途相遇,便为倾盖"在这些事迹中得到充分体现。

如果说同年关系促进了官场交际网络的构建,那么在国势倾危之时它又成为一种精神砥砺。文天祥《集杜诗》第一百二十六《陈少卿》是为同年陈龙复而作,褒扬其忠义之气。诗前小序记录了陈龙复的生平:"带行太府少卿、福建提刑、督府参议官陈龙复,泉州老儒,号清陂先生。丙辰登科,沉厚朴茂,有前辈风流。平生所历州县,皆有清俭著名。予开府南剑,辟入幕,老成重一府。寻遣往漳、潮计事。行府自江南再入广,先生聚兵循、梅来会。后分司潮阳,应接诸路,四方豪杰,翕然响应,积粮治兵,行府由是趋潮阳。及移屯,为敌所追袭,先生遂不免,时年七十三。哀哉!"①陈龙复在抗敌战争中很好地协助了文天祥,"丙辰登科"的共同经历,"沉厚朴茂"的第一印象,让文天祥对这位同年的记忆更为深刻。"卿月升金掌,老气横九州。前辈复谁纪,吾道长悠悠。"其中"卿月升金掌"出自杜甫《暮春江陵送马大卿公恩命追赴阙下》,关合陈龙复"太府少卿"的身份,同时杜甫原诗"天意高难问,人情老易悲"的沉挚情思又与文天祥对陈龙复的追忆心情颇为贴近。"老气横九州"出自杜甫《送韦十六评事充同谷防御判官》,那种"偪侧兵马间,主忧急良筹。子虽躯干小,老气横九州。挺身艰难际,张目视寇仇"的气势与陈龙复的抗敌经历相互映衬。"前辈复谁纪"出自杜甫《赠秘书监江夏李公邕》,"长啸宇宙间,高才日陵替。古人不可见,前辈复谁继"对人才凋零的哀叹给文天祥带来更多悲悯情怀。"吾道长悠悠"出自杜甫《发秦州》,诗人以"大哉乾坤内,吾道长悠悠"作结,将日暮孤征的

---

① 文天祥《文山先生文集》别集卷五,《宋集珍本丛刊》第88册,第413页。

寂寥转向阔达悠远的境界。文天祥的"吾道",从"吾榜"的科举关系转化为前后踵继、捐躯赴国难的气节,在杜诗的基础上增加了更多慷慨悲壮。

面对家国变局,除了文天祥、陈龙复这样的悲壮抗争,还有更多同年的勉力支撑,这集中体现在浙东文人身上。舒岳祥与同年董楷均为台州人,舒氏《祭董正翁文》叙述了双方交谊:"癸卯之秋,仆游霞城。荆溪座中,识君弟兄。论虽罕同,心自此倾。丁未进士,华翁先登。吾季与焉,为同年生。君于丙辰,赐第集英。仆厕榜下,又为齐盟。他人有一,好及云仍。而况伯仲,世契叠并。"①舒、董最初相识于吴子良门下,舒岳祥的弟弟舒斗祥与董楷的兄长董朴(字华翁)同为淳祐七年(1247)进士,随后舒岳祥与董楷又在宝祐四年"齐盟",正是"世契叠并"。接下来"仆过苕霅,君督公田,道旧契阔,对榻分毹。我理归楫,君张祖筵,小饮碧澜,大饮赵园。鲂鲤出罟,橘柚夹舷",说的是舒岳祥景定五年(1264)代理安吉州掌书记时与董楷相聚畅饮的情景。贾似道景定年间推行"公田法"时,在安吉州设有分司,董楷时任分司长官,正好与同年叙旧。后来任湖南转运使的董楷欲辟举舒岳祥,舒氏因故未能成行,两人此后便很难见面。经历兵乱后,舒岳祥与董楷保持了书信和诗歌往来。《八月十九日得董正翁寺丞书兵疫后城中故旧十丧八九怆怀久之顾我已多幸矣》云:"黄菊一瓶酒,青山四壁书。吾年余几许,天意复何如。寒日沙禽并,风霜野果疏。山城询故旧,十九是丘墟。"山间读书饮酒的清静与昔日"小饮碧澜,大饮赵园。鲂鲤出罟,橘柚夹舷"的欢愉时光形成对比,沙禽、野果与城中故人凋零的凄凉感相互映衬。而《暮春书怀寄董正翁寺正》的凄怆感更为浓烈:"寻春曾作太平民,说着花时泪湿巾。风雨差池桃杏过,山林牢落鸟乌亲。书中闷见伤心事,画里思逢避世人。霄

---

① 舒岳祥《阆风集》卷一二,《景印文渊阁四库全书》第1187册,第447页。

汉故交今隐遁,有山堪买愿为邻。"伤春之感、丧乱之痛、念旧之情相互交织,"避世"的选择颇为无奈,同年交谊在此过程中成为精神上的慰藉。

在舒岳祥应董楷之荐准备赴湘之时,来自慈溪的同年黄震曾以楮衾相赠,经历丧乱之后舒岳祥仍然保存。《往时予有湖湘之游同年黄东发提举以清江楮衾赠别藏之四年矣山房夜寒覆之甚佳乱后不知东发避地何处作此拟寄》云"我昔向湘潭,故人贻我别。珍于锦鲸赠,未数绨袍脱。温如阳春曦,白似腊天雪。香收禅榻云,光映书斋月",进而引入时事变迁的背景,"自从离乱来,袍襕罄攘夺。惟此寄僧房,与书俱不灭"。同年的友情正如这楮衾,虽经乱离而长存不灭。"我本生蠹鱼,自爱纸中穴。宛如蚕作茧,蛾吐眉眼出",从"纸"上转折,将衾与书结合起来。面对乱世,除了文天祥、陆秀夫那样的慷慨赴难,更需在书中安顿,将道义学术与文化传统延续下去。"夜来初肃霜,子美衾如铁。忽忆此青毡,覆我俭且洁。中有布衾铭,此铭无冷热",又回到楮衾的话题,将寄赠双方联结起来。而布衾铭尤有标志意义,"无冷热"意谓不随世变,恒定持久,这既是同年交谊的象征,又是在乱世生存的信念。整首诗看似波澜不惊,没有他寄赠董楷那样的感伤凄恻,但内蕴十分丰厚,是荡涤悲戚后的坚毅。钱锺书《容安馆札记》曾评价舒岳祥:"忧时伤乱,出以奇思诡趣,劲气直干,颇自辟蹊径。"[①]忧时伤乱是舒岳祥诗歌的重要主题,值得注意的是同年之间的诗歌往来,一方面是情绪的纾解,让悲忧心境得以平复,一方面又是精神的砥砺,共同面对艰危国势。

正如陈著所言,"既而萍云聚散,二十年后各归故山"[②]"倚玉盟于杏园,有战友契,黄尘乌帽间邂逅聚晤,旧亦数数,投闲以来,乃相望

---

① 《钱锺书手稿集·容安馆札记》卷二第五百十三则,商务印书馆,2003 年,第 841 页。
② 陈著《赠甥胡幼文还侍序》,《本堂集》卷三八,《景印文渊阁四库全书》第 1185 册,第 181 页。

一山,如蓬莱之隔,瞻恋良极"①。从共同应试、分散为官到各自隐居,同年关系变成亡国之后的一种精神纽带。陈著曾通过临安城的卖花声表达故国之思:"向时楼台买花户,凄烟落日迷荆榛。但见马嘶逐水草,狐狸白昼嗥荒城。万花厄运至此极,纵有卖声谁耳倾。"(《夜梦在旧京忽闻卖花声有感至于恸哭觉而泪满枕上因趁笔记之》)诗题和诗句都呈现出物是人非的悲恸之感。但在与同年的诗歌酬赠中,陈著的态度更加坚定。《宋元学案》将陈著列为黄震的"东发学侣",在《寄赋黄东发湖山精舍》一诗中,"迩来世变那可道,前辈风流归春渐。山川无言黯失色,徒使旁观重歔欷"显示出宋元易代的遗憾与无奈,但诗人并未因此而悲忧,"宽旷能容万壑赴,峭特雄压千秋卑。云雨蓄泄大功用,波涛变化皆文辞",这既是对精舍周遭环境的描述,更是对主人气度的夸赞。唯有宽旷能够化解时代的疮痍,孕蓄万物,开拓人生的大境界;唯有峭特能够独立于乱世,传承学统,避免文化的断裂。在寄赠黄震的诗歌中,他的"岿然独立"之气显得深沉阔大。

总之,宝祐四年进士群体的同年关系因国家版荡而更显特别。及第后他们没有形成明确的政治同盟和文学群体,而亡国之后却在声气上相互呼应,成为遗民文学的主导力量。从人际关系看,前期是分布各地官场的隐形网络,后期是流落民间乡野的散点联结。从酬赠的言说策略看,前期的礼节性表达转变为后期的情感倾诉与意气砥砺。从风格上看,前期以慷慨奋发为主,后期则分为悲壮凄恻与坚定沉着两个方面。如果将本节贯通起来看,科举之学的成熟造就了进士群体的文化基础、知识视野和气质节操,科举考试给他们留下了深刻的生命记忆,也缔造了同年的人际网络。他们的文学创作将潜在的教育能量转化为雄深雅健的文化精神,将既有的应试题材引向

---

① 陈著《答胡表仁制机为侄孙幼文纳币请期札》,《本堂集》卷八三,《景印文渊阁四库全书》第 1185 册,第 444 页。

切己的人生话题,赋予同年关系浓厚的情感内涵与鲜明的价值归属,这又是宝祐四年进士群体对科举文化的引领与重塑。

以上两章分别从宝庆、端平、淳祐、宝祐四个时代入手,依次以贬谪、政争、馆阁、科举四个话题为讨论中心,既是对理宗朝诗坛风貌的历时性描述,又是对晚宋士大夫文学的立体呈现。当然,这种阶段的划分与主题的提取只是相对的,一个具体的诗人可能跨越多个时期、经历各类事件,其创作成果也并非依照这种划定规则地分布。通过上述论述,本文得出以来结论:

第一,理学对诗歌创作的影响并不拘于"击壤"一途,它通过对贬官者心态的调节,重塑贬谪文学的风貌。学术与典籍的亲近一定程度上恢复了元祐—江西诗风的"知识传统"。理学话语渗入士大夫的群体性创作,使馆阁酬唱风气从雍容闲雅走向严肃庄重。理学教育与科举教育的结合,培养了士人的文化素质与精神品性,是塑造宋末遗民风骨的重要因素。总之,理宗朝士大夫在创作中受到的理学影响是多层次的,这有助于修正文学史对"理学诗人"的单一化描述,显示出理学与文学的关系绝非机械决定或单纯排斥。

第二,官僚士大夫仍是晚宋诗坛的不可忽视的创作力量。通常的文学史叙述常以《江湖集》代表晚宋诗坛的最高风格,从江湖游士的活动推衍出文化下移或文学俗化的论断。但讲学、修史、著书、议政等事务仍由传统士大夫承担,由此产生的庙堂文学、馆阁诗歌、科举文化等,仍是理宗朝文化与文学活动不可缺少的环节。以政治事件而论,与济王事件相关的江湖诗祸常被用作衡量理宗朝诗坛走向的重要指标。但事实上,济王事件的影响贯穿理宗朝政坛的始终,由此引发的魏了翁等人的贬谪、端平士大夫的抗争、淳祐《四朝国史》事件等,对当事人的处世心态与创作风貌造成了深刻的影响,这些创作成果比江湖诗祸更具指标意义。从文化传承看,理宗朝有精英地方化的趋势,但并不等于精英的江湖化,地方学校与书院教育造就了一大批科举士大夫，他们在维系家族与地域文化的同时，也进入主流官僚体系，活跃于庙堂内外，成为理宗朝精英文化的主要传承者。从这个角度看，科举士大夫或曰官僚士大夫阶层的角色依然重要，他们的诗歌创作不应被《江湖》诸集遮蔽。

第三，从风格上看，士大夫的创作实绩显示出晚宋诗坛并非"理学"与"江湖"或曰"江西"与"晚唐"的二元对立。理学系列的心学分支反对"琐碎"功夫，倡导"真诗"、破除"理障"，使士大夫创作能够从"明义理、切世用"、语录讲义的约束中解脱出来，形成流畅清隽的诗风。可见对"击壤派"的反拨，并非都是由下层的江湖游士来承担。另外，反思"晚唐体"、提振格力的实践在理宗朝士大夫当中一直存在，但对"晚唐"的反拨并不意味着回归"江西"，也不是依违于晚唐与江西之间，如端平士大夫的雄豪磊落，更接近庆历"新变派"的诗风。此外，所谓"遗民诗人"的风格也并不局限于沉雄悲壮，他们还有宽旷精深的一面。这些都显示出理宗朝士大夫的多样化创作风貌，有助于修正论者对此时诗坛的平面化描述。

第三章
空间与景观：地方文人的诗歌创作

吴子良在为戴复古诗集作序时写道："所唱酬谂订，或道义之师，或文词之宗，或勋庸之杰，或表著郡邑之英，或山林井巷之秀，或耕钓酒侠之遗，凡以诗为师友者，何啻数十百人！"① 这显现出戴复古交游的广泛，更折射出理宗朝诗坛创作队伍的多样性。如果粗略地划分，"道义之师""文词之宗""勋庸之杰"大概指向前文论述的官僚士大夫阶层，"郡邑之英""山林井巷之秀""耕钓酒侠之遗"则对应接下来探讨的地方文人和江湖游士群体。尽管地方文人的影响常是小范围、区域性的，但在传承前辈诗学传统方面具有较强的稳定性，有时会秉持精英立场对诗歌技巧进行一些总结性、普及性的工作。在宋史研究领域，"精英地方化""地域社会""基层社会""中间层"等一直是热点话题，南渡以后地方士绅的角色和贡献备受关注。我们探讨的"地方文人"，虽不完全等同于社会史意义上的"地方士绅"(Local Gentry)、"绅士"(Gentleman)或"地方精英"(Local elites)，但却体现出一些显著特征：活动范围的地方性、交际圈层的地域性、书写题材的乡土性、文化立场的精英性等。

地方文人的兴起是南渡以来地理格局变动与士阶层分化的共同产物②。"地方"首先是一个空间概念，意味着文人群体按照行政区

---

① 吴子良《石屏诗后集序》，《石屏诗集》卷首，明弘治马金刻本。
② 参见侯体健《国家变局与晚宋文坛新动向》，《华南师范大学学报》（社会科学版）2012 年第 1 期。

域分布,相对独立、自成一体。"地方"又是身份和等级的指针,表示远离权力中心,影响范围有限。"地方"还有稳定的含义,所谓安土重迁,与游宦、游谒、游方相对立。从组成情况看,地方文人包括这样几类群体:首先是奉祠家居、弃官闲居或致仕退居的官僚士大夫。他们没有具体的政务职事,凭借文化才能在地方乡里拥有固定持续的影响力。南宋中后期这类文人逐渐增多,如韩淲、赵蕃、刘宰、方岳、刘克庄等都拥有长期乡居的经历,在各地的文化事务中具备一定的号召力。其次是通过荫补入仕的基层官吏,他们一生都在家乡和附近州县担任闲职,创作活动仅限于地方文化圈。例如江西南丰诗人邓有功(1210—1279),以恩荫入官,在邻近的抚州金溪任属官,交游圈主要以南丰为中心。再次是未入仕途的乡间处士,或在学馆书院谋一教职,或长期隐居。曹豳在为薛师石《瓜庐集》作跋时指出"其(永嘉四灵)或仕或客,未免与世接,犹未纯乎淡也。若瓜庐则终身隐约不求人知"[1],明确指出了薛师石的隐士身份,既非官僚士大夫(仕),又非江湖游士(客)。当然,以个人而论,地方文人的身份并非固定不变,它可通过中举或退居的方式与官僚士大夫相互转换,也可通过游走或归乡的方式与江湖游士相互转换;对经历复杂的人来说,它可以是一种阶段性的身份。以群体而论,地方文人组织的诗歌酬唱或文学集会,有时也会包括地方官、江湖游士、僧道等。以创作题材而论,地方文人阶层的兴起引领了南宋诗坛的一种整体走向,如陈广宏所言,"他们的身份、处境,也决定了以山林幽栖、江湖游谒为代表的新的生活情态,成为诗歌的主要表现对象"[2],他们侧重对乡土风物的书写、对个人生活空间的呈现、对闲适情怀的抒发。

---

[1] 曹豳《瓜庐集跋》,《瓜庐诗》卷末,《南宋群贤小集》本。
[2] 陈广宏《闽诗传统的生成——明代福建地域文学的一种历史省察》,上海古籍出版社,2018年,第42页。

第一节　晚宋永嘉诗人对"四灵"
　　　　　诗风的传承

在宋诗史上，"永嘉四灵"推崇贾岛、姚合，反拨江西诗风的事实已为人所熟知，"四灵"诗风与永嘉自然环境、历史传统、学术风气的关系也引起研究者的重视。例如，赵平从永嘉诗歌渊源出发论述了温州本土诗人群体"苦吟体物、精秀清圆"的特征①。钱志熙围绕皇祐"三先生"、元丰太学"九先生"、王十朋、薛季宣、陈傅良、叶适等，梳理了两宋时期温州士大夫文化与诗歌创作的关系，呈现了"四灵"诗风的发展基础②。王水照、熊海英论及"永嘉地域文学的繁荣"时，从永嘉学派的源流谈起，突出四灵诗风兴起的地域背景，强调其"专写本地山水美景与闲逸生活情趣"的地域色彩③。我们在此基础上向后延伸，考察"四灵"之后永嘉诗风的发展变化。

一、薛师石"文会"与永嘉诗人的风格异同

论及晚宋的永嘉地域诗人，薛师石具有承前启后的作用。一方面，他与"四灵"有密切交往，赵师秀的著名诗句"野水多于地，春山半是云"即为薛师石而作。从生活年代看，"四灵"当中徐照卒于嘉定四年（1211），徐玑卒于嘉定七年（1214），赵师秀卒于嘉定十二年（1219），大都在宁宗朝去世，所谓"今四灵丧其三矣，冢钜沦没，纷唱迭吟，无复第叙"④。薛师石卒于绍定元年（1228），活到了理宗朝。薛

---

① 赵平《南宋诗人群体的兴起与温州本土诗风的传承》，《温州师范学院学报》（哲学社会科学版）2005年第3期；另见氏著《永嘉四灵诗派研究》，浙江大学出版社，2006年。
② 钱志熙《试论"四灵"诗风与宋代温州地域文化的关系》，《文学遗产》2007年第2期。
③ 王水照、熊海英《南宋文学史》，人民出版社，2009年，第224—226页。
④ 刘公纯、王孝鱼、李哲夫点校《叶适集》卷二九《题刘潜夫南岳诗稿》，中华书局，2010年，第611页。

师石去世后,永嘉人戴栩、王绰为其作祭文和墓志铭。薛师石之子搜集《瓜庐诗集》付梓,为其题跋的有永嘉人曹豳、赵汝回、赵希迈、刘植和黄岩人王汶等。题跋时间明确的有嘉熙元年(1237)和淳祐六年(1246)两篇。可见在"四灵"、薛师石去世后,理宗朝仍活跃着大批永嘉文人。据王绰《薛瓜庐墓志铭》所载:

> 永嘉之作唐诗者首四灵,继灵之后,则有刘咏道、戴文子、张直翁、潘幼明、赵几道、刘成道、卢次夔、赵叔鲁、赵端行、陈叔方者作。而鼓舞倡率,从容指论,则又有瓜庐隐君薛景石者焉。诸家嗜吟如啖炙,每有文会,景石必高下品评之,曰:"某章贤于某若干,某句未圆,某字未安。"诸家首肯而意惬,退复竞劝,语不到惊人不止。然景石不但工于诗,而其小楷初授法于单炳文,日经月纬,已忽超诣,识者叹其得昔人用笔之意。盖诗自建安以来,体制屡变,至开元、元和而后极工。书由魏、晋而下,法度渐失,迨欧、虞、褚、薛而迄不可复。景石着句必于郊、岛之间,落笔期于钟、王之次,诗寖逼唐人,而书不止于唐人焉,斯亦奇已。继诸家后,又有徐太古、陈居端、胡象德、高竹友之伦,风流相沿,用意益笃,永嘉视昔之江西几似矣,岂不盛哉。①

从王绰的记载中可见,"四灵"之后永嘉诗人代代相传,戴文子、赵几道、赵端行即上面提到的戴栩、赵汝回、赵希迈。在他们当中,薛师石的"文会"发挥了组织联络作用。关于"文会"的具体情况,研究者梳理了一些材料②,我们无法还原更完整的图景,仅摘录部分诗题以见端倪。例如,戴栩《送翁灵舒赴越帅分韵得欲字》、赵希迈《吴中中秋

---

① 薛师石《瓜庐诗》附录,《南宋群贤小集》本。
② 参见赵平《永嘉四灵诗派研究》第十二章《师友唱和考》,浙江大学出版社,2006年,第180—199页。

怀瓜庐诸友》、刘桢《看梅呈同游东阁清源》等呈现出诗人群体的集会游览与相互寄赠。而薛师石《送文子监草料场》、赵汝回《送刘成道旅游》、刘桢《喜曹东畎迁大理寺簿》、薛嵎《送刘荆山》等则涉及薛师石、戴栩、赵汝回、刘桢、曹豳、薛嵎等人之间的交往。

从诗歌技巧看，薛师石汇聚"嗜吟"的"诸家"，在品评修改中追求形式的工稳，所谓"句圆""字安"，继承了"四灵"对声律和谐、结构整饬的推崇。从风格上看，景石着句"必于郊、岛之间"既传承了"四灵"模仿贾岛、姚合的路数，又有所改变，试图向"开元、元和"之风靠拢。赵汝回《瓜庐诗序》也指出薛师石"间谓四灵君为姚、贾，吾于陶、谢、韦、杜何如也""日为文会，论切阖析，恐不人人陶、谢、韦、杜也"①。这体现出薛师石取法对象的多样性。四库馆臣评价薛师石诗作曰："今观其诗，语多本色，不似四灵以尖新字句为工，所谓'夷镂为素'者，殆于近之。至于边幅太窄、兴象太近，则与四灵同一门径。所谓'融狭为广'者，殊未见其然。盖才地视四人稍弱，而耕钓优游，以诗自适，意思萧散，不似四灵之一字一句刻意苦吟。故所就大同而小异也。"②此处"夷镂为素"与"融狭为广"出自赵汝回所作诗序，四库馆臣据此辨析了薛师石与"四灵"诗风的差异。所谓"大同"，侧重两者在描写山水景象和生活逸趣方面的一致性；所谓"小异"，指的是薛师石以"闲吟"代替"苦吟"，字句的雕琢痕迹不如"四灵"那样明显。薛氏现存诗作大致以清空淡雅为主，如《渔家》："小舟轻似叶，曾不畏风涛。自说磻溪好，翻疑钓濑高。晚来鱼换酒，归去子持篙。定是逃名者，时闻歌楚骚。"全诗明快晓畅，与赵师秀"楼钟晴听响，池水夜观深"(《冷泉夜坐》)、翁卷"岚蒸空寺坏，雪压小庵清"(《石门庵》)③那样的"浮声切响"相比，确实要清淡得多。又比如同是吟咏瓜庐，徐玑《题

---

① 薛师石《瓜庐诗》附录，《南宋群贤小集》本。
② 永瑢等《四库全书总目》卷一六二，中华书局，1965年，第1390页。
③ 本节所引用"四灵"诗均出自赵平校点《永嘉四灵诗集》，浙江大学出版社，2010年。

薛景石瓜庐》"隔沼嘉蔬洁,侵畦异草香",下字颇见锤炼之功;赵师秀《薛氏瓜庐》"野水多于地,春山半是云",化用姚合《送宋慎言》"驿路多连水,州城半在云"之句。而薛师石自题《瓜庐》"疏壤延瓜蔓,深锄去草根"则显得更加闲适平易。

同样,四库馆臣在评价戴栩《浣川集》诗歌时也秉持"同源异流"的评价:"栩与徐照、徐玑、翁卷、赵紫芝等同里,故其诗派去四灵为近。然其命词琢句、多以镂刻为工,与四灵之专主清瘦者,气格稍殊。盖同源异流、各得其性之所近。"①与薛师石相比,戴栩在命词琢句上的"镂刻"之功更接近"四灵"。钱锺书《宋诗选注》曾举例说明"四灵"诗歌开头两句常常"死扣题目",类似时文的"破题",如徐玑《送赵灵秀赴筠州幕予亦将之湖外》"郡以竹为名,因知此地清"点破"筠州"之义;翁卷《题常州独孤桧》"此桧何时种,相传是独孤"、赵师秀《桃花寺》"旧有桃花树,人呼寺故云"等亦类似②。我们在戴栩诗中亦能找到这样的例子。如《题石龙》"嵌崖双合处,罅石隐龙形",起首一联紧扣"石龙"之义;《白鹤寺作》"子晋昔游处,平台片石成。寺名犹记鹤,松响却疑笙",第二联点明"鹤"与"寺"。这些都显示出戴栩与"四灵"的"同源"关系。

此外,四库馆臣论薛嵎《云泉诗》云:"嵎之所作,皆出入四灵之间,不免局于门户。然尚永嘉之初派、非永嘉之末派。"③薛嵎亦是永嘉人,生活年代稍晚,四十多岁时考中宝祐四年(1256)进士,与文天祥等人成为同年。在此之前,他的《云泉诗》已编印,曾为薛师石诗集作序的赵汝回在淳祐九年(1249)也为薛嵎作序:"永嘉自四灵为唐诗一时,水心首见赏异。四人之体略同,而道晖、紫芝,其山林、闺阁之气各不能揜。云泉薛君仲止以诗名于时,本用唐体,而物与理称,更

---

① 永瑢等《四库全书总目》卷一六二,中华书局,1965年,第1395页。
② 钱锺书《宋诗选注》,人民文学出版社,1982年,第248—249页。
③ 永瑢等《四库全书总目》卷一六五,中华书局,1965年,第1410页。

成一家。"①在传承"唐体"的风格上,薛嵎与"四灵"一脉相承。他在诗中亦表达过对"四灵"的敬意:"四灵殁后谁知己,惟有清香满旧枝。头白山僧犹爱客,为曾亲见老师时。"②徐照有《道书记房老梅》,翁卷有《道上人房老梅》,徐玑有《题方上人房古梅》。薛嵎此处拜访的头白山僧"登上人"正是道、方二僧的弟子,通过对古梅的吟咏,对僧人师徒渊源的叙述,薛氏流露出对"前辈之风"的景仰。钱锺书《容安馆札记》评薛嵎曰:"学四灵而益酸鄙。如《秋夜宋希仁同吟松风阁有感》云'瘦得吟肩耸过颐',《冬日杂言》云'冻得形模龟样缩',他如《悼张寺丞》云'夫人扶病秋窗下,深夜看经带哭声',《渔村杂句》云'絮帽蒙头霜月下,水村深夜看梅花',以此为清为切,真恶道也!"③可见薛嵎在模仿"四灵"诗风的过程中,将清瘦变为酸寒,用语未免鄙俗,这是他"同源"而"异流"之处。

二、永嘉山水与诗人的地方书写

如前所述,永嘉四灵侧重描写本地山水风景与生活情趣,在他们之后,诗人更加注重对地域风光的呈现。南宋后期温州经济富庶,商业发展,都市生活的丰富让市民社会逐渐成型,永嘉南戏便孕育于这样的环境中。戴栩创作于端平年间的《江山胜概楼记》描述了永嘉的繁华:

> 然《晋志》永嘉属临海,合三郡户不满二万,今较以一县,何翅倍蓰!计其当时荒凉寂寞,翳为草莽之区,与今之廛肆派列、

---

① 赵汝回《云泉诗序》,薛嵎《云泉诗》卷首,汲古阁影抄《南宋六十家小集》本。
② 薛嵎《普觉院登上人房老梅擅名滋久,昔四灵与其先师道公、方公游,赋咏盈纸,距今三世矣。余每至其所,辄徘徊不忍去,登外对坐不倦,有前辈之风。槐逐弟拉同游者赋诗,因用其韵,俾登临之,庶不愧昔日尔》其二,《云泉诗》,汲古阁影抄《南宋六十家小集》本。本节引用的薛嵎诗均出自此本。
③ 《钱锺书手稿集·容安馆札记》卷二第四百四十六则,商务印书馆,2003 年,第 1023 页。

阛阓队分者,迥不侔矣。以故市声澒洞彻子夜,晨钟未歇,人与鸟鹊偕起。楼跨大逵,自南城直永宁桥,最为穰富,俗以双门目之,而罕以谢称也。独郡有大宴会,守与宾为别席更衣之地。酒三行登车,迎导殿诃,回集府治,往往快里陌观瞻而已①。

与晋代相比,南宋永嘉的城市规模大幅拓展,店铺林立,商业繁荣,地方官宴游与市民生活颇为丰富。根据戴栩的记载,永嘉城内"摭其胜地则容城、雁池、甘泉、百里是已",这常常见诸"四灵"笔端。如徐照《移家雁池》:"不向山中住,城中住此身。家贫儿废学,寺近佛为邻。雪长官河水,鸿惊钓渚春。夜来游岳梦,重见日东人。"虽在城中,仍保持清幽心境。翁卷亦有《雁池作》:"包家门外柳垂垂,摇荡春风满雁池。为是城中最佳处,每经过此立多时。"春风、垂柳加上官河,在翁卷看来正是城中风景最佳处。"四灵"游览之地常常为后来人带来重游追忆的契机,如赵希迈《南台徐灵晖徐灵渊皆有作》:"山峭石台平,天低可摘星。岸回分水势,城缺见州形。晓树来孤鹤,春吟忆二灵。客行贪访古,柳下一舟停。"赵希迈在描述南台山形水势时表达了对二徐的追忆。"岸回分水势"令人想起"河分冈势断"的名句。除此之外,离永嘉城不远的仙岩山亦是诗人们时常游览之地。刘植《重游仙岩观瀑》"四山云雾重,况复值梅天""仙者路安在,翠萝青霭边"描写梅雨季节仙岩瀑布的云气与水流。薛嵎《题仙岩玉桂花》"风过乍疑吹佩响,日笼还似点酥凝"刻画出玉桂花的丰富姿态。

值得一提是薛嵎游览雁荡山的系列诗作。雁荡山在宋代逐渐受到文人的关注,如王十朋所言,"诺矩罗居震旦东南,山名雁宕,最为造物所惜,秘于万古而显于本朝"②。北宋章望之有《雁荡山记》,沈括

---

① 戴栩《浣川集》卷五,《景印文渊阁四库全书》第1176册,第719页。
② 王十朋《雁宕山寿圣白岩院记》,《梅溪后集》卷二六,《景印文渊阁四库全书》第1151册,第581页。

《梦溪笔谈》卷二四亦曾记载山势分布。相比之下,吟咏雁荡山的诗作较少,宋初诗僧释希昼《送信南归雁荡山》为送人归山,赵鼎臣《雁荡山中逢雨戏成诗》"身是江南趋走吏,暂来能得几多闲"亦是匆匆过客。当时有《雁荡山图》流传,苏轼"此生的有寻山分,已觉温台落手中""东海独来看出日,石桥先去踏长虹"表达了虽不能往而颇为歆羡之情。南宋文人对雁荡山地形与景观的认识逐渐细化。薛季宣《雁荡山赋》详细勾勒了沿革、轶事、物产、庵寺、峰峦、泉瀑等。吟咏雁荡山的诗作数量渐增,特别是温州籍文人多有游览的经历。王十朋有《出雁山》《过雁山》《度雁山》诸作,同时《再过雁山三绝》以组诗形式分别题咏大龙湫、天柱峰、天聪洞三景。这种形式在南宋后期不断丰富,徐照有《游雁荡山》八首,薛嵎则有《雁山纪游七首》与《重游雁山分得六题》,对雁荡山水景致的吟咏逐步细化。

徐照《游雁荡山》八首分别为《寿昌道中》《能仁寺》《大龙湫瀑布》《灵岩》《灵峰》《石门庵》《宝冠寺》《赠东庵约公》,薛嵎《雁山纪游七首》为《寿昌寺》《能仁寺》《大龙湫》《灵岩寺》《净明寺》《灵峰寺》《宝冠灵云二寺》,从命题和内容上看,薛嵎有明显模仿徐照的痕迹。如前所述,薛嵎吟咏的普觉院古梅,正是"四灵"游览和观赏过的故地旧物,因而发出了"四灵殁后谁知己,惟有清香满旧枝"的感叹。此处薛氏的雁山纪游亦有相似心境。雁荡山景观的发现离不开僧人的努力,如王十朋所述:"山中绝境皆庐于佛子,开辟经营,必其徒之有道力者驱龙蛇虎豹魑魅魍魉而有之,权舆数椽,侵寻万柱。如全了之庵于芙蓉,今为能仁;行亮谷于安禅,今为灵岩;文吉庵于碧霄,今为灵峰是也。山之内外招提,无虑二十余所,问其经始与废而复兴,无非有道力者焉。"[1]因此雁荡山的游览重点是佛寺,重在游人与山僧的

---

[1] 王十朋《雁宕山寿圣白岩院记》,《梅溪后集》卷二六,《景印文渊阁四库全书》第1151册,第581页。

交往。

徐照系列诗歌采取了"山景+僧居"的叙述模式,既有"圆石蚝黏满,平涂鹭立寒"之类的清幽意境,又有"客喜逢煎茗,童寒免灌蔬"这样的庵堂生活。而在薛嵎笔下,山水之景与佛境的交融更为融洽,如其诗中所写"古佛青山自结邻",或以清净化解险峻山水带来的心理冲击,或在自然物象中寻找佛性。例如《灵岩寺》:"千岩崚骨露,随怪各生形。目力到天尽,心旌倚佛宁。夜钟传谷杳,石气逼灯青。崖腹猕猴住,多年性亦灵。"前四句从瑰怪变幻的岩石景象回归禅定的宁静,后四句在青灯与夜钟的启迪下,寻找山崖猕猴的慧根,暗扣"灵岩"之义。又比如《大龙湫》:"深冬雷未蛰,雨雹半空飞。久立怪生眼,回看日变晖。万松声不出,尺蠖蠢犹威。僧说分流阔,长年无旱饥。"前三联都在描述云雨迷蒙的奇景。据沈括《梦溪笔谈》记载,"按西域书:阿罗汉诺矩罗居震旦东南大海际雁荡山芙蓉峰龙湫。唐僧贯休为诺矩罗赞,有'雁荡经行云漠漠,龙湫宴坐雨濛濛'之句"①。罗汉显现神通的奇异场景,最后被僧人引水分流、泽被众生的事迹所化解。

在雁荡山书写中,迷失与发现是一个隐含主题。薛季宣《雁荡山赋》"过胡公之栖宅,遵灵运之迷途",谢灵运游山而返的故事时常被提起。徐照《游雁荡山·灵岩》只说"古时山未显,谢守只空还",薛嵎《雁山纪游·灵峰寺》则是极力渲染这种迷失的境界:"神功开地秘,怪石尽为峰。佛界虚空造,龙居十二重。睛瞳随境役,蟾兔及秋逢。却忆谢灵运,岭头迷去踪。"怪石嶙峋、鬼斧神工,山色好似虚空法界随生随灭,唯有澄澈月光能够指引方向,要超越岭头迷踪,只能不断洞穿与开悟。关于雁荡山还有一个"一生看不足"的故事。据《娱书堂诗话》记载:

---

① 沈括撰、金良年点校《梦溪笔谈》卷二四,中华书局,2015年,第230页。

> 昔有沙门游永嘉雁荡，欲赋未就。遇负薪老人倚杖而叹，问曰："何叹？"曰："一生看不足。"遂得句云："四海名山曾在目，就中此境难图录。岩前撞见白头翁，自道一生看不足。"①

负薪白头翁穷尽一生去发现雁荡山的风貌，这层含义也被文人多次演绎。薛季宣"看之不足，此樵翁为之浩叹者也"（《雁荡山赋》）借此赞叹雁荡山的多样景色。楼钥"要识雁山真面目，直须霜后一来游"（《入雁山过双峰》）则突出审美过程中的践履精神。宋人对雁荡山的绘图、记载、书写，就是一个不断认识对象、捕捉美感的过程。薛季宣《雁荡山赋》序云：

> 走家东瓯，有祠祭田在雁荡山下，行年三十，而未之到。隆兴初赴调，因取途焉。爱其岩谷秀异，无虞无录，莫之能名，念其山水奇甲天下，而未有文赋，欲赋之未可也。归得建炎间郡丞谢君升俊山图石本，字多漫灭。已而得乐清洪丞藏所镌新图并赋。岁正月望，始得皇祐校书郎章君望之山记，又假旧图于叶氏以补图缺，于是图籍大备。顾皆叙次疏阔，洪赋工矣，而犹有未尽，故为集略成赋。得而覆瓿，诚何望于左思；掷地有声，信多惭于孙绰。聊依准实，寄意山泉云尔。②

从皇祐章望之"山记"到建炎谢升俊石本"山图"，再到洪氏新图，这是图籍的逐渐完备。从洪氏赋到薛氏赋，这是"叙次"的日渐清晰与声韵的愈加和谐。"就中此境难图录"在此过程中不断被回答和超越。到了薛嵎笔下，负薪白头翁的感叹继续被回答。《重游雁山分得六

---

① 丁福保辑《历代诗话续编》卷上，中华书局，2006 年，第 493 页。
② 薛季宣《浪语集》卷三，《景印文渊阁四库全书》第 1159 册，第 160 页。

题》其六《五老峰》:"岩前看不足,化此石为身。忆昔白头者,于中第几人。相逢应失笑,久立岂迷津。勿厌薜萝密,痴容免俗嗔。"对于"一生看不足"的感叹,是化身为石、不惧"俗嗔"的执着。超越"迷津"的路径,正是"久立"、久看、久悟的实践精神。这在薛峿和众多永嘉文人不断发现、持续书写的过程中得到集中体现。

第二节　闲暇与徽州诗人唱和

地方文人远离权力中心,没有官事的羁绊,闲暇是其日常生活的常态。闲居地是一个自足的生活空间,是文人们安顿身心的家园。身处闲居状态的人,有足够的精力来陶冶性情,从事审美活动。《荀子·解蔽》云:"是以辟耳目之欲,而远蚊虻之声,闲居静思则通。"[①]闲暇为自我净化、提高精神境界提供了必要保证,闲者的形象,通常就是抱道自居、高风绝尘。与"静思"紧密联系的是"笃学",闲居亦促成学识的精进,北宋欧阳修、苏辙退居期间在经学、金石学等方面都收获显著。闲暇更是文学艺术创作的绝佳时机。北宋仁宗朝西京幕府文学创作的兴盛,就是因为幕主钱惟演为下属提供了必要的自由空间。对于官僚士大夫而言,一方面有流连风雅的闲情逸致,一方面又有"正梦寐中行十里,不言语处吃三杯"的辛劳。与之相比,稳居乡间的地方文人有更多时间游心翰墨、吟诗酬唱和切磋技艺。

一、栖身与处顺:闲居者的时空环境

闲居为地方文人带来日常化的生活空间,田园农事、岁时节序、文房书斋、庭植院卉、饮食赏玩等成为他们常见的创作题材。在生活常态的书写与闲情逸兴的排遣中,诗人构筑了一个独立自足的时空

[①] 王先谦《荀子集解》,中华书局,1988年,第403页。

环境,他们栖身于此,在悠游自得中获得人生的解脱。如刘宰自言:"隐几觉来,杖藜独往,或从田家瓦盆之饮,或和渔父沧浪之唱,顾盼而花鸟呈技,言笑而川谷传响,宾送日月,从容天壤。"①从题材上看,里居环境和岁时节序的吟咏是南宋闲居诗最常见的内容。

戴复古寄赵蕃诗云"时兮不可为,昌父乃在山"(《寄章泉先生赵昌父》),"山居"环境的书写是赵蕃"享有闲暇"的显著体现。山居诗本是僧人清修乐道的吟咏,而地方文人之"山居",更多的是在自我构筑的生活空间中闲居安处。杨万里有《题赵昌父山居八咏》,赵蕃将其日常生活中的厅堂馆轩分别命名,构成八处景观。他在一首诗题中交代了命名的缘由:"'晏斋'余自名也,故常以榜自随,乃以名厅事之东。偏厅之后旧有一室,面对竹,余山居富此物,亦以'竹隐'名。对此竹而有思于山中,故以'思隐'名之。'思隐'之东又辟屋丈许,连以为斋,乞名于张君伯永,为名曰'容斋'。"②此外还有"霞牖""倚云亭""已矣轩"等。从这些处所的命名看,一类是物理空间的诗意化,如"霞""倚云"等;一类是景观建筑的人文化,如将轩亭赋予"已矣""思隐"之意涵,彰显了诗人通过与尘世俗物的隔绝实现日常生活审美化的愿望。从内容上看,这些组诗有的偏于情理的言说,有的侧重景观的描摹,总体上是闲适意境的营造。

除了生活空间的呈现,诗人在岁时节序的吟咏亦是闲居状态的明显标志。在前述士大夫的贬谪诗歌中,魏了翁和洪咨夔亦存在不少这方面的作品,但他们或流露出虚度生命的悲忧,或隐含了冷眼旁观的立场,都无法达到地方文人的"天地自由人"的心境。正如刘宰的夏日吟咏,"水边舟子竞招招,陌上车尘晚更嚣。只有幽人无个事,藕花深处弄轻桡"(《乙酉夏述怀二绝》其一),时间的流逝与季节的变

---

① 刘宰《书印纸后》,《漫塘集》卷二四,《景印文渊阁四库全书》第1170册,第613—614页。
② 赵蕃《淳熙稿》卷二〇《题圆通院》,《景印文渊阁四库全书》第1155册,第316页。

迁给他们带来的不是黄州东坡"幽人"那样的压抑感和孤寂感,而是藕花深处的幽人所享受的闲暇自适。

在闲居生活的时空书写方面,方岳的一系列诗作具有代表性。方岳一生闲居家乡徽州祁门的时间较长,包括绍定五年(1232)到端平元年(1234)因丁母忧居家,嘉熙三年(1239)到淳祐元年(1241)因丁父忧居家,淳祐二年(1242)到淳祐五年(1245)闲居,宝祐元年(1253)至宝祐四年(1256)闲居,景定元年(1260)到三年(1262)奉祠家居至去世。在此期间,方岳与祁门地方官联系密切,在书信中多次答谢对方的资助,如《答黄宰》:"爱棠阴老氓,种种过厚。岁除之饩既赐矣,孟光守舍,颇闻闺淑;抚存两顽,何等牧牛童,亦许延致。"①又如《与赵宰》:"一蓬高卧,君侯赐也;而又酒壶船头,米囊船尾,七日至在所,不至弹铗叹行路之难,感当何如。"②时间的相对充裕,生活条件的相对稳定,让方岳有条件创作更多闲居作品。他有五绝《山居十六咏》、七绝《山居七咏》、五律《山居十首》,"荷蒉坞""归来馆""著图书所""锦巢""秋崖""省斋"等有序组合成一个自足的日常世界,诗人在此安顿身心,所谓"田园无事日,天地自由人"(《山居十首》其三)。以"归来馆"为例,"归来邃云出,既出又归来。自处苟如此,渊明安在哉"(《山居十六咏》其九)体现出方岳多次出仕与归乡的人生轨迹。因为史嵩之、丁大全、贾似道当政的缘故,在不断遭遇官场打击后,"归来馆"成为他安顿身心的理想场所。"后门穿过荷蒉坞,春草池塘一径苔。尽废秋田妨醉去,旋苫山馆号归来"(《归来馆成再用韵》),"绝口不谈当世事,掉头宁作太平民。春来春去棋声外,不管人间局面新"(《题归来馆》),在花草丰茂的怡人环境中,归来馆成为远离世事纷扰的诗意空间。同时,方岳又有《春日杂兴》组诗十五首,以及

---

① 方岳《秋崖集》卷二七,《景印文渊阁四库全书》第 1182 册,第 475 页。
② 方岳《秋崖集》卷二四,《景印文渊阁四库全书》第 1182 册,第 435—436 页。

《元日》《元日雨》《立春》《立春前一日雪》《人日》《元夕》《元夕雪用韵》《上元大雪重赋》等众多吟咏岁时节序的诗作。面对岁月的变迁,方岳表达的是"极知中岁难为别,未必明朝不是春"(《送春》)的旷达,"坎止流行一任他,年华其奈老夫何""屠苏只对梅花饮,茅屋竹篱春意多"(《元日》)的安然自得、无所挂碍。他为劳作的农夫感到欣喜,"老天咳唾何难事,瘦地耕鉏亦幸民"(《立春前一日雪》);亦享受赏春的乐趣,"无人共跨南山犊,便作寻花问柳看"(《立春》)。正如研究者所言,方岳"避官却不避俗、隐居却不孤独"[①],在并不单调的闲居生活中体现出安时处顺的心态。

此外,徽州休宁人吴锡畴(1215—1276)亦有闲居组诗《山中杂言》七首。吴锡畴三十岁放弃举子之业,活动范围在徽州一带,具有地方文人的典型特征,有《兰皋集》三卷传世。集末有淳祐九年(1249)徽州歙县人吕午所作跋文:

> 兰皋吴君元伦,以《吟编》三十首见示,予读之,如"荧光水上下,林影月高低""箪瓢自钟鼎,风月即勋名""草色迷幽径,禽声出晚山""高峰明落日,危石响幽泉",此五言之佳也。"轻薄杨花芳草岸,凄凉杜宇夕阳山",以咏晚春;"幽梦长随明月去,寸心难逐片云通",以和友人见寄;"清风千载梅花共,说着梅花便说君",以题林和靖墓。此七言之奇也。至《题友人幽居》《小槛》《秋窗》《九日》,与《渔父》《闻莺》等作,皆全篇有思致。以三十首之诗,而句妙已如此,他可概见已。[②]

吕午所举吴诗以清秀隽永见长,颇有晚唐风味。因此后来方回也认

---

① 许总《宋诗史》第六编第二章,重庆出版社,1992年,第837页。
② 吴锡畴《兰皋集》附录,《景印文渊阁四库全书》第1186册,第734页。

为吴锡畴之诗有贾岛之风,四库馆臣亦评曰:"盖其刻意清新、虽不免偶涉纤巧。而视宋季潦倒率易之作、则尚能生面别开。"①吕午此跋后来又被方岳看到,后者在宝祐二年(1254)所作跋文中指出:"余尝于何人卷中见左史公称'说着梅花定说君'之句,不知其竹洲后人也。意王恺之珊瑚扶疏二尺,美止此矣;比吴君过予崖下,出其宝,则高三四尺者六七株,如'燕未成家寒食雨,人如中酒落花风'者尚多也。"②方岳在吕午的基础上,又拈出吴锡畴《春日》诗中"寒食雨"与"落花风"的警联,因其通过暮春景物传达出惜春之幽情。方岳提到的"吴君过予崖下,出其宝"则体现出两人在祁门的交往情况。

论及吴锡畴的《山中杂言》七首,正如陆梦发序言所说,"读彻,至《山居杂言》,怃然曰:'浸近平淡矣'","兰皋嗜诗如嗜炙,世间利达事不入其心,予知君之进于诗未艾也"③。这七首诗从柴门写起,突出清幽环境:"小小柴门傍竹开,幽深不惯有人来。颇嫌老鹤无情思,啄损庭前一径苔。"(《山中杂言》其一)在这个依山而居的自足空间中,虽不乏鸡犬桑麻的人间烟火,但更有诗人遗世独立的超脱境界:"数家鸡犬小成村,一带冈峦近入门。怕有渔人来问讯,溪流那得截云根。"(《山中杂言》其三)这种超脱是不问世事的内心清净:"得失升沉是与非,纷纷世上局如棋。白云谷口横遮断,万事山中总不知。"(《山中杂言》其六)也有消除书籍困扰、返回农耕生活的悠闲自在:"谬有生涯类蠹鱼,萧然四壁一床书。儿曹未信儒冠误,犹事青灯废未锄。"(《山中杂言》其七)晚宋罗椅评《兰皋集》云:"《山居》之什、《虚谷》之什,暗而章、藏而显,郁而不积,怨而不瘁,糅今古,惜时日。"④罗氏从体与用得角度阐述了吴锡畴山居诗的理学内涵,并将其与朱熹诗歌进行了

---

① 永瑢等《四库全书总目》卷一六五,中华书局,1965年,第1410页。
② 吴锡畴《兰皋集》附录,《景印文渊阁四库全书》第1186册,第734页。
③ 吴锡畴《兰皋集》卷首,《景印文渊阁四库全书》第1186册,第720页。
④ 吴锡畴《兰皋集》附录,《景印文渊阁四库全书》第1186册,第735页。

比较。如果把理学看成一种对情感的节制和规范,那么此种抱道自居的生活状态,有助于我们理解诗人如何通过有节律的吟咏、有秩序的书写,建构栖身的日常空间。

二、方岳与吴锡畴的《山居十首》唱和

方岳与吴锡畴各有描写山居生活的组诗,同时又有同题次韵之作。吴锡畴诗题云《山居寂寥,与世如隔,是非不到,荣辱两忘,因忆秋崖工部尝教以"我爱山居好"十诗,追次其韵,聊写穷山之趣》。前引方岳为吴锡畴《兰皋集》所作题跋曾述及吴氏到"秋崖"拜访方岳、奉上诗作之事,此处诗题更显示出两人之间诗歌技艺的授受。方岳原诗题目为《山居十首》,是以"我爱山居好"为首句的十首五律。这十首诗呈现了山居生活的各个方面,各自在第二句的基础上展开,分别为"林梢一片晴""红稠处处花""闲吟树倚身""林霏晓未开""堆豗忽坐忘""跻攀缭暝烟""乾坤自一丘""新篁绿上竿""遥岑碧四围""畦蔬手自耘"。吴锡畴的十首次韵诗与之相似,均以"我爱山居好"开篇,在第二句的基础上深入,分别为"扶藜步晚晴""蔬畦间莳花""乾坤自在身""轩窗傍水开""陶然与世忘""崖云湿爨烟""枌榆老故丘""苍矶一钓竿""茶瓯困解围""田园在力耘"。

吴锡畴在次韵时有意在联句的相同位置模仿方岳的写法,同时又有所翻新。如第十首"文"韵尾联,方岳原诗"烦君谢通客,不用北山文",用孔稚圭《北山移文》之语;吴氏和诗"久惭呼处士,未必应星文",用东晋谢敷"处士星"之事,都是借用六朝典故指代当下的隐居状态。又如组诗第九首"微"韵:

我爱山居好,遥岑碧四围。云沉平钓石,草蔓亚樵扉。野水喧姑恶,春阴怨姊归。坐来还失笑,吾道是耶非。(方岳)

我爱山居好,茶瓯困解围。松边横藓石,柳下敞渔扉。细雨

唅喁出,斜阳觳觫归。交情殊贵贱,似觉故人非。(吴锡畴)

方岳在颈联用"姑恶"对"姊归",从陆游《春晚杂兴》"蒲深姑恶哭,树密姊归啼"而来,字面是"姑"对"姊",同时以禽言指代的鸟名相对,声律是平仄对仄平。而吴诗的颈联亦从陆游《舟中作》"断岸饮觳觫,清波跳唅喁"而来,"唅喁"代指鱼,"觳觫"代指牛,"唅喁"对"觳觫"是双声对叠韵。两联都刻意经营对仗的技法。再如组诗第四首"灰韵":

我爱山居好,林霏晓未开。龙蛇松薜荔,虎兕石莓苔。太古云犹在,常时雨亦来。暝岩眠处冷,不记到蓬莱。(方岳)
我爱山居好,轩窗傍水开。游鱼吹堕絮,闲鹤啄荒苔。有字人谁问,无租吏不来。寂寥门径侧,数尺长蒿莱。(吴锡畴)

方诗颔联采用意象叠加的方式,意谓状如龙蛇的古松上缠绕着薜荔,像虎兕一样奇形怪状的石头上长满了莓苔。龙、蛇、松、薜荔分别与虎、兕、石、莓苔相对,声调是平平平仄仄对仄仄仄平平,薜荔和莓苔又是叠韵相对。吴诗亦刻意锤炼颔联,只不过方式有别。表示状态的"游""堕""闲""荒"与表示动作的"吹""啄"都是特征鲜明的响字,令人想起韩驹"倦鹊绕枝翻冻影,征鸿摩月堕孤音"的名句。可见方、吴两人均在颔联上"费工夫"。

除了联句用典和对仗上的相似性,吴锡畴次韵时对方诗意涵进行了必要延伸和翻转。例如,吴诗将方诗围绕自然事物的描写延伸到人际活动。如组诗第二首"麻韵"尾联,方岳原诗为"无人共襟抱,烟雨话桑麻",独享田园生活的乐趣;吴氏和诗为"野人曾拜号,何用给黄麻",虽仍写山野隐居,但却用朝廷除拜封官的文书传递流程来进行反衬。又如组诗第四首"灰韵"颈联,方岳原诗为"太古云犹在,常时雨亦来",描写林中云雨萦绕的清幽环境;吴氏和诗为"有字人谁间,无租吏不来",同样是用催租吏的形象来反衬山居环境的清静。这些都是和诗对原诗描写内容的一种拓展。此外,还有诗歌主题的整体翻转,如组诗第六首"先韵":

  我爱山居好,跻攀缭暝烟。偃松低可坐,横石劣容眠。菊径重阳酒,梅花雪后天。一筇吾事足,与世自无缘。(方岳)
  我爱山居好,崖云湿爨烟。琴横双鹤舞,犁阁一牛眠。酒熟花开日,诗成雨霁天。逢场聊适意,总结喜欢缘。(吴锡畴)

方岳原诗描写了登山过程中随遇而安的惬意与遗世独立的安宁。但吴锡畴的境界更高一层,山居生活有云、雨、鹤、花的清幽,有琴、诗的高雅,有犁、牛的乡土气,也有炊爨的人间烟火。人生不必刻意与世隔绝,而是随缘应化、逢场自适,不强求、不固执,自由行走在尘世间。这是吴诗对方诗主题的深化和翻转。

  总之,方岳"教以'我爱山居好'十诗"的过程,既是与吴锡畴交流山居生活的多角度呈现方式,又提示他注意诗歌技巧的锤炼。对地方文人来说,足够的闲暇让诗歌酬唱更加显示出切磋与竞技的功能。除了上述组诗唱和外,还有"禁体物语"、反复次韵、百韵唱和等形式。方岳在与地方官酬唱时便经常展开竞技,如《次韵刘簿观雪用东坡聚星堂韵禁体物语》"江皋黯黯飞云叶,淅沥破窗鸣急雪。冻吟可但笔锋健,醒狂不觉屐齿折。留连急景聊从容,俯仰幻尘空变灭""风凝光眩眼欲花,酒带潮红脸生缬",从听觉、视觉、触觉、味觉等多个角度白战咏雪,不乏创变的诗思。同时,反复次韵亦是诗人们展示才学、相互竞技的重要方式。如方岳《次韵徐宰三雪》《再次韵因索纸笔》《三次韵答惠兰亭纸翠毫笔》是围绕"屋"韵与祁门县令徐拱展开的反复酬唱。在诗中方岳大量运用笔与纸的借代词:"管城子老免冠谢,久不中书三致祝。择交正自欠楮生,两穷相值声欷歔","吾生但识鼠须健，未省禽鱼堪汗牍。重绵十袭不敢吮，谁作猗那颂于穆"。借代词的使用，妙处在"不道破"，体现出逞才使学、以诗为戏的人文旨趣，这是对元祐—江西诗风的继承。此外，方岳跟徽州歙县人吴龙翰还有围绕杜甫夔府百韵的唱和。吴龙翰《古梅遗稿》卷六收录方岳五言排律《式贤和杜夔府百韵，过余秋崖下，大篇春容，笔力遒劲，于其归也，聊复效颦》，吴氏原诗不存。诗题"过余秋崖下"及吴龙翰《秋崖先生招饮荷葭坞席上赋诗》《庚申冬寿秋崖先生》《秋崖先生以红石见寄》等显示出两人的交往情况。所谓"大篇春容，笔力遒劲"体现出原唱者的才思，而方岳"聊复效颦"更隐含一种竞技意识。此诗既有闲居生活的书写，如"林壑黄昏外，衡门紫翠边。火耕今已老，云卧几何年。棋敛将残局，篙回兴尽船。画麟真已矣，骑犊适悠然"；又有对朝廷和军国大事的关心，如"哀痛丝纶诏，英雄将相权。旄头森似彗，骏骨诎如挛""老子今元亮，何人昔鲁连。三边今按甲，一饭许烹鲜。鄂渚骸平垒，荆州指掬舷。竟孤明月约，难染碧云笺"等。这些都体现出方岳在联句锤炼之外对长篇叙事抒怀的驾驭能力。

闲居使地方文人拥有充裕的精力来驾驭语言艺术，在竞技中不断翻新创作技巧，在创作中建构自足的精神家园。这种手法和态度，本是官僚士大夫在政事之余的舒缓与安顿，文字游戏与载道言志的诗学传统本是互补共存的，但随着官僚、学者、文人三位一体身份的分离，这种创作精神，自然容易被生活稳定而闲暇的阶层接受和喜好。在地方文人当中，像方岳这样由官归乡的士人具有临界特征，言志传统与游戏精神分别在他们不同的人生阶段凸显。从履职到闲居的过渡期，游戏精神具有舒缓作用，针对"言志"不顺或"言志"得祸的挫败感。但当闲居成为一种常态，文学与政事基本脱钩以后，"言志"传统逐渐被消解，诗歌的自足性由此显现。诗歌竞技的"游戏三昧"彰显出一种自由精神，足以安顿文人的身心，栖居于自足的文学天地。上述徽州文人的组诗唱和、百韵唱和、反复次韵等，一方面让诗人驰骋于声韵、典故、对仗等构成的语言艺术之中,另一方面对闲居环境的书写又是对日常生活空间的诗意建构,创作者娱情遣怀,在闲适中寄寓人生。

第三节 地域视野下的宋末元初江西盱江诗人群体

宋末元初江西盱江流域的南城与南丰存在一个地域诗人群体,活动时间上自宋宁宗嘉定、下讫元仁宗延祐,成员包括南城人黄文雷、利登、吴汝弌、余观复,南丰人赵崇嶓(1198—1255)、赵崇鐩、邓有功、谌祐(1213—1298)、赵必𤩊、刘镗、刘壎(1240—1319)等。这一诗人群体的活动情况散见于宋陈起江湖诸集、曾原一《选诗演义》、元刘壎《水云村泯稿》《隐居通议》等,整体面貌尚不明晰,尤其在宋元之际"江湖诗派""遗民诗人"的文学史叙事中,它作为江西地域文学的特性常常被遮蔽。他们以地缘和家族为纽带,承续北宋乡贤曾巩、李觏等人通经好古的习尚,兼受陆学影响,擅长古体创作,常围绕麻姑山等地域景观进行诗歌唱和,有相互的技艺探讨和诗法授受,呈现出鲜明的地域文学群体的特征。其历史面貌的还原有助于加深人们对宋末元初文坛状况的认识。

一、"吾盱有此前辈":刘壎的历史记忆与地域认同

元人吴澄《苍山曾氏诗评序》云:"宋末江右之能诗者,若章贡、若庐陵、若临川、若盱江、若清江,皆有人焉,所入所造虽殊,而各有可取。"[1]其中,盱江诗人主要活跃于江西东部盱江流域的南城与南丰。两地在南宋同属建昌军,南丰在元代虽从建昌路划出,但联系仍然紧

---

[1] 吴澄《吴文正集》卷二一,《景印文渊阁四库全书》第1197册,第228页。

密,"丰昔为县而隶建昌,今为州而邻建昌。建昌立万户府,丰则分立镇守千户所,其犹隶之云尔"①。刘壎《隐居通议》卷二二"盱江总评"之"盱江",即针对这两地的作家。以地缘为纽带的盱江诗人群体从宋嘉定年间登第的赵崇嶓(1198—1255)算起,到元延祐年间辞世的刘壎为止,活动时间持续近百年。他们的事迹与作品凭借"殿军"刘壎的记述而更加详尽。在展开追溯之前,刘壎作为地方士绅的文化角色有必要得到更明晰的呈现。

刘壎字起潜,号水云村人,南丰人,在宋季未获得功名,仅任地方幕职,入元后虽有担任学官,但官阶不高。刘壎后来被吴澄评为"南丰之彦",他更多地发挥了地方士绅的作用,在基层政治与文化事务上施加影响力。例如,宋咸淳四年(1268)盱江一代遭遇水灾,无法完成上交的粮食任务,刘壎出面联络建昌军籍的达官显宦联名上书,促成朝廷减免征粮份额。而在文化事务上,刘壎致力于乡邦文献的辑纂、宗族世系的梳理、公共文书的撰写、地方士风的引领等。如元大德年间刘壎协助郡守李彝编纂《南丰州志》,据程钜夫记载,"李侯彝由司宪事来为州,暇日得县志于煨烬之余,命乡友人刘君壎于已纪者订之,于未纪者增之,成《州志》十五卷"②。《水云村泯稿》现存刘壎为郡志各目类撰写的序言,其中元代"州官年表"与"前县官题名"分为两目,另有"前进士题名"一类,在追述前朝时,刘壎表达出传承斯文的明确意识,以文脉的延续超越政统的断裂。如《序前进士题名》云"南丰进士自曾密公始,三百年间登是选者,彬彬焉。世易科废,宜不必存而犹存之,为是邦存古云尔"③,在对先贤的景仰中焕发出整理乡邦文献的热情,即使"世易科废"也矢志不渝。又如《序前县官题名》曰:

---

① 刘壎《南丰郡志序目》,《水云村泯稿》卷五,清道光爱余堂刊本。
② 程钜夫《南丰县志序》,《南丰县志》卷首,清同治十年本。
③ 刘壎《南丰郡志序目》,《水云村泯稿》卷五,清道光爱余堂刊本。

而尤有难忘者焉,如经帅谢公逵之严察,尚书赵公以夫之儒雅,常博叶公梦得之镇静,二杨有兴弊起废之长,一陈有摧奸抶蠹之绩。而永嘉黄公佽孙之廉平爱民,天台陈公处久之清严肃物,又其近世杰出。盖宿儒故老耳目之所睹记,见于歌思而未忘者,法宜特书且示劝焉。①

刘壎用其擅长的骈文笔法追述了"近世"南丰县官的功德政绩,希望保存和传播他们的精神力量。他将纂成的地方志寄给前朝地方官的后人,共同缅怀先辈事迹。如刘壎寄书给"天台陈公"处久的子嗣:"一旦,忽以书还,具言尊公已仙,益为之凄怆不自已。又久之,乃克奉书自通于执事,而就以《郡志》所刊尊公题名及政绩呈纳,盖乙巳年事。"②陈处久在南丰任上与刘壎有交往,《郡志》因而更能反映当事者的鲜活印象与编纂者的切身体验。

除了编纂地方志,刘壎还特别注重对乡贤祠墓的营缮祭拜。据吴澄《墓表》记载:"曾文定公墓祭久废,典乡校日,率诸生以暮夜行礼如初。抑其心所尚友者耶?"③刘壎诗集中现存《乙未暮春率诸友祭曾文定公墓》,即他在学官任上所作,"俎豆春回修废典,佩衿云合礼前贤。此行莫作嬉游看,回首元丰重怆然",在祭祀曾巩的肃穆仪式中筑起面向前代衣冠文物的精神通道。这种情怀亦延及曾肇、曾布兄弟,在《拜内翰曾文昭公墓》诗中刘壎联想到远在丹徒的曾布遗骨,感叹"丞相松楸嗟独远,何时京口酹荒阡"。后来他还专门委托当地官员查访曾布墓地:

---

① 刘壎《南丰郡志序目》,《水云村泯稿》卷五,清道光爱余堂刊本。
② 刘壎《与丹徒陈教授书》,《水云村泯稿》卷九,清道光爱余堂刊本。
③ 吴澄《故延平路儒学教授南丰刘君墓表》,《吴文正集》卷七一,《景印文渊阁四库全书》第1197册,第688页。

南丰先生曾文定公有弟文肃公布，尝为右相，出判润州，既薨后，不复归里，留葬京口二百年矣。烦为博询葬何乡村，坟墓存否，其家子孙田宅犹有世守者否，敢望详报。如有后裔，宜与之言南丰先生位下子孙久已零散，有别位仅存其一，亦甚凄凉。惟累世坟墓、庵寺俨然无恙，岁时官为修祭不废也。南丰文集曰《元丰类稿》，郡守新刊甚整。①

刘壎在打听曾布坟冢的下落时，更希望将南丰曾氏的存续情况通报给京口的同族后代。总之，郡志的编纂、家族谱系的整理、祠墓的修祭与乡贤文集的刊刻，都体现出刘壎维护和传承地方文化的使命感，让它们不因政权更迭而中断。这种存续乡邦文献的情怀，集中体现在他对近世盱江文士事迹的述评上。南丰人陈宗礼官至参知政事，刘壎追忆其生平时特别指出："初南丰先生曾公以硕学鸿文师表一世，殁且一百年，易名礼缺，公宝祐立朝，因转对为穆陵言之，得谥文定，其后公薨，亦谥文定。异哉！"②陈宗礼对曾巩的尊奉引起刘壎的共鸣，两位"文定公"的文化传承更是值得彰表的乡土盛事。又如，与刘壎同乡同宗的刘揆曾于宝祐年间入朝担任史馆校勘，参与《中兴四朝国史》的编修，刘壎因此强调"南丰自曾文定公典元丰史事，越百七十余年而公继之，里人以为公荣，公不慊也"③，从史学方面突出刘揆在乡里的表率意义。地域文脉的传承是刘壎极为重视的，一方面是标举建昌军籍名官显宦的历史价值，一方面则是搜集保存地方文人的言谈笔墨，使之不致湮没无闻。在看到前辈文人赵崇嶓的奏稿时，刘壎"慨乡哲之益远，幸遗稿之仅存，直气棱棱，重我哽咽"④，在表达

---

① 刘壎《与丹徒陈教授书》，《水云村泯稿》卷九，清道光爱余堂刊本。
② 刘壎《隐居通议》卷九《诗歌》四《陈文定公诗句》，《丛书集成新编》第8册，台北新文丰出版公司，1985年，第413页。
③ 刘壎《宋太史刘公墓志铭》，《水云村泯稿》卷八，清道光爱余堂刊本。
④ 刘壎《赵宗丞奏稿跋》，《水云村泯稿》卷七，清道光爱余堂刊本。

斯人已逝的凄怆时，又为"乡哲"文墨的留存感到庆幸，为乡邦文化的丰饶而自豪。在读到南丰谌家三代人的诗稿后，刘壎感叹"吾州谌氏多诗人"，"岂非盛哉！"①缅怀先贤的情结、搜集文献的责任感与强烈的地域认同相互交织。在追忆傅幼安的古赋创作时他指出：

> 乃今思其人而不得见，因追寻其所作古赋一二，姑载于此，以备遗忘，且以示诸儿，使知吾盱有此前辈。②

睹文思人的情愫是刘壎面对乡贤残迹遗物时的一贯心态，"示诸儿"反映出他承续斯文的自觉意识，"吾盱"则是他地域情怀的明确体现。在刘壎笔下，"吾盱之有人""吾盱黄希声""吾乡前辈""吾州谌氏"等语词频繁出现。宋末元初盱江诗人的集体面相，正是在刘壎的这种记忆与情怀中显现出来。

二、结社与参诗：盱江诗人群体的构成

如前所述，盱江诗人群体的活动时间从宋嘉定末到元延祐间，大致可分为三代人。同代之间有诗社酬唱和诗法探讨，异代之间有家族传承与技艺授受，是一个渊源有自、联系密切地域文人群体。具体线索可在刘壎的论述中得到梳理：

> 吾盱以诗名者黄希声、黄伯厚、利履道、赵汉宗诸人。③
> 希声名文雷，自号看云……有《看云集》数十卷，尤长于诗，诗尤妙于长歌行。同时乡里以诗名者，碧涧利履道登、白云赵汉宗崇嶓俱为社友，然品格俱不及公。赣之宁都有苍山曾子实原

---

① 刘壎《济川吟稿跋》，《水云村泯稿》卷七，清道光爱余堂刊本。
② 刘壎《隐居通议》卷四《古赋》一《总评》，《丛书集成新编》第 8 册，第 395—396 页。
③ 刘壎《隐居通议》卷四《古赋》一《总评》，《丛书集成新编》第 8 册，第 395—396 页。

一、抚之临川有东林赵成叔崇崿,亦同时诗盟者也。

赵宗丞崇嶓,字汉宗,自号白云山人,居南丰,为人清俊洒落,富有文采,超然为宗籍冠。

吾乡前辈邓子大有功心事粹夷,诗材清婉……少举进士,累试礼部不中,以恩补迪功郎,为抚州金溪尉,得年七十以卒,后学尊称之曰月巢先生。①

月巢、云卧二先生俱昔江西诗伯也。月巢冲澹闲雅,云卧简洁清修,而诗各如其人焉。予生晚,犹幸获亲二吟翁,而月巢奖爱之尤深。②

以上诸人是宋末元初盱江诗人中年辈较长的一代,这是一个由盱江籍进士引领、以地方士人为主干的群体。其中赵崇嶓、利登、黄文雷拥有进士身份,官阶不高,活动范围除临安外,多在建昌军周边,三人"俱为社友",并与赣州诗人曾原一、抚州诗人赵崇崿有交往唱酬。周扬波《宋代士绅结社研究》曾将他们归纳为"黄文雷诗社",但未详细介绍。从生活年代看,赵崇嶓嘉定十六年(1223)二十六岁时登第,宝祐三年(1255)去世;利登淳祐元年(1241)中进士时年纪已大;黄文雷早岁中乡举,后登淳祐十年(1250)进士第,不久溺亡,因此其诗社的活动的时间主要在理宗朝。这一时期诗僧释文珦云"宏斋伊洛宗,白云风雅主。二公在斯世,光艳烛寰宇"(《赵白云宗丞以诗送惠柳下谒浙西宪使包宏斋命余同赋》),夸赞盱江籍的包恢和赵崇嶓一为理学宗师,一为诗坛盟主。这个"风雅主"的地位,与赵崇嶓、利登、黄文雷等"社友"的活动密切相关。除此之外,邓有功(月巢)、吴汝弌(云卧)、余观复、赵崇镃等人,或以荫补得官,或是乡间处士,活动范围以

---

① 刘壎《隐居通议》卷九《诗歌》四《黄希声古体》《赵白云诗》《邓月巢遗稿》,第412—414页。
② 刘壎《跋吴贯道所藏邓月巢与吴云卧书》,《水云村泯稿》卷七,清道光爱余堂刊本。

盱江流域为中心,年代与黄文雷等相近。利登《别游天台云卧往》、余观复《寄伯成》等诗题显示出诗人之间的交集。他们的作品多入选《江湖》诸集,部分人(如黄文雷)和陈起、戴复古有交往,因此通常被纳入江湖诗人群体①;但倘若从刘壎的记述出发,追踪他们的社会背景、活动空间和交往圈层,我们可以发现这一群体与典型的谒客游士有所区别,其地域性、乡土性更加明显。

如果把上述活跃于理宗朝的创作者视作盱江诗人群体的第一代,那么经历了王朝鼎革、入元后又生活过一段时间的谌祐(1213—1298)、赵必㟧、周从周、刘铠等可算第二代。他们受到过老一辈诗人的指点,又与刘壎有密切交往,起着承上启下的作用:

> 次山为白云翁名子,年甫十七登进士第,需次杜门,二十年不仕。博极群书,为诗文敏瞻而有风骨。

> 谌公祐,字自求,号桂舟。世居南丰之西,曰瞿邨。幼厌举子业,不求仕,专志古学,参诗于赣诗人苍山曾公原一,益之以学,遂青于蓝。②

> 乡先生谌公祐,诗名满江湖,而肥遁万山中,筑室三间,藏书千卷,窗明几净,将以逸老,扁之曰观空。

> 幸识桂舟翁,其与予讲评毛、郑《诗》,必上溯《江沱》《汝坟》,下逮《匪风》《下泉》,探索深旨,神情倾豁。

> 昔云舍、桂舟论诗时,仆尝得周旋其间。

---

① 赵崇嶓《白云小稿》、黄文雷《看云小集》、利登《骰稿》、赵崇鐩《鸥渚微吟》、吴汝弌《云卧诗集》、余观复《北窗诗稿》均见于《江湖小集》或《江湖后集》。张宏生《江湖诗派研究》(中华书局,1995年)138人名单中包含了上述诸人。内山精也《宋诗能否表现近世?》(《国学学刊》2010年第3期)将张氏名单按照地域进行了细分,其中江西的下层士大夫14人,非士大夫16人,赵崇嶓、余观复等人分属这两类。本节进一步缩小范围,突出江西地域诗人中的盱江特色。
② 分别见刘壎《隐居通议》卷九《诗歌》四《云舍赵公诗》,《丛书集成新编》第8册,第413页;卷八《诗歌》三《桂舟七言律撷》,第407页。

> 至元辛卯秋,予与故友易雪厓闲游南城乡,至欧桥,访小溪周文郁。(自注:名从周,淳祐丙午中乡举。)①
>
> 余初著《通议》时,尝载吾叔父秋麓先生镗高年著作不倦,而余自觉江淹才尽,不能逮以为愧。②

以上诸人中,赵崇嶓之子赵必㟪进士及第但长期家居,周从周具有乡贡身份,谌祐、刘镗是乡间处士,他们作为地方文人的特征依然明显。其中,赵必㟪与友人论诗时刘壎曾参与,"忆咸淳间,从矩斋武城侯夜宴于来熏亭,听通守公与云舍赵抚州说诗,概以读书为本,领其言深严微婉具有节度,而于寻常容易者无取焉"③。刘壎《六幺令·云舍赵使君同赋》《贺新郎·催花呈赵云舍》等题亦显示出他与赵必㟪的文学交往。刘壎虽未亲见"风雅主"赵崇嶓及其"社友",但通过赵必㟪了解前一辈诗人是可能的。同时,谌祐是宋元之际盱江地区著名的乡土诗人,如吴澄所言,"宋季及国朝混一之初,南丰之彦有若谌祐自求,有若刘壎起潜,各以诗文鸣,然皆沉晦于下。倘俾生庆历、嘉祐间,获承六一翁镕范,安知其不参子固而三乎?"④到清代南城人曾燠编《江西诗征》时,谌祐更被评为宋季元初"江西四大诗人"之一⑤。谌祐曾向与赵崇嶓、黄文雷同为"诗盟"的赣州曾原一参诗,又多次向刘壎传授诗法,在盱江诗人群体中扮演了承上启下的角色。谌祐以兵法论诗之语尤为精彩,"其学、其识、其议论、其法度精且严"⑥。此外,南城人周从周(字文郁,号小溪)在传承盱江诗法中的作用亦值得重

---

① 分别见刘壎《水云村泯稿》卷三《观空堂记》、卷七《济川吟稿跋》、卷七《题曾厚可咏春集》、卷三《诗说》,清道光爱余堂刊本。
② 刘壎《隐居通议》卷八《诗歌》三秋麓《山鸡爱景集》,《丛书集成新编》第8册,第410页。
③ 刘壎《傅庭茂诗跋》,《水云村泯稿》卷七,清道光爱余堂刊本。
④ 吴澄《故延平路儒学教授南丰刘君墓表》,《吴文正集》卷七一,《景印文渊阁四库全书》第1197册,第688页。
⑤ 曾燠《江西诗征》卷二一,清嘉庆九年刻本。
⑥ 刘壎《隐居通议》卷六《诗歌》一《桂舟评论》,《丛书集成新编》第8册,第403页。

视。据刘壎回忆：

> 小溪翁曰："昔在行都，访白云赵宗丞参诗法，因问何以有盛唐、晚唐、江湖之分？"赵公曰："当以斤两论。如'齐鲁青未了'、如'乾坤绕汉宫'、如'吴楚东南坼'、如'天兵斩断青海戎，杀气南行动坤轴'、如'白摧朽骨龙虎死，黑入太阴雷雨垂'等句，是多少斤两？比'风暖鸟声碎，日高花影重'即轻重见矣。此盛唐、晚唐之分。江湖不必论也。"已而访苍山翁曾子实，以赵公语质之，曾谓赵公言是。适有一客从旁窃笑，心怪之而未敢叩。异时徐问客："何为笑？"曾公曰："有故。盖白云之说虽当，顾其自作则起末皆未是，客之所以笑也。"文郁请问歌行，曾公曰："凡歌行止合以老杜为法。"其后又谒看云翁黄希声参诗。黄公简默庄重，不事庄辩，止云："诗止如此做，做来做去到平淡处即是。"又曰："诗贵平淡，做到此地位自知耳。"三诗人之所以语小溪者如此，小溪以其说授予。①

由上可知，周从周分别向赵崇嶓、曾原一、黄文雷等老辈文人叩问诗法，又将所得传授给刘壎。周从周的参诗经历既体现出盱江诗人理论交流与实践验证的具体过程，又显示了群体内部代际传承的清晰线索。赵崇嶓对"斤两"的推崇，黄文雷对"平淡"的看重，表明他们对当时诗坛流行风气的自觉反思与超越"江湖"的强烈意愿。"江湖不必论也"一方面昭示其审美倾向，更折射出"地方"区别于"江湖"，"地域文人群体"区别于"江湖诗派"的基本属性：稳定的乡居状态、引领一方风气的诗学主张、以地域和家族为纽带的诗法传承、以乡土为中心的创作活动等。

---

① 刘壎《水云村泯稿》卷三《诗说》，清道光爱余堂刊本。

刘壎至元年间前往南城参访前朝耆老周从周时，友人易奉训（雪崖）陪同，后者与刘壎、谌椷等人共同构成盱江诗人群体的第三代。据刘壎《雪崖吟稿序》："雪崖易君与予定交久，号知心相得，年小于我，逝乃先我"，"君家南城之竹由。辛卯秋，约予度溪赏桂，因共载山行，历访盱城耆旧"，"将别，则为盟曰：'幸俱萧闲，岁一会聚，若是绸缪也。'今年夏，君归自洪，复约予城北论文"，"君未病时，授予近吟曰：'为我料简可存者，作《辛卯壬辰诗序》。'"①易氏是与刘壎年辈接近的南城诗人，另据《重题雪崖吟稿序》，刘壎先前通过赵必崮认识易奉训之父易士英，至元庚寅（1290），刘壎与易奉训"围棋赋诗，历历谈世事，又谈世外事，遂相与游石仙，礼冷真"。易奉训常与刘壎评诗论文，又共同接受了盱江"耆旧"的诗法指导，其诗"则能抑而入理，醇雅圆熟，一不作怪宕豪险语，蔼然风人趣味也"②。此外，谌祐之侄谌椷（济川）亦是与刘壎同辈的诗人。前引刘壎"吾州谌氏多诗人"之语即针对谌家三代的诗稿而发。谌椷曾为谌祐刊刻遗稿，他自己的诗作亦被评为"兼二体（兴致雅澹与功力精深）而时出之"③。从易奉训与谌椷身上，我们可以看到盱江诗学传统通过地缘与血缘在元代前期的延续，而刘壎正是这种传统的整理者与集成者。以地域为基础的创作活动、诗学交流、诗法传承使盱江诗人群体在宋末元初的文学史上具有充分的典型性。

三、地域风气与盱江诗人的古体诗创作

盱江士人历来以通经好古为习尚，朱熹《建昌军进士题名记》称"其士多以经术论议文章致大名"④，北宋中期曾巩、李觏在儒学复兴

---

① 刘壎《雪崖吟稿序》，《水云村泯稿》卷五，清道光爱余堂刊本。
② 刘壎《水云村泯稿》卷五，清道光爱余堂刊本。
③ 刘壎《济川吟稿跋》，《水云村泯稿》卷七，清道光爱余堂刊本。
④ 朱熹《朱子文集》卷八〇，陈俊民校编，德富文教基金会，2000年，第3976页。

与古文运动中扮演了重要角色,此种风气一直延续到宋末元初。根据刘壎《隐居通议》的记载,黄文雷擅长《春秋》学,以《诗经》登第;利登以《礼记》及第;谌祐专心古学,著有《三传朝宗》《史汉韵纪》《古书合辙》等;赵必𤩨登第后闭门不仕,博览群书,参考诸家《易》说,撰成《易传》。传统经学在盱江士人知识结构的塑造上影响甚大,也使他们的诗学主张体现出复古尚雅的一面。余观复在给吴汝弋的诗中写道:"风雅不可复,亦乃世代然。君看黄初语,已减河梁篇。神思透溟涬,至宝辞雕镌。倘欲剩着语,不如寂无言"(《寄伯成》之二),体现出崇尚风雅、反对雕琢的作诗追求。谌祐"吾虽不得饱食安步,以从容乎江汉美化之域,终不容紫色蛙声得乘间以夺朱乱雅"①,刘壎"予为言杜、黄音响,又为言陶、柳风味,又为溯《江沱》《汝坟》之旧,《生民》《瓜瓞》之遗,又为极论天地根原、生人性情"②等均体现出宗经复古的诗学观点。对专志古学、"心事粹夷"的盱江士人而言,格高调古的古体诗是创作时较好的选择。

　　另一方面,在南宋道学兴盛的时代背景下,盱江的地域学术深受陆九渊一系的影响。与建昌军毗邻的抚州金溪县是陆九渊的故乡,在象山门人中,建昌军籍士人占据了一定比重,如《宋元学案》卷七七《槐堂诸儒学案》所列南城人傅梦泉、邓约礼、利元吉、包扬等人。包扬之子包恢在宋季发扬陆学、影响较大,盱江诗人与包恢联系密切,吴汝弋、赵必𤩨等都曾向包氏问学。受过吴汝弋指点的刘壎,在吴氏的基础上编成《朱陆合辙》,又撰《象山语类题辞》,可见陆学的持续影响。作为一种地域学术,陆学对盱江士人最大的影响是促使他们消融道与文的藩篱,在问学求道的同时做到文章有文采、诗歌有韵味,不致走向"志道忘艺"的枯淡一途。包恢在为吴汝弋游山诗题跋时写

---

① 刘壎《隐居通议》卷六《诗歌》一《桂舟评论》,新文丰出版公司,1985年,第403页。
② 刘壎《水云村泯稿》卷五《雪崖吟稿序》,清道光爱余堂刊本。

道:"境触于目,情动于中,或叹或歌,或兴或赋,一取而寓之于诗,则诗亦如之,是曰真实。"①诗中的精神意趣最体现"仁智合内外"之理。这种意趣使盱江诗人在"语录体"盛行的时代得以保持自身的情感内蕴。

具体而言,盱江诗人的五古粹美精深、七古雄豪峭健,古体诗是这一地域诗人群体的代表性体裁。在五古方面,盱江诗人踵事"选体",追继陶诗,语词精粹、内蕴深挚。近年来发现的蓬左文库藏朝鲜活字本《选诗演义》②,体现出编者曾原一对"选体"诗的爱好,该书同时保留了与曾原一"同时诗盟者"黄文雷、利登等解说选诗的文字,亦可折射出盱江士人崇尚选诗的群体性风尚。在日常创作中,他们喜好模仿选诗的句法和意境。如利登给黄文雷的寄诗"八月寒气高,芳莲谢幽池。时运迅不留,俛仰黄华晖。少年不再得,而不从以嬉。萧条旅馆秋,满耳寒螀啼"(《寄黄希声》),有选诗对景伤时的情怀。又如利登《杂兴》组诗"昨宵狂风起,折我桑树枝。徘徊履桑园,贱妾当何依""朝吾出东门,回首瞻长坂。凄然数根松,枯华困凌践""濯衣千仞溪,涤垢非悦眼"等有曹植《杂诗》、阮籍《咏怀》、左思《咏史》等的风范。除利登之外,赵崇嶓亦好作"选体",如"人生不满百,譬如朝露晞。白日入虞渊,胡不秉烛游"(《拟人生不满百》)、"青青女萝衣,蔚蔚石上松。岁寒无夕秀,安得长相从。愿为日月光,落君怀袖中。三五如循环,千里宛可同"(《忆昔一首》)、"故人西南风,遗我一束诗。长哦结幽想,慌惚若见之"(《故人》)、"美人貌如花,独立古道边。芳年抱幽思,艳裔春风前"(《美人貌如花》)等。这类诗作在情思表达上深挚绵邈,远绍汉魏风神。

---

① 包恢《敝帚稿略》卷五《书吴伯成游山诗后》,《景印文渊阁四库全书》第 1178 册,第 759 页。
② 有关《选诗演义》的版本、体例及诗学思想,参见芳村弘道撰、金程宇译《关于孤本朝鲜活字版〈选诗演义〉及其作者曾原一》,《古典文献研究》第十二辑,第 220—241 页;卞东波《曾原一〈选诗演义〉与宋代"文选学"》,《文学遗产》2013 年第 4 期。

在五古的模仿对象中,陶渊明诗是盱江诗人另一个典范。前引黄文雷"诗贵平淡,做到此地位自知耳"之说,可视作他对陶诗精髓的领悟。黄文雷、赵崇嶓有不少和陶学陶之作,语词简淡而寄托深远。黄诗有"看云体"之称,赵崇嶓有《用看云体》诗,皆追摹陶诗风神:

> 颜生称为仁,荣公言有道。屡空不获年,长饥至于老。虽留身后名,一生亦枯槁。死去何所知,称心固为好。客养千金躯,临化消其宝。裸葬何必恶,人当解意表。(陶渊明《饮酒》其十一)
> 上有碧松林,下有白石道。中有学仙人,自号枯松老。蜕身千岁余,坐息如木槁。面目剧严冷,但道空虚好。袖出天甲书,意色轻鸿宝。此老诚可人,吾欲从师表。(黄文雷《和陶》其四)
> 上有悬石崖,下有滑石道。中有观空人,容颜半枯槁。坐息穷年岁,抱此希世宝。虽然欠奇俊,尘翳已一扫。或云大道初,不剩亦不少。用力勤修为,苦辛坐中老。新州有樵人,此意极了了。(赵崇嶓《用看云体》)

陶诗意谓声名与身躯皆不足以依赖,惟有随缘任运。黄文雷和诗将陶诗的"称心"引申为"空虚",把多个典故转变为具体的人物场景,将委运任化变成此生的修持,以超越人生的短暂性。赵崇嶓则更进一层:"悬石崖""滑石道"比"碧松林""白石道"更险峻,"观空"人比心如死灰、身如枯槁的"学仙"人面临更多"苦辛",需要倍加修炼才能勘破死生。从陶诗、黄诗到赵诗,句式相似、风格相近但意思层层翻进,体现出盱江诗人在学陶过程中的超越精神。刘壎认为黄文雷在早期盱江诗人中成就最高,"看云体"可算典型。

和五古的简淡深粹不同,盱江诗人的七古呈现出雄豪健拔的一面。刘壎称黄文雷"诗尤妙于长歌行",周从周从曾原一处学得"歌行止合以老杜为法",都折射出盱江诗人在七古写作上的创获。在《看云小集》自序中,黄文雷指出"诗以唐体为工,清丽婉约,自有佳处,或者乃病格力之浸卑。南塘先生为宜稍抑所长,而兼进其短"①,显示出他对"格力"的重视,尤其在七古创作中最为显著。"君不见游尘着空生九州,人其中间悬两眸。杨花化萍无根蒂,风消水长东西流""金凫银雁满江湖,神光夜夜开黄垆。年经月纬三百卷,平生欲作何人书"(《长歌行》),刘壎称其"粹美精练,意高味长,近世江西诗人鲜有能及此作者"②。其《西域图》"可怜群鹿正走险,或尔剥割衣其皮。啜溷树桦尚有理,穴领插齿吁何为",下字奇崛、意境险峻;《昭君曲》"野狐落中高台倾,宫人斜边曲池平。千秋万岁总如此,谁似青冢年年青",从祸福转换的角度反衬昭君命运的悲壮,王士禛称赞这两首诗"差有骨力"。除黄文雷外,利登"忽然联亘势不断,俨如金蛇破夜惊纵横。又如长虹百尺渴奔饮江罢,蜿蜒夭矫势欲凌青冥"(《野烧》)、邓有功"平生眼底厌糠秕,自对春风乐沂水。搜奇抉怪问子云,载酒归来成独醉"(《贺刘掞赴召史馆校勘》)、吴汝弌"海龙塞气不敢吹,日照虚空无老时""虾蟆魍魉走死尽,直数秋毫上金阙"(《朅来》)、刘镗"夜叉蓬头铁骨朵,赭衣蓝面眼迸火。魖蜮罔象初僛伶,跪羊立豕相嚘嘤"(《观傩》)、黄载"髯翁磐折目胜负,突眼老妪探头觑""蟆肥于豚怒于虎,张颐缩项夸相顾"(《钟馗观鬼斗蟆图》)等无论在语词选择、场景构造还是在篇章布置上,均呈现出奇险风格与雄阔气魄。赵崇嶓曾以"斤两"论诗,盱江诗人的七古可谓斤两足够。

综上所述,擅长古体的盱江诗人群体在创作中呈现出深粹与豪峭两个方面,这与他们通经好古的趣味、不苟流俗的气质密切相关,更深刻地烙上了地域学术与地方士风的印迹。刘壎在论诗评文中大加推崇的曾巩、李觏等乡贤,他们的复古风气长期留存,使盱江诗人

---

① 黄文雷《看云小集序》,陈起编《江湖小集》卷五〇,《景印文渊阁四库全书》第1357册,第376页。
② 刘壎《隐居通议》卷九《诗歌》四《黄希声古体》,新文丰出版公司,1985年,第412页。

在五古上学《选》尊陶,追慕汉魏风骨,七古以盛唐为基础向上追溯,在复归风雅的旗帜下呈现出广阔的诗学视野。钱锺书说利登是"江湖派里比较朴素而不专讲工致细巧的诗人"①,如果放眼整个盱江诗人群体,我们可以看到它和同时期江湖诗风的显著区别。江西陆学的地域渗透又使他们在问道明理的过程中表现出透脱的文风,注重物境的感发、情蕴的抒发、豪气的流露与健骨的彰显,这又和同一时期的理学诗风有所区隔。因此以地域风习入手,我们可以从盱江诗人身上看到宋末元初诗坛的多元状态。

四、地域文化的集体呈现:仙道景观的文学书写

盱江地区道教文化兴盛,麻姑山是第二十八洞天和第十福地,南城和南丰周围的仙人岩、华子岗、丹霞洞、卧仙石、石仙岩等景观都富含道教元素。利登说"家住姑山下,朝暮游姑山",仙道景观是盱江士子经常光顾之地,它们作为地域文化符号在诗人日常生活中留下鲜明痕迹。围绕洞天仙境展开的纪游诗与酬唱诗是体现盱江地域性的标志性题材,诗人不仅真切体验家乡的自然环境,更从仙道话题中触发命运思考,将起信化俗的宗教境界转化为内在超越的人生境界,对地域景观进行文化建构。

在盱江诗人中,利登《和希声莲华樵人遇仙行》《青阳洞天呈青阳主人曾少裕》、赵崇鐓《仙思》、赵崇嶓《游金精山》、吴汝弋《游石仙分韵得观字》、刘壎《麻姑山》等都是对本地及附近仙道景观进行的吟咏。吴汝弋对诗人们集体游山的情况有过描述:"大书同人名,聊欲记游玩。阴霾沴轻寒,日色倏昏晏。倩人买村醪,煮芋叠肴桉。清坐二更深,一睡各鼻鼾。晓来登岩头,棘路解羁绊。划开天盖宽,远景过飞翰。幽丛摘新查,窥险身发汗。居然束归装,重下西岩畔。"(《游

---

① 钱锺书《宋诗选注》,人民文学出版社,1982年,第292页。

石仙分韵得观字》)高蹈脱俗的气质可见一斑。除了分韵赋诗,诗人们也用追和前人作品的方式对仙道景观进行书写。如利登的长题诗,是群体性追和谢灵运《入华子岗是麻源第三谷》中的一种:《友人自临川来,携庾台赵先生与曾丈、诸葛帐干丈联和康乐〈三谷〉诗,句奇格老,追遗韵千年间,因难见巧,玉叠琼重,殆非窭才者所宜逐响矣。不鉴芜庸,欲藉手以窃风斫之海,辄依韵为四章,因承教二丈》。华子岗是麻姑山周围的道家名胜,由仙人华子期得名,《舆地纪胜》卷三五《建昌军·古迹》引晏殊《类要》云:"谢灵运《山居图》曰:'麻山在第三谷。'相传华子期者,育里弟子,翔集此顶,故以华子名岗","谢灵运诗云'铜陵映碧涧,石磴泻红泉'即此。"[①]利登对谢诗连和四首,多角度展示了仙山风貌和游览体验。如第四篇所写:"澄潭贯地脉,飞流接天泉。永栖无昔老,暂游漫时贤。古藤蔓直木,苍桧随曲阡。犹存万古月,尚照千年烟。谁其篆青华,嘿然语玄筌。紫锋变窗尘,重此炉简传。九障傥不存,五灵森在前。"他和友人相携游山,在清净幽深的氛围中享受脱胎换骨的仙气,体验万古千年的永恒存在,构筑栖身的家园。道山仙境向诗人敞开新的生命维度,他们在酬唱中建立起共生共依的精神纽带。"昨者携友朋,攀萝掬潺湲。神交善爽徒,宇宙空茫然",既是面向本真的个体感受,又昭示一种共在关系,是"吾盱"人最易获取的群体经验。

除了描写景观、记录体验,他们更有对仙俗关系的思考。盱江仙山的灵迹奇闻不一而足,诗人们创作时更多地摈弃其神异成分,以人情世理来解释,将面向普通信众的宗教魅力转变为自我超越的文人志趣。吴汝弌"神仙固渺茫,此事良可惋。忍哉偷儿狂,更捣泥腹烂"(《游石仙分韵得观字》),在感叹神仙难求的同时流露出人世的生趣。利登在与黄文雷吟咏樵夫遇仙的话题时写道:"低头乞命却走回,尚

[①] 王象之《舆地纪胜》卷三五,李勇先校点,四川大学出版社,2005年,第1594页。

复裹裳取莲实。"突出他手足无措而又拙朴粗鄙的情态,进而感叹道:"安知琼楼玉室峭千尺,即非面前崔嵬一片石。安知世人俗气厚如山,翻把琼楼玉室作石看。亦非仙人幻作石,世人俗眼自不识。"(《和希声莲华樵人遇仙行》)搁置了对传闻真妄的甄别,将话题引向仙俗关系的辨析:以仙眼观,无俗不仙;以俗眼观,无仙不俗。这就完成了对民间传闻的人文提升。赵崇嶓在游山途中感慨"我亦泉石人,夙昔梦见之。登临悟三生,毛发何森纵"(《游金精山》),这种对三世轮回的体悟,与其说是神秘体验,不如说是人生思考,即怎样在现世成仙,如何自我净化,用神仙的方式去观照外界和安享此生①。

如前所述,盱江诗人本有通经好古的习尚,他们用圣人的理性精神解构仙道传说的虚诞不经,用儒家的实践力量改造道教的修炼方式,注重在日常生活中脱换"凡骨"。他们在洞天福地间享受飘然欲仙的感觉,实质上是儒家知识分子独立人格的彰显,一种不随波逐流的高古傲岸。"晓来登岩头,棘路解羁绊""中有学仙人,自号枯松老",结对游山的士子更似一群在世的修行者。刘壎《水云村》诗曰"九还丹鼎寿日月,一隙洞天名水云",栖身的家园就是修行的洞天,仙境不假外求,只在当下的超逸洒脱。曾向包恢问学、又向刘壎传道的吴汝弋曰:"人心本然同,今古未容判。终当驾云风,高蹈无畔岸。"这位服膺陆学心法的云卧先生,强调用本心去消融古今仙俗的界限,将羽化升仙的虚无空间充实为高蹈脱俗的人格境界。

麻姑山、华子冈、石仙岩、莲花峰等道山仙境是盱江地区的特色景观。如果说从自然风景到宗教名胜是它们实现的第一次飞跃,那么经过黄文雷等盱江诗人的文字塑造,它们完成了精神气质的第二次提升,人文性更加显著。作为地域景观,它们为诗人的群体性创作

---

① 参见拙文《"宿命通"与北宋中后期文人的转世书写》,《新宋学》第四辑,上海人民出版社,2015年,第136—148页,见本书附录一。

提供物理空间和原始素材,是促发诗人地域认同的重要动力;同时,它们又依赖诗人的营缮构筑,诗人在其中展开生存之维,从宗教颤栗到人生栖迟,通往彼此共生的家园。

宋末元初盱江诗人群体面貌的浮现,离不开南丰士绅刘壎的地域认同、历史记忆和文化整合。认识这一群体首先就是理解刘壎对乡邦文献的情怀。从刘壎的记载出发,我们可以捕捉到盱江诗人鲜明的地域性,以此为切入点,诗人的活动空间、人际纽带、创作共性与特色题材可以得到细致的展示和解释。从推动地域文学群体形成的力量看,既有纵向的历史传承,又有横向的结社交往。从诗人群体的分布情况看,在建昌军的地理空间内,我们可以看到南丰曾氏、刘氏、谌氏,南城吴氏、邓氏、包氏、利氏等地方家族的潜在影响力。以区域文化特色论,在传统的儒学经术与道教文化之外,我们还能追踪到江西陆学的传承轨迹。从创作体裁与题材看,深粹健峭的古体诗、仙道景观的人文书写足以成为这一群体的表征。如果将其置于宋末元初的文化生态之中,我们既能把握到江西地方社会与基层文人的生存状态,更能在被"江湖"笼罩的文学史叙述之外找到"江湖不必论"的地方诗人与乡土诗风,为重构宋元之际的诗坛谱系提供一种角度。

第四章
豪侠与漫游：江湖游士的诗歌创作

江湖游士是理宗朝诗坛除官僚士大夫、地方精英之外的又一重要创作群体。传统的"江湖诗派"概念涵盖了南宋中后期的众多诗人，几乎成为晚宋诗坛的代名词，它经常与"晚唐体""格卑气弱""轻俗"等术语相联结，所获的评价普遍不高。这种过于宽泛和单一的描述近年来不断得到修正，其方向大致有三：一是划定江湖诗人的边界，将原本包含其中的官僚士大夫、地方士绅从这一群体中剥离出去，突出其游离无根、依附干谒的本质特征；二是细致辨析具体诗人的创作风格，突出他们在"晚唐"之外的多种取法对象；三是从社会转型和士人分化的角度，探讨江湖游士群体兴起的时代背景和历史意义，把握其创作习尚背后的文化内涵。我们汲取了这三种动向的有益成分，在"江湖诗"研究业也成熟丰富的背景下，以专题的形式进行探讨，追求立体和纵深的审视，力图在前人的基础上有所推进。这几个专题分别是：从"侠"与"诗"的角度审视江湖游士的阶层属性与创作风貌，从"游吟"的角度定义江湖诗的生产状态和精神内涵，从传播与接受的角度呈现江湖诗作的流通情况与江湖诗人的形象变迁。而对于学界已经较为完备的话题，如江湖诸集的版本形态、江湖诗人的地域分布、江湖诗歌的艺术特质等，我们在论述过程中摄入融汇，不再专门探讨。

在展开专题论述之前，为了承接前文有关士大夫与地方精英的研究,明确"江湖游士"的研究范围,我们有必要对学界讨论较多的江湖诗人的成员问题作一定补充。在张宏生《江湖诗派研究》列出的138人名单中,既有进士出身的官僚士大夫,又有稳居一方的地方士绅,我们在前文的论述中已将这两部分人群剥离出来。江湖诗风或"江湖体"可以广泛流传,但江湖诗人的身份却需加以限定,判定诗人的标准,必须切合其游离寄寓的生存状态。内山精也《宋诗能否表现近世?》一文在张氏名单的基础上进行了细分,划定了士大夫与非士大夫阶层,其中非士大夫阶层共62人①。我们在此基础上进行一些补充:

孙惟信(1179—1243),字季蕃,号花翁,开封人,始居婺州。《直斋书录解题》卷二〇《花翁集》下称孙氏"在江湖中颇有标致,多见前辈,多闻旧事,善雅谈"②,在福建莆田时寄食奉祠家居的地方文人方信孺门下③,寓居临安时与朝官杜范交往颇多。刘克庄墓铭称其"游四方而留苏杭最久""以家为系缧,一身之外无它人;以货为赘疣,一榻之外无长物""倚声度曲,公瑾之妙;散发横篴,野王之逸;奋袖起舞,越石之壮"④。《千家诗选》卷九载其《垂丝海棠》一诗,《诗家鼎脔》卷上选其《禅寂之所有卖花声出廊庑间清婉动耳》一诗。

翁定,字应叟,一字安然,号瓜圃,建安人,与方信孺、翁卷、释居

---

① 内山精也《宋诗能否表现近世?》,朱刚译,《国学学刊》2010年第3期。其中非士大夫阶层共62人,按地域划分如下:(浙江)16人:毛珝、史卫卿、许棐、吴仲方、何应龙、宋自逊、张炜、陈起、林表民、徐照、高翥、盛烈、葛天民、赵汝绩、薛师石、戴复古;(江西)16人:邓允端、刘过、刘仙伦、李涛、李自中、吴汝文、余观复、邹登龙、罗与之、姜夔、高吉、黄敏求、萧元之、章粢、董杞、释绍嵩;(江苏)8人:王湛、叶茵、李弅、吴惟信、葛起文、葛起耕、张绍文、储泳;(福建)7人:刘翼、张至龙、林洪、林尚仁、胡仲参、盛世忠、释圆悟;(河南)3人:张弋、武衍(寓居浙江杭州)、赵希екс;(安徽)2人:程垓、程炎子;(湖北)1人:万俟绍之(寓居江苏常熟);(湖南)1人:刘翰;(山东)1人:周文璞;(未详)7人:李时可、来梓、陈宗远、徐从善、郭从范、释永颐、释斯植。
② 陈振孙《直斋书录解题》卷二〇,上海古籍出版社,1987年。
③ 参见侯体健《南宋祠禄官制与地域诗人群体:以福建为中心的考察》,《复旦学报》(社会科学版)2015年第3期。
④ 刘克庄《孙花翁墓志铭》,辛更儒笺校《刘克庄集笺校》卷一五〇,中华书局,2011年,第5923—5924页。

简等人有交。刘克庄称其"送人去国之章,有山人处士疏直之气;伤时闻警之作,有忠臣孝子微婉之义;感知怀友之什,有侠客节士死生不相背负之意"①。其"送人去国"之作,现存宝庆初年送胡梦昱诗。《舟航》一诗"晚风乘兴出溪边,小立斜阳待钓船。唤仆去寻赊酒店,倩人来认买鱼钱"写出旅人意态。

薛泳,字叔似,一字沂叔,宁海人,曾作守岁词曰"一年心事,半生牢落,尽向今宵过",方岳称其"久客江湖,濒老怀归,遂赋此词","其所为诗如《新堤小泛》'柳断桥方出,烟深寺欲浮'、《早秋归兴》'归心如病叶,一片落江城'、《镇江逢尹惟晓》'欲说事都忘,相看心自知',皆去唐人思致不远"②。舒岳祥称其"从赵天乐游,得唐人姚贾法,晚归宁海,为人铺说,闻者心目鲜醒"③。薛泳与同时代的地方文人与江湖游士多有交往,如薛师石有《送薛泳》、李龏有《云间赠别薛沂叔》之作。戴复古《阅四家诗卷》"石龟野鹤心相合,菊磵花翁道不同","野鹤"即指薛泳,足见其诗集当时已在江湖间流传。

翁元龙,字时可,号处静,四明人,与吴文英为亲伯仲,寄居杜范门下,杜范集中现存《处静得梅枝为赠以新诗将之漫次韵以谢》,另有诗题云"处静索词,仍有白战寸铁之禁""处静词先至""皆清绝可味",显示出他与翁元龙的诗词唱和情况。此外,吴潜诗中亦存两首酬和翁元龙的作品。孙德之为其文集作序时有"质而不俚,艳而不秽,多而不冗,简而不略"的评价,杜范亦称"处静喜为长短句,意其丽词软语似无铁石心肠,乃援笔书其传,求予着语。岂寓言玩世,而胸中所存固不若是耶"④。翁元龙诗"鸿雁一声秋意惨,疏杨摇曳尚多情"

---

① 刘克庄《瓜圃集序》,辛更儒笺校《刘克庄集笺校》卷九四《瓜圃集序》,中华书局,2011年,第3975页。
② 方岳《深雪偶谈》,清曹琰抄本。
③ 舒岳祥《刘士元诗序》,《阆风集》卷一〇,《景印文渊阁四库全书》第1187册,第424页。
④ 杜范《题范滂传后处静所书》,《清献集》卷一七,《景印文渊阁四库全书》第1175册,第747页。

(《总宜园》)、"虚生浪死人何限,白日青天古一同"(《题曹娥墓》),气度颇不凡。

翁孟寅,字宾旸,号五峰,居钱塘,据《浩然斋雅谈》卷下所载,翁孟寅在贾似道幕间即席赋《摸鱼儿》词,似道"大喜,举席间饮器凡数十万,悉以赠之"①。其《夜泊》一诗云:"夜泊寒沙际,江风起旧愁。离情惟怕晚,归梦又逢秋。""人多称之"②。淳祐六年(1246),柴望因上呈《丙丁龟鉴》被贬去国,临安各界赋诗赠别,翁孟寅亦参与。此外,时人陈允平有《寄翁宾旸》,有"历历长涂谒鲁侯,征尘宁复恋貂裘"的描述。周端臣与翁孟寅同游赋诗,有《重阳后一日偕翁宾旸张敬之江楼分韵得台字》诗,亦作《送翁宾旸之荆湖》,有"五湖膏血互吞噬,万里烟尘入谋画"的期许。吴文英亦有《沁园春·送翁宾旸游鄂渚》,对其有"平生秀句清尊"的评价。郑思肖之父郑起亦与翁孟寅有交,翁氏去世后郑起作挽诗相吊。

阮秀实,号梅峰,兴化军人。早年与赵蕃有交往,赵赠诗云:"青云道远龙媒老,白雪词高鬼胆寒。"③岳珂任职淮东时,阮秀实以布衣入幕,行为不羁,"至令当厅上轿,如待行辈"。方回列举的"往往雌黄士大夫,口吻可畏,至于望门倒屣"④的四人中,第一便是阮秀实。阮氏居贾似道幕下时间最长,"平生用似道钱无数,而诋似道不直一钱"⑤,号称"阮怪"。阮秀实曾为方回评改诗作,"以笔圈点相示,亦谓不当数用人名、故实,及拗平仄不律"⑥。方回作为江西派的"殿军",对"资书以为诗"的路数心领神会,又标举杜甫的"拗体";从阮秀实对方回的批评中可推断出其作诗是不讲用事、不求锻炼的粗豪路数。

---

① 周密《浩然斋雅谈》卷下,中华书局,2010 年,第 58 页。
② 夏玉麟《建宁府志》卷三四,明嘉靖刻本。
③ 方回《跋阮梅峰诗》,《桐江集》卷四,《宛委别藏》本。
④ 方回选评、李庆甲集评校点《瀛奎律髓汇评》卷二〇,上海古籍出版社,2005 年,第 840 页。
⑤ 方回《跋阮梅峰诗》,《桐江集》卷四,《宛委别藏》本。
⑥ 方回《跋阮梅峰诗》,《桐江集》卷四,《宛委别藏》本。

《瀛奎律髓》另有两处记载了阮秀实的诗学主张与创作风格。卷四七云"诗不可多用古人名,谓之点鬼簿"①,这和上述"不当数用人名、故实"的意见一致。卷一在称赞晁端友五言排律《登多景楼》"无一字一句不工"后,批评"刘改之之长律,阮秀实之大篇皆徒虚喝耳"②,亦可见出阮氏作诗不重锻炼、不求工致的风格③。

以上对江湖诗人的组成情况作了一定的补充,以突出其"游士"身份和流寓无根的阶层属性。但鉴于文献记载的有限,多数诗人的生平与创作情况无法详考,况且人物考证并非本章的重心,因此上文对"游士"的强调只为以下的论述作铺垫:以"游离"之"游"看待"游侠"与"游士"之关系;以"游吟"之"游"透视江湖诗的生产状态;以"游走"之"游"考察江湖诗人与作品的传播与接受。

第一节 侠气与诗风——游士阶层文化性格和创作特征的再认识

侠是中国历史上一个富有特色的群体,忠勇信诺、振穷周急、温良泛爱的侠义精神为人称道,恣睢悍顽、擅作威福的缺点也时常遭到诟病。历来围绕侠的话题主要从两个方面展开:一是侠之起源、"游侠"与"任侠"的定义、侠阶层的人员构成和群体属性等;二是侠的精神文化在不同历史时段、思想背景、社会阶层中的流传和演变。从第二点看,侠的理念与习尚已不专属于原始意义上的游侠群体,它向各阶层渗透,成为一种普泛化的精神价值④。同时,它又和特定的时代

---

① 方回选评、李庆甲集评校点《瀛奎律髓汇评》卷四七,上海古籍出版社,2005年,第1664页。
② 方回选评、李庆甲集评校点《瀛奎律髓汇评》卷一,上海古籍出版社,2005年,第23页。
③ 参见史伟《论方回诗学观点的形成历程》,《首届宋代文学国际研讨会论文集》,复旦大学出版社,2001年,第299页。
④ 余英时《侠与中国文化》,《现代儒学的回顾与展望》,生活·读书·新知三联书店,2012年,第371—377页。

风气相结合,如六朝贵族的竞奢尚华、唐人对军功的重视等,衍生出新的形式。宋人重文轻武,追求理性内敛的精神状态,侠气是作为士大夫文化的补充成分和周边样态显现的。时至晚宋,随着江湖游士群体的逐渐壮大,这一局面有所改变。他们在政治生活、人际交往、文学创作等多个方面受到游侠风气的影响,使其作为一种群体风貌流行于晚宋社会。而侠与江湖游士的结合,也可视作游侠文化在晚宋的新发展。

"侠"与"游"、"侠"与"江湖",拥有天然的联系,而晚宋的江湖游士,也多获"侠"的评价,如刘过以"诗侠"闻名、敖陶孙"只是侠气"、高翥"若世所谓书剑客侠士"、孙惟信"疑为侠客异人"[①]等。侠的壮伟之怀、伉直之气、忠义之交,融入游士阶层的日常生活,成为其文化性格的重要组成部分。这种文化性格最终影响到他们的创作风貌,形成雄豪遒劲的诗风。在通常的研究视野中,江湖游士阶层的兴起往往和世运衰颓相联系,其诗歌创作也给人卑弱纤靡的印象。因此,从侠的角度切入,这一阶层的群体性格和文学风貌有望得到新的认识。

一、尚武与建功:豪侠兴起的时代氛围

从起源看,侠从上古的武士演化而来,尚武是游侠精神的要义。经过演化,后世尚武之侠拥有多种表现形式,如捐躯复仇的江湖剑客,逞强恃勇的市井侠少,建功从军的战场豪杰等。北宋的豪侠之士往往作为辅助角色,活跃于文人士大夫周围。但到南宋中后期,从宋金对峙到宋蒙交兵,边患与战事愈演愈烈,虽然"文治"仍占主导地

---

① 分别见陈思《两宋名贤小集》卷三二五《龙洲集》小传,《景印文渊阁四库全书》第 1364 册,第 559 页;林希逸《三十年前尝与陈刚父论诗云本朝诗人极少荆公绝工致尚非当行山谷诗有道气有朱腊庵诸人只是侠气余甚以为知言追怀此友因以记之》,《竹溪鬳斋十一稿续集》卷三,《景印文渊阁四库全书》第 1185 册,第 579 页;孙德之《菊磵高君墓铭》,《太白山斋遗稿》卷下,清道光四年翻明本;刘克庄《孙花翁墓志铭》,辛更儒笺校《刘克庄集笺校》卷一五〇,中华书局,2011 年,第 5923—5924 页。

位,但"武功"日益持重。"文治"主要由擅长文章学术的科举官员和理学人士来承担,"武功"则迫切依赖"英雄豪杰"的出现。宋宁宗开禧年间,武学出身的华岳上呈《平戎十策》,指出重文轻武的危害性,"英雄不收,而咨谋于庸常科目之儒;豪杰不招,而听命于尝试草草之士",这样只会败军误国。比华岳稍晚的乐雷发更是感叹"莫读书,莫读书,惠施五车今何如""深衣大带讲唐虞,不如长缨系单于。呫豪搦管赋子虚,不如快鞭跃的卢"(《乌乌歌》)。尚武的时代风气使骁勇豪侠之人的大量出现成为可能。

这一人群的来源,除了传统的武学、武举之外,更多地出自江湖草野。前举华岳《平戎十策·取士》,对庙堂之外"英雄豪杰"的出处作了详细地划分:

> 一曰有官,谓沉溺下僚,不能自奋;二曰无官,谓素在草茅,不能自达;三曰世家,谓将帅子孙,不能自效;四曰豪杰,谓江湖领袖,山林标准;五曰罪戾,谓曾犯三尺,求脱罪籍;六曰黥配,谓材气过人,轻犯刑法;七曰将校,谓素有谋略,久淹行伍;八曰胥靡,谓隐于吏籍,不得展布。①

钱锺书称此段文字"简直算得《水浒传》的一篇总赞"②,可见其对江湖豪杰概括之全面。有学者已指出《水浒》人物与抗金抗元战争的关系③,这当然属另一话题,但它却反映出,武弱求诸野,是江湖豪杰成熟壮大的重要动因。如果再将上述八类人群作一细分,可以推定,所谓"罪戾""黥配"之人,是借躯报仇、舍命行侠的天然人选,这从《史

---

① 华岳撰、马君骅点校《翠微南征录北征录合集·翠微北征录》卷一《平戎十策·取士》,黄山书社,1993年,第151页。
② 钱锺书《宋诗选注》,人民文学出版社,1982年,第256页。
③ 程毅中《〈忠义传〉与〈水浒传〉》,《文史知识》2003年第10期。

记》《汉书》的《游侠》《刺客》等列传的记载可以看出;所谓"江湖领袖""山林标准",是冲锋陷阵、建立军功的重要兵源,这可从当时各地的抗战义兵那里得到印证。而另外一部分人群,"一曰有官,谓沉溺下僚,不能自奋;二曰无官,谓素在草茅,不能自达",这正是典型的江湖游士,他们既濡染悍勇豪侠之气,又具有相当的文化素养,在建功立业的过程中处于有利地位。华岳接下来说:"开推挽之门,去游谒之禁,谕之以文榜,激之以忠义。"游谒的寒乞之态,及其对社会秩序的干扰,历来为人诟病,但它与"军国大事"的关系,则容易被忽视。因此,结合两宋文武消长的历史背景,从用兵尚勇的时代环境来检视江湖游士群体的兴起过程及豪风侠气,有助于重新认识其阶层属性。

在英雄豪杰的队伍中,游士群体具有临界特征,文而勇,儒而侠。面对兴兵交战的环境,他们可以操持干戈、以力胜人,如萧元之、盛世忠有明确的征战经历,"我有百发落雁鈚,前年引满射赤眉"(萧元之《塞马歌答杨侍郎》)、"少年湖海误加鞭,久成归欤暂息肩"(盛世忠《今是行呈刘以道》)、"一千余日战"(《生涯诗》)、"厩中我有汗血马"(《胡苇航寄古剑》)。同时他们也可成为攻防谋略的策划者、行伍管理的参与者和边情战势的记录者。江湖游士一般给人的印象是流连湖山、沉吟诗社,但其活动空间并不止于此,战争前线尤其是制阃幕府,也是他们经常游走之地。例如,李曾伯指出制阃"有爵赏以奔走人才,有金帛以招徕豪杰"①,这对江湖游士具有较大的吸引力,"遂至四方游士,挟策兵间,补授书填,比比皆是"②。他们佐幕期间,除了写作书檄、吟咏诗词外,也参与日常军务,"运筹划策之士,被坚执锐之人,出万死一生之中,获一阶半级之赏"③。如黄㤗在江淮和蜀地幕府

---

① 李曾伯《手奏回谢御札戒谕荆阃事宜》,《可斋杂稿》卷一八,《景印文渊阁四库全书》第1179册,第376页。
② 李曾伯《除淮阃内引第二札》,《可斋杂稿》卷一七,《景印文渊阁四库全书》第1179册,第349页。
③ 李曾伯《除淮阃内引第二札》,《景印文渊阁四库全书》第1179册,第349页。

时,"边事益急","内笺严君机密,外参主公计谋"①。又如方岳在淮东幕府时,平定军内叛乱,"以制命往易置其事,戮首恶数人,一城帖然。制置使赵葵曰:'儒者知兵,吾巨山也'"②。可见,制阃戎府为江湖游士建功立业提供了必要空间,如时人所言:"正立功名日,去防关塞秋""奏凯归时节,应须万户侯"(储泳《送人游边》)。

正因为如此,江湖士人在前往戎幕游谒之时,其骁勇豪侠的形象屡屡闪现。一是游谒者自身壮怀的抒发。如刘过到金陵谒见将领郭倪时,自称"然亦壮心胆,志慕鞭四夷""起视匣中剑,依旧光陆离。有恩或可报,一死所不辞"(《谒郭马帅》)。二是送别者对远行者侠骨豪气的标举。如林尚仁赠游士诗云"天下岂无山可买,男儿当与国分忧。剑辞星匣边风凛,船驾云帆海月流"(《送杨巨川游边》),突出其壮志威风。又如,谒者将往江淮兵幕,严羽赠诗云:"丁年剑气欲凌云,况复才华迥不群。投笔几回思出塞,赋诗此日去从军"(《送吴仪甫之合淝谒杜帅》),"故人身披紫绮裘,腰佩宝玦骑胡骝。英风侠气横四海,辞我远向淮南游"(《送吴会卿再往淮南》)。再如,游士将谒荆襄阃幕,柴望首先以传统的"侠少"形象相比:"邯郸谁家侠少年,上马意气挥金鞭,下马扫笔大如椽。兴来一石未能醉,剧饮数斗口流涎。"其次以勋业相托付:"三边未即妖祲清,天河何时能洗兵""此行投笔事班超,不必区区问儿女。"(《塞下行赠韦士颖归鄂渚上江陵谒阃相》)另如,翁孟寅将赴鄂州贾似道阃幕,吴文英有"好勒燕然石上文"(《沁园春·送翁宾旸游鄂渚》)的期许。由此可见,江湖士人仗剑远行、报义轻生、建功立业的豪侠情怀,是在紧迫的战争氛围和游走阃幕的实际处境中形成的。

如果说尚武的时代风气为这一阶层的兴起壮大奠定了基础,那

---

① 辛更儒笺校《刘克庄集笺校》卷九九《黄恺诗》,中华书局,2011年,第4180页。
② 洪焱祖《秋崖先生传》,《新安文献志》卷七九。

么军府戎幕"筹边算""策奇勋""被坚执锐"的职事则为他们才能的施展提供了现实可能性,进而培育和助长了他们性格中豪勇的一面。把握"尚武"这一线索,不仅江湖士人游走干谒的性质可以得到重新评估,其豪侠精神的渊源和要义也能得到深入把握。同时,他们的活动空间亦能获得新的认识。在世人印象中,江湖游士的移动轨迹不出江浙闽赣等地,带有浓厚的"江南"地域色彩。但如果把"游边"的因素加进来考虑,那么他们的活动范围显然超过"江南"的地域。萧元之有诗《闻德音入蜀》,显示他的足迹遍及蜀地;而上举诸例亦多有游走襄鄂、淮东的。这些足以证明"三边"是江湖游士不可或缺的活动空间。正如宋史研究者所言,"这些地区,不论人口组成、社会经济情况及文化活动,与江南有极大差异",在开禧用兵之后,"边区受到的改变与影响甚于往昔","人民移动所引起的社会经济问题越趋复杂"[①]。崇武、游边、尚侠等一系列问题正是发生于这样的时代环境中。

二、游士横议:侠气在政治空间中的显现

如前所述,侠之存在首先依赖的是尚武精神,离不开披坚执锐的环境。但游侠精神并不凝滞和封闭,它会向占据传统社会主流的文人生活圈渗透,将悍勇刚烈的风范融入文人士大夫的生存结构之中。这种影响,最明显的就发生在东汉末年党锢之祸期间,当时士大夫体现出的意气和名节,所谓"依仁蹈义、舍命不为",被公认为游侠精神的传承。和汉末"处士横议"局面较为相似的是,晚宋也出现了杭学游士、江湖谒客以言语干政的现象。此种现象近年来愈发引起学术界的关注[②],但从游侠精神的角度展开的探讨尚不充分。如果说侠之

[①] 黄宽重《"嘉定现象"的研究议题与资料》,《中国史研究》2013 年第 2 期。
[②] 参见勾承益《晚宋诗歌与社会》,电子科技大学出版社,2001 年;张春晓《乱世华衣下的唱游——宋季士风与文学》,复旦大学 2002 年博士学位论文;史伟《宋元之际的士人阶层分化与诗学思想研究》,人民文学出版社,2013 年;吕肖奂《介乎士大夫和平民之间的文学形态——南宋中后期游士阶层的诗歌创作》,《阅江学刊》2014 年第 2 期。

仗剑体现的是肉体的悍勇,那么游士的口诛笔伐则更接近"语言的暴力"。对此种"暴力",时人给予较多批评,如刘宰云"公肆讥訾"、周密言"大哄肆骂"、方回曰"雌黄士大夫,口吻可畏"①等。王埜在给戴复古诗集作序时写道:"长篇短章,隐然有江湖廊庙之忧,虽讥时忌,忤达官,弗顾也。"②"讥时忌,忤达官"体现在那些讨论边事、评议时政的诗篇。钱锺书也曾指出戴复古"如守江、边事、所闻事机、时事之类,开卷即是"③。这些正是游侠"力折公侯"行为的演变。早先贺铸以言辞批评权贵,叶梦得称其"近侠":

> 喜剧谈当世事,可否不略少假借,虽贵要权倾一时,小不中意,极口诋无遗辞,故人以为近侠。④

侠之伉直刚烈、任性不羁在贺铸的言行中得到体现。时至晚宋,这种"近侠"的行为在游士阶层中较为普遍。从个体性格看,侠之勇与儒之狂相结合,容易形成一种强制性、排他性的行动方式,行动主体对自身诉求没有必要的限制,对其他主体的利益空间缺乏考虑,发展到极致就是"恣睢悍顽"⑤。游侠之逞威恃强,与游士之口无遮拦,实为一体之两面。其次,从群体属性看,游侠活跃于"法外"世界,其势力与现世权力体系和社会秩序相抗衡。游侠之"游",有游离之意,可理解为"不受拘管、不受牵制",所谓"自由浮动的资源"⑥。

---

① 分别见刘宰《上钱丞相论罢漕试太学补试札子》,《漫塘集》卷一三,《景印文渊阁四库全书》第1170册,第446页;周密《齐东野语》卷六《杭学游士聚散》,第110页;方回《瀛奎律髓汇评》卷二〇,上海古籍出版社,2005年,第840页。
② 《石屏诗集》卷首,明弘治马金刻本。
③ 参见《钱锺书手稿集·容安馆札记》卷一第五百八十四则,商务印书馆,2003年,第647页。
④ 叶梦得《贺铸传》,《建康集》卷八,《景印文渊阁四库全书》第1129册,第658—659页。
⑤ 汪涌豪《中国游侠史》,复旦大学出版社,2001年,第239—246页。
⑥ 杨联陞《评刘若愚〈中国文史中之侠〉》,《中国语文札记》,中国人民大学出版社,2011年,第268页。

晚宋的游士阶层也属于这种"自由浮动的资源",刘宰称其"挟众负气,以取必于朝廷,而朝廷之势日轻"①,这必然招致正统权力和主流价值的排斥。因此,现存有关江湖游士的记载,多含负面评价。但如果综合衡量晚宋的政治生态与权力格局,游士横议的兴盛,又有其必然因素。

从游侠的发展过程看,政治秩序和权力体系的重组是一个重要动因,这只需考察一下游侠最为兴盛的战国和汉初的时代背景便不难理解,有学者因此将游侠的产生归结于"权力的下移"②。同样,晚宋游士横议的兴盛也与恶化的政局存在密切联系。权相以压倒性的优势总揽朝政,台谏的制衡作用基本丧失,庙堂议事论政的正常氛围得不到保证。理宗端平更化时期是朝政略显清明的一个阶段,所谓"谏官论事,御史斥奸,侍从有论思之忠,百官有轮对之直"③,但好景不长;晚宋政坛更多时候是"侍从之臣有献纳而无论思",台谏失职,言路壅塞,因此制衡的力量只能下移到庙堂之外。而从江湖游士的活动情况看,他们奔走于各级官员周围,与杭学生员也有密切的往来,对朝政大事的了解比较及时,极易表达和传播某些在庙堂之上无法陈述的意见。时人吴泳批评马光祖"买嘱游士,使之扬誉于中都"④,这折射出游士在舆论方面的影响力;"扬誉"如此,议政亦然。总之,在晚宋宰相揽权的局面下,台谏角色的缺失、庙堂言路的不畅与游士议政的兴盛是两个相互关联的现象。如果说前述官员儒生在平戎方面的局限呼唤草野豪杰的涌现,那么朝堂监督力量的薄弱则需要江湖群体来填补,这些都体现出游士阶层作为"自由浮动资源"

---

① 刘宰《上钱丞相论罢漕试太学补试札子》,《漫塘集》卷一三,《景印文渊阁四库全书》第1170册,第446页。
② 陈广宏《关于中国早期历史上游侠身份的重新检讨》,《复旦学报》(社会科学版)2001年第6期。
③ 姚勉《癸丑廷对》,《雪坡集》卷七,《景印文渊阁四库全书》第1184册,第49页。
④ 吴泳《与马光祖互奏状》,《鹤林集》卷二三,《景印文渊阁四库全书》第1176册,第223页。

的独特作用。进一步看,游士之"横",也和当时政治秩序自身的混乱不无关系。从史弥远处置韩侂胄、济王的手段,到史嵩之时代徐元杰等三人暴卒的事件,再到丁大全暴力驱逐董槐的行为等,祖宗家法与朝政纲纪遭到极大破坏。当政治运作缺乏必要的妥协与平衡,短兵相接式的对抗就会成为不同利益主体表达诉求的主要方式。侠客悍勇伉直的精神因此获得了蔓延的空间。可见,晚宋游士"语言暴力"的横行,离不开政治失序的时代背景。

理宗朝权臣丁大全揽政之时,曾有人作诗云"恨无汉剑斩丁公"①。面对当权者,游士们以文为剑,对朝政乱象进行口诛笔伐。如时人廖应淮,"游侠江湖",豪放不羁,"年三十,客临安,疏丁大全丞相误国状,大全中以法配汉阳军。应淮荷校出都门,所至说易数,祸福无不中,多得钱,与监人醉饱"②。除上书外,题诗亦是游士讥刺时政的重要方式。他们行走江湖,酒楼寺院、驿舍旅邸是其经常停留的空间,题壁之作利于传递政见。例如庆元年间一位宗族出身的游士在客邸壁间题诗批评韩侂胄专权:"骞卫冲风怯晓寒,也随举子到长安。路人莫作亲王看,姓赵如今不似韩。"③同一时期托敖陶孙之名讥刺韩侂胄的三元楼题诗,以及此后曾极于金陵行宫题写的讽诫史弥远之诗,都属于这种表达方式,体现出游士议政的果敢力量和尖锐风格。类似讥刺诗句还包括针对史弥远的"前身元是觉阇黎,业障纷华总不迷。到此更须睁眼看,好将慧力运金锟",针对郑清之的"先生自号为安晚,晚节何为不自安",针对贾似道的"劝君高着擎天手,多少傍人冷眼看""三分天下二分亡,犹把山川寸寸量。纵使一丘添一亩,也应

---

① 《宋季三朝政要笺证》卷二记载,宝祐四年(1256),"董槐罢相。时丁大全为监察御史,奏槐章未下,先调临安府兵百余人,挺刃围其第,以台牒驱迫出之",中华书局,2010 年,第 217 页。
② 张铉《(至大)金陵新志》卷一三下之下,《景印文渊阁四库全书》第 492 册,第 602 页。
③ 岳珂撰、吴企明点校《桯史》卷五,中华书局,1981 年,第 62 页。

不似旧封疆"①等。尽管这类言语常常引发诗祸,但作者仍然直指其事或直斥其人,既未考虑当权者的接受心理和容忍程度,也不顾及自身安危,所谓"明知身之坠,不避斧钺之诛,而直陈其灾害也"②,这和逞勇奋身、舍命不渝的侠客精神是一致的。

除了直接针对当权者的指斥外,江湖游士的横议干政,还有另一形式,所谓"送人去国之章"。朝官外任或贬窜,同僚亲友祖帐饯行、集会赋诗的习俗由来已久,赠诗者或叙旧缘、或瞻前程、或抚慰劝勉,形成了一种书写传统。但在晚宋朝纲紊乱的政治环境下,江湖游士的送人去国之诗,又具有"挟众负气"、以言干政的鲜明特征。理宗宝庆元年(1225),时任大理评事的胡梦昱上书论济王之事,因言辞激烈而被流窜象州,一批江湖游士作诗相送。其中翁定"世态浮云多变换,公朝初日盍清明。危言在国为元气,君子从来岂顾名"、李伯圭"千古纲常增砥柱,一身去就等虚舟。恶鸮尽任陵鸾凤,赢得清名雪外州",标举胡梦昱的忠直与气节;杜耒"庐陵一小郡,百岁两胡公"、宋自适"凛凛庐陵一澹翁,飞扬复起振高风"、李元实"雕嘴明知林甫毒,鲠言要与澹庵班"、曾梦选"廊庙诸公底着羞"③,以胡铨比胡梦昱,以秦桧、李林甫比史弥远,对朝政的指责也比较明显。通过送人去国的同题书写,江湖游士对史弥远一方擅权乱政、排斥异己之举进行了集体抗争。所谓"雌黄"或"挟众负气",在这次抗争中得到了显著体现。同样,淳祐末年刘克庄离朝时,江湖士人陈起、胡仲弓亦作诗相送,其中胡诗"是非不信无公论,胜负常关第一筹""但得中朝常有道,何妨右史左迁官"(《送后村去国》),亦充满对朝政正邪得失的"雌

---

① 分别见田汝成《西湖游览志余》卷五,中华书局,1958 年,第 81、85 页;周密《癸辛杂识》别集下,中华书局,1988 年,第 294 页;刘一清撰、王瑞来校笺考原《钱塘遗事校笺考原》卷五《推排田亩》,中华书局,2016 年,第 149 页。
② 陈立《白虎通疏证》卷五,中华书局,1994 年,第 236 页。
③ 以上所举送胡梦昱诗均见胡知柔《象台首末》卷三,《景印文渊阁四库全书》第 447 册,第 27—32 页。

黄",刘克庄甚至"避谤"不敢见。总之,"送人去国"成为江湖游士汇聚声势、批评时政的重要途径。

通过上书、题壁、赠诗等议政方式,江湖游士在权相专制的晚宋政治格局中扮演了监督与制衡的角色。这种"体制外"的力量以伉直刚烈、聚众负气的游侠面貌呈现,仗义行事与擅作威福往往同时发生,冲击力和破坏性俱存。因此,与其给予其道德评判,不如从权力结构的变动和文化性格的形成上加以综合考察。

三、"友道"与"心朋":游士交往中的江湖意气

从三边幕府到临安湖山,游侠精神在江湖游士身上呈现了一个由武及文的渗透过程,即从建功立业的豪壮到以言干政的刚勇。如果进一步追踪其扩散轨迹,游士群体的日常生活与人际交往无疑会成为关注对象。在这方面,游侠精神中尚勇的一面逐渐隐没,重义尚气的特点愈发清晰;政治空间中有所作为的果敢转化为生活空间中关系建构的坚定。侠义情怀与江湖意气,成为维系游士群体的重要力量。

有关江湖游士的人际交往,研究者已指出他们对友情的重视[①]。但如果结合这一群体的社会属性和生存状态来看,这种交谊的意涵还值得深入挖掘。正如刘克庄在为翁定的《瓜圃集》作序时所言:"感知怀友之什,有侠客节士死生不相背负之意。"[②]江湖情谊,包含了救危赈厄、有诺必诚、担负生死的侠义精神。侠往往拥有"超道德"的担当[③],所谓"趋人之急,甚于己私",在恻悯方面比立足伦常、讲究中庸的儒家精神更加彻底,在节义上比善养浩然之气的士大夫更为坚决。这种超越精神非常适合漂泊无根的江湖游士。因为无根,他们更需

[①] 参见张宏生《江湖诗派研究》第三章《主题取向》之四《友谊之求》,中华书局,1995年,第76—82页。
[②] 辛更儒笺校《刘克庄集笺校》卷九四,中华书局,2011年,第3976页。
[③] 参见刘若愚《中国之侠》,周清霖、唐发铙译,上海三联书店,1991年,第4页。

要一种超越宗亲、地缘、等级、利益的人际关系。陈起"论心到极处,情爱逾骨肉"(《哭丹池王隐君》)、翁定"母怜它姓子,金润别人家"(释居简《泣瓜圃翁应叟》)、胡仲弓"旅行得心朋,在客如家乡"(《秋夜旅中》),都是这种超越性关系的反映。

江湖游士的交往也具有偶然性与流动性。与亲友、同僚、师生、乡邻等关系相比,游士的相互结交多是"客里偶相逢,襟怀亦偶同"(施枢《送东浦张应发归永嘉》)的短暂际遇。武衍与友人相见一晚即分别,"未及论心事,晓风回蹇驴"(《刘八窗见访一夕即别》);胡仲弓与旅伴也不过"半月陪杖屦""檐雨对夜床"(《秋夜旅中》)。此等短暂需要一种持久来弥补,如胡仲参所叹:"世情云雨多翻覆,谁是江湖耐久交"(《和性之见寄韵》)。而"耐久"之交,无疑是超越世俗关系的意气之交,如施枢所言,"耐久交当如水淡,惯游身亦似蓬飘"(《怀友人》)。如果说飘忽不定的人生旅程促使江湖游士在寄寓中探寻本真,在流浪中追求归家,实现诗意的栖居,那么短暂的邂逅则让他们努力建构一种摆脱功名利禄、经得起时间考验的交情。所谓"心朋""襟怀同""逾骨肉",无不指此。这种襟怀,正是陌路相逢、仗义守信的侠客情怀,如陈起所云:"平生结交结以心,岂有鸩人羊叔子。多君相济义薄云,友道线绝今振起。"(《武兄惠药》)"心朋"的结交、"友道"的提倡、互助的施行,使江湖游士群体得以共同应对生存困境。迫于生活所需,江湖游士的干谒举动与市侩习气给人留下不佳印象,但基本的生存行为并不能掩盖他们的精神追求。恰恰是这种生存困境,迫使江湖游士在一般的社会关系之外建立一种以气义信诺为基础的人际网络。不管实现到何种程度,它作为一种理想范型,在晚宋社会史和文化史上的价值不容湮没。游侠的"超道德"精神,背负何等的艰辛与无奈,自然难以深究,但江湖游士对侠义精神的摄取,正是面向现实困境而超越于日常生活的。

被江湖人士视为"定南针"的陈起,在游士群体中具有联络组织作用,这种作用的发挥,离不开他对"多君相济"之"友道"的重视。陈起在出版诗集、实现文学市场化方面的影响历来受人重视,但无论从南宋后期商品经济的发展情况看,还是考虑到陈起的个人追求,他更多地秉承了传统士人的品格,"京华声利窟,车马如浪翻。淡妆谁为容,古曲谁为弹"(郑斯立《赠陈宗之》)。尤其是在朋辈的结交上,陈起更体现出仗义疏财的一面①,他商铺中的书籍,多以借、赊、赠的形式给予友人。如"箧中尚有诗一编,持赠虽微意则虔"(陈起《汪起潜谢送唐诗用韵再送刘沧小集》),朱继芳也说"自作还相送,唐诗结伴来。归装携此重,笑口为君开"(《桃源官罢芸居以唐诗拙作赠别》)。同样,戴复古也用诗集结交江湖朋辈,"篇易百金宁不售,全编遗我定交初"(邹登龙《戴式之来访惠石屏小集》)。可见,游士作品的结集刊刻具有义重于利的一面。互助共济是江湖结交的基本精神,如陈起"列品不自珍,而与朋友共。雕盘放手空,适口颇恣纵"(周端臣《奉谢芸居清供之招》),又如"金润别人家"的翁定"行义穷尤著,持身死不差"(释居简《泣瓜圃翁应叟》)、"处穷而耻势力之合,无责而任善类之忧"(刘克庄《瓜圃集序》)。赈危周急,除了财物馈赠,亦有精神上的劝勉;除了游士群体之间的互助外,还有他们对患难官员的声援。前述临安游士的"送人去国",即其抚慰和勉励失意士大夫的一个途径。除此之外,更有游士远赴贬谪地探访获罪官员的事例,这更加体现出他们的侠义情怀。如姚镛被贬衡阳,戴复古"由闽峤度梅岭,涉西江"前去探望,姚氏感叹"此意古矣"②。可见,"多君相济义薄云"是游士群体处世交友的普遍准则。

这种"友道"的践行,最明显的莫过于"死生不相背负"。例如,游

---

① 张春晓指出陈起同时具有三种气质:书商之气、文人之气和江湖意气。其中"江湖意气"指陈起慷慨仗义,借书赊书的行为。参见氏著《乱世华衣下的唱游——宋季士风与文学》,复旦大学2002年博士学位论文。
② 姚镛《石屏诗集序》,《石屏诗集》卷首,明弘治马金刻本。

士万俟绍之在弥留之际委托友人叶茵将其所著之诗付梓,时人感叹"一死一生,乃见交情"①。又如,时常寄人篱下、"见者疑为侠客异人"的孙惟信,在主人过世后仍不泯情谊,远道奔丧、照顾后人,充分体现出忠诚信诺、生死不渝的侠义精神。如刘克庄所述,"(孙惟信)尤重气义,尝客孟良甫(猷)、方孚若(信孺)家,孟死犹拳拳其子孙,孚若葬,徒步赴义",因此刘氏强调"以诗没节,非知季蕃者"②。孙惟信曾客居福建莆田的方信孺家,方氏"后赀用竭,宾客益落,信孺寻亦死矣"③,在此情况下孙惟信仍然长途跋涉,前往莆田悼唁。刘克庄曾填词彰显其气节:"岁暮天寒,一剑飘然,幅巾布裘","南来万里何求,因感慨桥公成远游。叹名姬骏马,都成昨梦,只鸡斗酒,谁吊新丘","平生客,独羊昙一个,洒泪西州"(《沁园春·送孙季蕃吊方漕西归》)。总之,"死生不相背负"的事迹是言必信、行必果的游侠精神在江湖士人阶层里的集中体现,这也算是对胡仲参"谁是江湖耐久交"的最好回答。

从漂泊无根的生存处境到"超道德"的理想关系,再到仗义互助、担负死生的实际活动,游侠精神在游士阶层构建人际网络、增强群体认同上扮演了重要角色。侠之文化性格,进一步嵌入游士的日常生活,涉及其生老病死的各个方面,从而内化于他们的精神结构。游士之"江湖",与侠客之"江湖",在"意气"这个层面上实现了融合。其存在形态,也从戎府、湖山转化为流动的、虚拟的活动空间,一种精神文化层面上的"江湖"。

四、以侠为诗:江湖游士的创作风貌

尚武建功、以言干政与江湖结交,是游士群体生存活动的基本形

---

① 方洪《郢庄吟稿序》,《江湖后集》卷一一,《景印文渊阁四库全书》第 1357 册,第 849 页。
② 刘克庄《孙花翁墓志铭》,辛更儒笺校《刘克庄集笺校》卷一五〇,中华书局,2011 年,第 5923—5924 页。
③ 脱脱等《宋史》卷三九五,中华书局,1985 年,第 12062 页。

式,但他们另一重要身份是"江湖诗人","游于艺"是其理想的生活状态。因此,游侠精神对这一群体的影响,最终落脚于诗歌创作上。正如时人方逢辰所言:"以侠为诗者,非今之江湖子乎?"①方逢辰站在理学家的立场上,认为"以侠为诗"与"寓性情"相悖,是"诗之罪人"。如果不局限于道义的评判,从"以侠为诗"的角度去认识江湖游士群体的创作特色,其在晚宋文学史上的价值和地位就会更加明晰。

侠具有尚勇负气的性格,其对应的文学风格就是壮伟宏阔。黄庭坚称刘恕之子"其于文章,似汉游侠""观其文,河汉而无极"(《刘咸临墓志铭》),即针对其气象的雄阔。以"诗侠"著称的刘过,"只是侠气"的敖陶孙,其诗歌都拥有豪放亢厉的风格。此外,如毛珝"豪于诗",其《甲午江行》"残房自缘他国废,诸公空负百年忧""边塞战马全装铁,波阔征船半起楼",陈衍评为"不图晚宋尚有此壮往之作"②。又如赵汝绩为人豪迈,"忆昔三十气拂云,钺神矗鬼泣祠文。欲提河洛数千里,重收图版归明君"(《忆昔一首》),好写古体,气势俊逸,"鹰鹯击飘风,不受锦鞲绁。骅骝踏飞电,宁顾黄金埒"(《别曹松山》),"空山老桐劲如铁,英枝翳翳夜撑月。霜风着子涵玉膏,烈手崇朝剖融结"(《墨歌》)。如果将游士群体的这种创作面貌与以程公许、潘牥、李伯玉等理宗朝士大夫的豪壮诗风相连接,再兼及此时"辛派"词人的创作实绩,那么,有关晚宋文坛格卑气弱的传统评价似乎可以得到修正。然而,如果豪言壮语讲得过多,空洞浮泛的弊病就会显现。正如苏辙评李白时所说:"语用兵,则先登陷阵不以为难;语游侠,则白昼杀人,不以为非,此岂其诚能也哉?"(《诗病五事》)建立军功的壮怀固然可嘉,但脱离实际的谋划和宣示只会让英勇变得苍白无力。如叶适所言,"言东事者则曰取鲁取齐,言西事者则曰取秦取陇;又自淮

---

① 方逢辰《邵英甫诗集序》,《蛟峰文集》卷四,《景印文渊阁四库全书》第 1187 册,第 533 页。
② 陈衍《宋诗精华录》卷四,曹中孚校注,巴蜀书社,1992 年,第 644 页。

直北以至京师,自襄阳指武关,捣河中以抵函谷。甚者欲遣间刺,招熟户,纳豪杰,绕海复出,以结远夷藩落之援"①,最终不过纸上谈兵。同样,诗歌中豪心侠气的抒发也极易成为一种模式化的书写,遮蔽个性、流于浮泛。方回在批评江湖诗风的同质化现象时,列举了几类意象②,其中"酒徒剑客"一项,折射出他们在抒写豪侠情怀时的固定套路。一旦落入窠臼,剑气侠骨就会变得高蹈矫揉,如钱锺书批评陆游时所说的"作态""作假",失去其原始冲动与生命活力。

  侠拥有对抗的精神,它赋予江湖游士一种变革诗风的群体性力量。早期的"卿相之侠"以结党连群的势力对抗公权,晚宋的游士群体"挟众负气"干预朝事,其实质都是"自由浮动的资源"对主流政治的悖离和反制。而在文学领域,江湖游士群体也扮演了变革主流诗风的先锋角色。众所周知,以晚唐之清隽矫治江西诗风之生涩,在南宋中后期逐渐兴盛,但其蔚然成风,实有赖于游士阶层的推动。在宋代诗歌史上,风会习尚的转化,如此紧密地与社会格局的变迁结合起来,尤其是借助一个体制外的、富含反抗精神的社会群体。但这只是游士阶层变革主流诗风的一个方面,除此之外,他们还以一种真率刻露的表达习惯、爽豁明快的语言风格反拨"宋调"的内省精神。时人林希逸云"山谷诗有道气,敖臞庵诸人只是侠气"③,刘克庄云"其豪心侠气极力揩磨不尽,不若南塘之近道也"④,"道气"对"侠气"是"揩磨","侠气"对"道气"则是反叛。宋人重视内心修养,注意对情绪的节制和规范,追求一种理智内敛的精神状态。而任性不羁的江湖游

---

① 叶适《代人上书》,刘公纯、王孝鱼、李哲夫点校《叶适集》卷二七,中华书局,2010年,第551页。
② 方回《送胡植芸北行序》云:"近世诗学许浑姚合,虽不读书之人,皆能为五七言。无风云月露、米雪烟霞、花柳松竹、莺燕鸥鹭、琴棋书画、鼓笛舟车、酒徒剑客、渔翁樵叟、僧寺道观、歌楼舞榭,则不能成诗。"《桐江集》卷一,《宛委别藏》本。
③ 林希逸《三十年前尝与陈刚父论诗云本朝诗人极少荆公绝工致尚非当行山谷诗有道气敖臞庵诸人只是侠气余甚以为知言追怀此友因以记之》,《竹溪鬳斋十一稿续集》卷三,《景印文渊阁四库全书》第1185册,第579页。
④ 刘克庄《后村诗话》前集卷二,王秀梅点校,中华书局,1983年,第36页。

士在情感的宣泄上更加自如。"展席交股坐,剧谈飞舌竞。恃侠争誉己,拈卷索分韵。呼儿注老瓦,酒力快辛硬"(赵汝鐩《姜子平郑华父见访留饮月下》),和传统文人雅集那种讲究礼节、品鉴器物的氛围相比,游士诗人的赋诗抒怀更加率性洒脱。"生前富贵谁能必,身后声名我不知。且趁酴醾对醹醾,共来相与一伸眉"(高翥《清明日招社友》)等。正如江湖侠客的快意恩仇,游士结交友人时不拘礼节,面对朝政乱象时,则毫不留情地给予鞭挞斥责。在宋代党争剧烈的局面下,文人士大夫出于避祸的考虑,更加注重自我的道德完善,即使有议论时政的诗作,也特别强调优柔感讽、温柔敦厚的表达方式。尤其是在晚宋理学兴盛的背景下,"情性之正"对讽谏之作的要求更加严格。而江湖游士以诗议政时大胆激烈的情怀、讦直无忌的风格,正是对"转向内在"的反拨和雅正传统的突破,以致四库馆臣常以"叫嚣"来形容。总之,在正负两面情绪的表达上,游士诗人都具有一种不受节制、超越规范的冲动,消解了"宋调"的内向型特征。在"宋调"的形成过程中,直白豪纵的诗风曾起过协助作用。例如,仁宗朝庆历前后,石延年、张方平、范讽、刘潜等京东士人群体,不拘礼法、放逸率直,所谓"东州逸党",和当时诗坛的"新变派"形成呼应。又如,皇祐年间滕甫、郑獬等人也体现出豪纵不羁的诗风,有"滕屠郑沽"的称号。他们为宋诗新变贡献了力量,但其风格最终被主流诗坛摈弃,"宋调"逐渐走上了重视理性、讲究规范的道路。而到江湖游士那里,理性的规训已经难以见效,他们性格深处的反叛精神和声气相应的群体力量,使其能够比"东州逸党"和皇祐士人在诗坛发挥更大的影响。由此可见,晚宋诗坛的变革,既依靠社会格局的调整,所谓"体制外"空间的成长,又是一种主体精神的张扬,其核心是游侠似的反叛精神。

以游士阶层为创作主体的"江湖诗",本来取法广泛、风格混杂,但长期以来人们将其与清寒卑狭的晚唐诗风等同,对其力度和境界重视不够。从豪壮的一面看，游士诗人在国运衰颓的局面下发出了时代的强音，成为宋末遗民诗人遒劲曲调的先声。从反叛的一面看，晚宋游士阶层的侠气和元明以后文人的游侠风尚遥相呼应，后者逐渐开启了传统文学对个体价值和生命本真的关注。江湖游士的"以侠为诗"，具有连接这些文学史现象的价值。总之，从侠气与诗风的关系入手，不仅江湖游士群体的兴起背景、文化性格、生存状态可获得连贯的呈现，其创作中雄豪壮伟的面貌、锐意变革的气质，亦可得到深层次的解释。游士诗人之"江湖"，不仅仅是模山范水、点缀风月之"江湖"，更是豪杰涌现、侠气贯注之"江湖"。

第二节　游吟：江湖诗的生产状态与精神内涵

除"游侠"之外，"游吟"也与游士诗人有着密切的联系，所谓"江湖放吟客"（盛烈《湖天晚霞》）。"游吟"不仅反映出江湖诗的"生产状态"，塑造了江湖诗人的作品面貌，也成为他们实现自我超越的重要方式。诗人们多以"吟稿""吟卷"命名诗集，如万俟绍之《郢庄吟稿》、赵汝绩《山台吟稿》、葛起耕《桧庭吟稿》、林尚仁《端隐吟稿》等。此处之"吟"，包含"苦吟"与"游吟"两层含义。"苦吟"关乎诗歌的形式技巧，在"晚唐体"兴盛的南宋后期，"苦吟"往往和字句的雕琢、声律的调节、体式的安排相结合。江湖诗人在题材上与"晚唐体"接近，也常常以"苦吟身"自称，因此有学者将"苦吟"视作江湖诗风的基本特征[①]。但事实上晚宋诗坛在"永嘉四灵"之后，苦吟的创作风气已有所改变，如承续"四灵"的永嘉处士诗人薛师石，虽然在指导他人时仍说"某句未圆，某字未安"（王绰《墓志》），但他自己的创作已"夷镂为

---

① 李越深《论江湖诗人与江湖诗味》，《浙江社会科学》1995 年第 4 期。

素","不似四灵之一字一句刻意苦吟"(四库馆臣语)。而对于游士诗人而言,其基本特征是流动无根,他们多数时间"在路上",如"多情今夜月,为我照吟篷"(戴复古《董叔宏黄伯厚载酒黄塘送别》)、"短篷终日载吟声"(胡仲弓《和赵同叔见寄韵》之一),山程水驿上的"游吟"才是其典型的创作方式。和专注于语言形式的"苦吟"不同,"游吟"主要是率意而为、应景而发。它不受句律字法的限制,重在个体感受的自由抒发;它无需闭门觅句与冥搜物象,而是在移动空间中随意摄取物态世情,既秉承"江山之助",又反映人情之真。"游"为"吟"提供了动态的抒情空间,"吟"则为"游"开启了归家之途。这种归家,不同于"苦吟"在技巧世界中实现超越,而是在人生的变化性和偶然性中寻求永恒。"坐间尊岛佛,客里识坡仙"(叶茵《次孙花翁韵》),苏轼式的随缘应化为游士诗人的自我解脱提供了很好的借鉴,"春来何处不归鸿",正是漂泊者的心灵归途。

一、吟诗与得句:江湖诗的创作状态

从本义看,"吟"表示一种持续而抑扬的发声状态,"长言之不足故嗟叹之",在形诸文字之前,吟是诗歌创作的初始状态,具有即兴发挥、自然生动的特征。江湖诗人的游吟,正好保持了这种效果。陈起云"客来喜得吴江纸,欲写新吟一字无"(《秋怀》),"吟得诗成无笔写,蘸他春水画船头"(《夜过西湖》),戴复古云"有时吟声高,鬼神莫惊怕"[①],都显示出这种随口而作的状态。因为"吟声"的原始自然,它才能够和外界的各种声音保持协调,如"题诗未了下山去,一路吟声杂水声"(戴复古《山村》其二)、"桂子吹香风露深,老夫吟了听蝉吟"(《秋日病余》)、"泉声一路和吟声,可是山云未放晴"(胡仲弓《再和抱

---

① 戴复古《久寓泉南待一故人消息桂隐诸葛如晦谓客舍不可住借一园亭安下即事凡有十首》其四,《石屏诗集》卷一,明弘治马金刻本。

拙清源洞韵》)。"游吟"的自然天成恰与"苦吟"的雕琢刻镂形成对比。《文心雕龙·神思》云"吟咏之间,吐纳珠玉之声","珠玉"的精致,适合"苦吟"而得的工稳之诗。而游吟之诗正似水的自然成文、蝉的随意而鸣,不加雕饰,如姚镛称戴复古诗"天然不费斧凿"(《题戴石屏诗卷后》)。由于不受体式句法的约束,"吟未稳"(盛烈《晚步段桥》)成为江湖诗人的创作常态,所谓"每吟咏信口而成,不工句法,故自作者随得随失"①。姚镛称邹登龙"句法间从南岳出,吟声元自石屏来"(《题震父诗卷》),"句法"与"吟声"之对立,折射出"游吟"的自然率意、不经布置。如果再将前述"不受拘管、不受牵制"的游侠性格结合起来考察,这种随性而为的创作方式便更容易理解。有研究者指出晚宋诗风从四灵的"苦吟"与"锤炼"走向江湖诗人的"切近"和"简便"②,"江湖诗人的作品,实际上大都是写得比较率意的,当不得苦吟二字"③,这种率意简便,与"游吟"的关系密不可分。

除了不受语言形式的限制,游吟也未经思维的规范。无论"吟声杂水声""泉声和吟声"还是"吟了听蝉吟",诗人无需闭门觅句式的冥想,而是外界事物的自然感发和个体情感的率意流露。诗人的吟咏和自然界融为一体,不再是书斋册府中的搜检与点化,它消解了经典宋调的知识传统和理性精神。在这方面,江湖诗人的游吟与"诚斋体"的风格颇为相似。钱锺书称杨万里"努力要跟事物——主要是自然界——重新建立嫡亲母子的骨肉关系,要恢复耳目观感的天真状态"④。江湖诗人的游吟,正是对杨万里"天真状态"的延续。"诚斋体"在江湖诗人中颇有影响,如高翥"能参诚斋活句",戴复古之诗曾

---

① 释绍嵩《江浙纪行集句诗序》,《江湖小集》卷三,《景印文渊阁四库全书》第1357册,第20页。绍嵩虽非江湖游士,但其游方的创作情况与游士有相似之处,故借用其语以形容江湖诗的创作状态。
② 钱志熙《论〈千家诗选〉与刘克庄及江湖诗派的关系》,《北京大学学报》(哲学社会科学版)2013年第2期。
③ 张宏生《江湖诗派研究》附录二《南宋江湖谒客考论》,中华书局,1995年,第351页。
④ 钱锺书《宋诗选注》,人民文学出版社,1982年,第180页。

得到杨万里之子杨长孺的称赞,后者"导诚斋宗派,不轻许与"①。"诚斋体"的影响主要体现在"走出书斋,走向山水景物,从人文世界走进自然世界"②,以游走为常态的江湖诗人,拥有更多吟咏山水的机会。诗人与自然界的广泛接触,与其说是"以鸟兽草木为料"的提取和加工,不如说是摆脱理性的支配,返归原初的生命冲动。翁方纲称戴复古诗"纯任自然,则阮亭所谓直率者也"③。诗人之吟,正如天籁自鸣一样,是个体本真体验的呈现和固有"诗性"的焕发。有研究者指出南宋中后期诗坛"抒情传统"的重建④,在江湖诗人那里,这种传统正是通过长期的漫游与本真的吟唱建立起来。

与"游吟"相伴的创作状态是"得句"。戴复古云:"诗本无形在窈冥,网罗天地运吟情。有时忽得惊人句,费尽心机做不成。"⑤惊人之句的获得,源于造物的赐予,有"游吟"过程中的自然界的触动,亦有梦境中超我力量的帮助⑥。在江湖诗人中,"得句"的情况较为常见。如胡仲参有《枕上得句寄潜君升》,施枢"归程经雁荡,得句附邮筒"(《送东浦张应发归永嘉》)、叶茵"得句未工吟竟病,有书可读笑便眠"(《野堂即事》)等。戴复古有众多"得句"的经历,从诗题中可见:《九日登裴公亭得"无灾可避自登山"之句,何季皋、滕审言为之击节,足以成篇》《去年访曾幼卿通判,携歌舞者同游凤山,仆有"歌舞不容人不醉,樽前方见董娇娆"之句。今岁到凤山,又辟西隅筑堤种柳,新作数亭,且欲建藏书阁,后堂佳丽皆屏去之矣。仆嘉其志,又有数语

---

① 《石屏诗集》卷首,明弘治马金刻本。
② 参见熊海英《"诚斋体"在南宋的接受及其影响》,《南昌大学学报》(人文社会科学版)2011年第4期。
③ 翁方纲《石洲诗话》卷四,人民文学出版社,1981年,第146页。
④ 张健《宋代诗学的知识转向与抒情传统的重建》,《北京大学学报》(哲学社会科学版)2013年第2期。
⑤ 戴复古《昭武太守王子文日与李贾严羽共观前辈一两家诗及晚唐诗因有论诗十绝子文见之谓无甚高论亦可作诗家小学须知》其八,《石屏诗集》卷七,明弘治马金刻本。
⑥ 参见浅见洋二《关于"梦中得句"——中国诗学中的"内"与"外"、"己"与"他"》,浅见洋二著、金程宇等译《距离与想象》,上海古籍出版社,2005年,第413—433页。

并录之》《醉眠梦中得"夏闰得秋早,雨多宜岁丰"一联,起来西风悲人,且闻边事》《梦中题林逢吉轩壁觉来全篇可读天明忘了落句》。值得关注的是"得句"对诗人创作心态的影响,以及"得句"后"成篇"的过程。

赵汝腾在为戴复古诗集作序时写道:"又言作诗不可计迟速,每一得句,或经年而成篇。"①一方面,"得句"显得迅捷和神秘,似乎是"江山之助"或"窈冥"之力;另一方面,从"得句"到"成篇"又是艰辛的过程,需要长时间的努力。这就导致两个结果:首先,诗人往往追求一句一联的精彩,而忽略全篇的工稳。戴复古《石屏小集》自序云:"复古议论斯语,使有五字可存,如崔信明'枫落吴江冷'一句;十字可存,如杜荀鹤'风暖鸟声碎,日高花影重',一联足矣,果何以多为?"②从戴复古的创作经历看,由于"忽得惊人句"的不可阻挡性与"梦中得句"的不可预料性,五字、七字或十字的联句占据了全诗的支配地位,其他联句不过是为了凑足全篇的续补而已。戴复古常常把精彩的联句放在诗题中,如《诸诗人会于吴门翁际可通判席上,高菊磵有诗,仆有"客星聚吴会,诗派落松江"之句,方子万使君喜之,遂足成篇》。此联虽非登高赋诗或梦中得句,但却是即席有感、临场发挥,同样具有不假思索与迅捷神速的特点。这样的联句拥有句高于篇的地位,和晚唐诗人篇以句存或有句无篇的情形颇有相似性。其次,"得句"后的"成篇"通常需要他人的帮助。上述"方子万使君喜之,遂足成篇""何季皋、滕审言为之击节,足以成篇"均是在旁人的赞扬鼓励下得以续成全篇。更有甚者,在戴复古率先"得句"后,诗友帮助他补足成篇,这从著名的"夕阳山外山"一联可以得证。明代瞿佑《归田诗话》卷中"戴石屏奇对"载:

---

① 赵汝腾《石屏诗序》,《石屏诗集》卷首,明弘治马金刻本。
② 《石屏诗集》卷首,明弘治马金刻本。

戴式之尝见夕照映山，峰峦重叠，得句云："夕阳山外山。"自以为奇，欲以"尘世梦中梦"对之，而不惬意。后行村中，春雨方霁，行潦纵横，得"春水渡傍渡"之句，以对，上下始相称。然须实历此境，方见其奇妙。①

根据瞿佑的描述，"夕阳山外山"与"春水渡傍渡"均是在自然界景物的触发下写出，正如戴氏自言"有时忽得惊人句，费尽心机做不成"。后来谢榛《四溟诗话》卷二亦沿用瞿佑的说法，强调作诗的时机与外界的触发："诗有天机，待时而发，触物而成，虽幽寻苦索，不易得也。如戴石屏'春水渡傍渡，夕阳山外山'，属对精确，工非一朝，所谓'尽日觅不得，有时还自来'。"②此诗在明代弘治马金刻本的《石屏诗集》中，题名为"世事"，但如果翻阅《南宋群贤小集》中的四卷本《石屏续集》和《中兴群公吟稿戊集》中的三卷本《石屏戴式之》，我们可以发现此诗拥有一个较长的标题：《三山宗院赵用父问近诗，因举"今古一凭栏""夕阳山外山"两句未得对。用父以"利名双转毂"对上句，刘叔安以"浮世梦中梦"对下句，遂足成篇。和者颇多，仆终未惬意。都下会李好谦、王深道、范鸣道，相与谈诗。仆举此话，鸣道以"春水渡旁渡"为对，当时未觉此语为奇。江东夏潦无行路，逐处打渡而行，溧水界上一渡复一渡，时夕阳在山，分明写出此一联诗景，恨不得与鸣道共赏之》。

此诗全文为："世事真如梦，人生不肯闲。利名双转毂，今古一凭栏。春水渡傍渡，夕阳山外山。吟边思小范，共把此诗看。"③明人编印《石屏诗集》时取起首两字为诗题，大概为了篇幅的节省，也给人一种印象：此诗为戴复古独创。无论瞿佑还是谢榛的谈论都加深了这

---

① 丁福保辑《历代诗话续编》，中华书局，2006年，第1264页。
② 丁福保辑《历代诗话续编》，中华书局，2006年，第1161页。
③ 此处以台北"国家图书馆"藏宋刊《南宋群贤小集》第二十册《石屏续集》为底本。

种印象。但如果回到南宋那个漫长的标题,我们可以发现至少三人参与了诗歌创作。当戴复古举出"今古一凭栏""夕阳山外山"两个单句时,我们不妨相信瞿佑的说法,他面对"夕照映山,峰峦重叠"的景色或在某个登高览胜的时刻"忽得惊人句"。但从得句到成篇,地点经过多次转换,从福建、临安到溧水,多人参与其中。在赵、刘、戴三人聚会时,赵以夫对"利名双转毂",刘叔安对"浮世梦中梦"后,"遂足成篇",诗歌第一个版本已经成型。戴复古到临安与范鸣道等人相聚时,获得"春水渡旁渡"的对句,后来行走江东、身临其境后,促使他修改诗篇。需要注意的是,瞿佑所讲的时间地点是"春雨方霁""村中",戴复古实际活动在"溧水界上",遇到的是"夏潦"。当他用"春水渡旁渡"替换掉"浮世梦中梦"后,顺便也修改了尾联,因为"吟边思小范,共把此诗看"显然不在第一个版本中,只有在临安会友、溧水望渡后才能发出"恨不得与鸣道共赏之"的感慨。从自我得句到得他人句,再到"遂足成篇",经历了较长的过程。赵汝腾评戴复古"每一得句,或经年而成篇",实际上包含了诗友的参与。如果说"游吟"和"得句"是"天机"触发,那么成篇则是共谋的结晶。

二、移动空间:江湖诗人的纪行之作

如果说江湖诗的生产状态是独游之"吟",那么其歌颂的内容则应当是旅途中的种种场景和体验,即吟"游"。移动空间中的吟咏最能体现江湖诗人的游士身份,也能贴切地反映他们的处世心态和创作风貌。尽管纪行之作在各阶层创作者的经历中普遍存在,如官僚士大夫的宦游、地方士绅的闲游、僧人的游方等,但作为一种职业游士,"生涯无岁不扁舟"(杜耒《苕溪》之二)、"抛却石田甘远客,爱看山色每分程"(赵希迈《题式之诗卷后》)、"但存一路征行稿"(邹登龙《戴式之来访惠石屏小集》)、"皇皇然行路万里,悲欢感触一发于诗"(刘克庄《跋二戴诗卷》),江湖诗人对山程水驿的接触较为全面,观察和感受也显得细致和丰富。因此,纪行诗理应成为研究者观察游士群体与"江湖体"的重要窗口。

如前所述,江湖游士的活动范围包括三边幕府、临安湖山以及地方乡里,但这些都是相对固定的处所,是游历生涯暂时中断或最终结束的地点。就典型的旅途而言,舟中马上、前村后店才是漫游者的日常生活空间。江湖诗人的纪行之作,也主要以此为对象。按场所分,有旅舍、驿亭、僧寺等暂居地的书写,也有道上途中的吟咏。他们善于真率地表现生活细节和个体感受。李时可"临溪一舍竹疏疏,舟过时闻夜读书。姓字是谁何必问,定应不是俗人居"(《舟中夜闻读书》),选取旅途中清旷又不乏生活气息的场景,流露出一种既向往欣羡又不愿惊扰的心情。孙惟信寓居僧寺时忽闻卖花之声,既充满迟暮的惆怅,"少日喜拈春在手,暮年羞戴雪盈头。泉南寺里潇潇雨,婉婉一声无限愁",又涌动着久违的生趣,"曲巷深房忆帝州,卖花庭宇最风流。窗纱破晓斜开扇,帘绣笼阴半上钩"(《禅寂之所有卖花声出廊庑间清婉动耳》)。武衍"被裯已悬黄犊睡,桔槔不动绿阴遮",白描农家场景,"老翁相见如相识,命坐藜床自析瓜"(《枫桥道中》),如实呈现出淳朴的民风人情。罗与之对旅途心思的展示细致入微,"时危嫌店远,日暮觉程忙"(《客行》),将赶路者的紧张心情写得真切而富有理致,堪称警句。"闲愁一段如冰释,杨柳丛中出酒旗"(《姑苏道中》),突出了行者由愁苦转为欣喜的瞬间体验。"路遥两髀酸,颇恨身不翼""仆痛主亦疲,心口相怨尤""会当理归策,甘彼穷山囚"(《山行愁思》)亦将旅程中的抱怨心态表现得非常鲜活。总之,在"游吟"时,江湖诗人能够跳出纪行诗的模式化书写与铺排性叙述,善于捕捉行程中的生动情态,如研究者所言"把目光引向一个人们非常熟悉、但不大有人写入诗中的场面"[①],传达切身体验与微妙心境。《诗人玉

---

① 张宏生《江湖诗派研究》,中华书局,1995年,第146页。

屑》卷一九"高菊磵杜小山"云:"高菊磵山行即事:'主人一笑先呼酒,劝客三杯便当茶。'杜小山诗:'酿雪不成微有雨,被风吹散却为晴。'皆直述其事,意脉贯通。前辈所谓作文字如写家书,殆谓是欤!"①高翥诗歌贯通的意脉,除了句法上的文从字顺,更是对山行途中主人置酒待客这种生活场景"如写家书"般的亲切体验。

江湖纪行诗的这种特点,只要与同一时期的官员士大夫、地方文人和僧人的同类题材作一对比就会更加明显。例如,同是舟中见闻,为官赴任途中的萧立之以一种旁观者的视角记录下沿途风物,"蛰龙初动雨峥嵘,黄浊连宵与树平""江村无复鱼盐市,客饭初尝菌蕨羹。小泊桥南沽斗酒,一街灯火灌婴城"(《赴官舟中》),书写态度显得轻松而冷静。即使有"梦回蓬背月三更"这样的旅夜体验,也未触发诗人深层次的情思,毕竟即将就任的地点才是此行的归宿,目的地的吸引力似乎大于旅途本身,对未来的设想也应多于途中的观察思索。因此在萧立之笔下,舟行的图景以一种客观化的方式呈现出来。而对江湖诗人而言,他们随处漫游,位移的指向性并不强,旅程本身成为他们日常生活的中心,在对待路上的物态世情时,他们更多地以一种参与者、体验者的角色置身其中。如前述舟中听闻读书声的李时可,他对书斋主人充满好奇,但又不忍前去惊扰,只好暗自忖度对方的身份和品性。这种对身边事物的体会思量,表现出漫游者特有的敏锐。又如高翥"闻钟知寺近,听橹信潮生""风向沙头起,天从柁尾明"(《曹娥浦泊舟》)那样细致的感觉能力,戴复古"市远炭增价,天寒酒策勋"(《冬日移舟入峡避风》)那样的切身体会,都是江湖诗人在纪游创作时的独到之处。

江湖诗人的感受和体验能力,又可在与地方文人的比较中得以呈现。如长期家居的赵蕃和漫游江湖的罗与之都有姑苏道中的纪行

---

① 魏庆之著、王仲闻点校《诗人玉屑》卷一九,中华书局,2007年,第61页。

七绝:

麦浪摇波柳映津,吴乡春色见今晨。欲将何以慰无赖,一酌浊醪如有神。(赵蕃《姑苏道中》)

满眼菰蒲翠扑衣,双双沙鸟漾斜晖。闲愁一段如冰释,杨柳丛中出酒旗。(罗与之《姑苏道中》)

赵诗与罗诗首联均为写景,在描写上并无多大差异。尾联均为旅途思绪的呈现,罗的愁情既然是"冰释",则有所郁结,而赵的无聊感觉稍轻。在化解这种不适感时,两人都选择了酒,但赵蕃的以酒提神是在不经意间展开的,烦闷的来去都显得极为自然。而罗与之由愁转喜是以突变的方式进行,杨柳丛中的酒家仿佛从天而降,给诗人带来惊喜与悸动。作为稳居一方的文人,赵蕃的惯常心态是闲适,在闲游的过程中,趣与闷都是恬静淡泊、了无挂碍的,因此全诗的基调显得舒缓。而作为长期游历的罗与之,充分体验了旅程中的喜怒哀乐,对周遭事态极为敏感,能够把空间的位移转化为情绪的跳跃,涌现出个体生命中鲜活的一面。这正是"一酌浊醪"与"杨柳酒家"带来的不同味觉。

除了宦游与闲游,僧人的游方之诗也是区别于江湖游吟的一种创作面貌。如释文珦《舟中》:"沧波渺渺思无穷,归棹悠悠信夕风。睡去不知何处泊,觉来霜月满船篷""小艇不施楫,飘飘信天风。夷犹清川上,远近秋光同。听牧弄牛笛,看渔收钓筒",延续了船子和尚的渔父家风,意境悠然空寂。游历本是一个位移的过程,但在佛禅观念影响下,僧人消除了分别心,以"法眼"观,远近东西并无不同。在文珦笔下,圆融的禅境和空寂的诗境是统一的。而对于江湖诗人来说,其纪游之作也有接近僧诗的一面,因为他们目的性不强的"漫游"非常接近"小艇不施楫,飘飘信天风"的境界。如"夜宿曹娥浦,停舟是几更""梦回无意绪,两岸杜鹃声"(《曹娥浦泊舟》),意境清空,无所依傍。但更多时候,游吟充满生活气息,如前述武衍《枫桥道中》对好客瓜农的记述,也包含丰富的情感,无论悲愁和欣喜。因此,和僧人游方诗的"空故纳万境"相比,江湖游吟的人间气更浓烈,承载的"抒情传统"更重;和僧诗消除方位差距的眼光相反,江湖游吟长于捕捉空间转换带来的景观差异和情绪变化。

以上不惮繁冗将江湖诗人的纪游创作与官员士大夫、地方文人和僧人的类似作品分别进行对比,旨在突出游士观察、体验、抒情的独特风貌。有研究者指出江湖诗人在自然景观的描绘上"缺少飞动空灵之感""缺少立体与多维的组合"[①],这反过来也印证了他们空间书写的特点,即善于把客观事物的呈现转化为主体感受的抒发,将物理空间的位移融入个人情绪的变换之中。以一个职业旅行者的眼光看,细节的真实、切己的体验往往比整体的观照、蹈空的想象更有效。在"宋调"浓烈的人文气息中,自然景观的历史文化内涵被充分凸显,空间的建构、古今的对话、价值的思索成为纪行文学的主流。江湖诗人的游吟则消解了这种宏观的视野与历史的重负,避免了符号化的书写,恢复了个体生命与自然界接触时的原初感觉。如果再结合罗与之《玉梁道中杂咏》十首、吴惟信《严陵道中》五首那样的纪行组诗来看,江湖诗人的空间呈现,虽非尺幅千里的囊括,却是多种细节的汇集,体现出生活本身的丰富性。翁方纲评吴惟信"小诗极有意味,不独吴下老儒为之下拜而已"[②],这种"意味",正是江湖"游吟"的特色。

三、漫游与归家:江湖诗人的内在超越

江湖游士的人生经历主要是流浪和寄寓。他们的游吟,除了歌

---

① 张宏生《江湖诗派研究》,中华书局,1995年,第145页。
② 翁方纲《石洲诗话》卷四,人民文学出版社,1981年,第148页。

咏沿途的风物与心情,也触及自身命运。漂泊无根并不意味着精神家园的缺失,他们直面人生的有限性,寻求解脱之道。在游吟中,江湖诗人以审美的方式实现了心灵的归家。"游"之意涵,也从游侠之"游离"、游士之"游历"、"游吟"之"游移",最终演化为超功利的人生境界,即"游于艺"的自由之"游"。

如前所述,游吟是一种率性随意的创作方式,体现出诗人原始的生命冲动。但这种冲动并不会一直保持在混沌状态,而是嵌入诗人现实的生存处境,推动他们在偶然性和有限性中实现内在超越。杜耒云"吟诗本欲相消遣,及到吟成字字愁"(《苕溪》之二),游吟本是无心而为,却给诗人带来众多现实感触,拉近了他们与生存真相的距离。吴惟信云"客中心事深于海"(《严陵道中》之五),最深的心事莫过于对人生命运的体察。李龏记载了一位游士客死他乡的场景:"何人置肴豆,何人陈酒杯。故乡那得返,义冢将就培""寓形大块内,变灭如风埃"(《吊魏屿川》),这正是江湖游士生活的常态。尽管他们时常参加一些吟社,在旅途中也会与相逢的友人展开唱和,但更多时候是独游四方,所谓"独雁仍为旅"(张弋《舟次湖口追忆任明府》),行程中的独吟更利于触发和调动创作主体对物态世情的细致感受,使世界的真实性向诗人敞开。"一雨足秋意,孤吟写客怀"(戴复古《度淮》)、"百感闻秋笛,孤吟答晚钟"(高翥《隆兴借东湖驿度夏杂题》)、"未晓催行色,微吟独据鞍"(《道中早发》)、胡仲参"孤吟功未到,待借竹房眠"(吴惟信《题台州巾峰》)、"拨尽寒灰雨夜深,半窗灯影伴孤吟"(林尚仁《寓舍留别》),都是游士诗人在漂泊和寄寓中的自我抒怀。他们没有明确的倾诉对象,只能与"晚钟""灯影"对话,恰是这种抽离社会关系的场境,才能让诗人与个体的偶在性相遇,体会到生存本身的虚无。游士之"孤吟",因此也摆脱了"诗言志"所承载的政治讽谏、道德关怀与功利考虑,直面一己之真性情。"拨尽寒灰雨夜深",正如禅僧在寒炉拨灰之时明心见性,游士诗人也在"孤吟"之中获得体悟,因"游"而无根,因"孤"而澄明。江湖诗人在游吟中时常发出这样的感叹,"久作他州客,飘飘若转蓬"(胡仲弓《久客》),"浮世百年梦,他乡几度秋"(戴复古《秋夜旅中》),"欲暮西风引客愁,十年如梦住他州"(林尚仁《旅怀》),体悟到个体生命的孱弱空虚和人生旅程的变幻无常。这促使游士诗人寻求归宿,"行程遍江海,何处是吾庐"(宋自逊《赠戴石屏》)、"如此困行役,何时归去兮"(胡仲弓《旅中早行》),尤其是精神家园的回归。

游士诗人的超越精神,在前文论述江湖意气时已有涉及,他们提倡"友道"与"心朋",以应对流动性较强的人际关系。而在面对同样无根的生存处境时,他们也会选择随缘应化的态度,以审美的方式在寄寓中需求本真。叶茵在与孙惟信唱和时写道"坐间尊岛佛,客里识坡仙"(《次孙花翁韵》),如果说"坐间尊岛佛"代表苦吟诗人在语言世界中实现自我解脱①,那么"客里识坡仙"则可视作游吟诗人的内在超越之路。众所周知,苏轼经历了漫长的宦游生涯,多有"二年阅三州"(《送芝上人游庐山》)、"吾生七往来"(《次韵孙莘老斗野亭寄子由在邵伯堰》)的感叹。和著名的"鸿爪""磨牛"之喻相应的是苏轼晚年诗"春来何处不归鸿,非复赢牛踏旧踪"(《次韵法芝举旧诗一首》)两句,这代表他的解脱之道,如研究者所言,"身世的飘忽不定和人境相值的偶然性,被这'归'字化解了","身世迁徙的重复循环也被超越了",而其超越的方式,就是"审美主体"的确立②。"坡仙"的归宿对江湖诗人具有很大的借鉴意义。从生存处境看,江湖游士流浪和寄寓的程度比苏轼更彻底,只有进入超功利的审美境界,才能由客返主,在虚幻与偶然之中寻得永恒。

进一步而论,苏轼的超越精神有两个重要来源——老庄与禅宗,

---

① 参见李贵《在诗歌的家园里栖居——晚唐体苦吟的意义及影响》,《社会科学研究》2003年第2期。
② 王水照、朱刚《苏轼评传》,南京大学出版社,2004年,第594—595页。

江湖诗人的自我解脱也大致循着这两条路径。与"客里识坡仙"密切相关的孙惟信,"其言以家为系缧,一身之外无它人;以货为赘疣,一榻之外无长物"①,按照老子"有大患者为吾有身"的观念返归自然。罗与之《潇湘道中》"信知有此身,乃是一大患"的感叹也是如此。其次是庄、禅影响下的破除执着,随缘应化。面对不能自主的身世,苏轼从人生如梦的觉悟走向随缘任运,"身如不系之舟"(《自题金山画像》),寻得解脱法门。江湖诗人的超越亦类似。"人生如空华,百岁等抹电。那忍听客尘,日夜苦相煎"(罗与之《潇湘道中》)是对空幻的体悟,"我行无定止,蜡屐信所诣。偶来倏舍去,乘兴聊复尔"(《玉梁道中杂咏》其六)是打破执着后的因任自如,正似"不系之舟"。江湖的漂移,不再是"体制外"的被迫放逐,而是自在无碍的遨游。戴复古云"扁舟四海五湖上,何处不堪披钓蓑"(《京口别石龟翁际可》),呈现出这种自由心境,也算是对苏轼"春来何处不归鸿"的呼应。苏轼在寄寓中找到归宿,游士之江湖,也由此成为他们的精神家园。在这个家园中,江湖诗人作为审美主体自由地游走,"耳得之而为声,目遇之而成色",游吟的原初特征在此得到重现,只不过,它不再停留于自发创作的阶段,而是以超越的方式返归生命本源。

以上从自然状态、得句成篇、空间书写、内在超越等方面入手,呈现了"游吟"的丰富意涵,揭示出"游吟"与"游士"的密切联系,借此凸显"游吟"在"江湖诗"诸多要素中的典型性。游士之"吟",从声音的自发流露,到个人体验的自觉呈现,上升为主体精神的自由散发;江湖之"游",从离乡去国的漂泊流浪,到山程水驿的身临其境,发展为理想家园的逍遥任运。江湖诗的创作状态和精神内涵在"游吟"中得到了充分展示。"行吟发幽兴,空阔入水乡。萧散意自适,轻风动衣

---

① 刘克庄《孙花翁墓志铭》,辛更儒笺校《刘克庄集笺校》卷一五〇,中华书局,2011年,第5923页。

裳"(周密《烧香寺》),江湖诗的审美意境,紧密依托于游士的生活空间,深深扎根于他们的诗意人生。

第三节　风格的选择与形塑:戴复古诗集编选的考察

在西方书籍史研究中,文本物质形态的探讨离不开文学交流和文化实践过程的考察,其中,创作者、出版人、经销商、评论者、阅读者的作用都会被纳入考察范围。正如法国学者罗杰·夏蒂埃在《书籍的秩序》序言中所说:"如此这般地提出问题,就把所有参与话语生产、传播和阐释的人都网罗进同一段历史。"[①]如果把文学写作看成文本意义的生成过程,书籍史的研究就是动态把握这一生产链条,兼顾多种社会角色的参与,呈现其背后的权力关系、社会机制、文化秩序等。近年来,中国古典诗歌研究在传统版本目录学基础上,逐渐引入这种书籍史视角,探讨物质载体的变化对诗歌书写方式的影响,关注诗集编撰的文本秩序,挖掘书籍环流的文化意义等。对晚宋江湖诗人而言,诗集的编纂、刊印与流传是研究中的基础性问题,书籍史的思路因而颇具借鉴意义。在江湖诗人当中,戴复古游历时间较长,结交广泛,编选者、刊印者、阅读者对诗集形态的影响较大,值得"网罗进同一段历史"进行探讨。

一、石屏诗集的编选与序跋

从嘉定到淳祐,和戴复古江湖游走相伴的是,石屏诗集经历了数次编印,多位晚宋士大夫参与编选和题跋。明弘治本《石屏诗集》收

[①] 罗杰·夏蒂埃著,吴泓缈、张璐译《书籍的秩序——14至18世纪的书写文化与社会》,商务印书馆,2014年,第1页。

录了自宋至明诸人的序跋文章,为我们认识石屏诗集的编纂和流传过程提供了线索。张继定、祝尚书、王岚、陶然、内山精也等学者对戴复古诗集版本源流进行了系统考述①,我们在此基础上重点探讨这些编选题跋者如何看待戴复古的创作风貌,他们的汰择、阐释与品评在何种程度上彰显或塑造了原作风格,他们在接受中的差异以及造成差异的原因等。

明人马金《书石屏诗集后》曰:"天台布衣戴屏翁以诗鸣宋季,类多闵时忧国之作。同时赵蹈中选为《石屏小集》,袁广微选为《续集》,萧学易选为《第三稿》,李友山、姚希声为《第四稿》上下卷,巩仲至仍为摘句。又有欲以其诗进御而刊置郡斋者。"②晚宋时期参与戴复古诗集编选的有:赵汝谠《石屏小集》;袁甫《石屏续集》;萧泰来《第三稿》;李贾《第四稿》上卷;姚镛《第四稿》下卷;巩丰《摘句》。另据戴复古自书:"复古以朋友纵,更收拾散稿,得四百余篇,三山赵茂实、金华王元敬为删去其半,各以入其意者分为两帙。江东绣衣袁蒙斋又就其中摘取百首,俾附于《石屏小集》之后。"③可知在袁甫摘选百篇《石屏续集》之前,先有赵汝腾和王佖对戴复古四百余篇"散稿"的删汰。除了编选者,同一时期给予题跋有楼钥、巩丰、杨汝明、真德秀、赵汝谈、赵汝腾、赵蕃、倪祖义、姚镛、赵以夫、王埜、李贾、包恢、吴子良等④。

从编选者的角度看,他们以各自的审美标准删汰拣择,重塑了石

---

① 参见张继定《戴复古诗集及其版本考述》,《温州师范学院学报》(哲学社会科学版)1994年第2期;《石屏诗编选者及序跋作者考述(上)——戴复古交游考之一》,《浙江师范大学学报》(社会科学版)2003年第6期;《石屏诗编选者及序跋作者考述(下)——戴复古交游考之二》,《浙江师范大学学报》(社会科学版)2017年第5期;祝尚书《宋人别集叙录》卷二四《石屏诗集》,中华书局,1999年,第1223—1228页;王岚《宋人文集编刻流传丛考》二八《戴复古集》,江苏古籍出版社,2003年,第289—314页;傅璇琮、程章灿主编《宋才子传笺证·南宋后期卷》,辽海出版社,2011年,第160—176页,其中《戴复古传》为陶然撰写;内山精也《庙堂与江湖——宋代诗学的空间》,复旦大学出版社,2017年,第184—188页。
② 马金《书石屏诗集后》,《石屏诗集》卷末,明弘治马金刻本。
③ 《石屏诗集》卷首,明弘治马金刻本。
④ 此处参照内山精也的时间排序,见氏著《庙堂与江湖——宋代诗学的空间》第八章三《江湖诗人和自撰诗集的出版(一)——以戴复古为例》,复旦大学出版社,2017年,第185页。

屏诗集的风格面貌。赵汝说所选《石屏小集》虽已不存,但从诸人序跋中我们大致可以推断这一选本的基本面貌:

> 懒庵赵蹈中寺丞作湘漕时,为仆选此诗,凡一百三十首。观者疑焉,谓懒庵古诗得曹、谢、韦、陶之体,律则步骤杜工部,其议论高绝一世,极靳于许可,今所取此编何其泛也。(戴复古)
>
> 式之与蹈中弟齐年,而又俱喜为诗。式之谓蹈中有高鉴,尽出其平生所作使之择焉,得百余首,此编是也。(赵汝谈)
>
> 懒庵于诗少许可,韦、陶之外,虽辋川、柳州集犹有所择,今于石屏诗取至百三十首,非其机有契合者乎?(赵汝腾)
>
> 作诗难,选诗尤难。多爱则泛,过遴则遗逸。懒庵为石屏戴式之摘取百余篇,兼备众体,精矣。章泉所拈出,则其尤精而汰者也。(倪祖义)①

由上可见,《石屏小集》的选诗数量为130首,在诗体择取上具有包容性,本来"靳于许可""有所择"的赵汝说因此受到"何其泛"的批评。据《咸淳临安志》卷六七载,赵汝说担任湖南转运使在嘉定年间,可知《石屏小集》所选戴诗的创作时间主要在宁宗嘉定及其以前。而戴复古、赵汝谈、赵汝腾为小集所作序跋分别在嘉定十六年(1223)、嘉定十七年(1224)和绍定二年(1229),可见《石屏小集》的流传时段主要在理宗继位前后。在赵汝说编选后,赵蕃再次精选,所谓"拈出""尤精而汰"。赵蕃的具体评选标准不详,但他却提到《石屏小集》失收的一首《思家》诗:

> 学诗者莫不以杜为师,然能如师者鲜矣。句或有似之,而篇

---

① 以上诸文均见于《石屏诗集》卷首,明弘治马金刻本。

之全似者绝难得。陈后山《寄外舅郭大夫》:"巴蜀通归使,妻孥且定居。深知报消息,不忍问何如。身健何妨远,情亲未肯疏。功名欺老病,泪尽数行书。此陈之全篇似杜者也。戴式之亦有《思家》,用陈韵云:"湖海三年客,妻孥四壁居。饥寒应不免,疾病又何如?日夜思归切,平生作计疏。愁来仍酒醒,不忍读家书。"此式之全篇似陈者也。蹈中所选,乃不在数,何耶?①

赵蕃应是在精选《石屏小集》过程中发现赵汝谠未收《思家》诗,因而表达疑问。在赵蕃看来,全篇相似是师法前人的较高境界,陈师道学杜、戴复古学陈,可谓一脉相承。戴复古常提及杜甫,如"忆着当年杜陵老,一生飘泊也风流"(《赵克勤曾橐卿景寿同登黄南恩南楼》),"冷淡篇章遇赏难,杜陵清瘦孟郊寒"(《戏题诗稿》)。在论诗十绝中,又有"举世吟哦推李杜,时人不识有陈黄"的感慨,因此对江西诗派风格多有借鉴。钱锺书《宋诗选注》引戴复古词"贾岛形模元自瘦,杜陵言语不妨村"后指出:"贾岛是江湖派所谓'二妙'的一'妙',杜甫是江西派所谓'一祖三宗'的一'祖',表示他的调停那两个流派的企图。"②《思家》诗的"全篇似陈",使戴复古这一诗学倾向有迹可循。值得注意的是,对《思家》诗给予好评的正是通常被视为江西派传人的赵蕃。赵蕃"诗家初祖杜少陵,涪翁再续江西灯。陈潘徐洪不可作,阃奥晚许东莱登"(《书紫微集后》)对江西诗派的源流颇为熟悉,创作时也有意模仿陈师道等诗人③。其《雨望偶题》《雨中不出呈斯远兼示成父四首》其三等诗就被方回评为"尾句太迫后山,然诗格高峭不妨相犯""此等诗,老杜、后山之苗裔欤"④。因此,陈师道之全篇似杜,戴复古

---

① 《石屏诗集》卷首,明弘治马金刻本。
② 钱锺书《宋诗选注》,人民文学出版社,第261页。
③ 参见莫砺锋《江西诗派研究》第六章三《赵蕃、韩淲》,齐鲁书社,1986年,第178—179页。
④ 方回选评、李庆甲集评校点《瀛奎律髓汇评》卷二〇,上海古籍出版社,2005年,第687—688页。

之全篇似陈,颇赖赵蕃的发现。

那么,未收《思家》诗的赵汝谠面对石屏诗时,又具有怎样的"前理解结构"?如前所引,戴复古提到"懒庵古诗得曹、谢、韦、陶之体,律则步骤杜工部",从现存不多的赵汝谠诗作看,律体学杜的痕迹不太明显,而《屈原祠》《直州》《溪次》《高文庙》《斋居即事》等五言古体多为平淡简远的风格。刘克庄亦云,"近岁诗人,惟赵章泉五言有陶阮意,赵蹈中能为韦体"①,"南塘评蹈中诗文,貌节奏似韦、谢,信有之"②。这些都可看出赵汝谠的诗学旨趣。试看赵氏《斋居即事》:"累石欲拟山,附垠爱生竹。半寻裁方沼,筒水注兹足。鸂鶒游其内,焉知海鸥浴。始收春葩丹,倏长夏条绿。观物各自遂,抚时一何速。深居有广思,纡履无远瞩。圣出营世宁,哲潜避身辱。高情或贻诮,散迹乃见局。逝将从负樵,归老寒涧曲。"③前半写斋中之景,简淡古雅,后半说理不晦涩,颇有模仿陶渊明、谢灵运、韦应物的痕迹。以此标准评选戴复古诗,当然应在味淡旨远处"有契合"。正如方回所讲:"蹈中诗至中年不为律体,独喜为选体,有三谢、韦、柳之风,其所取石屏诗殆亦庶矣。"④虽然我们看不到《石屏小集》的原貌,但可以预料的是,类似《斋居即事》这种五古占据了相当比重。因此赵汝腾评曰:"石屏之诗平而尚理,工不求异,雕镂而气全,英拔而味远。玩之流丽而情不肆,即之冲淡而语多警。懒庵之选,其旨深矣。"⑤以懒庵之旨选石屏之诗,可以看到编者对作者风格的再塑造。

除了编选者的再塑造,石屏诗集的题跋者也从自身社会地位、知识结构和审美眼光出发,对作品进行了重新阐释。嘉定七年(1214),真德秀题跋曰:"戴君诗句高处不减孟浩然。予叨金銮夜直,顾不能

---

① 辛更儒笺校《刘克庄集笺校》卷九四《瓜圃集序》,中华书局,2011年,第3975页。
② 辛更儒笺校《刘克庄集笺校》卷一七四,中华书局,2011年,第6754页。
③ 《诗渊》第4册,书目文献出版社,1984年,第3024页。
④ 方回选评,李庆甲集评校点《瀛奎律髓汇评》卷二〇,上海古籍出版社,2005年,第841页。
⑤ 赵汝腾《石屏诗序》,《石屏诗集》卷首,明弘治马金刻本。

邀入殿庐中,使一见天子,予之愧多矣。"①众所周知,在真德秀"明义理、切世用"的"新文统"谱系中,孟浩然是不入流的,《文章正宗》所选唐人诗仅李白、杜甫、韩愈、陈子昂、韦应物、柳宗元六家,并无孟诗。他借孟浩然来评价戴复古,暗含了一种在野身份的对应。这可从其《送林子序》中得到印证:

> 予观世之逸人奇士,不得志于世,则必有所托以隐其身。故严君平隐于卜,贾岛、孟浩然隐于诗。然其身可隐而其名不可晦者,盖有子云、退之与摩诘之徒,以先后而焜耀之也。彼数子者,岂有求而后获哉?今林子邃于易而雄于诗,虽不求闻于人,然使有如子云诸公者出,其忍使吾子之名泯默而弗章耶?②

此处"林子"和戴复古身份类似,都是不得其位的"逸人奇士"。真德秀以严君平、孟浩然、贾岛相比,实则呼吁扬雄、王维、韩愈似的在位者荐才彰名。联系到序跋"扬名"的文体功效,起居舍人兼直学士院真德秀称江湖游士戴复古"高处不减孟浩然",包含了以王维自比的意图。"顾不能邀入殿庐中,使一见天子",借用王维邀孟浩然入内署见玄宗之事。戴复古后来有诗"枉使西山有遗恨,不能置我玉堂中"③,便是对此事的回应。孟浩然的意义因而又与入觐天子联系起来。在跋文写作的同一年,戴复古曾"效白乐天体"记录真德秀上疏边事之举,所谓"忠谊感激,辞章浩瀚,诚有补于国家",极尽称道之辞,以便谒见④;年

---

① 《石屏诗集》卷首,明弘治马金刻本。
② 真德秀《西山文集》卷二九,《四部丛刊初编》本。
③ 戴复古《寄赵德行》,《石屏诗集》卷六,明弘治马金刻本。
④ 诗题为《嘉定甲戌孟秋二十有七日,起居舍人兼直学士院真德秀上殿直前奏边事,不顾忌讳,一疏万言,援引古今,铺陈方略,忠谊感激,辞章浩瀚,诚有补于国家。天台戴复古获见此疏,伏读再三,窃有所感,敬效白乐天体以纪其事,录于野史》,《石屏诗集》卷一,明弘治马金刻本。

终又作《岁暮呈真翰林》曰:"岁事朝朝迫,家书字字愁。频沽深巷酒,独倚异乡楼。诗骨梅花瘦,归心江水流。狂谋渺无际,忍看大刀头。"①陈述自身漂泊经历,期望得到真德秀的照顾。方回评此诗曰:"石屏此诗,前六句尽佳。尾句不称,乃止于诉穷乞怜而已。求尺书,干钱物,谒客声气。江湖间人,皆学此等衰意思,所以令人厌之。"②或豪言壮语以谀颂,或诉苦叹愁以乞怜,这是"谒客声气"的两个方面,戴复古也未能免俗。因此真德秀跋文"不减孟浩然"的评价是身份大于风格,更多体现为朝臣礼贤下士的一种姿态。

如果说真德秀的序跋侧重身份,那么包恢作于淳祐二年(1242)的序文则立足自身学术立场。"古诗主乎理,而石屏自理中得;古诗尚乎志,而石屏自志中来;古诗贵乎真,而石屏自真中发。此三者皆其源流之深远,有非他人之所及者。"③包恢从"理""志""真"三个维度概括石屏诗,其中"自理中得"即"理备于经""正大醇雅,多与理契","自志中来"即"继父志""感慨激发"。值得注意的是包恢对"真"的论述:

> 陶靖节言:"此中有真意,欲辨已忘言。"故读书不求甚解。黄太史称杜诗无一字无来处,然杜无意用事,真意至而事自至耳。黄有意用事,未免少与杜异,不知四诗三百篇用何古人事若语哉!石屏自谓少孤失学,胸中无千百字书。予谓其非无书也,殆不滞于书,与不多用故事耳,有靖节之意焉。果无古书则有真诗,故其为诗自胸中流出,多与真会,三者备矣。其源流不其深远矣乎!④

---

① 戴复古《岁暮呈真翰林》,《石屏诗集》卷二,明弘治马金刻本。
② 方回《瀛奎律髓》卷一三,上海古籍出版社,2005年,第486页。
③ 《石屏诗集》卷首,明弘治马金刻本。
④ 《石屏诗集》卷首,明弘治马金刻本。

包恢首先用"忘言"来阐释"真",超越宋诗的"知识传统",将"以书为本,以事为料"的创作习尚导向不依傍、不凝滞、"无意为文"的境地。第二个层面是个体情性的自然显露,"自胸中流出",与其一向倡导的"天机自然""天籁自鸣"相契合。他在《论五言所始》中指出:"自咏情性,自运意旨,以发越天机之妙,鼓舞天籁之鸣。"①诗之真,是不拘执于语言文字,注重本心的呈现,触及"以宇宙为吾心"的自然本体②。包氏《书吴伯成游山诗后》云:"境触于目,情动于中,或叹或歌,或兴或赋,一取而寓之于诗,则诗亦如之,是曰真实。"③这种"真实"非常接近戴复古的"游吟"状态,侧重外界事物的随意触发与诗人情感的率性流露。包恢的"自真中发""与真会",继承了象山心学的"简易"特色,即发明本心、不向外求,反对琐碎的"问学"功夫。但他并非放弃"问学",而是对语言材料、知识系统和思维结构的超越,所谓"忘言"与"不滞于书"。陶诗与杜诗作为理想范型,在于其昭示了一条从有到无的超越之途。

关于"读书"和"无书"的探讨,在包恢之前,王埜在端平元年(1234)所作题跋中写道:"式之……犹每以不读书为恨。予曰,'平生不识字,把笔学吟诗',非韦苏州之言乎?苏州兴寄冲逸,远追陶、谢,顾不识字邪?苏州且不识字,式之亦何必读书哉?"④韦应物年少豪纵、一字不识,后来读书把笔,诗作精妙,王埜以此勉励自称读书不多的戴复古。戴氏后来用此事答谢包恢的题序,《谢东倅包宏父三首》其三曰:"平生不识字,把笔学吟诗。旧说韦苏州,于余今见之。每遭饥寒厄,出吐辛酸辞。候虫鸣屋壁,风蝉哄枯枝。但有可怜声,入耳终无奇。宏斋误题品,恐贻识者讥。"⑤值得注意的是,戴复古更愿意

---

① 包恢《论五言所始》,《敝帚稿略》卷二,《景印文渊阁四库全书》第1178册,第724页。
② 参见陈良运《论包恢的三种"自然"说》,《抚州师专学报》1996年第4期。
③ 包恢《书吴伯成游山诗后》,《敝帚稿略》卷五,《景印文渊阁四库全书》第1178册,第759页。
④ 《石屏诗集》卷首,明弘治马金刻本。
⑤ 《石屏诗集》卷一,明弘治马金刻本。

在包恢面前扮演一位知识贫乏、穷酸困厄的寒士角色,"候虫鸣屋壁,风蝉哗枯枝"尤见本色,接近"捐书以为诗"的晚唐体路数①,这与包恢"不滞于书"和"真诗"的论述存在差距。

再来看吴子良作于淳祐三年(1243)的序文:

> 是故其诗清苦而不困于瘦,丰融而不鬻于俗,豪健而不役于粗,闳放而不流于漫,古澹而不死于枯,工巧而不露于斲。闻而争传、读而亟赏者,何啻数百千篇!盖尝论诗之意义贵雅正,气象贵和平,标韵贵高逸,趣味贵深远,才力贵雄浑,音节贵婉畅。若石屏者,庶乎兼之矣,岂非其搜揽于古今者博耶?岂非其陶写于山水者奇耶?岂非其磨礲于师友者熟耶?虽然,此旧日石屏也,今则不类。行年七十七矣,焚香观化,付断简于埃尘,隐几闭关,等一楼于宇宙,离群绝侣,对独影为宾朋,而时发于诗,旷达而益工,不劳思而弥中的。然则诗固自性情发,石屏所造诣,有在言语之外者,非世俗所能测也。②

吴子良作此文时戴复古已七十七高龄,已从江湖游走转换为乡居生活。戴复古《寄吴明辅秘丞》开篇即称"吾乡幸有吴夫子",把对方的文章才学夸赞一番后,不惜放下年长三十岁的身段向这位台州乡贤表达仰慕,"每见一斑三叹息,白头未得奉从容","愧我不能攀逸驾,得君自足振颓龄。玉溪常与荆溪接,分得余波到石屏"③。吴子良重视乡邦文献,常为台州籍文人的别集作序,对戴复古诗集也给予较高评价。钱锺书谈及此文时,追溯到叶适对永嘉四灵的推尊,认为水

---

① 钱锺书论及此诗时将其与《随园诗话》称赞的"学荒翻得性灵诗"联系起来,参见《钱锺书手稿集·容安馆札记》卷一第五百八十四则,商务印书馆,2003年,第647页。
② 吴子良《石屏诗后集序》,《石屏诗集》卷首,明弘治马金刻本。
③ 《石屏诗集》卷六,明弘治马金刻本。

心门人吴子良称赏延续四灵风格的戴复古,可谓一脉相承,这颇具启发意义①。需要补充的是,吴子良对"旧石屏"与"今石屏"的区分。"旧石屏"在江湖中游走,摹写山水、交游酬唱,所谓"陶写山水""磨礲师友"。而"今石屏"则是离群索居、隐几闭关的形象,作诗的姿态是"不劳思而弥中的"。戴复古后来作答谢诗云:"说破当年旧石屏,自惭无德又无能。乡来江海疏狂客,今作山林老病僧。高卧一楼成宇宙,吟看独影当宾朋。恶诗有误公题品,不是夔州杜少陵。"②今昔石屏的差异,有生活状态的区别(从游走江湖到归卧山林),有人生性格的变化(从疏狂到旷达),更重要的是诗歌境界的转换。戴复古所谓"夔州杜少陵",令人联想到宋人关于杜甫夔州以后诗臻于老成的说法,也切合吴子良对石屏晚年诗的整体判断。这种判断体现出吴氏对老成境界的一贯推崇③。他评价叶适诗云:"水心诗早已精严,晚尤高远,古调好为七言八句,语不多而味甚长,其间与少陵争衡者非一,而义理尤过之。"④吴子良认为叶适诗从精严走向高远,讲究诗味的深长与义理的邃密。而他在评价永嘉四灵时,也特别强调叶适对徐照的期待:"水心广纳后辈,颇加称奖,其详见《徐道晖墓志》,而末乃云:'尚以年不及乎开元、元和之盛而君既死。'盖虽不没其所长,而亦终不满也。"⑤叶适对徐照的推崇已为人所熟知,但并不希望徐氏止步于晚唐诗风,而是期待一个晚年的跳跃,从晚唐跃升到"开元、元和之盛"。吴子良津津乐道的正是这种晚年的变化,从叶适的"晚尤高远"到戴复古的"今则不类"。而正如钱锺书谈到的师徒传承,叶适对徐照的期待,又何尝不是吴子良对戴复古的希冀,一种对晚唐体自我救赎的呼唤。

---

① 参见《钱锺书手稿集·容安馆札记》卷一第五百八十四则,商务印书馆,2003 年,第 647 页。
② 戴复古《谢吴秘丞作石屏集后序》,《石屏诗集》卷六,明弘治马金刻本。
③ 参见周裕锴《宋代诗学通论》丙编第三章《理想风格的追求》,上海古籍出版社,2007 年,第 350 页。
④ 《林下偶谈》卷四《水心诗》,《丛书集成初编》本,中华书局,1985 年,第 37 页。
⑤ 《林下偶谈》卷四《四灵诗》,《丛书集成初编》本,中华书局,1985 年,第 37 页。

上面以戴复古诗集的编选刊印与序跋书写为中心,探讨了接受者对作品风格的塑造与阐释。戴复古大范围的游走干谒使石屏诗集编纂流传的过程极为丰富,为接受者的"再创造"提供了广泛空间。赵汝谠对"选体"的爱好,巩丰对"唐律"的强调、姚镛对"少陵诗"的看重、赵蕃对后山诗的青睐、包恢对"真诗"的提倡、吴子良对老成之境的推崇,使"石屏诗"风格的各个方面都得到呈现。戴复古曾感叹"随人好恶而为之去取",江湖诗的研究除了探讨原创者,更应关注编选者、阅读者、阐释者,关心他们的知识结构、学术立场和文化权力,在诗歌生产和传播的链条上进行综合考察。

二、《石屏续集》与《中兴群公吟稿戊集·石屏戴式之》的对比

现存戴复古诗集的选本主要有江湖集丛刊中的《石屏续集》四卷和《中兴群公吟稿戊集》中的《石屏戴式之》三卷。一般认为,四卷本的《石屏续集》即上述袁甫编选,后被陈起收入江湖集系列予以刊刻,在《江湖前、后、续集》散佚以后,《石屏续集》仍完整保存在《两宋名贤小集》《南宋六十家小集》《南宋群贤小集》等丛刊本中。三卷本的《石屏戴式之》是陈起选刊《中兴群公吟稿戊集》的一种,与《石屏续集》相比,虽然在版本形态上都具有"书棚本"的特征,但在编排顺序和选诗范围上存在较大差异。根据王岚的统计,四卷本《石屏续集》收戴复古诗90题、109首,三卷本《石屏戴式之》收戴诗138题、146首。两者所收篇目互有出入,另有同题不同诗的情况[①]。我们在此基础上以台北"国家图书馆"藏宋刊《南宋群贤小集》第二十册《石屏续集》[②]和

---

① 参见王岚《宋人文集编刻流传丛考》二八《戴复古集》,江苏古籍出版社,2003 年,第 304—305 页。
② 此本藏于台北"国家图书馆"善本书室,著录为"宋嘉定至景定间临安府陈解元宅书籍铺递刊本",该馆网站提供全文影像浏览。以下相关诗作均出此本,兹不赘注。

庚申(1920)二月印铸局景印宋本《中兴群公吟稿戊集》①为底本,细致对比两个选本的差异。

《石屏续集》卷一为古体,共 25 题、36 首,《吟稿戊集·石屏戴式之》卷一包括古体和绝句,其中古体 15 题、21 首。古体部分相同的篇目有:《客行河水东》《江南新体》《感寓四首》《频酌淮河水》《鄂渚张唐卿周嘉仲送别》《渔夫词二首》《观陆士龙作顾彦先妇答夫二首有感次韵》《琵琶亭》。《续集》所收而吟稿本未收的有:《凤鸣有吉凶》《刘麦行》《元宵雨》《诘燕》《寄赵鼎臣》《阿奇晬日》《松江舟中四首荷叶浦时有不测末句故及之》《栗斋巩仲至以元结文集为赠》《杜甫祠》《送李来宾》《题姚雪蓬使君所藏苏野塘画》《章泉二老歌》《毗陵呈王君保使君二首》《南岳》《玉华洞》《祝二严》《怀家三首》。吟稿本所收而《续集》未收的有:《梦中亦役役》《会稽山中》《卢申之正字得春郊牧养图二本有楼攻媿先生题诗且征全作》《婕好词》《寄章泉先生赵昌父》《织妇叹》《刘圻父为吴子才索付云山燕居》。

从相同的部分看,两个版本所选主要是乐府和山水纪游类题材。相异部分,《续集》侧重文章道义的标举。如《栗斋巩仲至以元结文集为赠》:"文章自一家,其意则古甚。大羹遗五味,纯素薄文锦。聱牙不同俗,斯人异所禀。君君望尧舜,人人欲仓廪。古道不可行,时对宂樽饮。"称赞元结文风时,表现出对古道的尊崇。《杜甫祠》"呜呼杜少陵,醉卧春江涨。文章万丈光,不随枯骨葬。平生稷契心,致君尧舜上。时兮弗我与,屹然抱微尚",对杜甫文章的推崇也侧重致君行道的抱负。此外,如《凤鸣有吉凶》述说舜、文王、汉、六朝之事。《寄赵鼎臣》"骐骥可羁,乃归帝闲。麟凤莫驯,为瑞人间"赞人臣之节。《毗陵呈王君保使君二首》其二"龙兮水兮终会遇,天下苍生待霖雨"

---

① 此为影宋本,行款为十行十八字,扉页题"弢斋藏书",前有戈宙襄、黄丕烈题跋,中有吕留良等藏书印。以下相关诗作均出此本,兹不赘注。

涉及民众疾苦。《阿奇晬日》"胸蟠三万卷,手握五色笔。策勋文字场,致君以儒术。不然学孙吴,纵横万人敌。为国取中原,辟地玄冥北",对儿子寄予致君报国的期望。这些诗歌都显示出戴复古的淑世情怀,更加接近士大夫的立场,因而受到《续集》编选者的青睐。如前所述,《石屏续集》在编选过程中,先有赵汝腾和王㒡的拣择,从四百多篇石屏诗中挑选而出,再有袁甫的精选,最终形成一百余篇的规模。联系到赵汝腾"平而尚理""即之冲淡"的评语,结合上述诗作,我们不难看出编选者对文本秩序与作品形态的影响。

相比之下,《中兴群公吟稿戊集》的选择更接近江湖诗人对自然的关注。如《会稽山中》"晓风吹断花稍雨,青山白云无唾处。岚光滴翠湿人衣,踏碎琼瑶溪上步"描写山间清晨雨后的清新景色。《刘圻父为吴子才索付云山燕居》"避影长松下,洗耳清溪浔。慎勿出云外,黄尘三尺深"呈现林泉隐居的闲逸状态。《卢申之正字得春郊牧养图二本有楼攻媿先生题诗且征余作》为题画诗,"竹弓鸣,雁鸭惊。飞来别浦无人境,春风不摇杨柳影。长颈纷纷占作家,半游波面半眠沙"写出超越世情纷扰的闲暇之趣。《吟稿》和《石屏续集》虽然都在陈起书铺刊刻,但前者没有经过士大夫的删汰,很有可能接受过陈起的编选,因而更贴近江湖诗人的普遍风貌。

再来看《续集》卷二与吟稿本卷三的对比情况。《续集》收七律18题、18首,《吟稿》收七律51题、53首,基本覆盖了《续集》的选诗范围。《续集》有3首七律不见于吟稿本,这些诗事理的陈述多于情景的描摹,如《杜门自遣》"世事茫茫心事灰,众人争处我惊回""富贵在天求不得,光阴转地老相催",《简陈叔方问病》"闻君卧病知何病,医者难从脉上寻。自是读书多损气,或缘忧国重惊心",《家中作》"触目半成愁境界,安心旋办老生涯。可怜持蟹持杯手,小圃携锄学种瓜",都体现出宋诗意脉流转的一面。而《吟稿》多出的部分,主要是戴复古交游酬赠之诗,反映了江湖游士拜谒达官与结交友朋的真实生活。

如《菊坡崔参政说平叛卒不得已拜经略之命岂敢言功》全篇赞颂崔与之指挥平叛之功。《赣州呈雪蓬姚使君》"白旗走报山前事,昨日官军破绿林。千里人烟皆按堵,一春农事最关心"则涉及姚镛绍定年间平定寇乱和治理赣州的政绩。这些都有助于诗人拉近与各级官员的距离。除此之外,《杜仲高相邀约李尉》《山行遇秀痴翁》《豫章东湖宋谦甫黄存之酌别》《都中次韵申季山》《汪见可教授约诸丈凤山酌别》《林唐杰潘庭坚张农师会于丁岩》《曾幼卿携歌舞游凤山》《李实夫携仆游观海上诸山》《赵克勤曾棨卿郑景寿同登南恩南楼》等诗篇则反映出戴复古广泛结交地方官员、乡土文人、江湖游士、游方僧人的情况。"又携诗卷到南州,尘满征衫雪满头。桃李春风故园梦,江山落日异乡愁""新冬行乐赏新晴,几个江湖旧友朋。霜蟹得橙同臭味,梅花与菊作交承"等诗句体现出朋友聚散间的人生况味。

《续集》卷三与吟稿本卷二所收为五律,《续集》共 22 题、23 首,吟稿本共 45 题、45 首。其中《九日》《山村》《吴门访旧》《登祝融》《白鹤观》《金山》等山水纪游类诗作为两者所共有。不同之处在于,《续集》所选侧重学术渊源与为官政绩。如《访古田刘无竞》题下注云:"潜夫宰建阳有声,人言自有建阳无此宰。"诗曰:"前说建阳宰,古田今似之。难兄与难弟,能政更能诗。文字定交久,江湖识面迟。人传花萼集,俱受水心知。"戴复古既谈到刘克庄与刘克逊兄弟二人的政绩,又指出他们的文学创作受到叶适的提点。叶适《跋刘克逊诗》云:"克庄始创为诗,字一偶,对一联,必警切深稳,人人咏重。克逊继出,与克庄相上下,然其闲淡寂寞,独自成家,怪伟伏平易之中,趣味在言语之外,两谢、二陆不足多也。"①戴复古拜访刘克逊时将刘克庄并提的做法,是对叶适跋文观点的延续。他乐于谈论文坛交往与诗学传承的事实,体现出他主动融入士大夫文化圈层的努力,这些同样是《续集》

---

① 叶适著,刘公纯、王孝鱼、李哲夫点校《叶适集》卷二九,中华书局,2010 年,第 613 页。

编选者希望看到的。同样,《怀赵德行》题下注云:"学慈湖,从赵元道游。"诗曰:"所学源流远,澹交滋味长。看来浑易与,别去自难忘。独客梦千里,佳人天一方。细观宾退录,亦足慰凄凉。"赵与訔《宾退录》对经史的考证和典故的辨析较为精核,在士大夫圈子内自然受到欢迎,戴复古也积极向其靠近。同时,戴氏点明赵与訔师事杨简的学术渊源,这当然是《石屏续集》编选者袁甫乐于见到的。据《宋史》本传记载:"甫少服父训,谓学者当师圣人,以自得为贵。又从杨简问学,自谓'吾观草木之发生,听禽鸟之和鸣,与我心契,其乐无涯'云。"①这些都可看出编选者学术背景和文化旨趣对《石屏续集》面貌的重要影响。相比之下,吟稿本独有的《岁暮呈真翰林》《立春后呈赵懒庵》等五律更能呈现一个江湖谒客的清寒形象,如"频沽深巷酒,独倚异乡楼""诗骨梅花瘦,归心江水流""梅花丈人行,柳色少年时""爱酒常无伴,吟诗近得师"等,这又较为符合陈起的口味。

  最后对比《续集》卷四与吟稿本卷一所收绝句的情况。《续集》共25题、32首,吟稿本共27题、28首,数量相当,但所选篇目却存在较大差异。《续集》所选《周子益年八十赴殿》《湖南漕李革夫被召乃丐归》《寄刘潜夫》等,涉及应召赴殿、辞官归隐、幕府撰文等,多与官场生活相关。《续集》所收《绿阴亭》四绝句,体现出编选者对组诗的喜好,这从全书的组诗数量亦可看出。如卷一所收《毗陵呈王君保使君二首》《怀家三首》等,这些都不见于吟稿本。在编选诗集的士大夫看来,同题组诗而非短章残句似乎更能体现创作者的才力。在吟稿本中,一些涉及中原北望、故土恢复的诗作不见于《续集》。如《江阴浮远堂》"横冈下瞰大江流,浮远堂前万里愁。最苦无山遮望眼,淮南极目尽神州",表达山河破碎、不忍北望的悲愁。又如《盱眙北望》"北望茫茫渺渺间,鸟飞不尽又飞还。难禁满目中原泪,莫上都梁第一山",

---

① 脱脱等《宋史》卷四〇五,中华书局,1985年,第12242页。

比江阴更接近边境,故土之思更加强烈。吟稿本的选录,体现出江湖诗人好议时事、企盼恢复的习气。王埜在给石屏诗集作序时写道:"长篇短章,隐然有江湖廊庙之忧,虽诋时忌,忤达官,弗顾也。"①上述两诗正好体现出戴复古的"江湖廊庙之忧"。只不过《续集》编选者似乎对此并不感兴趣,他们乐意见到戴复古对官员日常生活的谈论,但并不喜欢他在军国大事上毫无顾忌地点评。

以上从《石屏续集》和《中兴群公吟稿戊集·石屏戴式之》两个选本入手,围绕古体、七律、五律、绝句进行了细致对比,力图呈现官僚士大夫和江湖书商对石屏诗文本秩序与形态的塑造。概括起来,《续集》编选者赵汝腾、王佖、袁甫更喜欢言说道义、关怀民瘼、述说官场、讨论师承的作品,但唯独对关涉和战国是的话题颇为忌讳。《吟稿》编选者陈起侧重全方位呈现江湖诗人的日常生活,包括干谒各级官僚、结交江湖友朋、抒发廊庙之忧、向往隐逸之趣等。当然,作为真实记录江湖漫游生活的模山范水、率意轻快之作是石屏诗的底色,这是两个版本都无法回避的。总之,尽管石屏诗集的众多版本只存序跋、不见完帙,但目前可见的两个版本仍让我们看到接受者的重要影响,为还原江湖诗集流传的历史真相、辨析江湖诗作的多样面貌提供了借鉴。

第四节　江湖诗人的形象建构

前面以戴复古为例讨论了江湖诗的流传与接受情况,除了作品的流布,江湖游士在他人眼中的形象亦是江湖诗的接受研究不可或缺的环节。如果说前述游侠性格、江湖意气、自我超越是从内部来剖析游士诗人的精神特质,那么探讨官员士大夫与地方文人如何看待

---

① 《石屏诗集》卷首,明弘治马金刻本。

江湖游士,则是借助"他者"的视角反观这一群体。由于江湖游士大多名不见经传,后人对他们的第一印象主要来自"他者"的眼光。经过前面三节的论述,人们可以发现这种视角的偏差,但这并不能抵消"他者"的价值,而是需要对他人的立场、心态、感受作全面的考察,以实现"同情的理解"。

  论及江湖诗人的形象,人们最熟悉的莫过于方回对谒客的描述。所谓"诉穷""乞怜""丐索",他批评刘过"外侠内馁"与戴复古的"谒客声气",指出"江湖间人皆学此等衰意思,所以令人厌之"。但方回生年较晚,诸如刘过、孙惟信、高翥、戴复古等江湖谒客,他并未真正接触过,唯有阮秀实与他交往较多。前文已介绍过阮秀实与方回探讨诗艺的过程,而阮氏的干谒经历也为方回所熟知。颇值得玩味的是,方回对阮秀实的措辞与对其他谒客略有差异,在《跋阮梅峰诗》的末尾,方回感叹"若可怜",这与"令人厌"形成区别。而"若可怜"的正是因为阮秀实"谒似道,似道不为礼,甚怒归闽",在此之前,阮也是"用似道钱无数,而诋似道不直一钱"①。阮秀实在"丐索"之外,尚有几分豪放不羁的气质,这是方回对其稍有好感的直接原因,但更深层的意涵则在于:阮秀实与贾似道的不合减弱了方回因反感谒主而迁怒谒客的心理。换言之,方回对谒客的批评很大程度上在于他们投奔贾似道。在《送胡植芸北行序》中,方回批评江湖游士:"以诗为干谒乞觅之赀,败军之将、亡国之相,尊美之如太公望、郭汾阳,刊梓流行,丑状莫掩。"②联系方回上书论斩贾似道的经历,此处的"败军之将、亡国之相"则是明显有所指。而在贾似道面前流露出乞怜丐索的"谒客声气",自然会引起方回的厌恶。再回到方回批评江湖谒客那段著名的论述,其所举的一则完整的例子,正是宋自逊干谒贾似道的经历:"如

---

① 方回《跋阮梅峰诗》,《桐江集》卷四,《宛委别藏》本。
② 方回《送胡植芸北行序》,《桐江集》卷一,《宛委别藏》本。

壶山宋谦父自逊,一谒贾似道,获楮币二十万缗以造华居是也。"①方回在批评贾似道时秉持怎样的立场,尤其在他入元以后面对"败军""亡国"有着怎样复杂微妙的心态自然另当深究,但因为反感贾氏而厌恶谒贾之人的心情却是有迹可循。由此返观方回对江湖谒客的印象,是一种由现实感触逆推而成的整体判断,即由不满阮秀实、宋自逊的谒贾,到指责戴复古、高翥、孙惟信、刘过的干谒,再到厌恶整个江湖游士的"谒客声气"。总之,人们在看待方回对游谒的态度时,不能不深入其现实处境与当时的心态。

除方回外,比其稍长的方逢辰对江湖谒客也无好感。前述"以侠为诗"之说,就是方逢辰站在"性情之正"的立场对江湖诗人的指责,称他们的创作是"诗之罪人"。而在实际生活中,方逢辰也对游谒之举深恶痛绝,不惜"矫枉过正":

> 某自去载之夏入馆,未尝为人作一字乞丐于监司州郡。每见一等无赖子自为札目,列注宅衔,沿门作谒,以乞书名者,某甚嫉之,惟只坚拒而排去已。尝榜于门曰:"例不书列札,不作监司州郡书。"凡游士过访者必先扣其无索书之谕,然后见之。某非固矫枉过正,亦自揆百僚最底,不敢妄发达官书耳。②

方逢辰对谒客的不佳印象首先来自模板化的谒书,"自为札目,列注宅衔"使举荐之意流于空洞,更有逼人就范之嫌。除此之外,谒客伪托其名以"赝书"奔走州郡制阃的行为更让方逢辰不能忍受。上文是方逢辰宝祐年间在馆阁任职时写给时任京湖制置使兼知江陵府吴渊的书信。写信的缘由正是江湖谒客伪造他的荐书到吴渊处行谒。方

---

① 方回选评、李庆甲集评校点《瀛奎律髓汇评》卷二〇,上海古籍出版社,2005年,第840页。
② 方逢辰《回吴退庵》,《蛟峰文集》卷二,《景印文渊阁四库全书》第1187册,第515页。

逢辰在澄清原委的同时,更要求吴渊对造假之人进行法办。这样的事件在方逢辰任职馆阁期间不止发生一次。在《回马总领》一书中,他对类似的造假行为亦严厉斥责。而之前在平江军任小官时,方逢辰也查处过一起伪造他人荐书前来行谒的案件:

> 某前载备数吴门金曹,亦得一假托台谏书者,搜其橐,犹有二三十封,即白之郡,鞭背而拘之圜土,郡赖此,而后来者不敢以伪售矣。①

即使自身名誉未受侵害,方逢辰亦不能容忍"赝书"的存在。数次"赝书"事件在很大程度上影响了他对整个游士群体的认识,使其宁愿"矫枉过正",对一切干求之举都保持戒备。从法办造假者到"矫正"游谒行为,再到批评"诗之罪人",方逢辰逐渐形成了一种排斥和规训的立场。如果说"性情之正"显示出方逢辰崇尚理学的姿态,那么这种理性的规约显然奠基于他在日常生活中对游士谒客的不良印象。

方回与方逢辰对江湖游士的态度在士大夫阶层中较为典型。寄生性、寒乞相、多余化、无品行是谒客给人的主要印象。与二方相比,其他士大夫对谒客的排斥感并没有那样强烈,往往将其作为自身命运的一个参照,在打量他人的同时反思自我。例如,程公许曾规劝游士不要去惊扰临安府尹,"瓦屋三间非易借,蒯缑长铗莫多弹。玉川那用轻参尹,沽酒谁为赤令韩"(《和史子修投赠二首韵时被命至玉堂》之二),希望史子修像卢同那样报道自居,又为自己不能像韩愈那样提供帮助感到遗憾。这种无力感,又和程公许对自身处境的反思结合起来,"风尘世路知难拗,潢潦词源恐易干""已愧登瀛联俊彦,那堪上水费嘲弹"(《和史子修投赠二首韵时被命至玉堂》之一),虽不乏

---

① 方逢辰《回马总领》,《蛟峰文集》卷二,《景印文渊阁四库全书》第1187册,第513页。

自谦之意,但在翰苑馆阁为官的不易感,却是被游士的艰辛生活触发的。程公许的这种由他及己的观照、由己及他的怜悯,和方逢辰的感受有所不同。前引"亦自揆百僚最底,不敢妄发达官书耳"之语,虽是方氏在书信中的客套话,但也折射出清闲的馆阁属官面对财大势重的制阃要员时的微妙心态。这种心态虽然也由游谒之举引发,但思考的方式却是以自我为中心的,不同于程公许那种相互打量、同病相怜的情感。总之,对士大夫而言,谒客并不完全以"多余人"的形象出现,也常常是他们反观自身的一面镜子与自我困境的投射。

与谒客形象相对的是"诗人"。胡仲弓云"世间无谒客,天下有诗人"(《用乌山韵题碧吟卷》),游谒涉及俗务,显示出人身的依附性,而诗人气质孤高清雅,自足地栖居于精神家园。历来关于江湖诗人身份的探讨、雅俗的辨析都主要着眼于他们自身的创作风格和价值认同,而无论谒客的寒乞态,还是诗人的高逸状,更多地依赖"他者"的建构。正如前述"石屏诗"的风貌与名声有赖于官僚士大夫和地方文人的塑造,"诗人"形象亦需加工塑造,其中包含了文化精英的审美观念与价值立场。

首先,从"诗人"的专业技能看,他们往往比士大夫阶层更精通诗艺,前者是后者的学习对象,因而后者对前者的评价也多有美化提升。从这个角度看,精英阶层对待占卜、相面、医术等技能与对待诗艺明显不同。陈著"自谓无病不可药,不知我病不在脉。自谓无人不可相,正恐我形难摸索。"(《赠医相者赵月堂》),对医术和相术保持怀疑的态度。而真德秀"穷通欢戚若有二,天之玉女元非殊。但应内省无所疚,何必从君问休咎"(《赠岳相师》)、"我亦铁心人,不把穷通来问汝。独有一事欲扣君,学海无底难穷寻"(《赠小铁面王相士》)则完全是居高临下的规训姿态。但是,他们对待诗词技艺的态度却完全不同。众所周知,南宋中后期的士人分化使得集官员、学者、文人于一身的全能型士大夫很难出现,每一阶层专擅一技,受理学影响较深的士大夫往往不精诗艺,而无缘科举的江湖游士则多成为专业文人。因此士大夫向江湖士人学习诗词之事常有发生。如杜范有诗题云"夜读花翁诗什有感,漫成鄙句拜呈,藉以求教",显示出他向孙惟信学诗的经历;在《跋翁处静词》中他亦称"余拙于文,于乐府尤所未解",将翁词"置窗几间,未尝不以为珍也"①,作为学习观摩的对象。向诗人"求教"与告诫相士"学海无底"形成鲜明对比,而这种立场的差异,也影响了士大夫对江湖游士形象的呈现。在陈著那里,医相者是"去年相访无一辞,忽焉而去岂其欺"(《赠医相者赵月堂》)的市侩面貌;而在杜范眼中,孙惟信是"旷士隘宇宙""逸兴渺湖海"(《花翁将归婺女因为江西游有长篇留别社中次韵送之》)的清旷高逸之人。从江湖游士的角度看,他们各自的素质技能虽有差别,但寄生、游谒的本质是相同,呈现出"作为'社会人'时那种面对权与利的卑微屈就的心理"②,无法完全从俗务中抽身而出,即使有追求风雅的旨趣,也如研究者所言,常常是"求雅得俗",流于"伪风雅"③。而从士大夫的心理看,他们因为对诗词技艺的推崇而美化创作者的形象,过滤掉对方身上的江湖习气与市侩色彩,塑造一个高雅脱俗的"诗人"形象,这是不难想象的。人们在认识江湖游士的创作风貌和群体形象时,常常会看到"谒客"与"诗人"的两面性、俗与雅的分裂性,但如果把握住"他者"接受心态的变化,这种矛盾和分裂便很容易理解。

其次,从江湖游士与精英阶层的交往过程看,前者能让后者从官场社交空间和主流话语系统中抽身而出,触及个体的、原初的生命情感,因此,文化精英更愿意在游士身上投射自我的理想追求,建构一个超越性的精神家园。杜范在接到翁元龙寄赠的梅枝和诗作后感叹

---

① 杜范《跋翁处静词》,《清献集》卷一七,《景印文渊阁四库全书》第 1175 册,第 748 页。
② 吕肖奂、张剑《酬唱诗学的三重维度建构》,《北京大学学报》(哲学社会科学版)2012 年第 2 期。
③ 吕肖奂《介乎士大夫和平民之间的文学形态——南宋中后期游士阶层的诗歌创作》,《阅江学刊》2014 年第 2 期。

道:"悄然清梦江村里,忘却官身在宛陵。"(《处静得梅枝为赠以新诗将之漫次韵以谢》)与翁氏的交往让他从日常工作中暂时解脱出来,由"官身"返归自由之身、诗人之身。尽管为官期间的诗歌创作本身就是对官场束缚的超越,但人们可以发现杜范在与同僚酬唱时仍然不能脱离主流的价值规范和话语系统,并不能实现完全的解脱。如《别宛陵同官》所写:"游宦见交情,惟忧间易生。文书祇自了,意气若为倾。幸已符金断,终然为玉成。官僚有如此,共保岁寒盟。"同样是在宣城为官,杜范与同僚的酬唱不乏宦海的忧虑、气节的砥砺和群体性认同,而在读到翁诗后却能享受"清梦"。江湖诗人的世界作为一个相对独立的"场域",能够为久处宦海的官员带来异样的感受。方岳在与戴复古交往时写道:"一官连我俗,双眼向谁开。"(《再用韵约式之》)官场事务让方岳感到世俗的牵绊,反倒是江湖游士为他带来超脱之感,因此"双眼"只为戴复古敞开,所谓"天地无情头尽白,江山有分眼终青"(《书戴式之诗卷》)。客观地讲,江湖游士的献诗、索财与邀誉并不能脱俗,只是此俗不同于由官场规范、社会等级、公务吏事带来的俗感,反倒能调剂后者,使士大夫由俗见真,由真返雅。

因此,士大夫在评价游士诗人时,尽量凸显和塑造其高逸清雅的一面。江万里云"诗本高人逸士为之,使王公大人见为屈膝"[1],本是批评游走干谒之举,但也为谒客气质的提升指明了方向:向"高人逸士"转化。陈必复在谈到前来谒见的游士诗人林尚仁时,称赞其"肠腑间岂皆锦绣耶",进而虚构了一段林逋向林尚仁传授诗法的经历:

吾闻昔孤山有和靖翁,高风退节,凛凛可尚,君岂其耳孙乎?盖尝登兹山而问乃翁旧游,今其朝烟莫云,冉冉满山,而昔所谓苍童白鹤,尚无恙乎?老梅玉立如故,不知"暗香疏影"之句,尚

---

[1] 江万里《懒真小集序》,《江湖后集》卷一五,《景印文渊阁四库全书》第1357册,第920页。

可得而闻乎？千百载之下，诵其诗，如见其人，余意翁未尝亡也。子行山中久矣，清风明月之夕，或一遇之，翁必有以授子矣，固宜诗之多美言也。①

陈必复对林尚仁的褒扬有"用同姓事"的言说策略，但更多地意在塑造林尚仁"高人逸士"的形象。不食人间烟火的林逋为江湖游士荡涤寒酸气、粗豪气、市侩气提供了很好的资源。江湖游士形象的雅化，符合精英阶层的审美期待，也离不开精英阶层的塑造与建构。江湖诗人是游是隐、是世俗还是超越，其生存状态并无多大改变，关键在于他们的世界如何向精英阶层敞开，士大夫愿意如何去接纳、看待和想象他们。而这更多地取决于士大夫阶层的切身体验和处世心态。当干谒有损士大夫的利益或者无形间触及其隐忧时，他们会将游士看得鄙陋不堪；而当游士的出现能够缓解他们在政治空间的压力或者减轻主流秩序的约束时，他们又会赋予游士更多精致高雅的气质。从这个角度看，游士阶层的兴起虽然改变了晚宋文化格局，但却很难从根本上撼动精英阶层的主导地位，仍然依附于士大夫文化而存在。因此，任何对游士阶层和江湖诗人的评判，都不能缺少同一时期主流文化圈的参照。

江湖游士的形象，在其去世后继续雅化，从"诗人"转化为名士。早期的游士刘过，"外侠内馁，作诗多干谒乞索态"②，而去世之后，其墓地吸引了众多士人前来拜谒，并被请进祠堂供奉，列入官方祭典，成为昆山一地的"先贤"。据研究者考证，自晚宋到明代，刘过祠墓经历了三次大规模的群体性祭拜③。同样，一生漂泊流寓的孙惟信，离

---

① 陈必复《端隐吟稿序》，《江湖小集》卷三三，《景印文渊阁四库全书》第 1357 册，第 265 页。
② 方回选评、李庆甲集评校点《瀛奎律髓汇评》卷二四《送别类》，上海古籍出版社，2005 年，第 1103 页。
③ 详参余意《群体诗祭与诗人接受》，《文学遗产》2012 年第 3 期。

世后下葬临安湖滨,"在水仙王庙侧"(《咸淳临安志》卷八七《冢墓》),刘克庄墓铭云"余评季蕃,和靖之亚,傥分半席,无不可者。伯鸾要离,异世同调"①,将孙惟信评定为与林逋地位相当的西湖名士。孙惟信墓亦受到后辈文人的凭吊,成为西湖重要的文化景观。清人张尔嘉辑有《孙花翁墓征》一卷,收录了历代文人的缅怀吊挽之作,显示出孙惟信的名士形象被后人充分接受。元人仇远"欲把长箫歌楚些,却怜度曲不如君"(《拜孙花翁墓下》)、清人陈若莲"屯田格调少游风,气谊尤堪结巨公"(《访孙花翁墓》)、黄孙瀛"荐菊名泉犹咫尺,应教配食得逋仙"(《同人陪青湖夫子湖上看桃花兼访孙花翁墓》)等,都体现出后人对孙惟信文学才能、超逸气度与名士地位的认可。除孙惟信之外,曾干谒贾似道获得丰厚馈赠的翁孟寅,离世后亦以名士的身份受到凭吊,《民国重修浙江通志稿·名胜古迹考》记有"翁孟寅墓","在钱塘县小麦岭",宋人郑起《招魂酹翁宾旸》云"孤山暖梅香可嗅,花翁葬荐菊之隈。君其归来,可伴逋仙之梅",可见在郑起眼中,翁孟寅亦具有同林逋、孙惟信一样高逸清雅的气质。总之,在脱离游走干谒的具体环境后,江湖诗人身上的世俗习气被自然过滤掉,他们留给后人的只有纯粹的文学才华与高雅气质,这也可视作他们同时代士大夫塑造与建构的必然延伸。

无论是谒客、诗人还是名士,江湖游士的形象很大程度上依赖"他者"的建构,取决于接受者的心态和立场。游士形象的演变与诗人作品的流布一起构成了江湖诗传播的重要环节。江湖诗的风格特征、江湖游士的本来面貌,亦可借助他者与自我的来回观照,在遮蔽与祛蔽、塑造与还原的过程中更加深刻立体地得以呈现。

以上围绕"侠气"与诗风、游吟状态、诗集编纂、形象建构几个

---

① 刘克庄《孙花翁墓志铭》,辛更儒笺校《刘克庄集笺校》卷一五〇,中华书局,2011年,第5924页。

方面对江湖游士的诗歌创作进行了探讨,力图为业已成熟的江湖诗研究提供一些新的视角和思路。通过上述分析,本章得出以下结论:

第一,游侠精神是江湖游士阶层的重要文化性格。作为"游离的资源",他们在晚宋用兵崇武、政治失序的时代氛围中扮演了重要角色,将悍勇刚烈、伉直不羁、重义尚气的游侠精神充分运用于建功立业、舆论监督和人际交往的过程之中。游侠精神与游士阶层的结合,有助于修正江湖诗人寒乞卑陋的历史印象,将其活动空间从江南山水引向边关战场,将其生存状态从寄生依附引向悻勇反抗,将模山范水的"江湖"变为义薄云天的"江湖"。同时,游侠精神对游士阶层的渗透又是逐步内化的,由武及文、由政治空间到交往空间、由日常生活到诗歌创作,最终落脚于"以侠为诗"。雄豪遒劲是江湖诗风不可或缺的一面。

第二,"游吟"是江湖诗人的主要创作状态,而非"苦吟"。"苦吟"对应的是诗歌形式技巧的精致安排,而"游吟"意谓山程水驿间的率意创作,个体生命体验的自然呈现,不求工稳,不假思索。与"游吟"对应的创作内容是"吟游",即移动空间的体验呈现与情感抒发,这是能够显著体现江湖"意味"的一类创作题材。"游吟"的终极形式是自在无碍之游,所谓"蜡屐信所诣",这是游士实现内在超越和自我解脱的重要途径。

第三,江湖诗歌的风貌与游士诗人的形象离不开接受者的加工与塑造,主要是依赖精英阶层的力量。江湖诗集的编印与刊刻并非仅靠书商之力,也不完全是面向大众的审美品位,其接受和加工少不了士大夫阶层的参与。考察江湖诗的创作风貌不能只以陈起的江湖诸集为中心,而应该以江湖诗人与士大夫的交往经历为线索,还原其作品流传与接受的历史过程,呈现精英阶层价值立场与审美观念的影响。同样,辨析江湖游士或俗或雅的形象气质,也不能拘泥于他们自身的创作追求,而应充分考虑接受者尤其是士大夫阶层以何种心态去接纳他们,怎样重塑其形象。江湖诗传播与接受研究的目的,就是要呈现江湖诗人并非身处封闭的文化圈,并未完全取代士大夫的文化功能。

第五章
唱道与颂禅：五山丛林的诗歌创作

理宗朝不仅理学获得正统地位,禅宗也得到极大发展。淳祐宝祐间成书的《五灯会元》,对禅门法系宗派进行了系统梳理,是禅宗史籍文献的集大成者。其著者大川普济,是临济宗大慧宗杲三传弟子,又曾住持"五山"禅院之一的临安灵隐寺。《五灯会元》的编著流传折射出晚宋时期临济宗的壮大与"五山"禅林文化的兴盛。"五山十刹"制度在宋宁宗嘉定末年确立,实质上是禅寺的等级化与官署化,寺院的住持均由官方敕差,其升迁规则也基本参照宋代官制①。官方的支持与认可推动了禅林活动的兴盛,使他们传法授徒的范围不断扩大,也促进十方僧人交流的制度化与常态化。"五山"禅林文化的影响更超越国界,尤其是中日僧人的频繁交流,直接促成五山文化在东洋的移植。这一时期主持五山法席的主要是临济宗大慧宗杲和虎丘绍隆两系的禅僧,他们创作了大量诗文作品,推动了南宋"五山文学"的繁荣。其中大慧派禅僧北磵居简、淮海元肇、藏叟善珍、物初大观、无文道璨分别有《北磵集》《淮海挐音》《藏叟摘稿》《物初剩语》《无文印》等诗文别集传世。虎丘一派自虎丘绍隆(1077—1136)以下,演化为松源崇岳(1132—1202)、曹源道生、破庵祖先(1136—1211)三系,与大慧派平分五山法席。但虎丘派僧人除觉庵梦真有《籁鸣集》留存之

---
① 参见刘长东《宋代五山十刹寺制考论》,《宗教学研究》2004年第2期。

外,其他人多无别集传世,其诗作散见于各自语录与《江湖风月集》《中兴禅林风月集》《一帆风》《无象照公梦游天台偈》《禅宗颂古联珠通集》《重刊贞和类聚祖苑联芳集》等总集中。总体说来,从现存材料看,晚宋时期大慧派僧人兼擅诗歌、古文和四六,虎丘派僧人的诗歌创作成就更为突出①。现将虎丘派几位主要禅僧的法系、履历及诗作留存情况简述如下②:

(1) 释师范(1177—1249),号无准,俗姓雍,梓潼人。据道璨《径山无准禅师行状》、刘克庄《径山佛鉴禅师墓志铭》和日本京都国立博物馆藏《佛鉴无准禅师行状》③,师范年轻时遍参江南禅林诸师,至宋宁宗嘉定十三年(1220)后,先后入住庆元府清凉寺、雪窦山资圣寺、阿育王山广利寺等,理宗绍定五年(1232),应诏住持位居"五山十刹"之首的径山兴圣万寿寺。其法系为密庵咸杰——破庵祖先——无准师范,属南岳下十九世。《全宋诗》第 55 册据《无准师范禅师语录》及他书辑诗三卷,《宋代禅僧诗辑考》卷九续辑六首。

(2) 释了惠(1198—1262),号西岩,蓬州蓬池人,据大观《行状》,了惠历住平江府定慧、温州雁山能仁、庆元府天童景德诸寺。其法系为密庵咸杰——破庵祖先——无准师范——西岩了惠,属南岳下二十世。《全宋诗》第 61 册据《西岩了惠语录》及他书录诗二卷,《辑考》卷九续辑二十二首。

(3) 释妙伦(1201—1261),号断桥,俗姓徐,台州黄岩松山人,又号松山子。据《断桥妙伦禅师语录》所附《行状》,妙伦于宋理宗淳祐元年(1241),初住台州瑞峰祇园禅寺,宝祐四年(1256),迁临安府报恩光孝寺。《全宋诗》第 62 册据其《语录》及他书辑录诗二卷,《辑考》

---

① 参见拙文《南宋五山禅林的公共交往与四六书写:以疏文为中心的考察》,《中南大学学报》(社会科学版)2017 年第 3 期。
② 此处参考主要朱刚、陈珏《宋代禅僧诗辑考》的相关考证,在其基础上有所补充。
③ 参见定源《日本藏无准师范传记新资料及其价值》,《国际社会科学杂志》(中文版)2011 年第 4 期。

卷九续辑七首。

（4）释惟一（1208—1281），号环溪，俗姓贾，资州人。据觉此《行状》，惟一于宋理宗淳祐六年（1246）初住建宁府瑞岩禅寺，后历住江西境内各禅寺，于度宗咸淳九年（1273）入住庆元府天童景德禅寺。其法系为密庵咸杰——破庵祖先——无准师范——环溪惟一，属南岳下二十世。《全宋诗》第 62 册据《环溪惟一禅师语录》录诗二卷。

（5）释道冲（1169—1250），号痴绝，俗姓苟，武信人。据赵若琚《行状》，道冲于宋宁宗嘉定十二年（1219）入住嘉兴报恩光孝寺，理宗宝庆元年（1225）移住建康府蒋山太平兴国寺，嘉熙三年（1239）住庆元府天童景德寺，淳祐四年（1244）住临安府景德灵隐寺，淳祐九年（1249）十月住径山兴圣万寿寺。其法系为密庵咸杰——曹源道生——痴绝道冲，属南岳下十九世。《全宋诗》第 54 册据《痴绝和尚语录》录诗一卷，《辑考》卷九续辑三首。

（6）释智愚（1185—1269），号虚堂，俗姓陈，四明象山人。据法云《行状》，智愚于宋理宗宝祐六年（1258）入住庆元府阿育王山广利寺，度宗咸淳三年（1267）入住径山兴圣万寿寺。其法系为：密庵咸杰——松源崇岳——运庵普岩——虚堂智愚，属南岳下二十世。《全宋诗》第 57 册据《虚堂智愚禅师语录》及他书辑诗五卷，《辑考》卷九续辑二十首。

（7）释心月（？—1254），字石溪，号佛海，俗姓王，眉山人。据孙震《石溪心月禅师语录序》、杨栋《御书传衣庵记》，心月于宋理宗嘉熙二年（1238）入住蒋山太平兴国寺，淳祐六年（1246）入住临安府灵隐景德寺，淳祐十年（1250）年迁径山兴盛万寿寺。其法系为密庵咸杰——松源崇岳——掩室善开——石溪心月，属南岳下二十世。《全宋诗》第 60 册据《石溪心月禅师语录》录诗四卷，《辑考》卷九续辑三首。

(8) 释普度(1199—1280),号虚舟,俗姓史,江都人。据元僧行端撰《行状》及《补续高僧传》卷一一本传,普度于宋理宗淳祐初年入住建康府半山报宁禅寺,后历经临安府天宁万寿用祚禅寺、灵隐景德禅寺,终于径山兴圣万寿禅寺。其法系为:密庵咸杰——松源崇岳——无得觉通——虚舟普度,属南岳下二十世。《全宋诗》第 61 册据《虚舟普度禅师语录》录诗一卷,《辑考》卷九续辑一首。

这些禅僧都在径山等禅寺中担任过住持,在丛林中具有重要影响力,他们和大慧派僧人共同推动了五山文学的繁荣。除此之外,同一时期还有释绍嵩、永颐等诗僧也留下了丰富的创作成果,根据许红霞考证,永颐可视为"无准派僧人",绍嵩为可视为"痴绝派僧人"①,法系上仍属虎丘派,因此我们将其作为"五山文学"的组成部分进行探讨。

第一节 游方与赠别:禅机启悟与言语表达

行脚游方是禅僧生活的重要组成部分,他们开悟的契机多存在于参请各方尊宿大德的过程中。这既是宗门修行的有效途径,又是语言文字的创作与交流过程,由此催生了众多纪游诗与送别诗。在世俗文学系统中,纪游与送别是两类常见的题材,空间位移带来的环境变动与心理转换是刺激诗歌创作的活跃因素,所谓"江山之助"与"感荡心灵",形成了一种书写传统。禅门的纪游与送别诗歌在形式体裁上与俗世并无多大区别,但在话语体系和精神内涵上却有显著差异。作为修行的环节,游方使僧人以清净心对待周遭事物景观,超

---

① 参见许红霞辑著《珍本宋集五种》之《中兴禅林风月集》卷上,北京大学出版社,2013 年,第 372、382 页。

越其物理差别与自然属性,将世俗境界提升为解脱境界。而送别活动发生在参请的末尾,受访者勘验请学者的开悟程度、指明向上一路是常见行为,这就使赠别诗超越了离情别绪或勉励劝慰的惯用逻辑,充满玄机与禅趣。五山十刹体制建立以来,两浙地区成为弘扬禅法的中心,游方参请、接引印可、赠别送行成为五山禅僧的生活常态,也成为他们诗歌创作的主要题材。

一、"与世同波,与世无涉":禅门的纪游诗创作

前文在介绍江湖诗人"游吟"时曾对官员士大夫的宦游、地方文人的闲游、江湖诗人的漫游与僧人的游方进行过比较,区别的依据在于游者的心态。前几种游的方式虽各有侧重,但终究未免"与世接",而僧人游方的状态正如释大观所言:"与世同波,与世无涉。泠然其间,亦聊以自适。"[①]"与世同波"显示出僧人行走的仍是世俗的世界,因而游方诗的基本意象与世俗纪游作品差异不大。但关键因素在于"与世无涉"。游方之"游",是自在无碍之"游",如研究者所言"没有设计者,没有监督者,没有目的地,没有出发点"[②],不受世俗体系的规约。《杂阿含经》卷四〇天帝释说偈云:"我正恭敬彼,能出非家者。自在游诸方,不计其行止。城邑国土色,不能累其心。不畜资生具,一往无欲定。往则无所求,唯无为为乐。"[③]自在之游,在行动轨迹上不是矢量的位移,而是随来随往、若即若离;在物质条件上,行住坐卧一切任运;在心态上不受外物的干扰和牵绊。因此,在诗歌写作中,禅僧们虽然也有对旅途物象的呈现,但能够保持一种不执着的心态;虽有行走情思的流露,但随时能够抽身而出,有所省悟。

---

① 释大观《物初剩语》自序,许红霞辑著《珍本宋集五种》下,北京大学出版社,2013 年,第 529 页。
② 葛兆光《增订本中国禅思想史》,上海古籍出版社,2008 年,第 335 页。
③ 求那跋陀罗译《杂阿含经》卷四〇,《大正新修大藏经》第 2 册,新文丰出版公司,1983 年,第 293 页。

以物初大观为例,他有《持钵五首寄山中道旧》,从标题上看,这是典型的行脚游方诗,其中"不后不前当此会,算长算短欲何为"等语体现出无所住心、随缘任运的态度。其《舟中除夜》云:"闭蓬深坐待年朝,不似山中共寂寥。谩把行藏供一笑,海风长送越江潮。"①辞旧迎新之际,大观在旅途的舟中度过,舟外充满尘世的喜庆氛围,与山中的寂寥不同,但他却能够闭蓬深坐,保持寂静之心,对一切事物了无挂碍,就如风起潮涨般自然。这正是他标举的"与世同波,与世无涉"的游方状态。又如《晓渡钱塘》:"舷间坐倦倚危樯,寒薄衣棱面带霜。破晓一钩残月在,照人来往笑人忙。"大观常以"笑"来表达一种抽身而出的省察与体悟,如前引"谩把行藏供一笑",《持钵五首寄山中道旧》中的"笑问三吴船上月",此处的月笑人忙等,都显示出对世事的不执着,对清净本性的契合。释道璨的此类诗作亦具有冷眼旁观和超然自适的心态。如《兰溪夜泊》:"我泛浙西船,夜泊兰溪岸。篷窗坐不眠,县鼓鸣夜半。桥上趁墟人,往来彻清旦。办此朝夕劳,不博一日饭。复毡睡正暖,闭户有人嫌夜短。"道璨所在的"篷窗",既是千帆万户中的一分子,又是独立自足的空间,面对赶集人的忙碌,他有所反思而又置身事外,从"坐不眠"到"睡正暖",始终保持"与世无涉"的姿态。

除了从世俗景物中抽身而出,禅门游方诗的另一特点是对世俗情感的超越。羁旅情思、迁徙感触是行走在外之人的常见心理活动,前述江湖诗人的纪游之作便擅长表现此种细致的思绪,而禅僧也不免这样的体验,但他们能入亦能出,善于化解炽烈的情感,所谓"静故了群动,空故纳万境"。如觉庵梦真《新安道中》"问天无语讶天痴,心绪悠悠只自知。去国暗惊乡语变,迷方频觉斗杓移。树头赤栗开绒

---

① 释大观《物初剩语》卷六,许红霞辑著《珍本宋集五种》下,北京大学出版社,2013年,第666页。

早,叶底寒虫入茧迟。已辨一蓑终老去,沙鸥从此莫猜疑",梦真面对社会人世时常带有浓厚的情感,但他也从这些情感中抽离,归于自适的心境。如此诗所写的"心绪悠悠",带有离乡去国的些微愁思,"寒虫"的意象不免衰飒,但他最终开启了解脱法门,追求沙鸥般的闲适,走向一蓑烟雨任平生的随缘境界,"迷方"终有出路。又如《江路归晚》的意思表达得更明确,"往事生春草,浮荣寄弈枰。红尘连九陌,吾与尔鸥盟",从尘世情感的羁绊中解脱出来,保持自适心境。总之,无论外界事物还是自我情绪,禅僧们都能做到有入有出,不执着、无挂碍,体现出"自在游诸方"的本色。

在禅门游方诗中,释绍嵩的七卷《江浙纪行集句诗》是一组规模较大的作品。绍嵩通常被归入江湖诗人,但如前所述,绍嵩为"痴绝派僧人",法系上仍属虎丘派,因此我们将其纳入禅诗的范围进行考察。

所谓"禅诵之暇,畅其性情,无出于诗"(绍嵩《江浙纪行集句诗》自序),而非江湖诗人的"游吟"。在其诗作中,"自在游诸方"的特色也较为明显,如"回期谁可定,行乐且吾生"(《发长沙》)、"吾行吾自返,兹意与谁传"(《临川道中》)、"旷然忘所在,心与白云空"(《栖霞道中》)等,都是没有固定方向、没有明确目的地、没有显著轨迹的自在无碍之游。"花落江堤簇晓烟,游人柳外蹴秋千"(《郊行》)是"与世同波","从吾所好烟波上,秖在船中老便休"(《舟中戏书》)是"与世无涉"。关于绍嵩游方诗的这些特点,时人陈应申在所作跋文中有很好的反映:

> 夫以无为为有,以有识为无,此固宗风箕裘之业,顾乃挼行城市,嘲风弄月,与我辈抗衡,是果何见也?上人浩然叹曰:"君之言过矣,孔墨之道本相为用,况予由儒入释也,非为释而盗儒也。"①

---

① 陈应申《跋亚愚江浙纪行集句诗》,见陈起《江湖小集》卷一〇,《景印文渊阁四库全书》第1357册,第69页。

陈应申所谓"挨行城市,嘲风弄月,与我辈抗衡"正好体现出禅门游方诗"与世同波"的特点,僧人在尘世中行走,描写的也是世俗的物象和场景,这一点和普通的纪游诗接近,所谓"与我辈抗衡"。但是正如绍嵩自言"由儒入释",其游方诗又具有"与世无涉"的一层,"挨行城市"而不沾滞于城市,"嘲风弄月"而不执着于风月,在世俗事务中寻求解脱之径,返归"以无为为有,以有识为无"的"宗风"。这正是前引《杂阿含经卷》所谓"城邑国土色,不能累其心""往则无所求,唯无为为乐"的自在境界。

"游"在理宗朝诗坛成为热门词汇,尤其是江湖游士阶层的兴起,使纪游题材的创作更为人所熟知。通过对上述诗作的分析,我们可以更清晰地看到禅门游方与江湖漫游的本质区别。尽管前一章也谈到江湖漫游的无方向性,"我行无定止,蜡屐信所诣"的无碍与超越,但这种超越是栖身于漫游,是主体与旅程的融合,在漂泊中寻求精神的寄托。而禅门的游方恰是从游历中抽身而出,是一种否定式的超越,在俗世中照见清净本心、契合真如本性,更具宗教的解脱精神。另一方面,"与世同波、与世无涉"又发生在晚宋禅林与世俗社会频繁交往的背景之下。五山禅林制度的建立,本来就拥有强大的官方背景,是世俗等级制度和管理制度的移植。禅林所在地大多是皇室居住和起家之处,五山的住持受到理宗的礼遇,禅林的运作得到史弥远、孟珙、贾似道等朝廷重臣和制阃大员的有力支持,僧人和士大夫阶层也有密切的交往。在丛林与俗世广泛交融的背景下,僧人如何行走人间又保持自身的独立性,成为现实和迫切的问题,"与世同波、与世无涉"无疑是最佳选择。

二、归家与开悟:禅门送别诗的书写主题

游方与送别是紧密结合的,学人参请结束后,师友作偈、题序、赠诗以别,既是对教学经历的总结,又是勘验悟性、比试机智的重要手

段。所谓"赠人以言,重于金石珠玉"(《荀子·非相》),"富贵者送人以财,仁人者送人以言"(《史记·孔子世家》),禅林送别诗重在为辞行者指明向上一路。晚宋时期"五山十刹"作为丛林传法的中心,接引与送别活动频繁,这类诗作也大量保存下来。归与送本涉及方位的转移与世事的变迁,但对禅门参学者而言,归家意味着学有所成、获得开悟,因此送别者重在描述对方开悟后的境界。其重要标志就是获得真妄不二、即物即真的无差别心,于是距离远近、事物新旧的差异被消解,传统的送别主体在宗门获得了新的意义。正如物初大观在《送可侍者序》中所言:

> 学道贵乎知归,先师尝以是教兄矣,其果知矣乎?不移跬步,便达本乡。岂在跋高涉深,三千里往返之劳,而以为归哉?①

归家的途径不在长途跋涉,而是要开悟,返归清净自性,拥有万法平等的无分别心。"不移跬步,便达本乡"正是对现象层面上远近距离的消解。这种主题在五山禅林送别诗中多有显现。如环溪惟一"秋风忽起故山兴,归本无归语何剩"(《送孚藏主归江西》)、西岩了惠"谁知唤客吃茶处,万别千差一道归"(《送森知客》)等。值得一提的是石溪心月"泸南元是旧泸南"的表述,既是对青原惟信公案的引申,昭示开悟的境界,又将"见山只是山,见水只是水"与远行者的目的地联系起来,切合受赠者的处境。其赠别诗云:

> 依师参扣到无参,只么呼三应亦三。话到不相辜负处,泸南元是旧泸南。(《送艮侍者随本师归泸南》)

---

① 释大观《送可侍者序》,见许红霞辑著《珍本宋集五种》,北京大学出版社,2013年,第748页。

青原惟信有一则著名的公案谈论"见山只是山,见水只是水"的境界,意谓真正禅悟之人消除了一切分别心,将真与妄、实相与现象视为一体。从"见山是山,见水是水"到"见山不是山,见水不是水"再到"见山只是山,见水只是水",分别对应习禅前、参禅中、开悟后三个阶段。青原这个命题的前提是,山水本来没有变化,只因为人的境界与眼光发生了转变。石溪心月将整体的山水转换为离别者的故地,实质上引申了这种开悟的意涵。在青原那里,山水是总名,它与认识者的相对关系并未发生改变。但对于离乡者而言,故乡山水与他的相对位置却发生了改变,所谓"儿童相见不相识,笑问客从何处来",即使他不参禅开悟,也会因为长时间的隔离而发现故乡的改变。因此,当还乡者感慨"泸南元是旧泸南"时,这种从现象到实相的认识过程,实际上包含了从变化中寻求恒定的领悟过程。石溪心月对青原公案的引申和发挥,可上溯至其祖师松源崇岳处。松源有赠别诗云:

> 相逢相别两无言,万柳亭边上渡船。勿谓空来又空去,举头浑见旧山川。①

可以看出,松源崇岳的"山川"将青原惟信的"山水"具体化了,后者是山水的总名,前者则是师徒身边眼前的山川。石溪心月则将"旧山川"的话头广泛运用于上堂说法与赠别诗作中。他有《送心净头》诗云:"处尘劳界住深禅。几度悲心碎复圆。得失是非都放下。头头皆我旧山川。"又据《石溪和尚语录》卷上所载:

> 上堂:"凭栏拭目旧山川,叠叠峰峦带晓烟。不是梦中论梦

---

① 性音编《禅宗杂毒海》,《卍新纂续藏经》第 65 册,第 65 页。

事。今朝正是普通年。"竖起一指云,以此为证。①

可见他将祖师松源崇岳的"旧山川"进一步细化,不仅举头可见,亦能凭栏拭目,更有山色佳景。话头所指仍是青原公案由现象到实相、消除分别心的含义。但从"旧山川"到"旧泸南",含义则发生了转换,从眼前身边的山川变为求学者的故乡。石溪心月切合辞别者的目的地,这是一种酬赠的表达策略,根据受赠者不同的目的地,"旧山川"可以随时转换为各地的山川。可见,送别酬赠的语境促使公案的翻新与深化。禅师接引学人时注重打破对方对佛教经典和惯常逻辑的执着,训练他们独立思考的能力,因此每一则公案都是富于原创性和实践精神的。后世禅僧在参究时如果只是一味重复固有话头,未免落入窠臼,抵消了公案本身的启迪性。因此,公案与当下处境的结合,它的引申与翻新,对学禅者的开悟具有重要意义。从石溪心月的送别诗中我们可以看到,公案翻新与交际策略相结合,使宗门的创新精神与实践力量得到传承。反过来,禅学带来的开悟境界又使送别诗超越了世俗的表达套路,富有鲜明的群体性特征。

三、"峰顶月"与"海东日":《一帆风》的表达策略

晚宋五山禅林不仅吸引了中土各地的僧人前来参学,也成为宋日文化的交流中心,众多日本入宋僧跟随五山禅院的住持学习禅法与其他文化礼仪,归国时带回大量佛禅典籍与诗文别集,不仅推动了禅宗在东洋的兴盛,也将宋代文学的经典范式广泛传播。日本入宋僧的频繁往来推动了五山禅林的送别诗创作,其中比较集中的一次发生在咸淳三年(1267)日僧南浦绍明归国时,此次的送别诗结集为《一帆风》。《一帆风》有初刻本和增补本两个版本系统,前者收录44

---

① 释住显编《石溪和尚语录》,《卍新纂续藏经》第 71 册,第 34 页。

人,后者增补 25 人,但时代与体例尚存争议①,因此本节论述范围以初刻本为中心。南浦绍明入宋求学于虚堂智愚,此次送别的作者以虚堂智愚及其弟子为主。此外,据研究者考察,赠诗者还包括淮海元肇、断桥妙伦、无准师范等禅师的弟子②。赠诗体裁主要是七绝,共41 首,另有七古三首。如前所述,禅门送别诗的特点在于消解空间距离,昭示无差别的开悟境界,这些特点在《一帆风》中依然存在,并且因为离别者的日僧身份而拥有更多新的内涵。如以下几首:

> 空手东来已十霜,依然空手趁回樯。明明一片祖师意,莫作唐朝事举扬。(天台唯俊)
> 十幅蒲帆万里风,来无踪迹去还同。抬眸错认云山处,人在水天一色中。(江西道洙)
> 烟波尽处见青山,的的南方有路还。佛法固知无彼此,普天风雪一般寒。(象山可观)

南浦绍明的目的地东洋,和中土不仅有物理距离,更有文化差异。但在禅门送别诗中,中土僧人并没有将异域视为"他者",而是用万法平等的眼光去消弭中土与东洋的差距。"普天风雪一般寒""人在水天一色中",正如宗门常见的"千江一月""全花是春""海印三昧"等话头,突出佛法的普适性与统摄性。这种圆融无碍的境界,正是远行者的开悟境界。天台唯俊的赠诗叙述了南浦绍明参学的经历,试将其与前引松源崇岳的赠别诗相比较:"相逢相别两无言,万柳亭边上渡船。勿谓空来又空去,举头浑见旧山川。"天台唯俊是虚堂智愚的学生,而虚堂智愚又是松源崇岳的法孙,可见唯俊的赠诗传承了其先辈

---

① 参见侯体健《南宋禅僧诗集〈一帆风〉版本关系蠡测》,《中国典籍与文化》2009 年第 4 期;许红霞《日藏宋僧诗集〈一帆风〉相关问题之我见》,《中国典籍与文化论丛》2011 年。
② 参见许红霞《日藏宋僧诗集〈一帆风〉相关问题之我见》,《中国典籍与文化论丛》2011 年。

的风范。两诗在结构上非常接近,都是空来空去,都有上船趁樯;松源崇岳用"浑见旧山川"、天台唯俊用"一片祖师意",都表明理事圆融的无差别境地。不同的是,天台唯俊的强调的这种圆融境地,消融的是华夷之辨、中心与边缘的差距,"莫作唐朝事举扬",中土事与东洋事便没有差别。此种开悟因其对异质文化的超越和统摄而更显示出独特意义。

这种平等无差别的眼光,除了以中土为本位去统摄异域,更有站在东洋的立场上,对中土影响力的否定。送别者从南浦绍明的角度出发,强调自我解脱、不假外求,消解了五山禅林的传法作用。如"几年经历在南朝,大道何需苦外求。识得自家无尽藏,海门风月一齐收"(泸南德源),将修行中自性与外力的关系跟东洋与"南朝"的关系结合起来,通过对南浦绍明入宋行为的否定来彰显平等圆融的境界。类似的表达还有"风前冷笑错参方,知识何曾在大唐"(古洪净喜)、"南国自来无佛法,莫言今复在凌霄"(四明祖英)、"月从东上日西沉,错向中华苦访寻"(西蜀正因)、"主宾句里原无句,错入唐朝错见人。烟水茫茫一仍旧,笑他海底起红尘"(赤城义为)、"大唐国里本无禅,刚要南来探一回"(清漳本因)等。其中,赤城义为的"烟水茫茫一仍旧"与松源崇岳的"旧山川"、青原惟信的"见山只是山"一样,都显示出理事无碍的境界,在这种无差别的境地中,入宋求学就是造作意业、横生是非,所谓"错入唐朝错见人",解脱的关键还在"自家"的修为、本心的清净。可见,众人对南浦绍明离日入宋的否定,既是对留学行为的否定,又是对"中华"作为佛法传播者与文化引领者地位的否定,通过这种角度的转换,将平等圆融的意涵又翻进一层。

禅僧的送别诗创作是一项比试悟性与机智的活动,创作者不断变换角度、翻新公案,体现出不迷信权威、不拘守成法的独立姿态和创新精神。同时,这又是宗门内部的人际交往活动,送别者会根据对方的身份与处境,结合主客关系调整表述策略。上述"佛法固知无彼此"的平等观,就是基于主客之间的国籍差异推出的。除此之外,《一帆风》中的作者还将佛禅话语与主客双方的文化意象结合起来,这就使佛理禅法的言说变得生动贴切,提升了送别诗的交际性。如兰陵法新云"我自坐看峰顶月,听归拨乱海东云"。在中土的文化语境中,"月"是佛性的象征,"五峰"又是僧人们对五山禅林的常用称呼,因此"峰顶月"成为送别者的自我表征。而远行者南浦绍明来自海东,扶桑之"日"无疑是其佛性的最佳代表。"拨乱海东云"需要佛光如日光般普照,因此兰陵法新提出的"我"与"君"的关系,就是"峰顶月"与"海东日"的关系。前引西蜀正因"月从东上日西沉,错向中华苦访寻",正是基于这种日月关系。又如江南慈容"昼明夜暗一寰宇,谁道家山隔海涯",强调共在关系时,亦隐含了这种日月的比拟。此外,如清源崇愈"到未到人亲按过,大阳原不在扶桑"、鄞山契和"归到扶桑寻旧隐,依然午夜日轮红",以日对应南浦绍明的佛性,这些都建立在"峰顶月"与"海东日"的交互关系上。这种比拟关系的建立,既贴合受赠者的异域身份与文化精神,又形象地表达了佛理。当然,正如江南慈容所云"昼明夜暗一寰宇",这种"我"与"君"模式的表达,是求同而非立异,寻找彼此的共性。日月的指称,都是权宜说法,最终是消除差别,趋于"普天风雪一般寒"的圆融境地。这又是禅门交际与世俗酬唱的不同之处,后者更注重亲疏关系与高下身份的分别。总之,理事无碍的观念使禅僧在交往中超越彼此的距离与差异,实现平等的对话,而交际的具体语境又促使他们不断寻找新的切入点,翻新表达策略,激发他们的创造精神。

纪游诗与送别诗是五山诗僧的重要创作题材,游方行脚本是僧人生活的常态,但在晚宋五山体制的推动下,游学参请活动渐成规模,僧人与俗世各阶层的接触也更为频繁,"与世同波、与世无涉",既为纪游类创作注入内省精神与超越气质,也是僧众与世俗社会交往时的一种现实选择,它拓展了方外文学的人间维度,改变了山居状态下僧诗的蔬笋气。而禅林传法活动的繁荣，尤其是中日僧人的频繁交往，促成了送别诗创作的兴盛，为宗门话语的运用、禅机的施展提供了丰富的平台，也使僧众的平常心与怀疑、实践、创新精神更具现实针对性。

第二节　文字禅与五山僧众的禅意吟颂

不立文字、教外别传是典型的禅门宗风，但它诞生于搬水运柴、普请劳作的农禅时代。随着宋代禅僧文化水平的普遍提高，"不立文字、不离文字"的"文字禅"成为新的宗门风尚，僧史的编撰、灯录的总结、颂古的撰制、偈颂的创作构成了"文字禅"的主要内容。他们既不否认语言的表意功能，又不执着于语言文字，在文字中寻求启悟与解脱。狭义的文字禅即指诗[①]，以禅为诗、以诗证禅，强调诗禅的一致性。晚宋是文字禅兴盛的时期，《五灯会元》《枯崖漫录》《人天宝鉴》等禅林灯录与笔记的编撰，《古尊宿语录》的重刻等，都显示出广义文字禅在这一时期的丰富成果。五山禅林唱道颂法、赋诗酬和风气的兴盛，又标志着诗禅的流行。

一、"假文明宗"：文字禅在五山丛林的兴盛

借助禅史、灯录、语录、会要、禅林笔记等形式，打破义学讲师的文字垄断，建构本土话语系统，这是禅宗"不离文字"的现实需要。但基于般若空观的"不立文字"又是禅宗的当行本色，因此文字禅自创立起就存在一个"不离"与"不执"的辩证论述模式。这种论述在五山禅僧那里多次出现，而愈多的表达愈折射出文字禅在这一时期的发

[①] 参见周裕锴《文字禅与宋代诗学》，高等教育出版社，1998年，第42页；《禅宗语言》，浙江人民出版社，1999年，第178—189页。

达程度。如物初大观在其文集的自序中云:"说而无说,文而非文,又吾之剩语也","法不孤纪,理不它隔,言在此而意在彼。或便谓予长乎文言矣,才一脱稿,扫不见痕迹,如是者有年"①。大观在为重刊《古尊宿语录》作序时也说:"言语,载道之器,虽佛祖不得而废也。"②此外,他在为道璨《无文印》和胜叟宗定文集作序时也说:"假文以明宗,非专文而背宗"③,"不规规于文而文成焉,正假文以明宗者"④。不脱离文字而又不拘执文字,运用文字而"扫不见痕迹",如水中着盐、羚羊挂角,体现出禅僧二谛圆融的思维。但这种表述实质上是侧重"文",为僧史、灯录、语录、笔记等"文字"形式提供合法性依据。在这方面,"文字禅"又有接近教门疏经造论的一面,所谓"藉教悟宗",以语言文字传承正法眼藏。如道璨曾为天台宗僧人编撰的《西湖高僧传》作序,感叹"僧无董狐,旧闻放失之矣",而自身又"痼奇疾""已不能毕兹能事矣",称赞对方"奋笔端之锐而表章之,以成一世之大典"⑤,体现出他对教门整理史籍工作的认同。而释昙秀更是强调了禅教融合的重要性,如其在《人天宝鉴序》中所言:

> 且昔之禅者,未始不以教律为务;宗教律者,未始不以禅为务。至于儒老家学者,亦未始不相得而彻证之,非如今日专一门,擅一美,互相诋訾如水火不相入。噫,古者之行非难行也。⑥

---

① 释大观《物初剩语自序》,见许红霞辑著《珍本宋集五种》,北京大学出版社,2013 年,第 529 页。
② 释大观《重刊〈古尊宿语录〉序》,《物初剩语》卷一三,见许红霞辑著《珍本宋集五种》,北京大学出版社,2013 年,第 788 页。
③ 释大观《无文印序》,《物初剩语》卷一三,见许红霞辑著《珍本宋集五种》,北京大学出版社,2013 年,第 772 页。
④ 释大观《定胜叟文集序》,《物初剩语》卷一三,见许红霞辑著《珍本宋集五种》,北京大学出版社,2013 年,第 778 页。
⑤ 释道璨《西湖高僧传序》,黄锦君校注《道璨全集校注·无文印》卷九,巴蜀书社,2014 年,第 304 页。
⑥ 释昙秀《人天宝鉴序》,《卍新纂续藏经》第 87 册,第 1 页。

昙秀强调了禅教的一致之处,而他的任务便是藉教悟宗,记录"三教古德于佛法中有一言一行","示后世学者知有前辈典刑"①。借鉴教门讲论佛经、编录僧传的方式来整理宗门的历史文献,是禅宗避免庸俗化、简易化的重要手段。又如同一时期枯崖圆悟所作《枯崖漫录》,"所收机语,皆有控人入处,已用笔点下,余则划却","编集成传,或赞或拈,或着语,或纪实"②,体现出"不离文字"的鲜明特色和传承"典刑"的自觉意识。除了《人天宝鉴》《枯崖漫录》这类禅林笔记,语录、灯录、史传、会要等也是"文字禅"的重要形式,这些在晚宋禅林也受到普遍重视。如下列几则材料所示:

《大慧语要》板于径山者再毁于火,(妙堪)师以起废余力。③

石溪月自灵隐来省疾,(道冲)师升堂叙法门好,因言蜀本《宗派录》至密庵不书,遂至掩涕,闻者皆呜咽堕泪。④

尝以吾宗之史废缺不续为己忧,与夫前人纪载舛遗,有补空删冗之志。⑤

僧史断缺,英才不生,网罗遗逸,放失旧闻,此吾党之责也。余尝以此责加诸无文,他日将取偿焉。⑥

根以统要,参以五灯,远而古宿之代别,近而诸方之拈颂,旁而佛鉴、大圆之法语,八方珠玉,一展卷而灿焉在目,其惠后学不浅矣……介石朝勘夕较,积三十年始为成书,检阅编摩,其子彻

---

① 释昙秀《人天宝鉴序》,《卍新纂续藏经》第 87 册,第 1 页。
② 释圆悟《枯崖和尚漫录序》,《卍新纂续藏经》第 87 册,第 24 页。
③ 释道璨《育王笑翁禅师形状》,黄锦君校注《道璨全集校注·无文印》卷四,巴蜀书社,2014 年,第 142 页。
④ 释道璨《径山痴绝禅师行状》,黄锦君校注《道璨全集校注·无文印》卷四,巴蜀书社,2014 年,第 186 页。
⑤ 释大观《定胜叟文集序》,《物初剩语》卷一三,许红霞辑著《珍本宋集五种》下,北京大学出版社,2013 年,第 778 页。
⑥ 释大观《无文印序》,《物初剩语》卷一三,许红霞辑著《珍本宋集五种》下,北京大学出版社,2013 年,第 772 页。

侍者实侍其侧。①

这些材料的当事人释妙堪、道冲、宗定、大观、道璨等既有大慧派又有虎丘派僧人,生活的时间都在晚宋理宗朝前后,基本属于"五山"禅林系统。"掩涕""已忧"显示出他们对禅宗历史文献的传承具有强烈的使命感,"补空删冗""网罗遗逸""朝勘夕较,积三十年始为成书"又体现出充分的专业精神。大观在称道璨"追寂音(惠洪)之逸响",可以说,晚宋禅林是惠洪辈出的时代。在官方的支持下,禅林的硬件设施和软件资源都得到极大充实,这为禅宗历史文献的整理奠定了坚实基础。雕版印刷的发达又是禅林书籍得以整合流传的又一重要条件。五山禅寺所在的两浙地区印刷条件先进,这使灯录、僧传等文献的整理刊刻更为便捷。此外,"十刹"还涵盖了福建地区,这又是一个雕印中心。上引大观的重刊《古尊宿语录》,其初版即在闽中。这些是丛林文献得以汇聚流播的有利因素。在此基础上,禅僧自觉的续宗补亡意识得到推广,形成丛林风气,北宋后期惠洪开创的"文字禅"范式在这一时期得到普及。例如,惠洪禅教融合、藉教悟宗的思想,《林间录》作为禅林笔记的范式、《僧宝传》作为禅林史传的典型,在上述诸人中都得到很好的继承。因此"追寂音之逸响"不仅是道璨一人之美誉,亦可作为这一时代"文字禅"的佳评。除此之外,理宗朝为人熟知的另一位禅宗历史文献的集大成者普济,既是大慧的后人,又曾在五山住持,也完全契合上述禅林风气与氛围。因此,我们在把握晚宋禅宗尤其是五山禅林的历史特征时,除了关注《五灯会元》,还应结合语录、笔记、僧传、会要的普遍繁荣情况,顾及僧众假文明宗、传承典刑的自觉意识,对"文字禅"的兴盛作出全面评估。

---

① 释道璨《宗门会要序》,黄锦君校注《道璨全集校注·无文印》卷九,巴蜀书社,2014 年,第 302 页。

二、禅慧与诗语:《花光十梅》题咏与道号颂

广义的文字禅包括语录、灯录、僧传、笔记、偈颂等一切文字形式,狭义的文字禅专指诗禅,两者的发展是相辅相成的。禅僧既能在尊宿的言行、宗师的传记中获启悟,亦能在所谓"绮语妄业"中求解脱;他们既能假文明宗,则自然会以诗证禅。关于诗禅一致性的论述在晚宋丛林中也较为普遍,如绍嵩所记"永上人"之语"禅,心慧也;诗,心志也。慧之所之,禅之所形;志之所之,诗之所形,谈禅则禅,谈诗则诗,是皆游戏"[①],论及诗与禅的共同本质,不执着、无挂碍、不倚傍,臻于"游戏三昧"。又如梦真《籁鸣集》序:"诗与禅俱用参,参必期悟而后已。参须参活句,不当参死句。活句下悟去,迥然独脱。死句中得来,略无向上承当。知诗、禅无二致,是必悟而后已。"[②]悟入即在文字中求解脱,将笔墨活动与宗教修行统一起来。诗性语言是直观呈现而非逻辑阐释,丛林活句也是破坏语言逻辑的,所谓"语中无语""言语道断"[③],参活句亦是轧断思维理路,注重在语辞中获得启悟。有关诗禅的定义极为丰富,包括以禅入诗、以诗说法、绕路说禅等等,这在五山禅僧的创作中都有充分的体现,现结合两类特别的题材以呈现:"《花光十梅》颂"与"道号颂"。据石溪心月《墨梅一题序》记载:

> 顷在四明,同清凉范长老游大梅,或索和花光师墨梅十题。题曰《悬崖放下》,曰《绝后再苏》,曰《平地春回》,曰《淡中有味》,曰《一枝横出》,曰《五叶联芳》,曰《高下随宜》,曰《正偏自在》,曰《幻花灭尽》,曰《实相常圆》。首尾托物显理,借位明功,以形容

---

① 释绍嵩《江浙纪行集句诗》序,《江湖小集》卷三,《景印文渊阁四库全书》第1357册,第20页。
② 释梦真《籁鸣集序》,见许红霞辑著《珍本宋集五种》上,北京大学出版社,2013年,第137页。
③ 参见周裕锴《禅宗语言》,浙江人民出版社,1999年,第61页。

禅家流工夫从入道应世至于得旨归根边事。无准于《实相常圆》著语云:"黄底自黄青底青,枝头一一见天真。如今酸涩都忘了,核子如何说向人。"予愧短乏,哦咏非素习,不得已亦勉强思量,到思量不及处,果"幻花灭尽"耶？墨梅无下口处耶？憾罗中不觉失笑。噫,绝后再苏耶？平地回春耶？于凑泊不及处凑泊,成二百八十字,字韵句意不拣重复,但不失题意而已,掉在无事甲中,十见青黄。一日与畏友艮岩火炉头夜话之,艮岩亦忻然成十章,并录之放笔一笑。是淘汰业识耶？是错耆言句耶？必有为我划去者。①

华光仲仁活跃于北宋元祐年间,住衡州华光山妙高寺,卒于宋徽宗宣和二年(1120)②。华光仲仁擅长画梅,其所作《墨梅》图闻名一时,多次受到黄庭坚、惠洪等人的称赞。据宋人邓椿《画继》卷五记载:"仲仁,会稽人,住衡州花光山。一见山谷,出秦、苏诗卷,且为作梅数枝,及烟外远山。山谷感而作诗记卷末。"③华光《墨梅》这十题概括了习禅者的开悟过程,据石溪心月所述,他与无准师范、艮岩都有过题咏之作,现仅有无准师范的十首诗偈保存下来。此外,日本国会图书馆藏《重刊贞和类聚祖苑联芳集》卷九"图画"类还收有虚堂智愚弟子石室辉的《花光十梅》十首,可见这一题材在五山禅林的流行程度。《墨梅》的吟咏旨在明心见性,"往往禅宴之暇,一歌一咏,以淘汰业识,疏通性源",通过"错耆言句"以"滋培道根"。"错耆言句"的方式主要是颠覆合头语、有义句,去除知解,以诗性的语言呈现禅慧。

《花光十梅》前两题为《悬崖放下》与《绝后再苏》,这是禅宗常用

---

① 释心月《墨梅一题序》,《石溪心月禅师杂录》,《卍新纂续藏经》第71册,第78页。
② 参见周裕锴《石门文字禅校注》卷一《华光仁老作墨梅甚妙为赋此》题下注,未刊稿。据周裕锴考证,华光仲仁为惟凤法嗣,常总法孙,属南岳下十四世,于惠洪为法侄。
③ 邓椿《画继》卷五,明《津逮秘书》本。

话头。据《景德传灯录》卷二〇记载:"苏州永光院真禅师上堂谓众曰:'言锋若差,乡关万里。直须悬崖撒手,自肯承当。绝后再苏,欺君不得。非常之旨,人焉廋哉?'"①参学者只有斩断名相言诠的纠葛,破除对诸尘的依傍,才能横身宇宙,去住自由,臻于解脱境地。又如圆悟克勤所言:"直下如悬崖撒手,放身舍命。舍却见闻觉知,舍却菩提涅槃真如解脱,若净若秽一时舍却。令教净裸裸赤洒洒,自然一闻千悟,从此直下承当。却来返观佛祖用处,与自己无二无别。"②克勤强调斩断六识、舍却诸法是契合佛性的前提。大慧宗杲也常举此话头,如《大慧普觉禅师语录》卷一六所载:"尔譬喻得极妙。我真个要尔纳物事,尔无从所出,便须讨死路去也。或投河赴火,拼得命方始死。得死了却缓缓地再活起来,唤尔作菩萨便欢喜,唤尔作贼汉便恶发,依前只是旧时人。所以古人道:'悬崖撒手,自肯承当;绝后再苏,欺君不得。'到这里始契得竹篦子话。"③在《花光十梅》前两题的吟咏中,无准师范和石室辉对上述习禅的智慧作了这样的呈现:

悬 崖 放 下

万仞崖头自放身,始知花发不干春。更从个里寻枝叶,笑倒当年树下人。(无准师范)

灵根盘结太孤危,果见悬崖放下时。剩馥幽香描不得,只应分付好风吹。(石室辉)

在首联中,无准师范点明梅花立身险峻、凌寒独放的处境。花开花落取决于自身,与春天无关,比喻佛性存于自身,不假外求。尾联"更从个里寻枝叶,笑倒当年树下人"关合华光仲仁之事。据《华光梅谱》记

---

① 释道原《景德传灯录》卷二〇,《四部丛刊三编》本。
② 释绍隆等编《圆悟佛果禅师语录》卷一三,《大正新修大藏经》第 47 册,第 773 页。
③ 释蕴闻编《大慧普觉禅师语录》卷一六,《大正新修大藏经》第 47 册,第 878 页。

载,"(仲仁)每花放时,辄移床其下,吟咏终日,莫知其意"。"笑倒"一联意谓好事者囿于枝叶,遗落梅花风韵,比喻参禅者为情识所蒙蔽,不见清净本心。而石室辉所作首联化用古诗"冉冉孤生竹,结根泰山阿",形象地传达出悬崖之险峭。尾联用黄庭坚评花光墨梅事。《苕溪渔隐丛话·前集》卷五六引《冷斋夜话》云:"衡州花光仁老以墨为梅花,鲁直观之,叹曰:'如嫩寒春晓,行孤山篱落间,但欠香耳。'"[①]清幽香气传递出梅中三昧,随风而生,去住无定,它并不依赖笔墨而存在;后者正如登岸之筏,示月之指,都应该"悬崖撒手",最终舍弃。

绝 后 再 苏

孤根脱落偃苍苔,冷地无端笑眼开。莫怪雪霜欺不得,只因曾向死中来。(无准师范)

败枿枯桩半有无,眼皮才绽忽更苏。向缘逞得阳和力,雪压霜欺只自知。(石室辉)

正如永光院真禅师所言"绝后再苏,欺君不得",圆悟克勤所讲"一闻千悟",大慧宗杲所称"唤尔作菩萨便欢喜",无准师范和石室辉都描写了这种明见自性、即心即佛的境界。无准师范所言"孤根脱落偃苍苔",石室辉所写"败枿枯桩",都细致描绘出梅树濒临绝境的状态。而一旦重获生机,梅枝即达到自证自足,"欺君不得"的境地,所谓"返观佛祖用处,与自己无二无别"。

《花光十梅》之九为《幻花灭尽》:

花分枝北与枝南,向背横斜有许般。何待支郎强描邈,开时便作谢时看。(无准师范)

[①] 胡仔纂集《苕溪渔隐丛话·前集》,人民文学出版社,1981年,第386页。

> 月上疏枝映碧纱,孤光瘦影共横斜。晓来应讶东风恶,减却从来眼里花。(石室辉)

有关"幻花"最著名的记载当属《圆觉经》中佛对普贤菩萨的宣讲:"善男子,一切众生,种种幻化,皆生如来圆觉妙心。犹如空花从空而有,幻花虽灭,空性不坏。"①可见,作为现象世界的"幻花",都是从圆觉本体生出;前者短暂虚空,后者寂然永恒。因此,《圆觉经》接下来有偈道:"依空而有相,空花若复灭。虚空本不动,幻从诸觉生。幻灭觉圆满,觉心不动故。"在对《幻花灭尽》着语时,无准师范对这种即色即空的观念作了新的演绎。在他看来,花光仲仁的描摹无法表现梅的自性;梅枝的横斜向背,终究不过虚空的色相。因此,繁花与凋花没有差别,万法皆空,而圆觉的自性常存。石溪心月在跟随无准师范题咏时写道:"哦咏非素习,不得已,亦勉强思量。到思量不及处,果幻花灭尽耶?"②正如虚幻的色相,人的理性思维亦是遮蔽自性的陷阱,只有破除理障,才能顿见本心。所谓"思量不及处",就是跳出理路的开悟境地,无疑是"幻花灭尽"。与无准师范和石溪心月不同,石室辉用更加精致的笔触表现了这一过程。光泽鲜亮、体态轻盈的"色相"与摧毁诸相的外力形成鲜明对照,更能凸显前者的虚幻本质。

《幻花灭尽》之后则是《实相常圆》。

> 黄底自黄青底青,枝头一一见天真。如今酸涩都忘了,核子如何举似人。(无准师范)
> 青青团玉问黄金,几树累累覆绿阴。若谓老庞曾嚼碎,应无核子到于今。(石室辉)

---

① 陀多罗译《大方广圆觉修多罗了义经》,《大正新修大藏经》第17册,第914页。
② 释心月《墨梅一题序》,见《石溪心月禅师杂录》,《卍新纂续藏经》第71册,第78页。

"实相"在经义中表示真实常住的本体,此处则关合"梅实"。对于梅实之"色相",无准师范和石室辉都在首联作了生动的描绘。而"实相"的本体是无,离诸一切之相,因此品梅之人应该超越六尘,忘却酸涩的舌识。"核子"喻示本体,它无法通过语言和思维来把握。而石室辉的尾联则化用庞居士访大梅法常的公案。据《庞居士语录》卷上记载:"居士访大梅禅师,才相见,便问:'久向大梅,未审梅子熟也未?'梅曰:'熟也,你向什么处下口?'士曰:'百杂碎。'梅伸子曰:'还我核子来。'士便去。"① 庞居士以咬破梅子来勘验大梅法常悟道的真妄,事实证明,大梅法常的证悟圆融无碍。石室辉此处借以喻示不偏不枯的真如本性。

可见,无准师范与石室辉通过对《花光十梅》的吟颂,用诗性的语言呈现了顿悟自性、不假外求的禅慧。与"公案禅"和"看话禅"的随机设化、机锋险峻相比,诗歌语言在形象的呈现上具体生动,境界圆融,拥有更多"景语",更具审美性,这是"诗禅"区别于其他"文字禅"的显著特征。

"道号颂"是五山僧众以禅为诗、以诗证禅的又一体现。道号是僧人在法名、表字之外的别称。据释道融《丛林盛事》卷二记载:"大抵道号有因名而召之者,有以生缘出处而号之者,有因做工夫有所契而立之者,有因所住道行而扬之者。前后皆有所据,岂苟云乎哉。"② 道号的命名皆有根据,包括出生事迹、悟道因缘、所处山林、所居庵堂等③。僧人确定道号后,又会请老师、法眷、友人等撰写散文体的"道号序"和韵文体的"道号颂",这一风气在晚宋禅林较为兴盛。如物初大观《虚舟序》云:"予受馆北山,虚舟顾予话旧,袖出巨轴小篆,皆名

---

① 于顿编《庞居士语录》卷上,《卍新纂续藏经》第 69 册,第 133 页。
② 释道融《丛林盛事》卷二,《卍新纂续藏经》第 86 册,第 702 页。
③ 参见周裕锴《维摩方丈与随身丛林——宋僧庵堂道号的符号学阐释》,《新宋学》第五辑,复旦大学出版社,2016 年,第 6—22 页。

流衍言'虚舟'也。鹤山则取大《易》《南华》抑扬之,而归诸'中孚',余则自鸣天籁。"①围绕虚舟普度的道号,僧俗各界都展开"衍言"。

《禅林象器笺》卷一五引《竺仙疑问》介绍了"道号颂"的流行情况:

> 至于景定、咸淳之间,所谓大道衰,变风变雅之作,于是雕虫篆刻竞之,仿效晚唐诗人小巧声韵,思惟炼磨而成二十八字,曰"道号颂"。时辈相尚,迫今莫遏。于中虽有深知其非,而深欲绝去之者,然以久弊不能顿除,勉随其时,曲就其机。亦复不拒来命,时或秉笔觌面,信手赋,塞所需,聊为方便接引之意也。然以其音律谐和,与夫事理句意俱到而活脱者,使或哦之,诚亦可人。然譬如食蜜,中边皆甜,宜乎人其爱之,若夫欲济饥馁,不可得也。②

"竺仙"即元代入日禅僧竺仙梵仙(1292—1348),属虎丘派传人。他论述了道号颂的基本特征,形式上接近七言绝句,篇幅短小,音韵谐和;功能上用于师徒交往,是禅师接引学人的有效方式;写法上要呈现道号含义,蕴含禅机,但又不能滞于理路。道号颂的撰写,有时既要颂道号含义,又要颂古德公案,因此《禅林象器笺》将"道号"附在"颂古"之后。现存日藏宋元禅僧墨迹中,有不少道号颂,其书法体式是先用雄浑字体题写道号,再用纤细锐利字体书写颂词。如日本京都大德妙心寺藏宗峰妙超(1282—1337)"关山"道号墨迹,是为弟子关山惠玄(1277—1360)书写,颂词为:"锁断路头难透处,寒云长带翠峦峰。韶阳一字藏机去,正眼看来隔万重。"锁断路头、寒云峦峰包含

---

① 《物初剩语》卷一二,见许红霞辑著《珍本宋集五种》,北京大学出版社,2013年,第769页。
② 无著道忠《禅林象器笺》卷一五,《佛光大藏经·禅藏·杂集部》,高雄佛光出版社,1994年,第1138页。

"关山"之义,"韶阳一字"则用云门文偃(864—949)"一字关"的公案。韶州云门山文偃禅师在师徒问答中常以一字作为接引学人的手段,简捷明快,如用"祖"来回答"如何是云门剑",用"普"来回答如何是正法眼。丛林因而称之为"一字关"。此处宗峰妙超的道号颂既颂"关山"之义,又颂古德公案。又如京都长福寺所藏古林清茂(1262—1329)"月林"道号墨迹,是为弟子月林道皎(1293—1351)书写,颂词为:"桂轮孤朗碧天宽,万木森森照夜寒。不是曹溪曾指出,至今谁作话头看。"前两句"桂轮""万木"体现"月林"的含义,后两句则用"曹溪指月"的公案。《楞严经》卷二有"如人以手指月示人,彼人因指,当应看月"之语,禅林后来形成"灵山话月,曹溪指月"的话头,表达因教悟法、藉教明宗之义,《祖堂集》卷一〇《玄沙和尚》、《汾阳无德禅师语录》卷一、《圆悟佛果禅师语录》卷六等均有此语。古林清茂此处扣住"月"的公案进行发挥。

在日本五山禅僧文集中,道号颂的数量颇为丰富,如此山妙在(1296—1377)《若木集》所收诗歌中有专门的"道号"一类;景徐周麟(1440—1518)《翰林葫芦集》卷二为"道号",体裁均为七言四句,道号颂之前有小序。而日本五山撰写道号颂的风气正是来自南宋五山。《重刊贞和类聚祖苑联芳集》卷五设有"道号"一类,收录了不少南宋诗僧的文字,其中西岩了惠的数量最多。从表达方式上看,道号颂沿袭了禅门"不犯正位、绕路说禅"的特色。如西岩了惠《静隐》"白日青天轰一下,能翻海岳裂虚空。三冬不欲行春令,收在无阴阳地中",以动显静,以收代隐,在"小巧声韵"中不乏机智。又如《古帆》:"孤硬根盘浩劫初,枯椿无影着花疏。一声调入霜天角,唤醒扬州枕上乎。"前两句呈现高古的境界,后两句以征行的场景突出"帆"的移动意涵,契合道号的属性而不露痕迹。除西岩了惠外,虚堂智愚的道号颂亦体现出绕路说禅的风格。"忧国忧民日夜惊,撼天撼地作雷鸣。子胥此去休烦恼,百谷来朝一样清"(《海首座号怒涛》),前两句用"惊""鸣"凸显"怒",又关合晚宋风雨飘摇的国势。后两句则切合"涛",强调万法归一,希望海禅师能从嗔怒烦扰的欲界上升到"空故纳万境"的禅界。又如对"曲江"的吟颂"源脉滔滔古岸头,往来终是碍行舟。无风激起千寻浪,到海方知是逆流"(《惟侍者号曲江》),"源脉涛涛"却"碍行舟","无风"却激起"千层浪",呈现出"曲"的悖反内涵。

与禅僧为他人撰写的字号序相比,道号颂更能"不涉理路",用诗意的语言呈现道号的内涵;更能阻断言语的诠释,用迂回的表达营造出充满禅意的境界。道号颂与《墨梅》颂的流行都折射出"诗禅"在五山丛林的兴盛。《墨梅》颂以审美语言呈现禅慧,使公案话头的峻烈风气变得韵律和谐,将口语化、俗语化的接引方式转变成一种优雅的启悟方式。道号颂则将不犯正位、绕路说禅的机智表达运用于当下语境,将古德公案、尊宿语录与"首座""侍者"等丛林同道结合起来,拓展了参禅悟道的对象,也将宗教修行与审美创造相互融合。《竺仙疑问》批评的"小巧声韵,思惟炼磨",反衬出道号颂本身的文学性,如韵律生动、意境优美、结构工整等。如上引西岩了惠、虚堂智愚诸作一般首联关合道号上字,尾联切合道号下字,布置较为谨严。这些都显示出"诗禅"的诗性或者"文字禅"对文字表达的讲究,正如研究者所言,"欣赏绮词丽句,提倡言之有文,视文字为美文"[①]。但是诗禅又有启悟的一面,在文字的布置中具有解脱法门,尤其是"道号颂"绕路说禅的表达方式,大多发生在僧众互动的语境中,富含证悟的契机,这又是它不同于"雕虫篆刻"之处。

三、"提撕无间断":作为文字禅范本的《天台石桥颂轴》

文字禅是文字功夫与宗教修行的统一,所谓"以笔砚为佛事",但

[①] 参见周裕锴《文字禅与宋代诗学》,高等教育出版社,1998年,第42页。

无论语录的整理、灯录的总结还是僧史的编撰,都偏重于个人性的"笔砚"行为,而颂古诗偈因其短小灵活的形式适合多人参与,形成群体性风尚,促进文字禅的规模化。在五山禅林,与宗门文献资料整理撰制的繁盛相伴随的是僧众群体性偈颂创作的活跃,前引《一帆风》《花光十梅》颂、道号颂等都产生于交际互动的环境之中。这种群体性创作将"以笔砚为佛事"转化为以酬唱为佛事,在共鸣、引申、翻案、驳难中捕捉禅机,实现心性的证悟。正如物初大观所言:

> 予与三泸安危峰、江右勤慵衲班荆对垒,亹亹笑谈,举沩仰撼树话,互相酬诘,忽不知丛之空、日之夕也。明发寻盟,至采尽而止。止之日,左绵权上人示予摘茶酬唱盈轴,余极喜。吾人提撕,彼此无间断,不特在叠足长连时也。①

相互酬唱亦是一个"提撕"与证悟的过程,习佛修禅并非只是打坐静观,"不特在叠足长连时也"。酬唱的形式是"对垒"与"酬诘",体现出禅门的怀疑精神与翻案风气,每人都保持独立的姿态。酬唱的频率是"彼此无间断",乃至作品盈轴。群体性修禅与群体性酬唱的统一,是"文字禅"或曰"诗禅"在五山丛林的显著特色。如果说物初大观提到的这次酬唱是面对古德公案(沩仰撼树)展开的颂古类创作,那么他参与的另一次唱和则是围绕当下禅僧的经历而发,这就是由无象静照游览天台石桥引发的酬唱活动。

无象静照在淳祐年间由日入宋,参学于五山丛林的石溪心月禅师,景定三年(1262)静照游历天台石桥,留下二首诗偈,引发41名禅僧的唱和,共计84首诗作,结集成为《无象照公梦游天台石桥颂轴》。

---

① 释大观《摘茶颂卷序》,《物初剩语》卷一三,见许红霞辑著《珍本宋集五种》,北京大学出版社,2013年,第784页。

据静照诗前自序,"登石桥,作尊者供。假榻桥边,梦游灵洞,所历与觉时无异。忽闻霜钟,不知声自何发"①,酬唱者主要围绕无象静照的茶供与梦游经历展开酬诘论辩。其意义正是通过文字创作相互接引勘验,追求心性证悟、开启解脱法门,因此,可视为五山禅林实践文字禅的一个典型案例。有关《石桥颂轴》的创作背景、作者构成、流传情况与内容风貌,研究者许红霞、朱刚、吕肖奂等作过系统的介绍与解读②,我们在此基础上围绕创作与证悟的关系进行深入阐发。

无象静照首创的诗偈云"崎岖得得为煎茶,五百声闻出晚霞。三拜起来开梦眼,方知法法总空花",描述了他在进行茶供后见到的五百罗汉现身的异象,后来通过这种异象他领悟到万法皆空。结合其自序可知,静照的这些经历和《高僧传》《法苑珠林》等记载的东晋僧人昙猷遇到的神异事迹并无多大区别,重要的是他对待这些异象的态度。五百罗汉应化显身、展现神通,目的是接引众生、起信化俗,但对于讲究心性顿悟的禅僧而言,他们并不看重这些异象的神秘色彩,"法法总空花",静照了悟的终究是圆觉自性,所谓"幻花虽灭,空性不坏"。因此静照在第二首诗偈中写道"尊者家风只如是,何须赚我东海来",对这种起信化俗的接引方式并无多大兴趣。因此,从这两首诗偈的主旨看,静照仍是要突出禅悟的重要性,只不过说禅的切入点由古德公案转变为当下的游览体验。众人的酬和,更是通过"对垒"与"酬诘"实现相互"提撕"。作为一种群体性的文字禅活动,这些酬唱诗作体现出以下特征:

首先是将显神起信的教门议题改造成接引证悟的禅学话语。如

---

① 释静照《无象照公梦游天台石桥颂轴序》,见许红霞辑著《珍本宋集五种》,北京大学出版社,2013年,第221页。
② 参见许红霞《〈无象照公梦游天台偈〉整理研究》,见《珍本宋集五种》,北京大学出版社,2013年,第213页;朱刚《宋代禅僧诗辑考》,复旦大学出版社,2012年,第727—735页;吕肖奂《宋日禅文化圈内的论辩式诗偈酬唱》,《西北师大学报》(社会科学版)2013年第2期。

蜀智堃所写："天台元是旧天台，尊者门庭一一开。到后明知无锁钥，可怜俗客不曾来。"前文已经论述过从青原惟信"见山只是山"、松源崇岳"举头浑见旧山川"到石溪心月"泸南元是旧泸南"的发展过程，这些体现出禅宗理事无碍的无差别境界。值得重视的是，此次酬和活动的首唱者无象静照正是石溪心月的弟子，因此智堃此处标举"天台元是旧天台"无疑是祖述静照所传承的心月家风。智堃意在提醒静照，他对"法法总空花"的领悟就是要保持这种真俗不二、实妄无别的心境，因此尊者的门庭"无锁钥""一一开"，这也是那些横生是非、执着名相的"俗客"无法企及的。又如江右道宁所写："举步凌虚时崄哉，通身毛窍悚然开。倘非撒手悬崖去，梦里那知几往来。"前文论及《花光十梅》颂时已对"悬崖撒手"的话头有过介绍，道宁此处亦是强调对诸尘诸法的贪恋只会令人身陷险境，只有彻底斩断执着、舍却依傍才能达到解脱的境界。可见，一个与灵验、神通相关的话题在众人的唱和中转变成具有显著宗门色彩的证悟话题。对此，物初大观的态度最为鲜明，他指出静照"更遭尊者相勾引，瀑捣飞梁梦未醒"，将教门那一套接引方式彻底否定，强调了不假外求、参悟自性的禅门宗风。大观也以此践行他"吾人提撕，彼此无间断，不特在叠足长连时也"的修行理念。事实上，对天台异闻进行禅学阐释在宗门僧众中亦有先例，如《枯崖漫录》所载"南翁明禅师"之事：

初入众时，便能决志参禅。尝宿天台石桥，遇异僧，指令其见老佛心。翁至太白，投诚预其法席，然室中才开口，便被叱，私自念曰"今生不了，则有来生"，已而泪下交颐。后在痴钝会中为侍者，晚参侍立，闻钟鸣，钝曰："什么声？"翁曰："钟声。"钝曰："声来耳畔，耳往声边。"翁薄遽未答，被大叱，汗流浃体。始自语曰："元来浙翁平日叱骂我，皆是彻骨彻髓。"钝寻常只令其看百丈野狐话。一日，钝曰："不落不昧时如何？"翁应声曰："不落不昧,鸳鸯一对。水上浮沉,如意自在。"钝抚而印之①。

南翁明禅师亦在夜宿天台石桥时遇到"异僧",在其指引下有过一段拜见"老佛"的非凡经历。可以看出这种经历并没有"尊者"显化、金殿涌现、钟声响起等神异奇特的元素,而是"彻骨彻髓"的"浙翁叱骂",完全是禅宗法堂当头棒喝的场景。南翁明禅师也经过此种棒喝破除了对名相概念的执着。此则材料显示出僧众对天台异象的重新阐释与塑造,使其充分禅学化。而《石桥颂轴》的酬唱更是遵循这一路径将佛教的显化转变为禅宗的接引。

其次,僧众将随机应化的说禅方式转变为一种不拘定法的诗歌表述策略。在禅门语汇系统中,"天台石桥"是常见的话头,如汾阳善昭"天台石桥窄,清凉座具宽"(《汾阳无德禅师语录》)、某僧"天台石桥窄,南岳坐具宽"(《建中靖国续灯录》卷四《滁州琅琊山开化广照禅师》)、潭州鹿苑和尚答某僧"还收得也无"语曰"天台石桥侧"(《景德传灯录》卷一三)、曹源道生"踏断天台石桥、惊起东海龙王"(《曹源道生禅师语录》)、无准师范"更要问端的,天台有石桥"(《径山无准禅师行状》)等。在这些表述中,"天台石桥"并无实指,只是一种权宜性的"筌蹄",它与赵州石桥、南岳石桥等没有实质性区别,只关合桥的"度人"的功能。在《石桥颂轴》中,金川惟一对此有明确认识,他有诗云"度马度驴横略彴,一条活路目前开",天台石桥与赵州石桥一样都具有接引众生的功能,石桥所处的位置、出现的神通等并不重要。而时翁普济所称"蹋断石桥"、霞城德咏所谓"一蹋石桥"等都是此义。这种随机应化的方式在《石桥颂轴》中最明显的体现是众人关于"茶"的描述。正如"石桥"只是"度马度驴"、最终要被"蹋断"的,它可以被说成是天台石桥、赵州石桥、南岳石桥等等;静照在石桥作茶供的原料,

---

① 释圆悟《枯崖漫录》,《卍新纂续藏经》第87册,第44页。

也可以有多种表述。如"飞泉泻出建溪茶"(金川惟一)、"未治涓滴赵州茶"(雁山惟益)、"方广堂前煮石茶"(钱塘净覃)、"远远来煎龙凤茶"(蜀德全)、"当阳点出郝公茶"(蜀祖宜)、"只解贪煎当土茶"(闽法埙)、"为煎杀贼剑家茶"(天台宗逸)、"三拜殷勤酬薄茶"(天台智月)、"汲水浓煎上品茶"(天台德琏)等,不管上品下品、建溪茶还是赵州茶,这些只是随机的名称,僧众们并不关心静照供茶的实际情况,而是以这种天马行空、不着边际的表达破除他对茶礼细节的执着,更借此否定供茶与罗汉显身的必然联系。赵州茶、建溪茶,正如赵州石桥、天台石桥一样,最终是要被"踏断"的,唯有如此才能将学禅者引向"活路"。

第三,酬唱者将截断理路的启悟方式转化为直观呈现的诗歌描写。诗性的语言因其反逻辑性最适合充当参禅的文本。如《景德传灯录》卷一五《澧州夹山善会禅师》所载:"问:'如何是夹山境?'师曰:'猿抱子归青嶂里,鸟衔花落碧岩前。'"①又如同书卷二三《衡岳南台藏禅师》所载:"问:'如何是南台境?'师曰:'松韵拂时石不点,孤峰山下垒难齐'。"②这些意象性的语言能够不涉理路、不落言筌,诱发学人的参悟。这种说禅方式给创作带来的直接影响就是"景语"的大量运用,丰富了诗歌的审美元素。《石桥颂轴》中,无象静照的首唱仅描写罗汉现身与灵洞幻象,"五百声闻出晚霞""瀑飞双涧雷声急,云敛千峰金殿开",而酬唱的僧众则将这些景象进一步诗意化。如"拂晓来烹尊者茶,遥天如水漾轻霞。高风忽地一吹落,发作桥南千树花"(江东如莹)、"小立桥边增感悦,幽禽啼罢啄藤花"(晋陵道纯)、"倒携霜竹上天台,万叠云山一卓开"(钱塘净覃)、"独携瘦策步岩隈,楼阁重重转为开"(蜀祖宜)、"锦嶂重重彩雾开"(霞城德咏)、"隐隐岩爧挂断

---

① 释道原《景德传灯录》卷一五,《四部丛刊三编》本。
② 释道原《景德传灯录》卷二三,《四部丛刊三编》本。

霞"(合沙祖恩)等,意象优美,意境隽永清新,将神异奇幻的宗教境界转换为心旷神怡的审美境界。

此外,僧众将呵佛骂祖、解构权威的宗门风气转化为戏谑诙谐的诗歌语言。禅门烧佛像、骂祖师的风气为人所熟知,其思维方式则是解构权威、不循常理、不拘成法,最终形成了一种诙谐戏谑的语言风格。正如《石桥颂轴》中金华自宜所言,"游戏神通祇这是",他们以游戏的心态对待佛教信仰,结构和颠覆神通异象的前因后果,充满插科打诨式的调侃与谑谐。对此,吕肖奂《宋日禅文化圈内的论辩式诗偈酬唱》一文已有详细解读,兹不赘述。

总之,通过此次酬唱,僧众成功地将佛教起信导俗的神通显化转换为禅宗的接引修悟,将神圣的宗教精神转换为优游的审美境界;同时,随机应化、呵佛骂祖的说禅方式促成了灵活多变、轻松诙谐的表达风格,这正是《石桥颂轴》作为文字禅的模板在晚宋五山禅林的典型意义。在这种群体性的文字禅实践中,我们可以看到"对垒"与"酬诘"对于激发禅慧、深化禅悟的显著作用,把握僧众在文字中求解脱的具体路径,亦能看到宗门典刑与家风对僧众日常话语的深刻渗透。如前述"天台元是旧天台"的表述,紧承"举头浑见旧山川"与"泸南元是旧泸南"的话语,折射出从松源崇岳到石溪心月再到无象静照这种门风的传递。又如从曹源道生"踏断天台石桥"到无准师范"更要问端的,天台有石桥"再到《石桥颂轴》中众人"蹈断石桥""一蹈石桥"的表达,我们又可以看到虎丘派家风的渊源流变。而这种渗透,根植于五山禅林丰厚的历史文献的土壤,即广义的文字禅传统。如果将本节开头论述的灯录、语录、僧史、会要、笔记等多种文献材料的整理情况结合起来考察,我们可以看到,五山禅林"集大成"的风气既全面覆盖,又一以贯之,它奠定了僧众的文化基础,提高了他们的禅学修养。这是石桥酬唱活动兴盛的文化动因,亦是整个五山禅林诗歌创作的不竭源泉。

以上两节对五山禅林的游方赠别、唱道颂禅等诸多题材进行了介绍与分析,其间贯穿了对僧众游方的生活状态、传法授徒的日常活动、整理历史文献等环节的考察,并具体解读了《一帆风》与《无象照公梦游天台石桥颂轴》两个集体创作的诗歌文本。通过上述分析,得出以下结论:

第一,"五山十刹"禅林体系是在晚宋官方主导与推动下建立的,它是世俗价值与丛林文化的结合,客观上促进了两浙地区传法活动与禅籍整理工作的兴盛,也影响到禅林的创作风貌。世俗社会与丛林的交融,一定程度上改变了禅诗的山林气,使其创作呈现出"与世同波"的一面。但僧众的自证自悟精神又使他们与方内事物及价值观念保持了距离,最终形成了"与世同波"而"与世无涉"的创作风貌。官方的支持与推动更促进了五山丛林内部活动的兴盛,在传法授受不断繁荣的同时,僧人的同题书写与酬赠唱和渐成规模,这种群体性创作激发了僧众的新变精神,推动了宗门传统的承续与发展,促进了禅僧之间的相互接引,将诗歌创作与宗教解脱有机结合起来。

第二,禅门历史文献的整理推动了丛林"诗禅"的兴盛。五山禅僧具有传承宗风的自觉意识与专业精神,在灯录、语录、僧传、会要、笔记等典籍的编撰整合上用力精深,使丛林文化呈现出集大成的风气,也提高了整个僧众队伍的文化水平与禅学修养。僧众对公案话头的练达,对家学门风的熟谙使其在"学"与"参"两方面都能获得快速提升,最终影响到他们的文字表达,使其在诗歌创作中既呈现出理事无碍、平等无别的圆融境界,又善于捕捉禅机,体现出不拘定法、迅捷变换的活力与灵性。

第三,五山丛林文字禅的兴盛促进了中土文化的对外传播和中日文化交流的深入。晚宋五山禅林制度表面上是官方体系的介入,但深层次却以禅文化的整合集成为根基,这也是文字禅的首要含义。这种整合集成的风气,随着宋日禅林的频繁往来,逐渐向东洋扩散,开启了日本文化史上的五山时代。日本五山禅林保存了众多宋代佛禅典籍与方内文学著作,并对其进行了系统的整理与研究,五山文化是典型宋文化的传承与移植。其次,从《一帆风》与《石桥颂轴》两个文本可以看出,晚宋五山僧众扎实的禅学修养与圆融无碍的开悟境界,消泯了地域距离与文化差异,使中日禅僧能够在同一语境下实现无障碍交流与沟通,万法平等的宗教精神塑造了以异求同的文化心理,这正是异邦交际得以兴盛的潜在动力。

结束语

　　高斯得晚年在《自叙六十韵》中感慨道:"不学李拾遗,尽付酒家钱。不学杜拾遗,穷愁诗自传。圣涯浩无际,前路邈以绵。且复系寸景,终予犀革编。"在经历政坛的多次起伏跌宕后,他决意在著书立说中安顿身心,但沧桑与沉重却始终难以消泯。高斯得的青壮年时光与理宗朝历史相始终,从初入仕途到"书遏不得上,龙髯已飞天",他的"诗史"亦可折射出整个理宗朝诗坛的风貌。这个国运渐衰、世事多艰的动荡时代,因为历史资料的散漫长期得不到清晰地呈现。本书对此时诗坛的关注,力争为纷繁复杂的诗坛梳理一些线索。

　　从各阶层的分布情况看,官僚士大夫仍保留了精英创作的传统,地方文人是诗艺精细化和诗学规范化的重要推手,江湖游士为诗坛带来变革气息,诗僧不仅创造了丛林文学的繁荣,也使禅风蔓延到整个世俗社会。因此,通常文学史将江湖诗作为晚宋诗坛最高成就的单一化描述可以得到修正。而这一领域未来的研究重心也应首先向官僚士大夫阶层倾斜,在梳理历史细节的基础上,构建起一个相互贯通、相互印证的士大夫活动网络,这是还原历史真相的有效方式。本书在士大夫阶层的论述中选取了贬谪、政局、馆阁、科举四个专题,既是历时性的呈现,又是多角度的透视,其目的就是要改变单一作家研究各自分离与编年类数据单纯累积的现状,建立起士大夫文学活动的共同体。从这个意义上看,本书第一、二章的基本任务就是为理宗朝士大夫的诗歌创作构筑纵横交织的座架,尽管它还远远不能支撑丰富的作家作品。

其次,本书对地方文人诗歌创作的分析,建立在学界讨论刘克庄乡绅身份、辨析江湖与地方关系的基础上,对其作了必要延伸,将闲暇与技艺推敲、诗学交流、经典参考、规范总结贯通起来考察,突出闲暇为地方文人带来的专业精神,将专业精工作为这一阶层的鲜明属性。在宋元之际,由于权力体系的变更和科举制度的消失,精英阶层很大程度上实现了地方化,地方乡里成为涵养雅文化与经典诗歌传统的重要土壤。因此,理宗朝地方文人的研究又具有这样的延伸意义。同时,地方文人又是推动地域文化整合传承的重要力量。在分析过程中,本书将研究者较少关注的盱江文人群体标出,呈现了他们的活动网络、创作共性与地域景观书写的特征,突出文人地方化与文学地域化的紧密联系。

第三,江湖诗人的研究在宋代文学界已经相当成熟,因此本文在探讨时以专题研究的方式切入,力图对这一热门话题提出新的见解。首先强调了江湖诗人的游侠精神,这种精神贯穿于他们建功立业、舆论制衡和人际交往之中,最终造就了遒劲与粗豪的诗风。其次将江湖诗人的"游吟"与雕章琢句的"苦吟"区别开来,把"游吟"视作他们的基本创作状态。三是以江湖诗人与士大夫的交往经历为线索,展现精英阶层价值立场与审美观念对江湖诗作的塑造,指出江湖诗人作品的编印与刊刻并非仅靠书商之力,也不全是面向大众的审美品位,其接受和加工仍不能缺少士大夫阶层的作用。四是探讨了士大夫阶层接纳江湖游士的心态,呈现了他们塑造江湖诗人形象的过程,突出游士诗人并非身处封闭的文化圈,也并未完全取代精英阶层的社会影响力。

第四,五山丛林诗僧的创作成果丰富,本书为论述的方便,仅选取最能体现其生活状态的游方赠别诗与最能体现其禅学修养的诗偈。在丛林与俗世密切交往的背景下,游方诗在一定程度上改变了禅诗的山林气息。五山丛林"文字禅"兴盛,宗门历史文献的整理提高了僧众队伍的文化水平与禅学修养,也促成了禅诗创作的兴盛。万法平等的宗教精神转化为以异求同的文化心理,促成了中日各界的广泛交流。

正如本书开篇所言,教育背景、政治权力、社会声望等是区分社会各阶层的主要标志,同时也是认识各阶层属性尤其是文学创作特性的重要维度。理宗朝时期社会文化领域最鲜明的特征是"文化资本"与"文化权力"的下移,其深层动因是社会结构的调整、阶层的分化。因此本书将各群体的创作风貌与其阶层属性紧密结合起来,如官僚士大夫诗歌与政局国势、馆阁制度、科举教育的关系;地方文人创作与稳居闲暇状态、乡土社会状况、地域环境风俗的关系;江湖诗风与社会舆论、无根状态、人际交往的关系;禅僧吟颂与五山禅林制度、宗门文献整合、中日文化交流的关系等。总之,我们以社会学观照为切入点,以文学分析为落脚点,做到立体性地呈现理宗朝诗坛的风貌。

附录一
"宿命通"与北宋中后期文人的转世书写

佛教轮回观念规定了众生在过去、现在、未来三世之间来回迁转,前后的因缘业报相互承续。念念相续让现世之人忆前生、悟宿缘成为可能。佛经中有"宿命通""宿命明""宿命力"的说法,即诸佛菩萨对前世事迹和过去因缘的通晓。受此观念影响,六朝以来的史传、小说、笔记中出现了众多谈前生、论转世的内容。到北宋中后期,文人士大夫的转世传闻更加流行,宿世前生成为文人之间普遍谈论的话题。他们在学佛习禅的过程中,结合各自的人生经历与心性修持,对命运机缘和生存形态拥有了新的认识。同时,宿世前生的话题被大量运用于交际场合,古今文人的转世关系得以建立,涉及艺术渊源和创作方式的诗学话语最终成型。北宋中后期文人对转世的理解和书写情况,"宿命通"从宗教观念到诗学话语的演变过程,正是本文试图揭橥和考察的。

一、"宿命通":北宋中后期文人转世书写的理论基础

"宿命通"是诸佛菩萨在精勤修持后获得的一种神通力,能够照见自我与他人在过去诸世的事迹。《太子瑞应本起经》卷下记载了佛陀在禅定后知晓宿世的情形:"不以智虑,无忧喜想。是日初夜,得一术阁,自知宿命,无数劫来,精神所更,展转受身,不可称计,皆识知之。"[①]

---

① 支谦译《佛说太子瑞应本起经》卷下,《大正藏》第 3 册,第 478 页。

除了知道自身的过去,"宿命通"还涉及众生的前世因缘。如《菩萨地持经》卷二所言:"谓佛菩萨自知宿命","知他宿命亦如己身;自知宿命能令他知;所知众生本同事者,亦能令彼自识宿命。彼诸众生知与菩萨昔同事已,亦复知余众生与己同事。亦复能令其余众生展转相知"①。在了解过去事迹的基础上,洞悉其成因和条件,"宿命通"就上升为"宿命明"。与诸佛菩萨类似,僧人自知前世的情形也较为普遍,如《幽明录》所载安世高"毕对"宿命的事迹。关于文人士大夫前生之事,六朝以来记载不少,但颇为零碎,著名的有张衡转生为蔡邕、羊祜探环、房琯前生为永禅师等。而进入北宋中后期,文人士大夫的转世事迹开始集中出现。例如,张方平通过《楞伽经》手迹自悟前生,王迪照镜现前身,苏轼前身为五祖戒禅师、寿星寺僧、邹阳,黄庭坚前身为诵《法华经》女子,范祖禹前身为邓禹,张商英为李长者后身,蔡卞为僧伽侍者木叉之后身,等等。与前代相比,这类材料无论是在叙事结构上,还是在其所反映的轮回观念上,似乎并无多少新意。但传闻的频繁出现,却可折射出传主本人对宿缘前生的体悟程度。这种体悟,是在文人士大夫濡染佛禅和僧侣文人化的时代氛围中展开的。因此,探讨这一时期的转世话题,应该从时人怎样阅读佛经和如何理解神通入手。

"宿命通"观念的接受情况,与记载它的佛经在北宋中后期的流行情况密切相关。北宋徽宗朝首次出现了佛教"四书"的说法,包括《楞严经》《金刚经》《圆觉经》和《维摩诘经》,可见这些佛经在北宋中后期的普及程度②。此外,这一时期的文人又有自号"老法华"和"华严居士"的,又可折射出《法华经》和《华严经》的流传状况。以下简要介绍这些佛经对"宿命通"的记载情况,归纳此时文人和僧侣的理解

---

① 昙无谶译《菩萨地持经》卷二,《大正藏》第 30 册,第 898 页。
② 参看周裕锴《法眼与诗心:宋代佛禅语境下的诗学话语建构》,中国社会科学出版社,2014 年,第 47—66 页。

方式,呈现"宿命通"观念得以流行的可能性,揭示北宋中后期转世话题的理论来源。

(一)维摩三昧与自识宿命。《维摩诘经》在宋代士大夫中间广泛流传,维摩诘显现神通的情节也为人所熟知。其中,涉及"宿命通"的如《维摩诘经·弟子品》:"时维摩诘即入三昧,令此比丘自识宿命,曾于五百佛所植众德本,回向阿耨多罗三藐三菩提,实时豁然,还得本心,于是诸比丘稽首礼维摩诘足。"①维摩诘显示"令彼自识宿命"的神力,让诸比丘藉此返归菩提之心。神通的显现最终归于心性的修证,此义在五代宋初禅师永明延寿处得到引申。他指出过去世"无体无本质",突出本心的重要性,"但见自心,不见彼法"②。在解释"宿命通"时,延寿又借用天台智𫖮"观一切心倏无诸心,心无有无"和华严法藏"以观心不断,是故今日得了"之说,强调神通的根本在"心境虚融"③。由自识宿命到彻悟本心之空,在返空的过程中寻求解脱,这正是永明延寿从维摩神通中提炼出的修行门径。鉴于《宗镜录》在北宋熙宁以后的盛传,不难判断,维摩"宿命通"和由此深化而来的心性证悟,影响到时人的生命体验。

(二)六根清净与神通普现。"六根互用"对北宋文人的审美观念影响较大,而"六根"与"神通"也关系密切。《楞严经》卷八云:"是清净人修三摩地,父母肉身不须天眼,自然观见十方世界,睹佛闻法亲奉圣旨,得大神通游十方界,宿命清净得无艰险。"熏闻注云:"六根清净皆神通故","他心、宿命、漏尽,同是意根净也"④。此处"六根"与"六通"相对应,只要持戒真修,断除染污,进入专一禅定的境界,修行者便能获得神通。肉眼变天眼,人耳成天耳,凡躯变成如意身,六根

---

① 鸠摩罗什译《维摩诘所说经》卷上,《大正藏》第14册,第540页。
② 延寿《宗镜录》卷六四,《大正藏》第48册,第777页。
③ 延寿《宗镜录》卷二七,《大正藏》第48册,第567页。
④ 思坦集注《楞严经集注》第八,《卍新纂续藏经》第11册,第555页。

清净让众生都拥有返归真源的可能性。同时,"意根清净"不仅能导致前世事迹的通晓,还能令宿缘清净,不再因过去的恶业而陷入艰险之境。苏辙读《楞严经》后指出,六根清净能让众生"自其肉身,便可成佛"①,那么,因为清净修行而产生的"宿命通""宿命清净",自然也应该得到他们同时代人的认同。例如,陈善《扪虱新话》前集卷一记载了张方平和苏轼自悟前生之事,随后点评道:"此皆异事,盖由二公平生学道,性地纯一,神观清净,于一念顷遂见前世。"②只要断欲清修,便可获得神通,这保证了"宿命通"的普适性。

(三)三周说法与宿世因缘。《法华经》好说宿世因缘,如《化城喻品》,佛陀讲述了他在过去世作为"大通智胜佛"讲法的情形;又如《五百弟子受记品》和《授学无学人记品》,佛陀分别讲述了富楼那和阿难的前生事迹。这些构成了"三周说法"中的"宿世因缘周"。而为《法华经》划分本迹二门、归纳"三周说法"的天台智𫖮,本人就有诵经悟得宿缘的经历。据《续高僧传》记载,智𫖮"行法华三昧,始经三夕,诵至《药王品》心缘苦行,至是真精进句,解悟便发,见共思师处灵鹫山七宝净土,听佛说法。故思云'非尔弗感,非我莫识,此法华三昧前方便也'"③。智𫖮师事的南岳慧思,同样能够通晓宿世因缘。《续高僧传·慧思传》云"由此苦行,得见三生所行道事",慧思到南岳衡山后说道"吾前世时曾履此处"④,在山中寻得前世的遗物和枯骨。《法华经》的前世因缘和天台宗祖师的宿命通也为宋人所熟悉。如晁说之在为延庆明智法师所作的碑铭中写道:"惟我天台,法华三昧。昔在灵山,雨华同会。"⑤惠洪曾与张商英合著《法华经合论》,他也多次

---

① 苏辙《书金刚经后二首》之一,曾枣庄、马德富校点《栾城集·后集》卷二一,上海古籍出版社,2009年,第1405页。以下所引苏辙诗文均见此书,兹不赘注。
② 陈善《扪虱新话》,《丛书集成初编》本,中华书局,1985年,第5页。
③ 道宣《续高僧传》卷一七,上海书店,1989年,第238页。
④ 道宣《续高僧传》卷一七,上海书店,1989年,第256页。
⑤ 晁说之《宋故明州延庆明智法师碑铭》,《嵩山文集》卷二〇,《四部丛刊续编》本。

提到南岳慧思与天台智颉的宿世因缘。例如惠洪于崇宁二年(1103)五月在衡山写道:"三生来游等儿戏,灵山一会俨如昨。他年遗迹旧岩下,拴索犹存众惊愕。"①政和五年(1115)六月,惠洪在筠州又云:"余切慕思大、智者父子于道能遗虚名、收实效,三十年间,决期现证,皆获宿智通,入法华三昧,乳中之酪,此其验矣。呜乎!安得如南岳、天台两人者,与之增进此道哉!"(《题华严十明论》)因此,从《法华经》引申而来的宿世因缘的话题,对"心悟转《法华》"的宋人而言并不显得陌生。

(四)周遍含容与一念多劫。诸经对"宿命通"或"宿命明"都有记载,但尤数《华严经》最为详实:众生"如是生,如是名姓,如是食,如是苦乐,悉能了知";诸佛"如是名号,如是眷属,如是父母,如是侍者,如是声闻,如是最胜二大弟子,如是舍离王都出家求道,如是菩提树下结跏趺坐得最正觉,如是住处,如是床座,如是说法,如是化度,如是寿命,如是作佛事已,入无余涅槃,佛灭度后正法如是久住"②。这种记载,体现出"周遍含容"的法界观:即广即狭,即大即小,一尘能够包容十方法界,一切诸法恒在一中。华严杜顺的《三观偈》云:"一念照入于多劫,一一念劫收一切。时处帝网现重重,一切智通无挂碍。"③一念能够摄入多时,过去世的无数劫自然能够悉数显现,无尽无碍,如经中所言:"我得宿命智,能知一切劫。自身及他人,分别悉明了。"④华严"周遍含容"的法界观对宋代文人影响较大,如苏轼"犹喜大江同一味,故应千里共清甘"⑤、王安石"往来城府住山林,诸

---

① 惠洪《游南岳福严寺》,张伯伟等点校《注石门文字禅》卷三,中华书局,2012年,第171页。以下所引惠洪诗文均见此书,兹不赘注。
② 佛驮跋陀罗译《大方广佛华严经》卷二八,《大正藏》第9册,第578页。
③ 慧觉录《华严经海印道场忏仪》,《卍新纂续藏经》第74册,第146页。
④ 实叉难陀译《大方广佛华严经卷》第七十二,《大正藏》第10册,第395页。
⑤ 苏轼《次韵子由寄题孔平仲草庵》,《苏轼诗集校注》卷二一,张志烈、马德富、周裕锴主编《苏轼全集校注》,河北人民出版社,2010年,第2331页。以下所引苏轼诗文均见此书,兹不赘注。

法翛然但一音"①、黄庭坚"尘尘三昧开门户,不用丹田养素霞"②等均有所体现。惠洪《法华经合论》在阐释《化城喻品》时,就套用了华严法界观,将杜顺的《三观偈》与"大通智胜如来"之名号相互对应。可见,从"一念照入多劫"的角度来理解"宿命通",这对宋人来说并无障碍。

以上简要介绍了《维摩》《楞严》《法华》《华严》等佛经对"宿命通"的记载情况,并结合这些经典在北宋中后期的流传状况,推导出"宿命通"观念的普及程度。对于深耽禅悦的北宋中后期文人而言,通过内心修证通晓宿缘、借助"宿命通"寻求解脱,成为一条可知可行的路径。这将神秘的宗教体验转化为主体的实践行为。同时,"六根清净"让肉身成佛变得现实,这消解了如来智力的特异性,为"宿命通"的普遍流行奠定了基础。而个体心念的周遍含容,让过去事迹的显现毫无界限、畅通无碍。因而,宿世因缘的存在,不再过多依赖前后罪福的报应,而主要是当下意念的存想和思忆。这些为时人谈论转世、认识生命提供了理论基础。

二、宿缘前世与北宋中后期文人的生命体验

在接受"宿命通"观念的过程中,北宋中后期文人更加关注它与意念感受、心性修养相关的一面。因此,这和那些以他们为主角、以神异情节为主体的转世传闻有所区别。正如记载苏轼前生为"五祖戒禅师"的惠洪,同时也说"人言成办须三世,我欲圆成在此生"(《读法华五首》之五),强调现世的修行与觉悟。对这一时期的文人而言,"宿命通"的显现,依赖于丰富的人生体验;"宿命通"显现后,他们的解脱之路更加顺畅。具体而言,他们对宿缘的体察,主要是从自身对

---

① 王安石《北山三咏》其二《觉海方丈》,高克勤点校《王荆文公诗笺注》卷二六,上海古籍出版社,2010年,第650页。以下所引王安石诗均见此书,兹不赘注。
② 黄庭坚《何造诚作浩然堂陈义甚高然颇喜度世飞升之说筑屋饭方士愿乘六气游天地间故作浩然词二章赠之》,《山谷外集》卷九,刘琳、李勇先、王蓉贵校点《黄庭坚全集》第2册,四川大学出版社,2001年,第1069页。以下所引黄庭坚诗文均见此书,兹不赘注。

过往人生经历的思忆中展开的;三世轮回的感受,更多地来自不同人生阶段的迁转。苏轼曾有"团团如磨牛,步步踏陈迹"(《送芝上人游庐山》)的慨叹,由此生的循环触发三世轮回的联想当属自然。而文人对三世的体悟最终是为了跳出轮回,打破对此生的执着,随缘应化,了悟空幻,实现超越与解脱。

现以苏轼在杭州寿星院的体验为例。何薳《春渚纪闻》卷六"寺人法属黑子如星"条下记载了苏轼任杭州通判时,游览西湖寿星寺,自悟前世为寺中之僧,尤其记得石阶的级数。陈善《扪虱新话》前集卷一"自悟前身"条下亦有类似的记载。他们所记之事发生于苏轼第一次在杭州任官时。然而,寻检其诗文可以发现,苏轼在杭州寿星寺的宿缘,更多地来自后来的回忆。或者说,同样是一种逆向追寻,后事对前事的思忆触发或加强了此生对前生的体悟。现将苏轼诗文中与杭州寿星院相关的材料按照时间顺序罗列如下,以呈现宿缘前生的显露过程:

① 熙宁四年到熙宁七年(1071—1074),苏轼倅杭时期的诗文,涉及寿星寺的仅有《次韵周长官寿星院同钱鲁少卿》一篇,且为写景抒发之作,并未言及前生之事。而现存这一时期的其他诗文也没有明确提到宿缘前生。

② 熙宁八年(1075),苏轼知密州时,酬和张先寄来的游杭诗作,回忆道:"前生我已到杭州,到处长如到旧游。"(《和张子野见寄三绝句》之《过旧游》)

③ 元丰四年(1081)谪居黄州时,苏轼致信在杭州任官的陈师仲,谈及自己与杭州的关系时说道:"轼亦一岁率常四五梦至西湖上,此殆世俗所谓前缘者。在杭州尝游寿星院,入门便悟曾到,能言其院后堂殿山石处,故诗中尝有'前生已到'之语。"(《答陈师仲书一首》)

④ 元祐四年(1089)苏轼知杭州时重游西湖,犹识旧时鲤鱼,后写道:"还从旧社得心印,似省前生觅手书。"(《去杭州十五年复游西

湖用欧阳察判韵》)

⑤ 元祐五年(1090),苏轼再游寿星院,留下了《寿星院寒碧轩》《西湖寿星院此君轩》《此君轩》《观台》等诗作。

在上述材料中,何薳和陈善所记传闻的来源,主要是②和③,其中陈善所记"能言其院后堂殿石处",照录苏轼书信原文,而何薳则增添了苏轼记得石梯"当有九十二级","遣人数之,果如其言"的情节。但是,正如①和④所显示,苏轼身临其境地抒发宿缘之感,是在元祐年间重游杭州之时,往事的追忆触发了前缘的思索。从①和⑤的数量对比中也可看出,重游似乎比初到更贴近前世的因缘。再来看②和③的创作背景。②是苏轼在密州远距离酬和张先之作,"过旧游"首先是张先的活动,它引发了苏轼的追忆。③距离苏轼离开杭州已七年,谪居期间的频繁忆念让他开始思考前缘。值得注意的是,苏轼谈及寿星院的"宿命通"情景时,所引用的诗句并非写于当时当地,而恰恰产生于②那样的追忆过程。由此反观何薳和陈善的记载,便可做出如下推论:即便苏轼初到杭州时因为"神观清净"产生了"宿命通",前生事迹和宿世因缘对他的心里冲击并不明显。在后来的反复回忆和再次游览后,前世情结更加浓烈,轮回的生命体验得到强化。因此,跳出笔记传闻的神异情节,"宿命通"的显现既是一个返归真源的修行过程,又是一个人生体验的积累过程。

这种由现世经验激发的轮回感和宿命感,在苏轼及同时代文人中间大量存在。除杭州的经历之外,苏轼还有作于元丰八年(1085)作于扬州的"新诗出故人,旧事疑前生"(《次韵孙莘老斗野亭寄子由在邵伯埭》),因为"吾生七往来"的循环反复;亦有元符三年(1100)作于广州的"前世德云今我是,依稀犹记妙高台"(《题灵峰寺壁》),原因是"白发东坡又到来"。除苏轼外,苏辙亦有类似经历:"凡十年,予再谪高安,而文住归宗,聪退老黄檗不复出矣。聪闻予来,出见曰:'吾梦与君游于山中,知君复来,去来宿缘也,无足怪者。'"(《逍遥聪禅师塔碑一首》)宿缘的呈现,与苏辙两次谪居筠州密切相关。此外,李复也因为宦迹的反复产生轮回之感:"三生难转灵源静,六岁空惊迅景催。"①可见,人生轨迹的循环增强了这一时期文人的宿命感。而追忆往事与追忆前缘的并轨,又与前述华严法界观之"一念多劫"不无关系。当下的心念能够同时观照过去的无数事迹,无论是不久的往昔,还是邈远的前生。宿世因缘正是在这种无碍无尽的观照中涌现出来。

然而,无碍的心念虽能跨越三生的界限,但众所周知,不同人生阶段和不同轮回阶段还是拥有质的差别。后者既有延续又有断裂,断裂在于肉身的生灭。那么,北宋中后期文人能够在同一躯体上触发前生后世的联想,是否意味着不同的人生阶段存在断裂?试看惠洪所言:"(陈瓘)又曰:'觉范倘有生还之幸,而吾以去死不远,恐隔生,则托光祖授之,如大阳直拨付远录公耳。'……予曰:'今亦当准食肉例先吟两诗,喜吾二人死而复生。'"②惠洪于政和元年(1111)年被刺配海南朱崖军,难免"九死南荒",终于两年后渡海北归,犹如再生。可见,贬谪窜逐极易给人带来现世的断裂感,同一个体的人生转型极易被放大为不同生命的三世轮回。于是,庆幸"死而复生"的惠洪,政和六年(1116)再逢陈瓘时,畅谈宿缘,其诗云:"与公灵鹫曾听法,游戏人间知几生。夏口瓮中藏画像,孤山月下认歌声。"(《陈莹中左司自丹丘欲家豫章至溢浦而止余自九峰往见之二首》之二)在北宋中后期党争剧烈、政局多变、黜陟频繁的背景下,贬谪带来的生死体验和宿世情结在文人中间普遍存在。例如,苏辙"度岭当年惜远行,过淮今日似前生"(《和王定国寄刘贡父》)是对王巩谪迁宾州得以生还的

---

① 李复《再任提点云台观》,《潏水集》卷一四,《景印文渊阁四库全书》第1121册,第131页。
② 惠洪《冷斋夜话》卷一〇,张伯伟编校《稀见本宋人诗话四种》,江苏古籍出版社,2002年,第87页。

感叹。又如,刘跂用集句诗的形式抒发此感:"闲思往事似前身,羞见黄花无数新。"(《恩赦放还集句先寄乡中弟侄三首》)同样,对苏轼而言,如果考虑到乌台诗案带来的仕途中断和理想幻灭,元祐年间重游杭州时的宿世体验就更容易理解。总之,贬谪造成的断裂感加深了文人对前生的体悟。

以上从反复和断裂两个方面论述了人生体验对文人通晓前缘的影响。从终极目标看,他们对宿世因缘的体察最终是为了寻求解脱;把握三世的轮回并非深陷其中,而是跳出它,实现此生的涅槃,所谓"我欲圆成在此生"。前述《宗镜录》在解释"宿命通"时,强调过去世的"无体无本质",注重"心境虚融";对这一时期的文人而言,体察宿世因缘也是为了打破执着,顺应机缘。王安石云:"问渠前世事,答我烧炭来","灰成即是土,随意立根栽"(《拟寒山拾得二十首》),因空幻而随缘应化。苏轼晚年说"应缘曾现宰官身"(《纵笔三首》之二),许顗据此云:"世传东坡是戒禅师后身,仆窃信之。"[1] 许氏看重的是苏轼不拘执的人生态度,应身化身都是随机而立,前世今生都是因缘和合而生,彻悟空幻才能勘破死生。蔡卞之子能言前生事,李复评价道:"光含众色珠常静,影入千溪月不分","应感随缘各有因,一源真寂自无尘"[2],按照一切即一的观念,无论前身后事,只有返归真如本性,方能求得解脱。这正是修证"宿命通"的人生意义。

三、交际语境中的转世关系

轮回转世和"宿命通"观念,除了为北宋中后期文人开启解脱法门之外,还大量渗入交际场合。在诗歌酬唱中,诗人或运用转世典故来切合交际场景,或为酬赠对象选择一个前身来比拟,将转世关系与

---

[1] 许顗《彦周诗话》,《历代诗话》本,中华书局,2004年,第389页。
[2] 李复《蔡元度话其子能言前世事江晦叔有诗次韵》,《潏水集》卷一五,《景印文渊阁四库全书》第1121册,第146页。

现实社会的人际关系相对应。如果说文人修证"宿命通"属于一种"自悟"式的体验,那么在酬唱活动中的转世书写则体现出充分的互动性。作为社会存在的人,其文学交往必然涉及地位、身份、场合;其文学表达,需要顾及公共规范和礼节,契合社会文化心理,考虑他人的期待和反响。在这方面,转世话语为文人的公共表达和关系建构提供了丰富的资源。北宋中后期诗歌的交际性和繁荣的酬唱文化已被研究者重视①,但转世话语在其中的作用和价值尚未得到充分关注。因此,分析宿世前生的题材如何被用于诗歌酬唱,以及宗教语境中的生命形态如何被用于现实社会的人际交往,成为下文的论述中心。

　　转世话语在诗歌酬唱中的运用,具体可分为两个方面。一是前代流传的转生轶事作为典故融入诗歌,以切合当下的人物关系。二是本来并不存在转世关系,诗人根据特定的时空环境和酬赠对象的身份地位,即兴为对方指明一个前身。首先,历代的转世传闻大都存在这样的叙事元素:转生者、见证人、作为契机和旁证的场景与器物。其中,转生者和见证人的身份是僧(道)俗互异。例如世俗人齐君房食枣悟前生之事,见证者为胡僧;僧圆观投胎转世之事,见证者为世俗人李源。这种人物关系为后世文人与僧人的诗歌交往提供了方便。在北宋中后期的酬唱诗中,"我"与"君"的模式较为流行。而转世者与见证者的僧俗关系正好适应这种模式,并且显得更加委婉。试看以下四例:

　　　　① 恐是三生房次律,要随藤杖去重寻。(蔡肇《送洞元法师归茅山三首》之三)

---

① 参见周裕锴《诗可以群:略论元祐体诗歌的交际性》,《社会科学研究》2001 年第 5 期;吕肖奂、张剑《酬唱诗学的三重维度建构》,《北京大学学报》(哲学社会科学版)2012 年第 2 期;巩本栋《唱和诗词研究:以唐宋为中心》,中华书局,2013 年。

②吾闻三生石,曾歌旧精魂。他年葛洪陂,相寻定烦君。(惠洪《同游云盖分韵得云字》)

③夏口瓮中藏画像,孤山月下认歌声。(惠洪《陈莹中左司自丹丘欲家豫章至溢浦而止余自九峰往见之二首》之二)

④一悟镜空老,始知圆泽贤。(苏轼《次韵聪上人见寄》)

①为蔡肇送洞元法师之诗,以自悟前生的房琯自比,暗含以道士邢和璞比拟洞元之意。②是惠洪与王安道的分韵之诗,鉴于一僧一俗的关系,惠洪也采用了转世者与见证者的比拟模式。他以圆观自比,而将王安道比为见证者李源,后者曾在杭州葛洪井见到圆观的后身。③和④属于双重比拟,出句与对句各用一个转世典故。其中③虽未明言"我"与"君"的对应关系,但从惠洪与陈瓘的僧俗身份即可推出邢和璞、圆观,与房琯、李源跟他们各自的比拟关系。④的句法稍显特殊,上句用齐君房(镜空)之事,苏轼以自悟前生的齐君房自比,暗含了胡僧与聪上人的对应关系。下句用圆观(即圆泽)之事切合聪上人的僧人身份,但又暗含了以李源自比之意。可见,在北宋中后期文人与僧人的交往活动中,以转世典故为中心的诗歌酬唱扮演了重要角色。将酬唱的双方比拟为转世者和见证者的关系,有利于增进双方的亲密度,使实用性的交际话语变得委婉和典雅。同时,诗人在僧俗交往过程中使用转世话语,又显得特别应景,既能切合出家人的身份,又能显示文人的宗教修养,符合当时佛禅流行的文化语境。

值得重视的是,这种对前代转世传闻的借用,是一种人物关系的整体移植,古今人物之间并没有明显的转世关系。例如,苏轼以齐君房自比,并未强调自己就是他的后身,而只是借用齐君房与胡僧的关系。与之不同的是,诗人在唱酬中为交际对象指明一个前身,而这种转世关系之前并不存在,唱酬者根据对方情况即兴进行比拟。赵鼎臣"好与惠休为后嗣,直疑贾岛是前身"①,将汤惠休和贾岛比作饶节的前身,是从三者的诗僧身份着眼的。苏轼"前世画师今姓李,不妨还作辋川诗"(《次韵子由题憩寂图后》),考虑了王维与李公麟在仕与隐、诗人与画家等多重身份上的相似性。而号称"李白后身"的郭祥正,已有研究者指出,他的后身角色,是在社交活动中扮演的②。在这些活动中,他也根据身份与地位为他人设定前身。例如,元祐七年(1092),郭祥正在寄宣城知州贾易的诗中,将其比作谢朓后身:"峨峨敬亭山,玄晖有佳作。贾公乃后身,风流今与昨。"③"太白后身"与"谢朓后身"的比拟,正好折射出两者的身份差异。郭祥正元祐中退居家乡,亦隐亦游,身份与官位不高、淡泊名利的李白相似;而贾易知宣州的地位正好与谢朓匹配。这些前世今生的比拟关系,都是在文人交往和诗歌酬唱的语境中建立的,也有利于交际表达的典雅化。

　　轮回转世的宗教话语渗入日常生活中的人际交往,"宿命通"转化为诗歌酬唱中古今人物的比拟,为北宋中后期的文学交际开启了新的维度。它提供了一种可能性,使唱和者在异代异姓之人中建立关系。众所周知,宋人在诗歌酬赠中,喜欢用前代同宗同姓的名人为对方张目。而前身比拟的价值,恰好在与同姓的对比中显现。这两种表达手法依赖于两种不同的生命存在方式:亲缘血统与夺胎转生。对此,钱锺书曾用与"一脉相传"与"一身轮回"来概括④。轮回转世打破了文化基因对宗族血缘的依附,让它能够在异质的躯体之间流转,这无疑会影响人们对生命谱系的认知。晚宋人陈著曾对苏轼

---

① 赵鼎臣《赠如壁长老二首》之一,《竹隐畸士集》卷五,《景印文渊阁四库全书》第 1124 册,第 157 页。
② 参见内山精也《"李白后身"郭祥正及其和李诗》,见氏著《传媒与真相——苏轼及其周围士大夫的文学》,上海古籍出版社,2005 年,第 513—529 页。
③ 郭祥正《将游宣城先寄贾太守侍御用李白寄崔侍御韵》,孔凡礼点校《郭祥正集》卷七,黄山书社,1995 年,第 151 页。以下所引郭祥正诗均见此书,兹不赘注。
④ 钱锺书《管锥编·史记会注考证》第三十八则,生活·读书·新知三联书店,2007 年,第 540 页。

的转世传闻加以批评:"何至敢昌言,前身五祖戒。眉山世积善,老泉亦英迈。脉络有自来,胚胎乃融会。顾诬正大传,谓感非类秽。胡鬼是吾亲,父与母安在?"①抛开华夷之辨和卫道者的激烈,这段言辞折射出两种生命延续方式的差异和对立。以转世理论为依据的前身比拟,正是在这种差异上显示出其独特价值。试举例示之:

① 将军魏武之子孙,于今为庶为清门。英雄割据虽已矣,文采风流今尚存。(杜甫《丹青引》)

② 青山有冢人谩传,却来人间知几年。在昔熟识汾阳王,纳官赎死义难忘。今观郭裔奇俊郎,眉目真似攻文章。死生往复犹康庄,树穴探环知姓羊。(梅尧臣《采石月赠郭功甫》)

③ 汾阳有人字功甫,欻然声价来江东……君亦自谓太白出,世姓虽异精灵同。(刘挚《还郭祥正诗卷》)

④ 直节忠言久不闻,堂堂今见贾生孙。(郭祥正《送贾明叔侍御守宣》)

⑤ 峨峨敬亭山,玄晖有佳作。贾公乃后身,风流今与昨。(郭祥正《将游宣城先寄贾太守侍御用李白寄崔侍御韵》)

①中曹霸本为曹操之后人,杜甫评价曹霸的画艺之前,先叙述其祖德家风,在讲究门第的时代显得必要。②和④中,郭子仪与郭祥正、贾谊与贾易并无直接的血缘联系,诗人只是选择同姓的名人来恭维唱和对象。这种方式又可看作①所处时代标榜门第之遗风。②和③中同姓之比拟与前身之比拟共存,显示出两者的同等重要性。而③中"世姓虽异精灵同"则点出了两种生命形态的差异,"世姓"之血脉亲缘保证了"积善之家,必有余庆",而转生的方式则让"精灵"能够在异

---

① 陈著《吾党与佛会》,《本堂集》卷三一,《景印文渊阁四库全书》第1185册,第142页。

姓的肉身之间轮回迁移。④和⑤是郭祥正对同一人使用的两种称赞手法，前后时间相差一年。如果说郭祥正早年受到的评价还是两种方式并存，如②、③，那么在中年时期的诗歌酬唱中，他已经有意识地将两者分开使用。⑤在北宋中后期的广泛流行，丰富了诗歌交际的表达策略，异姓的比拟模式，也为酬唱文化增添了新鲜元素。考虑到门阀政治衰落和科举士大夫阶层兴起的历史背景，加之北宋中后期佛禅文化的兴盛，"述前生"就比"述祖德"更富有时代特色。

四、作为诗学话语的文人转世

轮回转世和"宿命通"本是一种宗教话语，在北宋中后期文人学佛习禅的过程中，与文人的生命体验和心性修养密切结合，进而渗入社会交往领域，参与了人际关系的建构，实现了宗教话语的公共化，但这并非其演变的尽头。作为接受主体的北宋中后期文人，他们毕竟不是持戒清修或传法悟宗的僧侣，也不会沉溺于实用性、功利性的日常交往。对文人而言，"游于艺"才是理想的生活状态，他们会选择在诗意中栖身，于审美中求解脱。因此，转世理论最终会转化为一种诗学话语。如果排除"前世为僧"的传统叙事，以及社交场合的地位考虑，仅将轮回范围限于文艺领域，转世过程中涉及的诗学问题就更容易显现。以诗人、画家、书法家为主体的转世关系，本文统称为"文人转世"。现将北宋中后期出现的文人转世情况列表呈示如下：

原　句	前身	后身	出　处	身份
前生子美只君是，信手拈得俱天成。	杜甫	孔平仲	苏轼《次韵孔毅甫集古人句见赠》	诗人
前世画师今姓李，不妨还作辋川诗。	王维	李公麟	苏轼《次韵子由题憩寂图后》	画家

(续表)

原　句	前身	后身	出　处	身份
赋归来之清引,我其后身盖无疑。	陶渊明	苏　轼	苏轼《和陶归去来兮辞》	诗人
前生或草圣,习气余惊蛇。	张　旭	苏　轼	苏轼《次韵致政张朝奉仍招晚饮》	书法家
香火旧缘何日尽,丹青余习至今存。	尹可元	李得柔	苏轼《赠李道士》	画家
更将美酒吊楚屈,离骚继作疑前身。	屈　原	章望之	郭祥正《送章秘书表民》	诗人
见我好吟爱画胜他人,直谓子美当前身。	杜　甫	黄庭坚	黄庭坚《观崇德墨竹歌》	诗人
前身邺下刘公干,今日江南庾子山。	刘祯、庾信	晁咏之	黄庭坚《以梅馈晁深道戏赠二首》	诗人
前身范宽,后身陈迟。	范　宽	陈　迟	黄庭坚《题陈迟雪扇》	画家
自疑怀素前身,今生笔法更老。	怀　素	黄庭坚	黄庭坚《墨蛇颂》	书法家
时更一班逢好句,玄晖端恐是前身。	谢　朓	李之仪	李之仪《路西田舍示虞孙小诗二十四首》之二十一	诗人
前生阮始平,今代王摩诘。	阮咸、王维	晁补之	陈师道《晁无咎画山水扇》	诗人、画家
翩翩曾公子,子猷定前身。	王徽之	曾存之	秦观《次韵曾存之啸竹轩》	诗人
俱是诗人兼富贵,只疑元白是前身。	元稹、白居易	待考	朱长文《次韵司封使君和给事寒食城外感事》	诗人
解赋南州浦,前身何水曹。	何　逊	刘　跂	刘跂《西溪次韵九首》之五	诗人

(续表)

原句	前身	后身	出处	身份
诗成更觅羊何和，犹是前身内史公。	谢灵运	洪炎	洪炎《南城邓氏亭》	诗人
自谓前身真白傅，至今陈迹尚依然。	白居易	苏轼	道潜《东坡先生挽词》之十三	诗人
意公前身是太白，醉貌宜披云锦裳。	李白	待考	惠洪《次韵游南岳》	诗人

上表中转世的主体都是诗人、画家和书法家，轮回的前身上起建安文人刘桢，下到宋初画家范宽。其中擅长谈论转世话题的仍以苏、黄为代表。而谈论的方式，分为自悟和他启，这和"宿命通"包含的"自知宿命"和"知他人宿命"的方式相对应。由他人点明前身的方式，又与前述交际语境相关。上表中前后身的纽带，主要是文化人格、艺术才能和作品风格。文人转世的形成过程，涉及创作方式、技艺传承、艺术渊源等问题，构成了一种诗学话语。

首先，从诗学渊源看，文人转世为异代非亲之人提供了传承风格技巧的载体。按照十二因缘的原理，过去世之"行"因，生出现世"识""名色""六处"等五果，而在佛教义理本土化的过程中，三世轮回不灭的是"神"或"精魂"，所谓"三生石上旧精魂""此身虽异性长存"。当转世的氛围缩小为文人时，前后传承的"精魂"就有了"精灵""文性""风流""余习""笔法"等多种说法。这就解决了文艺元素在异代非亲之人中间流传的问题。前面曾谈到亲缘血统和夺胎转生之间的差异，前者为家族文化基因的传袭奠定了基础。例如《彦周诗话》在介绍司马池、司马光父子和黄庶、黄庭坚父子的诗文创作后，总结为："传袭文章，种姓如此。"[1]而在非亲而同代的人中间，师徒授受的方式

---

[1] 许觊《彦周诗话》，何文焕辑《历代诗话》上册，中华书局，2004年，第397页。

也能保证文学风格的传承。例如,北宋古文运动的推进,江西诗派的繁衍,背后都有明显的师承关系。然而,对于时间距离遥远的非亲人之间,前两种方式都不能保证文艺元素的承续。钟嵘《诗品》好说源流,涉及很多异代非亲之人,但四库馆臣就指出:"惟其论某人源出某人,若一一亲见其师承者,则不免附会耳。"①《诗品》的"附会"之嫌,体现出在没有血缘、缺乏师承的创作者中间难以建立关联。而依托于三世轮回理论的文人转世,恰好提供了一种解决方案。苏轼说"香火旧缘何日尽,丹青余习至今存"(《赠李道士》)、"丹青已自前世,竹石时窥一斑"(《和黄鲁直烧香二首》之二),苏辙云"嵩高李师棹头笑,自言弄笔通前身"(《赠写真李道士》),黄庭坚云"自疑怀素前身,今生笔法更老"(《墨蛇颂》),都强调创作技巧在前后身之间的传承问题。因此,文人转世模式在连接异代创作者、重构诗学谱系上具有积极意义。

　　从创作过程看,文人转世建立在无意为文的基础上。在"宿命通"显现之前,现世文人的创作是自发的,是自身风格与前人的偶合,而非事先预设一个艺术典范。在唱和语境中,应酬者即兴指出对方的前身,有的着眼于对方的身份和地位,有的则是从审美元素出发,发现了对方与古人的契合之处。在此之前,对方并未明确拥有一个师法对象。同样,在独自创作的状态中,作者在自悟前生之前,并未有意识地模仿他人。这从上述诸例中"疑"字的频繁出现即可看出。郭祥正说"离骚继作疑前身"、朱长文云"只疑元白是前身",都是实时发现了某种暗合而不能条分缕析、盖棺定论。而黄庭坚"自疑怀素前身"、李之仪"玄晖端恐是前身",也是在某个创作瞬间感受到古人的诗心灵性渗入自我,而非对象化地学习和参照。这也可从王禹偁"本与乐天为后进,敢期子美是前身"中得到证明。从王禹偁的诗题中可

---

① 永瑢等《四库全书总目》卷一九五《集部·诗文评类一》,中华书局,1965年,第1780页。

以看到,他之前创作了《春居杂兴》诗,"半岁不复省视",他的长子后来发现该诗与杜诗有相似之处,"且意予窃之也"①。王禹偁不刻意模仿而自然相合,这里"敢期"和黄庭坚"自疑"、李之仪"端恐"的心态是一致的。总之,文人前身的显现,并非创作者的刻意选择,而是无意为文,自然合辙。

这种无意自然的创作态度,究其本质,是因为轮回的"精灵"内化于创作主体之中。作者在某一时刻意识到或者在别人帮助下意识到前身,是认识"自我",而非认识"他者"。李之仪说"玄晖端恐是前身"时,他毋须模仿谢朓的诗风,不用扮演谢朓的角色,因为谢朓就是他自身。创作者在显现"宿命通"后,如果把前身当作典范来学习,就割裂了前后身的浑融一体,郭祥正追随李白的痛苦即可为证。前述"宿命通"带来的生命启示是应缘任化,"随意立根栽",对于自悟前身的文人来说,创作也应该"如虫蚀木,自然成文"。或许这正是郭祥正的一剂良药。

以上从理论基础、生命体验、交际环境、诗学话语四个方面分析了转世话语在北宋中后期的流传情况,展现了"宿命通"从佛教理论进入当时文人生活的复杂过程,涉及经典阅读、宦海黜陟、心性修养、僧俗交往、诗歌酬唱、艺术传承等诸多方面。通过上述分析,本文得出了如下结论:

一、北宋中后期有关当时文人的转世传闻频繁出现,这是传主本人重视宿缘的折射,他们不仅拥有丰富的"宿命通"体验,还将这种体验广泛应用于诗歌创作和人际交往。

二、北宋中后期文人在接受"宿命通"观念的过程中,摈弃了它的神异成分与罪福果报的内容,将其与心性修证和人生解脱相结合,

---

① 王禹偁《前赋春居杂兴诗二首间半岁不复省视因长男嘉祐读杜工部集见语意颇有相类者咨于予且意予窃之也予喜而作诗聊以自贺》,《小畜集》卷九,《景印文渊阁四库全书》第1086册,第85页。

推动了宿世因缘与轮回转世在上层社会的流行。

三、仕宦沉浮带来的反复感和断裂感,成为文人体察宿世因缘的重要契机。

四、前生人物与事迹成为现世人际交往和诗歌酬唱的重要资源,一方面推动了世俗关系的典雅化,另一方面也实现了"宿命通"和转世观念的公共化。

五、古今文人之间转世关系的确立,为艺术渊源的探寻和诗学谱系的重建提供了新的角度,促成了转世观念从宗教话语向诗学话语的转型。

总之,作为一种流行观念和时代话语,"宿命通"与轮回转世对北宋中后期的文学创作与文化生活产生了广泛影响,值得深入探讨。

附录二
日常经验与内在超越：南宋诗人的老年书写

衰老的体验人皆有之，无论是《离骚》"老冉冉其将至兮，恐修名之不立"、《古诗十九首》"生年不满百，常怀千岁忧"这种生命的焦虑，还是陶渊明"素标插人头，前途渐就窄"(《杂诗》)、谢灵运"抚镜华缁鬓，揽带缓促衿"(《晚出西射堂》)这类渐衰的身体感觉，都是古人抒怀时无法回避的内容。但对老年处境进行系统吟咏在中唐杜甫、韩愈、白居易等诗人那里才开始盛行。宋人的老年书写在题材和手法上进一步拓展。时至南宋，文人高龄化的趋势更加明显，正如方回所说："予尝羡慕近世诗人如曾茶山、陆放翁、赵昌父、滕元秀、刘潜夫皆年八十"[①]，"诗人而寿者，近有数老仙，后有陆放翁，前有曾茶山。亦复有二赵，南塘与章泉。年皆八九十，至今诗集传"[②]，高寿的南宋诗人充实了宋代文学中的老年篇章，其时代特征及成因的彰显，亦是人们认识两宋文化转型的一个窗口。宋元之际类编本诗集《后村先生大全诗集》与《瀛奎律髓》都设有"老"类或"老寿"类，包括衰病描摹、晚景呈现、耆老酬唱三个方面。南宋诗人的"老年书写"，也主要由这三方面构成。

---

① 方回选评、李庆甲集评校点《瀛奎律髓汇评》，上海古籍出版社，2005年，第312页。
② 方回《七十翁吟五言古体十首》，《桐江续集》卷二二，《景印文渊阁四库全书》第1193册，第496页。

一、老态病体的日常化书写

人生渐老的感受是切己的,咏老之作离不开身体状况的呈现和描述。在传统的文学表达中,鬓发作为年龄的标杆成为文人普遍吟咏的对象,衰鬓苍发引起的人生迟暮之感是咏老文学中的常见主题。但除鬓发之外,描述身体其他部位的老病诗直到中唐才集中出现。如杜甫"君不见夔子之国杜陵翁,牙齿半落左耳聋"(《复阴》)、"眼复几时暗,耳从前月聋"(《耳聋》),韩愈"我虽未耋老,发秃骨力羸。所余十九齿,飘飖尽浮危"(《寄崔二十六立之》),柳宗元"齿疏发就种,奔走力不任"《觉衰》等,都是在白发之外,描述了身体其他部位的衰病状况。比杜、柳、韩高寿的白居易在病体的表现上更为丰富,除了在以老病和年岁为题的诗中有所涉及,亦有专门描写各部位的《白发》《齿落辞》《病眼花》《足疾》等作品。老病诗在中唐的兴盛为宋人开启了一种写作传统,诗人以衰变的身体发肤为关注对象,在自我认知与检视的过程中呈现暮年经验和生命感受。宋人对此传统有深刻认同,如王十朋"齿疏方咄柳,牙落遽惊韩"(《齿落》),范成大"栗里归来窗下卧,香山老去病中诗"(《丙午新正书怀十首》其八),楼钥"只有昏花似退之"(《病目初愈张子家有诗次韵》),陆游"乐天悲脱发,退之叹堕齿"(《齿发叹》)、"已兴工部耳聋叹,更和文公齿落诗"(《杂赋》)等,都显示中唐诗人老病书写对后世的影响。但是,由中唐至南宋,书写方式发生了怎样的转换? 试以病目诗和病齿诗为例:

> 花发眼中犹足怪,柳生肘上亦须休。大窠罗绮看才辨,小字文书见便愁。(白居易《病眼花》)
>
> 火齐终无颣,泉沙暂有浑。(刘敞《尚叔父病目》)
>
> 天公戏人亦薄相,略遣幻翳生明珠。(苏轼《次韵黄鲁直赤目》)
>
> 灯叠青红晕,书纷黑白行(洪咨夔《病目》)
>
> 暝鹊惊飞匝,凉蟾瞥露些。(刘克庄《目疾一首》)

白居易叙述了眼花时只辨细物、不识小字的日常感受。这种对老态病体直观描写的方式一直延续到宋初,如李昉"衰病增加我斗谙,头风目眩一般般。纵逢杯酒都无味,任听笙歌亦寡欢""容颜也道随年改,牙齿谁教斗顿疏"①等便是用浅切平易的方式呈现老病体验。但此后的北宋诗人并不停留在老态病体的现象描述上,而是遗貌取神,或借用审美化的自然景象进行比拟,或关注身体与疾病的文化内涵。如上引刘敞诗句便用火齐珠比喻眸子的光亮,以泉沙形容眼球的清昏。苏轼用明珠进行比拟时,增加了幻翳空花的宗教隐喻,在超越疾病中实现个体解脱。

然而,这种遗貌取神的手法却在南宋发生了转变,诗人更加注重对衰容病态与老年体验的细节呈现,从北宋诗人的审美境界与宗教境界返归日常生活。而和白居易等人相比,南宋诗人在表现琐细的身体经验时更具敏锐的观察力,避免了浅易罗列,注重展示个性感受。如上引洪咨夔诗句便是对视觉体验的细化:青红黑白的淆乱、灯影字迹的昏花。刘克庄亦描述了病目的切身感受,"凉蟾瞖露些",月亮浑蒙得就像一团露水。刘克庄曾自陈病患曰"某所患目疾,初谓偶然,今百日转甚,八月间犹仿佛见物"②、"向来隔几重膜"③,隔膜的感觉正是"凉蟾瞖露些"。这种细致的身体经验是中唐与北宋诗人不具备的。

除前引诗句外,这类描写还有陆游"客至难令三握发,佛来仅可小低头"(《老病谢客或者非之戏作》)。"小低头"虽语出佛典,但却直观传达出病人的僵硬体态。在形容齿疾上,刘克庄用"啖面贤于聘上医"(《竹溪痔后齿痛小诗问讯》)折射痛感,曹勋用"岂惟意倦怠,咀嚼

---

① 李昉《老病相攻偶成长句寄秘阁侍郎》《昉着灸数朝废吟累日继披佳什莫匪正声亦贡七章补为十首学謇之消诚所甘心》其一,《全宋诗》第1册,第173—175页。
② 刘克庄《与丞相书》,《刘克庄集笺校》卷一三四,中华书局,2011年,第5372页。
③ 刘克庄《左目痛六言后九首》其八,《刘克庄集笺校》卷三四,第1842页。

徒攒眉"(《感齿发之衰作诗自解》)描写咀嚼时的艰难神态。杨万里晚年患淋疾,用"君欲问淋疾,便是法外刑。刲剔备百毒,更以虐焰烹"(《送戴良辅药者归城郭》其一)突出病痛的煎熬。清人吴陈琰评陆游诗云:"自巨至细,无不曲写入微,几于捻断吟髭,而不屑为人所爱,然使人不能不爱,不啻亲履其境,目睹其事,皆人所困难也。"①此种"曲写入微"的功夫在南宋诗人的老病描写上普遍存在。宋诗在表现琐细事物与日常生活方面的拓展性为人所熟知,但如果将观察外在世界与自我认知进行区分,我们可以发现前者在北宋已取得长足进展,诗歌对鸟兽虫鱼、笔墨纸砚等外在事物的表现力得到提升,而在呈现自我的体貌样态与生理经验方面,南宋诗人实现了新的拓展,为宋诗的日常化开辟了新的境界。

如果说病痛感受的呈现侧重"亲履其境"的效果,那么身体形貌的描摹则令人"目睹其事"。试以病齿诗为例:

> 忆初落一时,但念豁可耻。及至落二三,始忧衰即死。(韩愈《落齿》)
> 日出暵焦牙,风来动危箨。(苏辙《次远韵齿痛》)
> 衰发如枯菅,残齿如败屦。(陆游《岁暮杂感四首》其一)
> 身似漏船难补贴,齿如败屦久凋零。(方岳《春日杂兴》其八)

在病齿的吟咏中,韩愈"豁可耻"属整体性描述,未呈现牙齿的细致形态。苏辙则借用草苗的枯朽情状突出病齿的意态。陆游的"败屦"形象地呈现出座齿的腐蚀与鄙陋状态,方岳沿袭了这种比喻。屦是日常用品,本体与喻体处于同一生活场域,两者的形态也较为契合。"败屦"的意象在陆诗多次出现,如"齿如败屦鬓成丝,七十之年敢自

---

① 吴陈琰《葛庄分体诗钞序》,《清代诗文集汇编》第187册,第334页。

期"(《览镜有感》)、"齿如败屐鬓如霜,计此光景宁久长"(《自伤》)、"我齿如败屐,君发如新霜"(《筇筴谣二首寄季长少卿》其二)等。值得注意的是,"我齿"与"君发"的句式从韩愈而得,如韩诗有"我齿落且尽,君鬓白几何"(《除官赴阙至江州寄鄂岳李大夫》)、"我齿豁可鄙,君颜老可憎"(《送侯参谋赴河中幕》)等。但两相对照,"如败屐"比"落且尽""豁可鄙"更能体现病齿的形态轮廓。南宋诗人类似的比喻还有陆游"皴黄色类栀,面皱纹如靴"(《晨镜》)、范成大"骨枯似桃肤如腊,发织成毡鬓作蓬"(《谢范老问病》)、杨万里"眼添佩环带,腰减采花蜂"(《病起览镜》二首其一)、"试脱中单肌起粟,俄生点隐状如沙"(《疥癣二首》其二)等,用日常事物形象勾勒出身体的外形轮廓,显示出诗人自我认知的精细化。

南宋诗人晚年稳定的乡居生活为他们反观自身、体验自我提供了充分契机。如杨万里"自秘书监将漕江东,年未七十,退休南溪之上,老屋一区,仅庇风雨,长须赤脚,才三四人"①,范成大"杂缀园亭,经营草木,乡居琐事,吴俗岁华,亦足以陶写尘襟,流传佳话"②,刘宰"隐几觉来,杖藜独往。或从田家瓦盆之饮,或和渔父沧浪之唱,顾盼而花鸟呈技,言笑而川谷传响,宾送日月,从容天壤"③等。这种疏离政事、退居闲处的状态在南宋士大夫的晚年生活中较为普遍,前述方回列举的高寿诗人,大多拥有长期奉祠家居或致仕退居的经历,这和饱受贬谪迁徙之苦的北宋士大夫尤其是元祐文人的处境是不同的。诗人栖身于日常空间,周遭事物无不形诸笔端,生理经验与身体印象也愈加引发关注。

与此同时,长期乡居野处会造就一种疏狂心态,它使退居者泯除庄与谐、美与丑的界限。在儒家观念中,身体发肤受之父母,具有庄

---

① 罗大经《鹤林玉露》,中华书局,1983年,第63页。
② 李慈铭《荀学斋日记》,《越缦堂日记》,广陵书社,2004年,第10904页。
③ 刘宰《书印纸后》,《漫堂集》卷二四,《文渊阁四库全书》第1170册,第613—614页。

严性,同时传统礼仪通过须发鬓髻的造型、衣冠服饰的设定对身体加以规范。但对于久离官场、年事已高的村夫野老来说,外在的礼节规范已显得不那么重要。陆游云:"一笑衰翁乃尔顽"(《病愈看镜》),"昔闻少陵翁,皓首惜堕齿。退之更可怜,至谓豁可耻。放翁独不然,顽顿世无比"(《齿落》),这种"顽顿"就是以无所畏惧、轻松戏谑的心态游离于典型士人形象之外。《论语·泰伯》:"曾子有疾,召门弟子曰:'启予足!启予手!'"朱熹注云"曾子以其所保之全示门人,而言其所以保之之难如此,至于将死而后知其得免于毁伤也"①,体现出身体手足的神圣意味。而陆游"纱帽簪花舞"(《自嘲老态》)、刘克庄"戏衫脱了无羁束,纵见三公手懒叉"(《疥癣》)、"乱插乌巾策杖嬉"(《览镜》)则是一副疏野散漫姿态,远离正襟峨冠的礼节威仪。当身体发肤的庄重感被消解,老病衰残的种种情态可以无所顾忌地显露。刘克庄自赞云"极维摩诘之病,屈大夫之悴,壶丘子之怪,哀骀驼之丑"②,容貌体躯的缺陷以嘲谑戏咏的方式呈现出来。儒释道各家都存在丑怪病悴的形象,通常蕴含"行相虽恶而心术善"(《荀子·非相》)、"畸于人而侔于天"(《庄子·大宗师》)、维摩示疾显神通等相反相成的逻辑。但对南宋老年诗人而言,此种理论预设消融在插科打诨的游戏境界之中。

二、衰老与精进:生死困境的内在超越

衰老在给人带来身体感受的同时,也造成直接的心理冲击,如何度过余年、实现生命价值是人人都无法回避的问题。在突破生死困境方面,儒家的内在超越、庄子的齐物论、道教的长生术、佛教的空幻观等,为文人追求解脱提供了多种途径,也影响到他们的处老心态。

---

① 朱熹《四书章句集注》,中华书局,2010年,第103页。
② 刘克庄《庚戌写真赠徐生》,《刘克庄集笺校》卷一〇六,第4423页。

例如,白居易曾通过佛禅寻求对生命的超越①;苏轼晚年在贬谪生涯中感叹人生的虚空,在洞彻生命本质后追寻精神自由;苏辙退居颍昌后保持了闭门默坐的生活方式,在观空悟道中涵养清净本心,安享残年余生。

对南宋文人而言,尽管佛禅思想仍是他们审视人生的必要资源,但在理学兴盛的时代环境下,衰老并不意味着消逝与虚无,反而催生了人们读书问学的紧迫感和实现内在超越的动力。朱熹面对老态病容时感叹:"苍颜已是十年前,把镜回看一怅然。履薄临深谅无几,且将余日付残编。"②衰老虽然令人怅惘,但并未带来悲忧,而是促使他抓紧所剩无几的时光著书治学、持续精进。朱熹曾批评杜甫《同谷七歌》的卒章"叹老嗟卑,则志亦陋矣,人可以不闻道哉"③,当自己身处老境时,他表现出孜孜不倦的求道热情。在"转向内在"的时代风气中,个体道德心性的完善愈加成为安身立命的根基,尽管问道的程度与方向不尽一致,但由理学开启的内在超越对士人处世心态与生活情趣有着深刻的影响。朱熹式的终身持敬与勤勉精进,整合了传统文化中惜时奋励的成分,内化于南宋士人的精神生活,使他们在生老病死的必然命运中更加积极乐观。这类例子还有:

> 白日不我待,志士心悲伤。功业一无就,双鬓镜中苍。古人有遗训,日进期无疆。读尽天下书,挂腹复撑肠。(陈自修《白日吟》)
>
> 朝来览镜一何衰,发秃容枯半白髭。老态侵寻光景促,着鞭从此勿迟迟。(袁燮《览镜》)

---

① 参见谢思炜《禅宗与中国文学》,中国社会科学出版社,1993年版,第102—107页。
② 朱熹《南城吴氏社仓书楼为余写真如此因题其上庆元庚申二月八日沧洲病叟朱熹仲晦父》,《晦庵先生朱文公文集》卷九,《四部丛刊初编》本,第15—16页。
③ 朱熹《跋杜工部同谷七歌》,《晦庵先生朱文公文集》卷八四,《四部丛刊初编》本,第8页。

志士伤心髀肉生，寒儒努力在青春。课书恨失囊萤聚，览镜惊呼鬓雪新。岁晚何妨勤秉烛，行迷犹可复通津。余功剩暖丹炉火，莫待幽人唤孔宾。（程公许《览镜鬓间两三点雪》）

昔映仙蔾临几案，今栽甘菊满庭除。不堪立马挥新檄，只合囊萤勘旧书。（刘克庄《晨起览镜》）

陈自修的"日进"、袁燮的"着鞭"、程公许的"秉烛"、刘克庄的"囊萤"，和朱熹"且将余日付残编"一样，都是面对苍鬓衰颜时表达出岁不我予、奋起直追的心情。镜中衰颜与其说是自然的判决，毋宁说是生命的召唤，它使士大夫在知识更新与境界提升中超越生理机能的新陈代谢。刘克庄晚年常常以刘向校书的事迹自励，即使年老体衰仍要"仰观星宿俯观书""烛下残书尚覆翻"（《晨起览镜》），"贪校新抄数板书""蝇头尚可就灯抄"（《夜坐二首》），保持了勤勉的治学态度，也找到抵御衰颓的良方。刘曰"惟诗尚有新新意，匹似幽花晚更妍"（《晨起览镜》），正可移评他晚年读书撰文、追求精进的整体状态，"新新"为凋零的生命注入活力。

理学的内在超越塑造了南宋士大夫的生命品质、处老心态与生活情趣，这一点在陆游身上可以得到集中体现。陆游曾请朱熹为其"老学斋"作铭，朱熹虽未写成，但前述朱诗"履薄临深谅无几，且将余日付残编"正可作为"老学"的注脚。《瓯北诗话》在介绍陆游与朱熹的关系后指出：

是虽不以道学名，而未尝不得力于道学也。其集中亦有以道学入诗者，如《冬夜读书》云："六经万世眼，守此可以老，多闻竟何为？绮语期一扫。"又有云："虽叹吾何适，犹当尊所闻，从今倘未死，一目亦当勤。"《平昔》云："皎皎初心质天地，兢兢晚节蹈渊冰。"《书怀》云："平生学六经，白首颇自信，所觊未死间，犹有分寸进。"《示儿》云:"闻义贵能徙,见贤思与齐。"又云:"易经独不遭秦火,字字皆如见圣人。汝始弱龄吾已耄,要当致力各终身。"可见其晚年有得,非随声附和,以道学为名高者矣[①]。

钱锺书曾探讨过陆游的理学造诣[②],客观地讲,"履薄临深"的持敬与"老而学"的勤勉对陆游的晚年生活影响颇深。在持敬方面,除上引"所觊未死间,犹有分寸进""兢兢晚节蹈渊冰"外,"兢兢死方已,宁论迫期颐"(《自儆》)、"亹亹循天理,兢兢到死时""道远余生趣,常忧日影移"(《衰叹》)等均可为证。这种内省精神为其"老学"提供了不竭动力。清《柳亭诗话》卷三〇"读书癖"评陆游云:"流离僵仆之余,未尝一日释卷,年已耄而志不衰,仅于此老见之。"[③]在陆游诗作中,年老激发的读书热情处处可见,如"残年唯有读书癖,尽发家藏三万签"(《次韵范参政书怀十首》其六)、"病卧极知趋死近,老勤犹欲与书鏖"(《冬夜读书》)、"暮年于书更多味,眼底明明见莘渭"(《五更读书示子》)、"穷犹可勉圣贤事,老岂遽忘铅椠劳"(《岁晚》)等。这种勤勉奋励有助于生命气质的重塑。梁启超《读陆放翁集》云:"叹老嗟卑却未曾,转因贫病气崚嶒。英雄学道当如此,笑尔儒冠怨杜陵。"自注云:"放翁集中,只有夸老颂卑,未尝一叹嗟,诚不愧其言也。"[④]梁启超对陆游的赞誉令人想到朱熹对杜甫的批评。所谓"不闻道"之"道",通过内省与勤勉的路径,为陆游带来"气崚嶒"的健硕生命力。持续的自我充实与提升能够抵消光阴流逝引起的压抑感,建立新的生命秩序。"穷冬短景苦匆忙,老学庵中日自长"(《老学庵》)、"千茎白发年华速,一点青灯夜漏徂"(《题北窗》),与自然节奏相伴的正是自我

[①] 赵翼《瓯北诗话》,人民文学出版社,1963年,第93页。
[②] 钱锺书《谈艺录》,生活·读书·新知三联书店,2001年,第384—385页。
[③] 宋长白《柳亭诗话》,上海杂志公司,1936年,第683页。
[④] 梁启超《饮冰室合集·文集》四十五下,中华书局,1989年,第4页。

超越的速率。总之,理学的超越精神为南宋士大夫提供了老而愈勤的心理依据,这体现出宋人生死观念在"转向内在"过程中发生的显著变化,让我们看到这一时期老年生命中充分的现世感。

三、老年唱和的表达策略:从公共话语到个性叙事

上述生死问题的思考主要发生在诗人对镜览照、室中夜坐、灯下苦读等独处环境中,创作方式属"独吟",而人际交往中的耆老酬唱亦是老年书写的组成部分。南宋楼钥《朱季公寄诗有怀真率之集次韵》云"伊昔羊尹临丹阳,真率之名初滥觞。香山尚齿当会昌,卧云不羡坐岩廊。七人各列官与乡,年德俱高世所臧。丙午同甲遥相望,清谈生风想琅琅。耆英人物尤轩昂,赋诗远追白侍郎。文富归休寿而康,衣冠十二何锵锵",对耆老会的历史作了简要回顾。白居易洛阳"九老"的集会方式在北宋士大夫中引起热烈反响,"五老""九老""同甲""耆英""真率"等聚会先后出现①。宋室南渡以后,耆老会的形式、主题、参与者等有所改变,如周扬波《宋代士绅结社研究》以鄞县为中心,指出了南宋耆老会地方化、乡土化、家族化的趋势。从与会者身份看,北宋主要是地位显赫的名公巨卿,"休官致政老年闲,庙堂尝享耆袍冠。调和鼎鼐施霖雨,燮理阴阳佐武桓"(富弼《睢阳五老图》);而南宋耆老会则多由奉祠致仕的乡居士大夫与地方士人或家族成员组成,如危稹"请祠归,筑屋城南嵩源,与乡老七人为真率会"②,陆游"洛中九老非吾侣,且作山阴十老人"(《庚申元日口号六首》其三)等。在聚会形式发生改变的同时,南宋耆老会诗歌也呈现出更多日常化、个性化的体验。现以周必大的一组"齐年会"诗歌为例。

南宋淳熙九年(1182),周必大用文彦博"同甲会"诗韵寄赠同年

---

① 参见张再林《白居易的"九老会"及其文学史意义——以宋人对"九老会"的仿慕为例》,《广西社会科学》2011年第4期。
② 陈思《两宋名贤小集》卷二六五,《文渊阁四库全书》第1364册,第153页。

出生、同在朝廷执政的王淮、钱良臣，有意模仿文氏盛会。文彦博原诗为"四人三百十二岁，况是同生丙午年。招得梁园同赋客，合成商岭采芝仙。清谈亹亹风盈席，素发飘飘雪满肩。此会从来诚未有，洛中应作画图传"[1]，表现出耆老相聚的雍容闲雅，并期待将集会盛况传播出去。周必大的次韵诗为："文公八十会伊川，盛事于今又百年。岂意苍颜华发叟，亦陪黄阁紫枢仙。府居未至容连栋，班路前瞻愧比肩。丁丙连干支合德，君臣庆会岂虚传。"[2]一致的甲子、相近的官阶、相同的工作环境构成了周、王、钱之间的特殊纽带，在诗歌酬唱中周必大流露出仕途顺畅的自豪与君臣际会的庆幸，这和北宋耆老会诗歌中吟咏太平、流连光景、安享闲暇的基调并无多大差别。年龄作为公共空间中的交往符号，对每一个交际者实际上只具有泛泛抽象的意义，如文彦博"四人三百十二岁"或司马光"合五百一十五岁"等表达，岁数只在聚合中才拥有价值。围绕耆老进行的诗歌酬唱亦侧重老年境遇的整体描述。

然而，十多年后当周必大真正步入耆老行列时，他的集会酬唱诗有了更多个性化书写。每一个年岁都代表一段切身阅历，耆老聚会不再是比肩前人、点缀太平的文化符号，而是参与者个人感受的交流分享。从庆元元年（1195）到六年（1200），周必大每年与欧阳铁、葛潨举办一次"齐年会"，仍依旧例次韵文彦博诗，但聚会的地点变成家乡庐陵，另两位"齐年"的身份由朝廷重臣变为乡间布衣。从聚会内容看，每年都有一个具体主题，如庆元元年是周氏家居落成，二年是"春华楼前芍药盛开"，三年是"蜀锦堂海棠盛开"，六年是"华隐楼成，其下明农堂新接牡丹亦盛开"，其中葛潨"小圃草木猿鹤悉为赋诗，语新

---

[1] 文彦博《奉陪伯温中散程伯康朝议司马君从大夫席于所居小园作同甲会》，《潞公文集》卷七，《文渊阁四库全书》第1100册，第640页。
[2] 周必大《文忠烈公居洛有丙午同甲会诗今执政府凡三位枢密使王季海参政钱师魏先在焉前岁夏某忝参预连墙而居适然齐年时号丙午坊次文公韵简公》，《文忠集》卷七，《文渊阁四库全书》第1147册，第88页。

而事的,卷轴盈箧"①。从吟咏特征看,周必大每次都写出不同的人生体验,如《庆元乙卯某与欧阳伯威铁、葛德源溧俱年七十,适敝居落成,乃往时同试之地,小集圃中,再用潞公韵成鄙句,并录旧诗奉呈》:

> 结茅近市压平川,围棘争门想少年。鹿记杨侯歌始举,鹤归丁令化飞仙。诗场曾作推敲手,文会今随出入肩。同甲唱酬殊未已,首篇聊记老而传。

周必大新居是乡贡故地,这令他回忆起与老友共同赴试的经历,"诗场曾作推敲手"句下自注:"吾三人皆以诗赋试于此。"周必大后来为二人撰墓志时指出,欧阳铁"学广才赡,锐欲拔蛰弧而先登,已乃连战不利,士悼其屈"②,葛溧"乡评所推",而乡评"殆与公举相为权衡,然彼犹可幸得,而此不容力致"③,对二人未能中举深表遗憾。对周必大而言,贡院是他人生的转折点,如其所记:"或曰:'公昔以布衣举送此地,今官一品而居之,非锦衣昼行乎?'予谢曰:'此安阳韩忠献故事,君毋戏我。'"④虽为戏言,但考场故地的里程碑意义却毋庸置疑。从年少的同场竞技到暮年的同席赋诗,从人生的分道扬镳到耆老的殊途同归,世事沧桑的老年体验具体而丰富。又如《丁巳二月甲子,蜀锦堂海棠盛开,适有惠川绣〈昼锦堂记〉者,招伯威、德源为齐年会次旧韵》:

> 曾因客梦到西川,万户疏封祇来年。花重锦官思杜老,鹤飞沙苑看徐仙。衰颜尚许任争齿,浅量深惭赐及肩。照眼蜀妆依绣幌,共惊十载谶先传。

---

① 周必大《葛先生溧墓志铭》,《文忠集》卷七二,《文渊阁四库全书》第1147册,第768页。
② 周必大《欧阳伯威墓志铭》,《文忠集》卷七四,《文渊阁四库全书》第1147册,第782页。
③ 周必大《葛先生溧墓志铭》,《文忠集》卷七二,《文渊阁四库全书》第1147册,第767页。
④ 周必大《蜀锦堂记》,《文忠集》卷五八,《文渊阁四库全书》第1147册,第614页。

周必大于题下自注:"杨子直秘书未相识时,从辟成都,尝梦予使蜀。淳熙己酉春入为宗正簿,谒予相府,退语客云:'俨然梦中人也。'是时予方自许公徙封益。"因为海棠和川绣,此次集会融入浓重的西蜀元素。周必大虽获封益国公,但并未到过四川,只能与老友一道在海棠花下向往蜀中生活,"客梦"转化为众人的心愿。同时,"共惊十载谶先传"在追踪人生轨迹的过程中饱含对命运的感叹。周必大《二老堂杂志》"记李秀叔梦"载有乾道年间李彦颖向他讲述的梦境,梦中位至参政,后来应验,周必大感叹道:"信乎,官职皆前定也。"①《二老堂诗话》"记梦"则回忆了自己少时的梦境:梦中来到别家书室,四周被丛竹、古柳、噪鸦包围;后来他到金陵官舍,四周环境惊人相似、恍如梦境。这些追忆都折射出周必大晚年对人生命运的深刻体验。体验的分享与"共惊",增加了耆老酬唱的厚重感。总之,在这六次耆老聚会中,周必大写出老成人的心路历程,和文彦博的原诗以及他十多年前的次韵诗相比,这一组创作更能展现个性特色。耆老会空间的迁移、创作者身份的变化、参与者关系的转换最终影响到酬唱主题与言说方式。

从文彦博的"同甲会"诗到周必大在朝的"丙午坊"次韵诗,再到周必大晚年的"齐年会"酬唱诗,我们能够以此为线索透视耆老酬唱在两宋的演变过程。南宋士大夫的老年生活大多是地方乡土的生活,他们与乡间处士、家族亲眷的充分接触使原先以同僚为基础的交际圈发生改变,交往关系的转换促成酬唱主题的转移。对官僚士大夫而言,耆老聚会建立在地位相当、身份对等的基础上,耆老意味着仕宦履历的资深,拥有广泛的影响力与一流的精神境界,年龄成为一种文化符号。而在乡土的耆老互动中,年龄的增长促成交情的笃厚,老者的聚合巩固了一族一地的命运共同体。集会面向个体情愫,为

---

① 周必大《二老堂杂志》,中华书局,1985年版,第75页。

创作者提供了倾诉空间，乡土旧闻、家族事务、人生奇遇、命运感触成为交流重点，耆老唱和的主题更加具体，表达更加个性化。

以上从身体经验、处老心态、耆老唱和三个方面分析了南宋诗人老年书写的主要特征，从中可以透视南渡以后士人生存方式和审美意识的改变。诗人对身体发肤和疾病体验的描写，将北宋诗人鲜有涉及或不愿关注的琐细面呈现出来，这与其说是写作风格的平熟化，不如说是诗歌表现力的拓展。他们面对衰老时的紧迫感和进取意识，在解决生死焦虑方面比前人涌现出更多的理性精神和实践力量。诗人将老年互动空间中的公共表达转换为个性化叙事、将称颂标举的话语策略变为人生阅历的真诚诉说，使老年酬唱与日常生活紧密结合。在诸多变化背后，我们可以看到理学精神对士人生命感觉的塑造，长期的退居经历对诗歌日常化的促进，以及对人际交往与诗歌酬唱的直接影响，这些也是两宋文学与文化转型的重要推动力。

参考文献

一、古籍文献(按四部分类排序)

朱熹《四书章句集注》,中华书局,2010年。

脱脱等《宋史》,中华书局,1985年。

李焘《续资治通鉴长编》,中华书局,2004年。

王瑞来笺证《宋季三朝政要笺证》,中华书局,2010年。

汪圣铎点校《宋史全文》,中华书局,2016年。

何建章注释《战国策注释》,中华书局,1990年。

刘一清撰、王瑞来校笺考原《钱塘遗事校笺考原》,中华书局,2016年。

黄淮《历代名臣奏议》,《景印文渊阁四库全书》本。

李心传《道命录》,《丛书集成初编》本。

胡知柔《象台首末》,《景印文渊阁四库全书》本。

程章灿《刘克庄年谱》,贵州人民出版社,1993年。

李慈铭《越缦堂日记》,广陵书社,2004年。

王象之撰、李勇先校点《舆地纪胜》,四川大学出版社,2005年。

潜说友《咸淳临安志》,《景印文渊阁四库全书》本。

张铉《(至大)金陵新志》,《景印文渊阁四库全书》本。

夏玉麟《(嘉靖)建宁府志》,明嘉靖刻本。

魏时应修、张榜纂《(万历)建阳县志》,明万历二十九年刻本。

郝玉麟等修、谢道承等纂《(乾隆)福建通志》,《景印文渊阁四库全书》本。

柏春主修、鲁琪光纂《(同治)南丰县志》,清同治十年本。

田汝成《西湖游览志余》,中华书局,1958年。

刘琳等校点《宋会要辑稿》,上海古籍出版社,2014年。

陈振孙《直斋书录解题》,上海古籍出版社,1987年。

永瑢等《四库全书总目》,中华书局,1965年。

王先谦《荀子集解》,中华书局,1988年。

黄震《黄氏日抄》,《景印文渊阁四库全书》本。

邓椿《画继》,《津逮秘书》本。

夏文彦《图绘宝鉴》,《景印文渊阁四库全书》本。

陈立疏证《白虎通疏证》,中华书局,1994年。

沈括撰、金良年点校《梦溪笔谈》,中华书局,2015年。

周必大《二老堂杂志》,中华书局,1985版。

陈善《扪虱新话》,《丛书集成初编》本。

罗大经撰、王瑞来点校《鹤林玉露》,中华书局,1983年。

周密撰、张茂鹏点校《齐东野语》,中华书局,1983年。

刘壎《隐居通议》,《丛书集成新编》本。

王楙撰、王文锦点校《野客丛书》,中华书局,1987年。

《翰苑新书续集》,《景印文渊阁四库全书》本。

周密撰、吴企明点校《癸辛杂识》,中华书局,1988年。

岳珂撰、吴企明点校《桯史》,中华书局,1981年。

求那跋陀罗译《杂阿含经》,《大正藏》本。

支谦译《佛说太子瑞应本起经》,《大正藏》本。

佛驮跋陀罗译《大方广佛华严经》,《大正藏》本。

实叉难陀译《大方广佛华严经》,《大正藏》本。

释慧觉录《华严经海印道场忏仪》,《卍新纂续藏经》本。

鸠摩罗什译《维摩诘所说经》,《大正藏》本。

陀多罗译《大方广圆觉修多罗了义经》,《大正藏》本。
释思坦集注《楞严经集注》,《卍新纂续藏经》本。
昙无谶译《菩萨地持经》,《大正藏》本。
于顿《庞居士语录》,《卍新纂续藏经》本。
释绍隆等《圆悟佛果禅师语录》,《大正藏》本。
释蕴闻《大慧普觉禅师语录》,《大正藏》本。
释住显《石溪和尚语录》,《卍新纂续藏经》本。
释心月《石溪心月禅师杂录》,《卍新纂续藏经》本。
释延寿《宗镜录》,《大正藏》本。
释道融《丛林盛事》,《卍新纂续藏经》本。
释昙秀《人天宝鉴》,《卍新纂续藏经》本。
释圆悟《枯崖漫录》,《卍新纂续藏经》本。
释性音《禅宗杂毒海》,《卍新纂续藏经》本。
无著道忠《禅林象器笺》,《佛光大藏经》本。
释道宣《续高僧传》,上海书店,1989 年。
释道原《景德传灯录》,《四部丛刊三编》本。
林希逸著、周启成校注《庄子鬳斋口义校注》,中华书局,1997 年。
王禹偁《小畜集》,《景印文渊阁四库全书》本。
文彦博《潞公文集》,《景印文渊阁四库全书》本。
王安石撰、李壁笺注、高克勤点校《王荆文公诗笺注》,上海古籍出版社,2010 年。
苏轼撰,张志烈、马德富、周裕锴主编《苏轼诗集校注》,河北人民出版社,2010 年。
苏辙撰,曾枣庄、马德富校点《栾城集》,上海古籍出版社,2009 年。
黄庭坚撰,刘琳、李勇先、王蓉贵校点《黄庭坚全集》,四川大学出版社,2001 年。
惠洪撰、廓门贯彻注、张伯伟等点校《注石门文字禅》,中华书局,

2012 年。

郭祥正著、孔凡礼点校《郭祥正集》，黄山书社，1995 年。

李复《潏水集》，《景印文渊阁四库全书》本。

赵鼎臣《竹隐畸士集》，《景印文渊阁四库全书》本。

叶梦得《建康集》，《景印文渊阁四库全书》本。

晁说之《嵩山文集》，《四部丛刊续编》本。

朱熹《晦庵先生朱文公文集》，《四部丛刊初编》本。

周必大《文忠集》，《景印文渊阁四库全书》本。

王十朋《梅溪后集》，《景印文渊阁四库全书》本。

赵蕃《淳熙稿》，《景印文渊阁四库全书》本。

陆九渊著、钟哲点校《陆九渊集》，中华书局，1980 年。

薛季宣《浪语集》，《景印文渊阁四库全书》本。

杨万里撰、辛更儒笺校《杨万里集笺校》，中华书局，2007 年。

白玉蟾《海琼玉蟾先生文集》，海豚出版社，2018 年。

叶适著，刘公纯、王孝鱼、李哲夫点校《叶适集》，中华书局，2010 年。

戴复古《石屏诗集》，明弘治马金刻本。

戴复古《石屏续集》，《南宋群贤小集》本。

刘宰《漫塘集》，《景印文渊阁四库全书》本。

薛师石《瓜庐诗》，《南宋群贤小集》本。

魏了翁《鹤山先生大全文集》，《四部丛刊初编》本。

魏了翁撰、王德文注《注鹤山先生渠阳诗》，《铁琴铜剑楼丛书》本。

魏了翁撰、张京华校点《渠阳集》，《湖湘文库》本。

真德秀《西山文集》，《四部丛刊初编》本。

杜范《清献集》，《景印文渊阁四库全书》本。

洪咨夔著、侯体健点校《洪咨夔集》，浙江古籍出版社，2015 年。

吴泳《鹤林集》,《景印文渊阁四库全书》本。

许应龙《东涧集》,《景印文渊阁四库全书》本。

华岳撰、马君骅点校《翠微南征录北征录合集》,黄山书社,1993年。

戴栩《浣川集》,《景印文渊阁四库全书》本。

程公许《沧洲尘缶编》,《景印文渊阁四库全书》本。

方大琮《铁庵集》,明正德八年方良节刻本。

王迈《臞轩集》,《景印文渊阁四库全书》本。

包恢《敝帚稿略》,《景印文渊阁四库全书》本。

李曾伯《可斋杂稿》,《景印文渊阁四库全书》本。

刘克庄著、辛更儒笺校《刘克庄集笺校》,中华书局,2011年。

孙德之《太白山斋遗稿》,清道光四年翻明本。

李昂英《文溪集》,《景印文渊阁四库全书》本。

赵汝腾《庸斋集》,《景印文渊阁四库全书》本。

岳珂《玉楮集》,《景印文渊阁四库全书》本。

岳珂《棠湖诗稿》,《丛书集成初编》本。

徐元杰《楳埜集》,《景印文渊阁四库全书》本。

高斯得《耻堂存稿》,《景印文渊阁四库全书》本。

方岳《秋崖集》,《景印文渊阁四库全书》本。

欧阳守道《巽斋文集》,《景印文渊阁四库全书》本。

姚勉《雪坡集》,《景印文渊阁四库全书》本。

文天祥《文山先生文集》,《宋集珍本丛刊》本。

陈著《本堂集》,《景印文渊阁四库全书》本。

林希逸《竹溪鬳斋十一稿续集》,《景印文渊阁四库全书》本。

刘辰翁《须溪集》,《景印文渊阁四库全书》本。

胡仲弓《苇航漫游稿》,《景印文渊阁四库全书》本。

吴锡畴《兰皋集》,《景印文渊阁四库全书》本。

薛嵎《云泉诗》，汲古阁影抄《南宋六十家小集》本。
释道璨撰、黄锦君校注《道璨全集校注》，巴蜀书社，2014年。
马廷鸾《碧梧玩芳集》，《景印文渊阁四库全书》本。
舒岳祥《阆风集》，《景印文渊阁四库全书》本。
方逢辰《蛟峰文集》，《景印文渊阁四库全书》本。
王义山《稼村类稿》，《景印文渊阁四库全书》本。
方回《桐江集》，《宛委别藏》本。
方回《桐江续集》，《景印文渊阁四库全书》本。
刘壎《水云村泯稿》，清道光爱余堂刊本。
吴澄《吴文正集》，《景印文渊阁四库全书》本。
刘岳申《申斋集》，《景印文渊阁四库全书》本。
杨慎《升庵集》，《景印文渊阁四库全书》本。
刘廷玑《葛庄分体诗钞》，《清代诗文集汇编》本。
卢文弨撰、王文锦点校《抱经堂文集》，中华书局，1990年。
谢启昆《树经堂诗初集》，《清代诗文集汇编》本。
钱仪吉《衎石斋记事稿》，《清代诗文集汇编》本。
陈起编《江湖小集》，《景印文渊阁四库全书》本。
陈起编《江湖后集》，《景印文渊阁四库全书》本。
魏天应编、林子长注《校正重刊单篇批点论学绳尺》，复旦大学图书馆藏明成化本。
陈思编《两宋名贤小集》，《景印文渊阁四库全书》本。
赵平校点《永嘉四灵诗集》，浙江大学出版社，2010年。
方回选评、李庆甲集评校点《瀛奎律髓汇评》，上海古籍出版社，2005年。
《诗渊》，书目文献出版社，1984年。
蔡有鹍《蔡氏九儒书》，清雍正十一年刻本。
潘衍桐《两浙輶轩续录》，浙江古籍出版社，2014年。

曾燠《江西诗征》,清嘉庆九年刻本。
陈衍撰、曹中孚校注《宋诗精华录》,巴蜀书社,1992 年。
许红霞《珍本宋集五种:日藏宋僧诗文集整理研究》,北京大学出版社,2013 年。
孟棨《本事诗》,《历代诗话续编》本。
许顗《彦周诗话》,《历代诗话》本。
胡仔《苕溪渔隐丛话》,人民文学出版社,1981 年。
陈模撰、郑必俊校注《怀古录校注》,中华书局,1993 年。
方岳《深雪偶谈》,清曹琰抄本。
严羽著、郭绍虞校释《沧浪诗话校释》,人民文学出版社,1961 年。
魏庆之撰、王仲闻点校《诗人玉屑》,中华书局,2007 年。
刘克庄撰、王秀梅点校《后村诗话》,中华书局,1983 年。
吴子良《林下偶谈》,《丛书集成初编》本。
韦居安《梅磵诗话》,《历代诗话续编》本。
蔡正孙撰,常振国、降云点校《诗林广记》,中华书局,1982 年。
周密撰、孔凡礼点校《浩然斋雅谈》,中华书局,2010 年。
徐师曾《文体明辨序说》,《历代文话》本。
宋长白《柳亭诗话》,上海杂志公司,1936 年。
赵翼《瓯北诗话》,人民文学出版社,1963。
翁方纲《石洲诗话》,人民文学出版社,1981 年。
何文焕辑《历代诗话》,中华书局,2004 年。
丁福保辑《历代诗话续编》,中华书局,2006 年。
张伯伟编校《稀见本宋人诗话四种》,江苏古籍出版社,2002 年。

二、近人今人论著(按出版时间排序)

吕思勉《宋代文学》,商务印书馆,1929 年。
胡云翼《宋诗研究》,商务印书馆,1933 年。

柯敦伯《宋文学史》，商务印书馆，1934年。
陈子展《宋代文学史》，作家书屋，1945年。
余嘉锡《四库提要辨证》，中华书局，1980年。
钱锺书《宋诗选注》，人民文学出版社，1982年。
莫砺锋《江西诗派研究》，齐鲁书社，1986年。
梁启超《饮冰室合集》，中华书局，1989年。
程千帆、吴新雷《两宋文学史》，上海古籍出版社，1991年。
刘若愚著，周清霖、唐发铙译《中国之侠》，上海三联书店，1991年。
胡昭曦《宋蒙(元)关系史》，四川大学出版社，1992年。
许总《宋诗史》，重庆出版社，1992年。
张宏生《江湖诗派研究》，中华书局，1995年。
胡昭曦、蔡东洲《宋理宗宋度宗》，吉林文史出版社，1996年。
黄进兴《优入圣域：权力、信仰与正当性》，陕西师范大学出版社，1998年。
周裕锴《文字禅与宋代诗学》，高等教育出版社，1998年。
木斋《宋诗流变》，京华出版社，1999年。
祝尚书《宋人别集叙录》，中华书局，1999年。
周裕锴《禅宗语言》，浙江人民出版社，1999年。
王水照《王水照自选集》，上海教育出版社，2000年。
勾承益《晚宋诗歌与社会》，电子科技大学出版社，2001年。
关长龙《两宋道学命运的历史考察》，学林出版社，2001年。
钱锺书《谈艺录》，生活·读书·新知三联书店，2001年。
汪涌豪《中国游侠史》，复旦大学出版社，2001年。
吕肖奂《宋诗体派论》，四川民族出版社，2002年。
田浩《朱熹的思维世界》，陕西师范大学出版社，2002年。
田浩著，杨立华、吴艳红等译《宋代思想史论》，社会科学文献出版社，2003年。

王岚《宋人文集编刻流传丛考》,江苏古籍出版社,2003年。

钱锺书《钱锺书手稿集·容安馆札记》,商务印书馆,2003年。

王水照、朱刚《苏轼评传》,南京大学出版社,2004年。

陈元锋《北宋馆阁翰苑与诗坛研究》,中华书局,2005年。

浅见洋二著,金程宇、冈田千穗译《距离与想象》,上海古籍出版社,2005年。

祝尚书《宋代巴蜀文学通论》,巴蜀书社,2005年。

内山精也《传媒与真相——苏轼及其周围士大夫的文学》,上海古籍出版社,2005年。

赵平《永嘉四灵诗派研究》,浙江大学出版社,2006年。

钱锺书《管锥编》,生活·读书·新知三联书店,2007年。

周裕锴《宋代诗学通论》,上海古籍出版社,2007年。

尚永亮《唐五代逐臣与贬谪文学研究》,武汉大学出版社,2007年。

张金岭《宋理宗研究》,人民出版社,2008年。

周宪、徐兴无《中国文学与文化的传统及变革》,南京大学出版社,2008年。

葛兆光《增订本中国禅思想史》,上海古籍出版社,2008年。

祝尚书《宋代科举与文学》,中华书局,2008年。

王水照、熊海英《南宋文学史》,人民出版社,2009年。

卞东波《南宋诗选与宋代诗学考论》,中华书局,2009年。

金程宇《稀见唐宋文献丛考》,中华书局,2009年。

近藤一成《宋元史学的基本问题》,中华书局,2010年。

黄启江《一味禅与江湖诗：南宋文学僧与禅文化的蜕变》,台湾商务印书馆,2010年。

黄启江《文学僧藏叟善珍与南宋末世的禅文化：〈藏叟摘稿〉之析论与点校》,台北新文丰出版公司,2010年。

黄启江《无文印的迷思与解读》，台湾商务印书馆，2010年。
傅璇琮、程章灿《宋才子传笺证》，辽海出版社，2011年。
杨联陞《中国语文札记》，中国人民大学出版社，2011年。
吉川幸次郎著、郑清茂译《宋诗概说》，联经出版事业公司，2012年。
刘子健著、赵冬梅译《中国转向内在：两宋之际的文化转向》，江苏人民出版社，2012年。
余英时《现代儒学的回顾与展望》，生活·读书·新知三联书店，2012年。
朱刚、陈珏《宋代禅僧诗辑考》，复旦大学出版社，2012年。
何俊《南宋儒学建构》，上海人民出版社，2013年。
侯体健《刘克庄的文学世界——晚宋文学生态的一种考察》，复旦大学出版社，2013年。
朱刚《唐宋"古文运动"与士大夫文学》，复旦大学出版社，2013年。
黄启江《静倚晴窗笑此生：南宋僧淮海元肇的诗禅世界》，台湾商务印书馆，2013年。
罗杰·夏蒂埃著，吴泓缈、张璐译《书籍的秩序——14至18世纪的书写文化与社会》，商务印书馆，2013年。
史伟《宋元之际士人阶层分化与诗学思想研究》，人民文学出版社，2013年。
于溯、程章灿《何处是蓬莱》，凤凰出版社，2014年。
黄启江《南宋六文学僧纪年录》，台湾学生书局，2014年。
陶然等《宋金遗民文学研究》，浙江大学出版社，2014年。
柏文莉著、刘云军译《权力关系：宋代中国的家族、地位与国家》，江苏人民出版社，2015年。
内山精也著，朱刚、张淘等译《庙堂与江湖——宋代诗学的空间》,复旦大学出版社,2017年。

包弼德著、刘宁译《斯文:唐宋思想的转型》,江苏人民出版社,2017年。

宫崎市定、砺波护著,张学锋等译《东洋的近世:中国的文艺复兴》,中信出版社,2018年。

陈广宏《闽诗传统的生成:明代福建地域文学的一种历史省察》,上海古籍出版社,2018年。

黄宽重《艺文中的政治:南宋士大夫的文化活动与人际关系》,台湾商务印书馆,2019年。

三、单篇学术论文(按发表时间顺序)

孙克宽《晚宋政争中之刘后村——刘后村与晚宋政治之一》,《宋史研究集》第二辑,1964年。

刘子健《宋末所谓道统的成立》,《文史》1979年第2辑。

刘子健《刘宰和赈饥——申论南宋儒家的阶级性限制社团发展》及其续篇,《北京大学学报》(哲学社会科学版)1979年第3、4期。

陈植锷《宋诗的分期及其标准》,《文学遗产》1986年第4期。

刘毅强《南宋"江湖诗派"名辩——简论江湖诗派不足成派》,《华东师范大学学报》(哲社版)1993年第3期。

张继定《戴复古诗集及其版本考述》,《温州师范学院学报》(哲学社会科学版)1994年第2期。

陈良运《论包恢的三种"自然"说》,《抚州师专学报》1996年第4期。

辛德勇《淮海挈音》,《中国典籍与文化》1998年第1期。

陈广宏《关于中国早期历史上游侠身份的重新检讨》,《复旦学报》(社会科学版)2001年第6期。

程毅中《〈忠义传〉与〈水浒传〉》,《文史知识》2003年第10期。

李贵《在诗歌的家园里栖居——晚唐体苦吟的意义及影响》,《社会科学研究》2003 年第 2 期。

张继定《石屏诗编选者及序跋作者考述(上)——戴复古交游考之一》,《浙江师范大学学报》(社会科学版)2003 年第 6 期。

葛兆光《"唐宋"抑或"宋明"——文化史和思想史研究视域变化的意义》,《历史研究》2004 年第 1 期。

刘长东《宋代五山十刹寺制考论》,《宗教学研究》2004 年第 2 期。

张如安、傅璇琮《日藏稀见汉籍〈中兴禅林风月集〉及其文献价值》,《文献》2004 年第 4 期。

黄宽重《从中央与地方关系互动看宋代基层社会演变》,《历史研究》2005 年 4 期。

赵平《南宋诗人群体的兴起与温州本土诗风的传承》,《温州师范学院学报》(哲学社会科学版)2005 年第 3 期。

朱刚《论苏辙晚年诗》,《文学遗产》2005 年第 3 期。

陈捷《日本入宋僧南浦绍明与宋僧诗集〈一帆风〉》,《中国典籍与文化论丛》2006 年。

祝尚书《论宋代理学家的"新文统"》,《文学遗产》2006 年第 4 期。

钱志熙《试论"四灵"诗风与宋代温州地域文化的关系》,《文学遗产》2007 年第 2 期。

史伟、宋文涛《"江湖"非诗派考论》,《社会科学家》2008 年第 8 期。

张文利、陶文鹏《真德秀与魏了翁文学之比较》,《苏州大学学报》(哲学社会科学版)2008 年第 4 期。

芳村弘道撰、金程宇译《关于孤本朝鲜活字版〈选诗演义〉及其作者曾原一》,《古典文献研究》第十二辑,2009 年。

侯体健《南宋禅僧诗集〈一帆风〉版本关系蠡测——兼向陈捷女史请教》,《中国典籍与文化》2009 年第 4 期。

李贵《宋末诗僧觉庵梦真及其〈籁鸣集〉小考》,《第三届中国俗文化国际学术研讨会暨项楚教授七十华诞学术讨论会论文集》,2009年。

内山精也撰、朱刚译《宋诗能否表现近世?》,《国学学刊》2010年第3期。

祝尚书《论科举与文学关系的层级结构——以宋代科举为例》,《华南师范大学学报》(社会科学版)2010年第1期。

定源《日本藏无准师范传记新资料及其价值》,《国际社会科学杂志》(中文版)2011年第4期。

侯体健《刘克庄的乡绅身份与其文学总体风貌的形成》,《中山大学学报》(社会科学版)2011年第3期。

熊海英《"诚斋体"在南宋的接受及其影响》,《南昌大学学报》(人文社会科学版)2011年第4期。

许红霞《日藏宋僧诗集〈一帆风〉相关问题之我见》,《中国典籍与文化论丛》2011年。

张再林《白居易的"九老会"及其文学史意义——以宋人对"九老会"的仿慕为例》,《广西社会科学》2011年第4期。

朱刚《〈中兴禅林风月集〉续考》,《国际汉学研究通讯》第四期,北京大学出版社,2011年。

陈斐《和刻本〈淮海挐音〉所收宋文辑考》,《南都学坛》2012年第6期。

侯体健《国家变局与晚宋文坛新动向》,《华南师范大学学报》(社会科学版)2012年第1期。

吕肖奂、张剑《酬唱诗学的三重维度建构》,《北京大学学报》(哲学社会科学版)2012年第2期。

余意《群体诗祭与诗人接受》,《文学遗产》2012年第3期。

卞东波《曾原一〈选诗演义〉与宋代"文选学"》,《文学遗产》2013

年第 4 期。

吕肖奂《宋日禅文化圈内的论辩式诗偈酬唱》,《西北师大学报》(社会科学版)2013 年第 2 期。

钱志熙《论〈千家诗选〉与刘克庄及江湖诗派的关系》,《北京大学学报》(哲学社会科学版)2013 年第 2 期。

张健《宋代诗学的知识转向与抒情传统的重建》,《北京大学学报》(哲学社会科学版)2013 年第 2 期。

方震华《转机的错失——南宋理宗即位与政局的纷扰》,《台大历史学报》2014 年第 53 期。

吕肖奂《论宋代的分题分韵——更有意味和意义的酬唱活动形式》,《社会科学战线》2014 年第 3 期。

吕肖奂《介乎士大夫和平民之间的文学形态——南宋中后期游士阶层的诗歌创作》,《阅江学刊》2014 年第 2 期。

侯体健《南宋祠禄官制与地域诗人群体:以福建为中心的考察》,《复旦学报》(社会科学版)2015 年第 3 期。

萧宇恒《从〈道统十三赞〉到〈静听松风〉政治宣传:南宋理宗的以画传意》,《艺术论坛》2015 年第 9 期。

许红霞《南宋送别诗集〈一帆风〉成书考》,《域外汉籍研究集刊》2015 年第 1 期。

方震华《破冤气与回天意——济王争议与南宋后期政治(1225—1275)》,《新史学》2016 年第 27 卷 2 期。

周裕锴《维摩方丈与随身丛林——宋僧庵堂道号的符号学阐释》,王水照、朱刚主编《新宋学》第五辑,复旦大学出版社,2016 年。

戴路《南宋五山禅林的公共交往与四六书写:以疏文为中心的考察》,《中南大学学报》(社会科学版)2017 年第 3 期。

侯体健《"江湖诗派"概念的梳理与南宋中后期诗坛图景》,《文学遗产》2017 年第 3 期。

张继定《石屏诗编选者及序跋作者考述(下)——戴复古交游考之二》,《浙江师范大学学报》(社会科学版)2017年第5期。

四、博士学位论文(按完成时间排序)

勾承益《晚宋诗歌与社会》,四川大学,1997年。

张春晓《乱世华衣下的唱游——宋季士风与文学》,复旦大学,2002年。

常德荣《南宋中后期诗坛研究》,上海大学,2011年。

王汝娟《南宋"五山文学"研究》,复旦大学,2015年。

郑妙苗《明代诗论专书研究》,复旦大学,2018年。

后　记

《南宋理宗朝诗坛研究》是我在四川大学攻读博士学位期间的论文题目,本书在此基础上修改而成。感谢父母对我学术生涯的一贯支持和默默付出。感谢导师吕肖奂教授赐题和对论文写作的悉心指导。吕老师善于在文本的细读比勘中立论,进而把握宋诗体派的显著特征,同时注重社会关系对酬唱诗学的影响,关注家族、地域、阶层与文学表达的关系,这些都对我的论文写作有较大启发。特别是每次遇到具体诗歌文本的阅读障碍,我都在微信上请教,吕老师总是富有耐心地帮我疏通文义。感谢周裕锴教授的启发点拨。在周老师古代文论、阐释学和佛教文学课堂上我获益良多,从文本细读、材料整合、逻辑架构到标题拟定都有意模仿。此外如读书会上的纠谬、聊天工具中的释疑、茶叙中的戏谑,言谈间蕴含启悟的契机。在校期间,何剑平教授亦给我较大帮助。初次见面时感慨自己对佛经了解太少、入行太晚,何老师勉励道:任何时候都来得及。每有知识性疑惑或碎片式体悟,就不惮繁冗向何老师询问,他总是耐心解答。此外,熊良智、马德富、祝尚书、张弘、伍晓蔓、李瑄等老师在我论文答辩过程中提出诸多意见和建议,谨表谢意!

进入复旦大学中国语言文学博士后流动站后,我的主攻方向变为文章学,但研究时段仍是南宋后期,在撰写出站报告的同时也一直注意修改博士论文。导师王水照先生始终关注论文的修改和出版进度,对南宋文学研究提出诸多指导性意见,也一直关心我在复旦期间的生活状况。朱刚教授"士大夫文学""士大夫周边文人"的概念和禅僧诗研究的成果给我较大启发。侯体健教授对我的写作思路和研究规划给予许多细致的指导，及时与我分享他在晚宋文学领域的研究成果和心得，使我的论文写作和修改更加顺利。在博士后开题、中检和结题环节，陈广宏教授谈到他对近世诗学的理解，后来又惠赐相关研究著作，让我能够将关注时段向后延伸，思考晚宋诗学的历史定位。

  在论文写作和书稿修改过程中，诸多老师和朋友提供了帮助。上海外国语大学文学研究院史伟教授熟悉宋元之际的诗学材料，对书稿提出诸多修改意见。复旦大学出版社王汝娟编辑时常寄赠该社出版的最新学术著作，让我能够及时了解学界动态。复旦大学古籍整理研究所郑妙苗博士及时分享有关明代诗论的博士论文，朱光明博士多次提醒我关注明代文人与晚宋诗坛的关系，这些都拓宽了我的研究思路。张硕师兄总是及时满足我对电子文献的需求，陆会琼学友每次都细心回答我关于宋代禅宗知识的提问，颇为感念。此外，在馆藏书籍的复印方面，蒋亚隆、谢爽、徐文超、黄晚、范金晶等同学鼎力相助；在文献核对校阅上，崔媞、蒋文正、袁宇霄、徐光等同学辛苦付出，在此一并感谢！

  时间仓促，全书还有诸多尚待完善之处，只能在今后的学术生涯中不断修订和拓展。

  是为记。

图书在版编目(CIP)数据

南宋理宗朝诗坛研究/戴路著. —上海：复旦大学出版社,2020.8（2021.4 重印）
(复旦宋代文学研究书系/王水照主编. 第二辑)
ISBN 978-7-309-15051-3

Ⅰ.①南… Ⅱ.①戴… Ⅲ.①宋诗-诗歌研究-中国-南宋 Ⅳ.①I207.227.442

中国版本图书馆 CIP 数据核字(2020)第 080996 号

南宋理宗朝诗坛研究
戴　路　著
出　品　人/严　峰
责任编辑/王汝娟
复旦大学出版社有限公司出版发行
上海市国权路 579 号　邮编：200433
网址：fupnet@ fudanpress.com　　http：//www.fudanpress.com
门市零售：86-21-65102580　　团体订购：86-21-65104505
出版部电话：86-21-65642845
上海盛通时代印刷有限公司

开本 890×1240　1/32　印张 10.125　字数 253 千
2021 年 4 月第 1 版第 2 次印刷

ISBN 978-7-309-15051-3/I・1228
定价：75.00 元

如有印装质量问题，请向复旦大学出版社有限公司出版部调换。
版权所有　　侵权必究